Sherko Fatah

Der große Wunsch

Sherko Fatah

Der große Wunsch

ROMAN

Luchterhand

Für Susanne

Wie Funken einer von Riesenhand ausgeschlagenen Fackel überzog ein Schweif von Sternen den schwarzen Himmel; sie leuchteten nicht, schienen nur zitternd zu verglimmen, ohne jedoch zu verschwinden. Dann zogen ganz allmählich Wolken auf.

Der Weg ins Tal, dorthin, wo die Fahrten der Transporter ihren Ausgang nahmen, führte mitten durch eine einsame Wolke, die von den anderen am noch blassen Morgenhimmel zurückgelassen schien. Murad stieg durch den Nebel hinab und starrte auf die vor ihm sich zögernd zeigenden Abschnitte der beschädigten Straße. Nach ein paar hundert Metern verdünnte sich die milchige Masse, und im kühlen Frühlicht wurden der Berghang links und die Schlucht rechts sichtbar. Die Straße war nun deutlich zu erkennen als eine dem Gestein abgerungene Ausbuchtung, die dabei war, wieder in ihm zu verschwinden. Ihr Rand an der Schlucht war buchstäblich zerfressen, und in den Bissstellen gab sie den Blick in die farblose Tiefe frei. Von Rissen durchzogen, verschwand die Straße hinter der nächsten Biegung, um entfernt wieder zu erscheinen, ein grauweißes Band an der endlosen Bergflanke, dem man aus der Ferne kaum ansah, dass es abwärtsführte.

Hinter ihm lag die syrische Grenze, ein Ort im Nirgendwo, der aber einen klangvollen Namen trug, jedenfalls auf der Landkarte. Dieser Name war es Murad wert gewesen, hier mit einem Transporter heraufzufahren. Als er angekommen war, hatte er vor einer hölzernen Brücke gestanden und Hunderten von Tagelöhnern dabei zugesehen, wie sie Lastwagen entluden. Sie trugen, hintereinandergehend, Röhren, Kisten und Säcke über die Brücke und einen grasbedeckten Bergrücken hinauf. Was er sah, war eine Ameisenstraße, die keinem sichtbaren Pfad folgte und dennoch geordnet verlief. In gleichmäßigen Windungen schlängelte sie sich dahin. Diese Leute gingen in keiner Spur, sie waren die Spur.

Ich bin kein Tourist, dachte er, wie um sich davon zu überzeugen. Ich bin zu alt für Abenteuer in gottverlassenen Gegenden. Unwillkürlich erinnerte er sich an die vielen Geschichten, die ihm sein Vater erzählt hatte; Wanderungen durch die Berge, genau in diesem Grenzland, seltsame Begegnungen und Abenteuer, die zum Teil eher der Imagination dieses Mannes entsprungen sein mussten, als dass sie auf wirklichen Erlebnissen beruht hätten. Vielleicht hatten ihn diese alten Geschichten hierherverschlagen, vielleicht war er unbewusst der Stimme seines Vaters gefolgt, um doch noch einmal diese Landschaft zu sehen, in der er fern verwurzelt war, ohne recht zu wissen, was das eigentlich bedeutete. Ich bin hier, um meine Tochter zu finden, die von Deutschland aus herkam, um einen verrückten Traum zu realisieren, sagte er sich und wusste, schon dieser Anlass für die Reise hätte seinen Vater den Kopf schütteln lassen. Er, der schon so lange fort und so weit entfernt von ihm war, hätte ihn ganz sicher mit seinen lächelnden Augen angeschaut, ohne dabei im Geringsten amüsiert zu sein. Er war ein kluger Mann gewesen. Kein Intellektueller, wie sie Murad später in Europa getroffen hatte, aber ein erstaunlich genauer Beobachter. Jeden Vogel, der sich im Sommer im Feigenbaum des Gartens niederließ, kannte er genau. Nicht der wissenschaftlichen Bezeichnung nach, vielmehr gab er ihnen eigene Namen: das kleine Huhn, der Taubenhafte, die Behelmte, der Schwätzer. Das allein wäre nicht besonders gewesen, hätte er nicht eines Tages einen toten Vogel mitgebracht, den er an der Straße gefunden hatte, und behauptet, genau dieser sei es gewesen, der drei Jahre zuvor daheim auf dem Fensterbrett gesessen habe. Er identifizierte ihn an einer kahlen Stelle über dem Auge. Ich hätte gern gewusst, wie sicher dieses Verfahren war, dachte Murad. Man flüchtet sich ja gern zu irgendwelchen wissenschaftlichen Methoden, die angesichts solcher Geschichten versprechen, Gewissheit zu bringen. Besonders, wenn man im Westen lebt. Aber wie viele dieser Vögel eine solche bläulich graue Stelle über dem linken Auge haben, kann niemand wissen. Der Zweifel an den Worten meines Vaters, den ich schon als Kind aus irgendeinem Grund empfand, dachte Murad, ist ebenso ein Phantom wie die Hoffnung auf Gewissheit in dieser Frage.

Als er den Tagelöhnern lange genug zugeschaut hatte, war der Lastwagen, der ihn hierhergebracht hatte, schon wieder davongefahren. Er versuchte, einen der Fahrer der verbliebenen Transporter dazu zu bringen, ihn mitzunehmen. Alle aber winkten ab, womöglich befürchteten sie, keinen Gewinn aus einer solchen Rückfahrt zu schlagen, als sie Murads inzwischen verstaubte Kleidung sahen. Einer immerhin nickte schließlich und ließ ihn einsteigen, als er ihm den Ort nannte, zu dem er wollte. Sie saßen eine Weile schweigend nebeneinander, Murad musterte den kleinen Schrein aus Plastik auf dem Armaturenbrett, die Kettchen, Girlanden und Zettel. Dann gab ihm der Mann zu verstehen, dass er doch nicht in seine Richtung fahren würde, obwohl es nur diese eine gab. Murad blickte in sein regungsloses Gesicht, schüttelte den Kopf und stieg aus.

Auf der Straße sah er die leeren Lastwagen an sich vorbeifahren. Wider besseres Wissen hielt er noch den Daumen hinaus, dann trat er nur noch zur Seite an den äußersten Rand der Straße. Der Hang unter ihm bestand aus Geröll und Schutt, der aussah wie übrig geblieben vom Bau der Straße. Erst viel weiter unten war gelbliches Gras zu sehen, das in der feuchten, dunklen Erde wuchs. Nun begann der Abstieg, das Geräusch des letzten Lastwagens verschwand hinter ein paar für Murad noch unsichtbaren Biegungen. Das Schaben seiner Schuhsohlen auf der von Steinchen und Steinbrocken übersäten Straße war alles, was zurückblieb.

Einerseits war er froh darüber, dass der Weg kaum merklich bergab führte. So konnte er wie ein Spaziergänger schlendern, und seine Knie wurden nicht allzu sehr belastet. Andererseits machte ihn diese Tatsache unruhig, denn sie ließ ihn erahnen, welche Strecke er würde gehen müssen. Sie waren in der Dunkelheit der Nacht stundenlang bergauf gefahren. Vielleicht lag es am Alter des Lastwagens, doch er hatte das Gefühl, die Auffahrt sei viel steiler gewesen, als sie jetzt aussah. Der Blick in die Schlucht beim ersten Morgenlicht und der Druck auf den Ohren sagten ihm jedenfalls, wie weit hinauf sie gekommen waren. Wie oft hatte der Fahrer vor einem besonders zerstörten Teilstück der Straße seine Stirn und den kleinen Schrein berührt? Wie oft war der Blick auf den in der Nacht sichtbaren Fluss frei geworden, von dem hier oben nichts zu sehen und zu hören war? Schwer einzuschätzen, aber je mehr Momente ihm wieder einfielen, in denen der Fahrer den Wagen abgebremst hatte, um den Segen Gottes herabzubitten, für sich oder auch nur für die Stützkraft der Straße, desto mehr fürchtete Murad um die in nächster Zeit bevorstehende Verabredung mit dem Boten.

Er wanderte bis zum Mittag, dann war eine Rast nötig. Die Sonne stand, von Wolkenschleiern überzogen, wie ein kalter, gesichtsloser Engel über dem morastfarbenen Berg mit seinen Abschürfungen. Als er hinaufblickte, erschien ihm der Berg wie der Rand einer Grube, bereit, so wie vor Stunden den letzten Lärm der rettenden Autos, nun auch das Licht dort oben zu verschlucken. In der Nähe des Berges wurde ihm kühl, so hielt er sich an der Seite zur Schlucht hin. Dort kauerte er sich nieder, stand aber rasch wieder auf, als ihm der Gedanke kam, dass seine mittägliche Befürchtung noch wahr und es dunkel werden könnte, bevor er die Strecke bewältigt hatte.

Er trottete weiter und dachte wieder an den Boten. Ihre Verabredung war etwas vage; als sie sich Wochen vorher getroffen hatten, blieb die Möglichkeit der Verzögerung oder auch Planänderung zwar unausgesprochen, doch unvermeidbar. Trotzdem wollte Murad sie unbedingt einhalten, denn allein die Tatsache, dass dieser Mann informiert war über den Grund für seine Reise, dass er sich auf dem Handy sogar ein Foto von Murads Tochter Naima hatte zeigen lassen, machte ihn vertrauenswürdig. Auf das bevorstehende Gespräch mit dem Mann, der überraschenderweise sehr gut Deutsch sprach, konzentrierte er sich jetzt. Am Ende dieses Fußmarsches, weit unten im Tal, würde er ihn treffen und mit ihm die Hoffnung auf ein Wiedersehen mit Naima. Murad spürte bei diesem Gedanken Wärme seine Brust durchströmen, und augenblicklich suchten ihn Bilder seiner Tochter heim; ihr dichtes dunkles Haar mit diesen festen Locken, die dem Wind und sogar dem Regen standhielten, als wären sie aus Draht, und, seltsamerweise, ihre langen Fingernägel, die sie irgendwo hatte gestalten lassen wie kleine Kunstwerke. Es schien, als wären sie mit winzigen Blüten und Perlen besetzt und mit kleinen Ornamenten verziert. Jemand hatte das auf ihre Fingernägel, auch auf die der kleinen Finger, gemalt, dachte Murad und schüttelte im Gehen den Kopf. Er fand das jetzt erstaunlicher als damals, als er es gesehen hatte, weil es ihm von hier aus fern erschien, ebenso fern wie seine Tochter.

Sie ist nicht so fern von dir, zwang er sich zu denken. Es war genau diese Überzeugung, mit der er an den Ort am Ende der Welt gekommen war, nach Flug und endloser Busreise nun bezeichnenderweise zu Fuß, und zu dem er nach einem sinnlosen Ausflug an die Grenze jetzt wieder unterwegs war. Nach seiner Ankunft vor einigen Tagen hatte er seinen Seesack im Zimmer abgelegt und folgte dann den Anweisungen eines alten Mannes, der ihm mürrisch und kurz die Hausordnung erklärte. Nachdrücklich wies er darauf hin, dass die Kanalisation seit einiger Zeit verstopft war. Für »das Kleine« ginge es, für »das Große« aber schickte der Mann Murad zum Fluss.

Er saß in einer Nische des Raumes und hielt ein auffallend kleines, abgegriffenes Buch in den Händen, in welchem er unablässig kopfschüttelnd gelesen hatte, bevor Murad ihn ansprach. Alles um sie herum war aus Holz, der Schemel, auf dem der alte Mann saß, die eng gestellten Bänke, die Wände des Raumes, der Lobby, Restaurant und Kramladen in einem war, und die Treppe, die zu den zwei Kammern oben führte. Murad verließ das Haus und ging über die Straße dieser Western-Stadt zu einer Anhöhe, von der aus ein Pfad abwärts zum Fluss führte. Von den großen Ufersteinen stieg Gestank auf. Getrieben von einem absurden Reinlichkeitsbedürfnis ging Murad weiter, um ihm zu entgehen, aber auch der Pfad war stellenweise von Haufen bedeckt. Irgendwann hatte sich der Gestank zu einem Geruch verdünnt. Er kletterte zwischen den Gesteinsbrocken zum Fluss hinab und betrachtete bei der Notdurft das schäumende Wasser. Der Boden stank überall, nicht einmal das Wasser brachte etwas wie Frische in diese schwere, alles überdeckende Ausdünstung. Als er den Pfad wieder erklommen hatte und den ziemlich weiten Weg zurückgegangen war, sah er das Schulhaus des Ortes etwas zurückgesetzt in einer Baumgruppe stehen. Ein Holzhaus, ohne äußerliche Schäden, aber dunkel, wie angelaufen.

Jetzt, auf der Straße, im anhebenden Wind und der seit dem frühen Morgen unveränderten Landschaft wurde Murad bewusst, dass jene Anhöhe genau am Ende dieses Weges lag und der Treffpunkt mit dem Boten damit auch schon in diesem Moment unbestreitbar mit ihm verbunden war.

Ohne einen Blick auf die Uhr wanderte er weiter, seinem Empfinden nach etwa zwei Stunden lang. Die Zeit der Zeiger hatte sich losgelöst von der Zeit seiner Schritte, ein winziges, mechanisches Geräusch war von ihr geblieben, und der Kreis, den die Metallstäbchen beschrieben, schien ihm, wenn er den Ärmel zurückschob und darauf blickte, ohne Zuwachs oder Minderung immer derselbe zu bleiben. Auch die Landschaft veränderte sich kaum. Die sinnlose Unform des Berges begleitete ihn wie eine Zwangsvorstellung; allmählich glaubte er, auf der linken, erdfarbenen Seite seines Gesichtsfeldes blind zu werden. Über der Schlucht lag eine Art mehligen Lichtes, welches alles, was man hätte sehen können, eher bedeckte als zeigte.

Nach einer weiteren Biegung senkte sich die Straße für einen halben Kilometer nun deutlicher, und ein Plätschern schreckte Murad auf. Er ging schneller und blickte schließlich hinauf zur unsichtbaren Quelle eines fadendünnen Wasserfalls, der in Bergfalten und über Stufen herabfiel und die Straße überschwemmte, um über den Rand hinweg seinen Weg abwärts fortzusetzen.

Das Wasser schmeckte eher nach Himmel als nach Erde und ließ ihn kurz wieder zu jenem Wanderer werden, als der er sich eigentlich schon lange nicht mehr fühlte. Jetzt fielen ihm auch die Berge auf der anderen Seite der Schlucht auf. Sie bildeten definierte Erhebungen und waren fotoalbumtauglich. Für die nächste Zeit ließ er sie nicht aus den Augen und vermied folglich den Blick auf die Bergmasse neben sich.

Er schaffte noch etwa einen Kilometer, bevor er einer Erschöpfung nachgab, die er gleich im Moment, da er stehen blieb, als übertrieben empfand. Murad kauerte sich an den Rand der Straße und blickte in die Schlucht hinab; beinahe kam er sich verwegen vor. Aber wie verwegen konnte einer aus dem Westen schon sein in einer Gegend wie dieser, bevölkert von gut organisierten Gotteskriegern, von denen viele zwar auch aus dem Westen herbeiströmten, die meisten aber tatsächlich kriegserprobte Söldner waren oder Leute, die durch die Foltergefängnisse der nahöstlichen Regime gegangen waren.

Vielleicht war auch der Bote einer von ihnen, möglicherweise aber war er nur ein Blender. Jedenfalls kniff dieser Mann, an den er jetzt zurückdenken musste, seine Augen zu schmalen Schlitzen zusammen, wenn er an seiner Zigarette zog und das Gefängnis des jordanischen Geheimdienstes in Amman wie beiläufig erwähnte, von dem er behauptete, die ganze Welt wisse inzwischen, dass man es die »Fingernagelfabrik« nannte. Murad fragte sich, ob er zu viele Filme gesehen hatte oder aus Erfahrung sprach. Er ertappte sich dabei, wie er die Fingerspitzen seines Gegenübers begutachtete, um sich diese Frage zu beantworten.

Während der Mann damals weiterhin langsam, weniger nachdenklich als gehemmt, gesprochen hatte, war Murads Blick auf die in Tücher gehüllte Frau gefallen, die das Restaurant, in dem sie sich verabredet hatten, offenbar führte und, wenn nichts zu tun war, in einem Stuhl zusammensank wie eine schwere Puppe. Das lenkte ihn ab, er sah sie von ihren dunklen Gewandfalten wie eingeschnürt und erschrak beim Anblick des von feinen Runzeln und tiefen Furchen überzogenen Gesichts einer Bettlerin, die plötzlich neben ihrem Tisch stand. Sie hielt sich gebeugt, schlang die Hände vor dem Kinn ineinander und schnitt Grimassen. Murad lehnte sich weit zurück. Der Bote aber fingerte nach seinen Zigaretten und gab ihr eine, woraufhin sie die Hand an die Stirn legte. Kurz blickte sie Murad an, als erwarte sie auch von ihm etwas, gleich darauf aber war Erstaunen in ihren Augen zu erkennen. Sie beugte sich nach vorn, als wolle sie die Schultern um die Zigarette in ihren Händen schließen, drehte sich um und machte sich davon.

»Du bist ziemlich blass«, sagte der Bote und fügte hinzu: »Fall nicht vom Stuhl.«

Eine überraschend aufmerksame Beobachtung, mit der der Mann recht gehabt hatte. Was Murad von da an bis auf die Gebirgsstraße, auf der er nun rastete, begleitete, war ein Durchfall, der nur mithilfe einer Windel unter eine gewisse, zeitlich begrenzte Kontrolle zu bringen war. Hier in der Einsamkeit konnte er wenigstens die Furcht vor dem Gestank vergessen. Dennoch fragte er sich bei jedem der plötzlichen Magenkrämpfe, wie viel von der Flüssigkeit, die aus ihm tröpfelte oder manchmal, wie jetzt nach dem Trinken am Wasserfall, strömte, das Handtuch zwischen seinen Beinen noch aufnehmen konnte.

Die Straße führte ihn unablässig an der Flanke des Berges entlang, und er hoffte auf einen weiteren Wasserfall, um sich waschen zu können. Diese Hoffnung lenkte ihn ab von einem Himmel, der allmählich grau wurde, und von den immer deutlicher sichtbaren Felshängen auf der anderen Seite der Schlucht. Murad senkte den Blick auf die Straße und die darauf verstreuten Steine und schritt, die härter werdende Windel spürend, eilig voran.

Nach der nächsten Biegung ging es steiler bergab. Er sah sich schon Stunden, Tage später mit wundgescheuerten Schenkelinnenseiten gehen und gehen, da hörte er tatsächlich das Plätschern von Wasser. Diesmal ergoss es sich direkt aus dem Berg und versickerte kurz vor der Straße. Er blieb stehen und horchte auf Motorengeräusche. Obwohl er seit Stunden nur vom Brausen eines zwischen den Bergen wie irritiert drehenden Windes umgeben war, schien es ihm möglich, dass ausgerechnet jetzt ein Wagen vorbeikam.

Vielleicht lag es am bloßen Dasein einer Straße, aber er konnte sich nur verschämt entkleiden. Als er seine Hose ausgezogen hatte und die Enden des Handtuchs an ihm hinunterschlappten, drehte er sich noch einmal um, nur um nicht allzu versunken zu wirken in die bevorstehende, idiotische Tätigkeit. Seine Eitelkeit ließ es einfach nicht zu, derjenige zu sein, von dem später einmal berichtet wurde, er wusch sich mutterseelenallein im Gebirge seine Windel, während ein Laster an ihm vorbeifuhr, dessen Insassen – vielleicht sogar Touristen – eher den Einsturz der Straße als diesen Anblick erwartet hatten. Jetzt, die Windel vorsichtig hervorziehend und wie ein riesiges, unter Schmerzen abgezogenes Pflaster von sich haltend, spürte er zum ersten Mal die Weite in seinem Rücken, diesen ganzen blassgrauen Raum, in dem sogar die umgestürzten Riesenzapfen der Berge Platz fanden.

Er hockte vor der Quelle, drückte zur Stabilisierung ein Knie an den Berg und hielt das Handtuch ins Wasser. Es war übersät von rötlichen und weißen Flecken. Er schüttelte und wrang, tat es ausgiebiger als nötig, wie um seine Wiederentdeckung der Reinlichkeit zu feiern. Nachdem er sich auch selbst gewaschen hatte, stand er mit nacktem Hintern da und überlegte, ob er das Handtuch trocknen lassen sollte. Der Blick zum Himmel verhieß jedoch nichts Gutes. Er musste sich darauf einstellen, einen gewaltigen Marsch in der Dunkelheit zu bewältigen, und nicht einmal die Sterne würden seinen Weg erhellen, denn aus dem milchigen Schleier war eine veritable Nebeldecke geworden. Rasch legte er sich die nasse Windel an und zog die Hose darüber. Als hätte sein Darm auf dieses Signal gewartet, entleerte er sich mit einem Knurren. Murad stakste unsicher weiter, denn wie immer fühlte es sich an, als hätte eine große Menge Flüssigkeit seinen Körper verlassen, was aber eine Illusion war.

Es dämmerte, und die Straße nahm kein Ende. Wären die beiden Berge jenseits der Schlucht nicht ganz allmählich doch zurückgeblieben, Murad hätte geschworen, keine fünfhundert Meter hinter sich gebracht zu haben. Die Lücke, die jetzt in der Schlucht entstand, gab ihm jedoch nicht den ersehnten Blick in das Tal frei, sondern versank in der sich erhebenden Dunkelheit. Auch der Berg hatte sich verändert. In einigen Metern Höhe klebten große Büsche an der Flanke und bildeten einen dunklen Kranz, der die noch höher gelegenen Flächen verdeckte. Dieser Kranz begleitete ihn nun, jedenfalls solange er ihn noch sehen konnte.

Er fror und war schwer vor Müdigkeit; das Gefühl der Verlassenheit schien förmlich in ihm aufzuplatzen. Ich werde die eine Straße des Ortes entlanggehen, sagte er sich immer wieder, werde das Gasthaus betreten, den Mann mit dem Buch begrüßen wie einen nahen Verwandten, in mein Zimmer gehen und endlich auf der Pritsche liegen. Eine Hand, tief vergraben im offenen Seesack, würde genügen, um ihm das Gefühl des Zuhauseseins zu geben. Niemand, nicht einmal der Bote, würde ihn wecken können, und nach einer langen Zeit des Schlafes würde sein erster Blick dem hellen Fenster gelten, den verstreuten, ärmlichen Hütten auf dem Hügel, die er betrachten würde, als wären es die roten Dächer einer alten und vertrauten europäischen Stadt.

Im Gehen sann er seiner merkwürdigen Prägung durch europäische Städte nach. Gemäß seiner Herkunft hätte ihm als Mann aus dem sogenannten Orient das armselige Nest hier in den Bergen viel näher sein müssen. Doch er empfand nichts als Fremdheit, wenn er in diese Gegend der Welt zurückkam. Das war wohl ein Grad von Entfremdung, mit der sein Vater, als er vor vielen Jahren mit seiner jungen, hochschwangeren Frau nach Europa auswanderte, nie gerechnet hätte. Doch sogar das Essen und das Wasser können der nächsten Generation unverträglich werden, dachte Murad und entließ unter fühlbaren, konvulsivischen Darmbewegungen ein wenig neue Flüssigkeit in sein Handtuch. Migration verändert Menschen, vor allem aber deren Kinder.

Gerade weil er das so oft beobachtet hatte, kam Murad das Verhalten seiner eigenen Tochter wie ein Rückfall vor, wie der hoffnungslose Versuch, zurückzukehren in eine Welt, die sie kaum kannte. Hätte man ihn danach gefragt, wäre er zu schwören bereit gewesen, dass Naima eine zwar noch sehr junge, aber in allem nach vorn schauende Frau war, im Begriff, ihre Möglichkeiten in der westlichen Welt auszuloten. Es war nun etwa zehn Monate her, seitdem Naima im Sommer des letzten Jahres verschwunden war. Als er nach Wochen durch Dorothee davon erfuhr, hieß es, sie sei mit irgendeinem neuen Freund auf eine längere Reise gegangen. So hatte sie es ihrer Mutter angekündigt, ohne dabei einen Widerspruch auch nur zu erwarten. Diese Reise schien ihr sehr wichtig zu sein, meinte Dorothee und stellte fest, dass Naima keinerlei

Fragen nach ihrer neuen Beziehung zuließ. Murad erinnerte sich schmerzlich klar daran, wie überzeugt er davon war, seiner Tochter in dieser Hinsicht alle Freiheiten gewähren zu müssen. Naima war erwachsen und konnte, so schwer das zu akzeptieren sein mochte, wenn sie wollte, sogar ein neues Leben an einem anderen Ort beginnen. Dass wir uns um sie sorgen, verpflichtet sie zu nichts, hatte Murad damals großspurig verkündet. Ihm erschien dieser plötzliche Aufbruch mit einem neuen Freund als Ausdruck jugendlicher Rebellion. Und vielleicht hatte er sich auf eine gewisse Weise auch gegen Dorothee auf die Seite Naimas geschlagen, in der irrigen Annahme, hier deren Recht auf Loslösung und Freiheit verteidigen zu müssen. Natürlich aber erwartete er, seine Tochter nach einiger Zeit wiederzusehen.

Doch es gab keinen Kontakt. Dorothee war ohnehin skeptischer und wurde mit der Zeit immer unruhiger, bis schließlich auch er die Sache ernster zu nehmen begann. Damals brachten sie ein wenig mehr über ihren neuen Freund in Erfahrung, aber es genügte bei Weitem nicht, um sie zu beruhigen. Immerhin gab es gelegentliche Posts in den sozialen Netzwerken, die sie wissen ließen, dass Naima noch am Leben war. Doch sie beantwortete keinerlei Nachrichten und informierte weder Murad noch Dorothee darüber, wo sie sich gerade befand. Es brauchte Zeit, bis er die Notwendigkeit verspürte, aktiv zu werden. Eine Vermisstenanzeige bei der Polizei stellte sich als wenig aussichtsreich heraus. Obwohl sie ihm versicherten, Nachforschungen anzustellen, schienen ihn die

Beamten zugleich wissen lassen zu wollen, wie gering die Aussichten auf Erfolg waren.

So zog sich das Warten hin und wurde im Laufe des Winters unerträglich. Alles änderte sich an jenem Tag, als ihn ein Polizeibeamter am Telefon darüber informierte, dass Naima das Land in Richtung Türkei verlassen hatte. Diese Information sei sicher, sagte er und fügte ohne weitere Erklärung an, er, Murad, wisse ja, die Türkei grenze an Syrien. In diesem Moment setzte sich in Murads Kopf jenes neue Bild seiner ihm plötzlich fremden Tochter zusammen, das ihn bis hierher begleitete.

Zuvor wäre er nie auf den Gedanken gekommen, Naima könnte gemeint sein, wenn es in den Medien hieß, viele junge Frauen würden sich Gotteskriegern anschließen, die sie aus dem Internet oder sonst woher kannten. Aber wie auch immer die Verwandlung Naimas im Einzelnen vonstattengegangen war, noch jetzt, hier auf dieser Gebirgsstraße, wollte er laut ausrufen: Das kann nicht wahr sein; wozu die vielen Jahre Schule, all die westliche Liberalität, ihre kurzen Röcke, ihr Make-up und ihre designten Fingernägel, wenn dies hier das Ergebnis war?

Die Dunkelheit um ihn war nun so ungeheuer, dass sie ihm physisch im Weg zu stehen schien. Er schritt gegen etwas Dichtes an und starrte aus weit aufgerissenen Augen auf die Straße, um ihren Verlauf zu erkennen. Wie dunkel kann es werden im Nebel, zwischen Bergen?, fragte er sich. Ein Blick zur Seite zeigte ihm noch Lichtreste, wie ein übergroßer Schiffsbug löste sich ein weiterer Berg aus der Dunkelheit. Murad blickte in die

Schlucht hinab. Die Geröllbrocken waren weich konturiert und grau, weiter unten zerflossen sie in den Schatten, die zwischen seinem Berg und dem Hang nichts übrig ließen als schwarzen Raum für die Kinderfantasie eines Sprungs oder Seiltanzes über die Leere.

Wie konnte Naima in ihrem Alter noch glauben, die Welt sei so harmlos und zugänglich wie in ihren YouTube-Videos, wo selbst der Krieg als eine touristische Sensation dargestellt wurde, eine Abfolge von schnell geschnittenen Explosionen und Gewaltszenen im Wechsel mit langen Schwenks über weite Landschaften, all das unterlegt mit Musik? Wie konnte sie glauben, ihren Platz finden zu können an der Seite eines bewaffneten Fremden? Er war wohl ein junger Franzose, hatte Murad inzwischen herausgefunden. Aber sie hätte einen jungen Franzosen auch anderswo kennenlernen können. Wenn es um mehr als eine Liebschaft ging, dachte er, dann war wohl auch Abenteuerlust beteiligt, der Wunsch nach einem Ausbruch aus dem allzu vertrauten, reizlosen Alltag. Konnte das tatsächlich die banale Begründung für einen so radikalen Schritt sein? Es fiel ihm schwer, die Dinge durch Naimas Augen zu sehen, doch als Vater glaubte er, den Versuch wieder und wieder unternehmen zu müssen.

Vielleicht bewohnt sie die Welt anders, sagte er sich manchmal. Inzwischen war er selbst weit gereist, und doch wäre es ihm seltsam vorgekommen, eine Bewohnerin wie sie zu sein, eine Bewohnerin der ganzen weiten Welt, die sie aus Bildern und ihren eigenen Träumen zusammensetzte, wodurch diese Welt aber um keinen Quadratzentimeter kleiner und um keine Morastpfütze ärmer wurde. Nur manchmal, in den Flugräumen der Erinnerung, wo sich Busse und Züge, Boote und vielleicht sogar Rikschas in Bilderfolgen verwandelten, konnte er ein wenig wie Naima sein, die noch gar nicht begonnen hatte, die Schwere all dieser Dinge zu empfinden. Aber was wusste er schon von der Psyche seiner Tochter, wenn selbst ihre Mutter an der Deutung scheiterte?

Plötzlich setzte Schneetreiben ein, große Flocken taumelten ihm entgegen und bildeten vor ihm einen instabilen Tunnel. Unwillkürlich beschleunigte Murad seinen Marsch, blieb jedoch sofort stehen, als er bemerkte, dass sich am Hang etwas bewegte. Er konnte dort oben so gut wie nichts mehr erkennen und lauschte vornehmlich auf die Geräusche. Erst war ein Tapsen und Scharren zu hören, dann wurde es still. Das irritierte ihn noch mehr als die plötzliche Anwesenheit von etwas Lebendigem. Er ging weiter. Der Schnee fiel lautlos und störte seine Orientierung. Zehn Schritte weiter war das Geräusch wieder deutlich zu hören: Wo er die Büsche ausgemacht hatte, begleitete etwas seinen Marsch. Dass dort jemand sein könnte, wagte er nicht anzunehmen. Der Gedanke an ein Tier war, da er sich nicht im Dschungel befand, weniger bedrohlich als der an einen Menschen. Er machte die Probe, blieb stehen und wartete. Was immer es war, es huschte oben an ihm vorüber und blieb irgendwo vor ihm stehen.

Als er diesmal weiterging, hatte sich die Landschaft

verändert, ohne dass er sie noch sah. Sie war jetzt wieder jene vollkommen abgeschiedene Welt aus Geröll und Nebel, die ihn aus irgendeinem Grund zu diesem Ausflug angeregt hatte, ihn jetzt aber ängstigte. Was Murad vorwärtstrieb und zugleich so zusammenpresste, dass sogar sein Durchfall zur Ruhe kam, war die Gewissheit, niemand würde ihm helfen können, was auch immer von jetzt an geschah. Seine ganze Verlorenheit drängte sich in dem plötzlichen Erkennen zusammen, dass, was auch immer dort oben mit offenbar flinken Schritten keine Mühe hatte, ihm zu folgen, allein für ihn dort war und daher ihm und nur ihm bevorstand. Dieser Berg, an dem er seit Stunden entlangkrabbelte, schien ihn nun von sich zu stoßen. Er schlich an der äußersten Kante der Straße entlang und war doch noch immer dem Hang viel zu nahe. Er überlegte, wohin er ausweichen konnte, wenn das oder der dort oben herunterkommen würde. Aber es war ihm trostlos klar, diese Straße hatte sich in eine Falle verwandelt.

Der Schnee fiel so dicht, Murad wäre ins Leere gestolpert, wenn nicht der Mond über dem Berg hervorgekrochen wäre, nur ein blasser Fleck im grauweißen Gestöber, und doch eine Lampe, wenn auch von einem öden Vorhang verschleiert. Nach einiger Zeit waren die Büsche am Hang wieder zu sehen und überdeutlich auch die Bewegung darin. Er ging mechanisch weiter, immer darauf bedacht, jetzt nicht noch abzustürzen. Nach dem ersten Schrecken beruhigte ihn die Tatsache, dass das Wesen dort oben Abstand von ihm hielt.

Das Schneetreiben ließ allmählich nach, die Straße war rutschig geworden. Murad erreichte die nächste Biegung und eine Stelle, an der der Hang beschädigt war. Er wusste, ihm war das Glück nicht gewogen. Jetzt würde er sehen, was ihn verfolgte, denn um weiterzukommen, musste es auf die Straße herunterkommen. Alles, was er tun konnte, war gehen, so schnell er es vermochte. Halb rutschend, mit rudernden Armen umging er den riesigen Kratzer im Berg und folgte blind den ins Mondlicht gestreuten Brocken auf der Straße. Zunächst blieben die Geräusche hinter ihm zurück, dann veränderten sie sich.

Er wollte nicht zurückschauen, aber eine unbezähmbare und furchtlose Neugier, eine Gier, in der der Geist vom verwundbaren Körper und seinen Ängsten befreit zu sein schien und die nur in den Augen und Ohren lebte, ließ ihn den Kopf wenden und viel genauer, als es in diesem Augenblick möglich zu sein schien, den großen, dunklen Hund betrachten, der aus dem Berg floss und auf der glänzenden Straße emporwuchs. Der Hund trottete los, die Schnauze dicht über dem Boden. Wenn er jetzt aufschloss, blieb Murad nichts übrig, als vorwärtszufliehen; ein kaum aussichtsreiches Unterfangen. Als hätten sich seine Glieder in Holz verwandelt, setzte er einen Schritt vor den anderen und kniff die Augen zusammen.

Die Straße verschwand nach wenigen Metern in der Dunkelheit, die Schlucht neben ihm war bodenlos. Er schaute den Hang hinauf und sah sich seit Stunden an einem riesigen, sich wandelnden Gesicht entlangwandern – etwa auf Höhe der Unterlippe.

Der Hund hielt offenbar Abstand und wurde dadurch in Murads Rücken zum Ungeheuer. Was wusste er über die Tiere, hier, wo die Begegnung mit den Menschen so sehr im Vordergrund stand? Was wusste er überhaupt über Tiere, außer den Dingen, die man im Fernsehen erfuhr? Während er voranhastete, fiel ihm der Arbeitselefant ein, den er vor Jahren in Indien gesehen hatte. Er stand mitten auf der Straße zwischen Autos, Fahrrädern, Eselskarren und Menschen. Seine kleinen Augen musterten das Treiben mit einem Ausdruck verletzlicher Geduld. Als Nächstes fielen ihm das Kali-Fest und die Opfer für die Göttin der Zerstörung ein. Wie erstaunt war er gewesen über diesen Blutkult. Er dachte an die Schafe und Ziegen, die auf dem Opferplatz vor dem Angesicht der Göttin standen, daran, wie der Schlächter mit einem schwertartigen Messer auf das Einverständnis der Tiere wartete und, da es meist lange auf sich warten ließ, schließlich einen Eimer Wasser über ihre Köpfe gießen ließ, damit sie sich schüttelten – eine absichtsvoll missverstandene Bewegung, welche den tödlichen Streich zur Folge hatte und einen weiteren Schwall Blutes, der sich auf den mittäglich heißen Pflastersteinen des Platzes mit den umhergewehten Blüten vermischte, sie berührte, umschloss, verfärbte und schließlich fortschwemmte. Die Hände der Opfernden und der Betenden berührten diesen Blutstrom, der ihren Abdruck aufnahm, kurz stehen ließ und dann verschluckte, diese Handspuren, welche sich gleich darauf wiederfanden im pausbäckigen Steingesicht der dürstenden Göttin, die auf all das mit blutbeschmierten Lidern und Lippen herabzulächeln schien, als wolle sie sagen: Bald auch du.

Mehr Hunde lösten sich vom Hang. Sie überholten ihn und jagten voraus. Jetzt war Unruhe um ihn; als hätten die Tiere bis zu seinem Erscheinen geruht, zeigten sie sich nun munter und ohne Scheu. Murad ging weiter, und das Einzige, worin ein Schutz für ihn lag, war diese Bewegung des Gehens, seine Verbindung mit der Straße und deren Ziel irgendwo voraus. Sie durfte nicht unterbrochen werden, denn alles um ihn war nicht für ein Verharren, sondern ausschließlich für die Passage gedacht – gedacht von ihm, der es einfach nicht anders wahrnehmen konnte. Er war an keinem Ort, er war in Bewegung und viel mehr als seine Augen und Ohren gaben seine allmählich ermüdenden Knie Kunde von der Umgebung.

Der Frühjahrsschnee wurde nicht mehr verweht, er taumelte nur noch feierlich herab; diese Weihnachtsstimmung gab der absurden Hundekarawane vor ihm etwas Harmloses, das er aber beim besten Willen nicht empfinden konnte. Im Mondlicht glichen die hellen und dunklen Körper einander, ihre Bewegungen waren mehr hör- als sichtbar. Murads Magen knurrte auf, und die Tiere spitzten die Ohren. Gleich darauf ergoss sich ein neuer Schwall in die Windel, was allerdings kein Zeichen von Entspannung sein konnte. Er hoffte inständig, seine Verfolger oder Begleiter würden das Knurren aus den unkontrollierbaren, tieferen Regionen seines Körpers nicht als Kontaktaufnahme missverstehen, sozusagen von Tier zu Tier.

Als er in der Ferne das Licht neben der Straße sah, spürte er in der aufsteigenden Hoffnung zum ersten Mal die Kälte, die auf ihm gelastet hatte. Er ging ruckartig schneller, und nur die Furcht vor einem Angriff des großen Hundes ließ ihn nicht rennen. Er wagte einen Blick über die Schulter und sah den Hund keine zwanzig Meter hinter sich. Schneeflocken hingen in seinem Fell, die Haare an seiner Schnauze wiesen, an den Lefzen vereist, wie Fangzähne zu Boden. Murad war sehr aufmerksam, ließ das Tier nicht aus den Augen. Während er es ansah, kam es plötzlich näher, als hätte sich das Objekt der Verfolgung verändert, als er dessen Gesicht sah. Rasch wandte sich Murad um und versäumte dabei nicht, die anderen Hunde ins Auge zu fassen. Zwei waren stehen geblieben und schauten zu ihm zurück. Ihre Augen waren kaum zu erkennen, dafür ihre Atemfahnen in der abgekühlten Luft. Der zuvorderst Laufende schickte sich an zurückzukommen. Er war kleiner als die anderen, aber sein Kopf wirkte unförmig groß. Er tapste vorsichtig, doch zielstrebig auf Murad zu.

Erst jetzt wurde ihm klar, dass er es wirklich mit Hunden zu tun hatte. Bisher waren sie ihm vorgekommen wie Lebewesen einer anderen Welt. Als der erste wenige Meter vor ihm zum Stehen kam, gewann er damit eben das Lästige und Alltägliche eines Hundes, der sich schüttelt, streckt und die Nähe eines beliebigen Menschen sucht.

Erneut beschleunigte Murad seine Schritte, um den Hund nicht vor sich zu haben, was darin hätte resultieren können, stehen bleiben zu müssen. Das Tier verharrte am Straßenrand und ließ ihn passieren. Murad hielt sich in der Mitte und eilte vorbei, die Hunde sammelten sich hinter ihm.

Sein größtes Problem bestand nun darin, langsam zu gehen. Das Licht lag näher, es war von Schwarz umgeben, als leuchte es aus einer dunklen Nische. Der Atem der Hunde war laut genug, seinen eigenen zu übertönen. Murad glaubte fest, einen Straßenabschnitt von der Hinfahrt wiederzuerkennen. Die Fahrbahn war mit fladenförmigen Teerstücken ausgebessert worden. Er war sicher, die Hunde kamen näher, und musste daran denken, wie sein Freund Aziz, ein junger Mann, den er in Berlin kennengelernt hatte, damals auf der gemeinsamen Reise durch Indien einen Schlächter bestechen wollte, damit er ihn eines der Tiere töten ließe, wie dieser aber wiederholt würdevoll ablehnte und dadurch die ihm anhaftende, blutbespritzte Schäbigkeit verschwand vor der Tatsache, dass seine Art des Tötens strengen Regeln folgte, die er auch zu verteidigen bereit war.

Was sich da am Straßenrand näherte, war eine Hütte, zusammengezimmert aus Balken, Kartons und Decken. Der Stoff am Eingang ließ eine Lücke. Kein Mensch war zu sehen. Murad hockte sich vor die Öffnung, sagte: »Hallo?«, und duckte sich dann hinein.

Das Innere war vom Licht einer Kerosinlampe ungleichmäßig erhellt. Gleich vor ihm saß ein junger Mann mit schmutzigem Gesicht im Schneidersitz am Boden und blickte Murad ohne nennenswerte Überraschung an. Eine alte Frau entdeckte er erst nach ein paar Augenblicken; sie kauerte zwischen Kisten und Strohbündeln, nichts an ihr bewegte sich, außer dem zahnlosen Mund mit seinen weichen, ausgeleiert wirkenden Lippen. Der Mann hob die Hand zum Gruß, nachdem Murad es getan hatte. Murad murmelte ein paar Worte des Dankes und blickte durch den Eingang zurück auf die Straße. Die Hunde waren tatsächlich verschwunden.

Nun versuchte er, sich mit dem Mann zu verständigen. Er kramte ein Geldstück hervor und legte es auf einen der Ziegelsteine, von denen es in der Hütte mehrere gab. Danach wies er mit dem Zeigefinger auf einen Topf voller Hühnereier. Der Mann griff hinein, nahm eines heraus, schmiegte kurz seine Handflächen darum und reichte es Murad. Dann richtete er sich auf, soweit das möglich war, und bewegte sich auf Knien zur Feuerstelle. Während er Tee in ein Wasserglas füllte und es Murad hinhielt, flüsterte er auf die Alte ein, die aber kein Wort von sich gab.

Murad schlug das Ei auf einem der Steine auf und schlürfte es in einem Zug aus. Dann trank er den Tee, der den Geschmack in seinem Mund auslöschte. Der Geruch in der Hütte beruhigte ihn, denn mit seinem eigenen stand es nicht zum Besten. Der Mann kauerte sich wieder hin, und die beiden beobachteten Murad. Niemand unternahm auch nur den Versuch, ein Gespräch zu beginnen. Alles, was blieb, war lächeln. Was Murads schweifendem Blick erst jetzt auffiel, war, dass dem Mann der linke Unterschenkel fehlte und in der Nähe des Eiertopfes eine roh gezimmerte Krücke lehnte.

Er dachte an die frei stehenden Häuser, die man hier

auf dem Land sehen konnte; dunkle Gemäuer mit hölzernen Fensterläden. Und oft lehnte sich ein verschlafen aussehender Mann aus einem dieser Fenster und sah den Bussen nach, während die Frauen in solchen verlorenen, ins steinige Land gesetzten Ortschaften um die Häuser herum immer tätig zu sein schienen. An einen dieser Verschlafenen erinnerte ihn dieser ruhige Mann mit den zerzausten Haaren. Diese Leute hier mussten allerdings sehr arm sein, einen anderen Grund gab es nicht für das Wohnen so weit abseits größerer Siedlungen. Gern hätte Murad jemandem mitgeteilt, was er empfand, als der Tee ihn aufwärmte. Doch er unterdrückte das starke Gefühl der Rührung, welches er seiner Schwäche zuschrieb.

Er verabschiedete sich von den Leuten und kroch aus der Hütte. Als er zur Straße hinaufkletterte, stand dort eine weitere Gestalt mit Krücken. Im blassen Licht hielt Murad sie zunächst für einen Felsbrocken. Dann aber spreizte sich ein Arm ab. Murad begrüßte den Jungen, blieb jedoch nicht stehen, sondern umging ihn wie ein natürliches Hindernis.

Entlang der Straße gab es noch mehr Verschläge von der Art, wie er ihn gerade verlassen hatte, aber nur dieser eine war beleuchtet. Das Gehen fiel ihm jetzt schwer, seine Knie waren unbeweglich geworden. Er spähte nach den Hunden, fand aber keine Spur mehr von ihnen. Dafür kamen ihm zwei traurige Gestalten entgegen. Sie waren so vermummt wie manchmal die Aussätzigen und blieben stehen, als er sie passierte. Murad konnte weder ihre Gesichter noch ihre Hände sehen, nur die Füße, die in

Latschen steckten. Um an ihnen vorbeizukommen, hielt er sich nahe dem Hang, der hier mehr Bewuchs zeigte. Er fragte sich, was diese Leute wollten. Sie bettelten nicht und wirkten ebenso erstaunt über die Begegnung wie er. Ihre Köpfe drehten sich zu ihm um, als er sie passiert hatte. Er grüßte sie noch einmal und wandte dann endgültig den Blick von diesen Bündeln auf dürren Beinen.

Ein neues Geräusch trieb ihn voran. Es war schon in der Hütte zu hören gewesen, wurde jetzt aber klarer vernehmbar: Unten in der Schlucht rauschte der Fluss, und an diesem Fluss lag der Ort. Er musste an sein leeres, frisch gestrichenes Zimmer denken. Und wenn er dort wäre, fragte er sich, wie würde es dann weitergehen? Niemand wusste, wann der Bote wiederauftauchte, ob er überhaupt jemals wiederkäme. Dieser Mann aber war die einzige Verbindung Murads zu Naima, die in ihrem selbst gewählten, neuen Leben nichts ahnte von der Reise ihres Vaters, welche ein hilfloser Versuch war, sie zu retten. Aber wie rettet man jemanden, auch wenn man ihn noch so sehr liebt, vor dessen eigenen Wünschen? Er hätte sich augenblicklich, hier auf der kalten Straße, das Rudel Hunde noch immer irgendwo hinter sich, hineinsteigern können in seine Erinnerung an das Kind, das Naima gewesen war, ihre wache Schüchternheit, an Dutzende kleine Momente mit ihr, die ihm einfielen. Doch was änderte das daran, dass er sie nicht kannte, nicht so, wie sie jetzt war, die Frau eines Fremden, der wie sie, aber mit einer Waffe in der Hand, sein heilloses Glück in diesem heillosen Kalifat suchte? Nichts, es änderte nichts daran.

Murad war bewusst, er hätte zu Hause in Deutschland warten können, dasitzen, aus dem Fenster starren und ausharren, bis sie eines Tages zurückkäme, ganz sicher verwandelt durch ihr düsteres Abenteuer und, so stellte er sich vor, mehr ernüchtert, als er es je gewesen war. Inmitten von Mord und Totschlag kann man nicht einfach nur reifen, man wird stumpf wie die Umgebung, in der man etwas wie Normalität aufbauen wollte, während Monat um Monat die Schreie der Sterbenden, Schüsse und Explosionen und natürlich auch die Furcht in der Luft liegen. Er musste wenigstens den Versuch unternehmen, Naima von diesem Alltag zu befreien, auch wenn es bedeutete, sie vollständig ins Unrecht zu setzen, sie zu behandeln wie eine Drogensüchtige, die man zur Vernunft bringen musste.

Dabei war sie selbst, jedenfalls nach ihren letzten Mitteilungen auf Facebook zu schließen, zutiefst davon überzeugt, die richtige Entscheidung getroffen zu haben. »Zum ersten Mal in meinem Leben«, schrieb sie dort, »bin ich konsequent gewesen.« Dieser Satz ging ihm nicht aus dem Kopf. Was meinte sie damit, wieso war es dieser jungen Frau so wichtig, konsequent zu sein? Im Gehen schüttelte er den Kopf und fragte sich, wer ihr das eingeredet haben mochte.

Seine Schritte, das gleichförmige Geräusch der Schuhsohlen auf der Straße, die ganze Monotonie der Lauftätigkeit durchsetzte sein erschöpftes Denken und gab ihm den Takt vor. Seine Gedärme hatten sich leer gespuckt, das war eine Erleichterung. Dafür aber musste er die nächste Stunde auf Beinen gehen, die zusehends schwerer und unbeweglicher wurden. Noch immer begleitete ihn die Angst vor den Hunden. Tief im Inneren verspürte er jedoch auch etwas wie einen kräftigenden Zorn. Er hatte genug von alldem, was aus unbeleuchteten Winkeln hervorquellen mochte, von alldem nutzlos Existierenden, das sich stets nur zeigte, um wieder zu verschwinden, und wimmelnd oder streunend irgendwo in dieser Riesenwelt weiterlebte.

Murad ging an baumhohen Sträuchern und hausgroßen Felsbrocken vorüber, hastete abwärts, wenn die Straße sich senkte und schaute nicht um sich, sondern lauschte nur dem Rauschen des Flusses. Was zunächst ein feines Geräusch gewesen war, verstärkte sich, wurde unregelmäßiger, definierter. Allmählich lösten sich Nebengeräusche davon ab, und in seinem Kopf entstand wie aus großer Ferne das winzige Bild des glucksenden und strudelnden Flusslaufs.

Schließlich kam er unten an, war an einem einzigen der vielen Berge hinabgekrabbelt und stand in der zerklüfteten Talsohle, bereit, wem auch immer alle Anstrengungen der letzten Stunden zu vergeben. Der Fluss war nah, neben der Straße erstreckte sich dunkler Grasboden bis zum Ufer. Ein leichter, vom Wind fein verteilter Kotgeruch war um ihn, also konnte der Ort nicht mehr weit sein, und wie zur Begrüßung meldete sich nun auch sein Darm wieder.

Er verließ endlich die Straße. Erst wollte er nur auf der weichen Erde gehen, dann zog es ihn doch zum Fluss. In der Dunkelheit irrte er voran, bis die Ufersteine vor ihm lagen. Das Wasser strömte dunkel und leicht dahin, und Murad versank knietief im Morast. Seine Füße rutschten ruckweise tiefer in die zähflüssige Masse und kamen nicht durch einen harten Untergrund zum Stehen, sondern durch das unter ihnen zusammengedrückte Weiche. Der Gestank ließ keinen Zweifel daran, worin seine Füße versanken. Kurz kam ihm der Gedanke, in den Fluss zu steigen, wenigstens die Beine hineinzuhalten. Aber es ergab keinen Sinn, wenn er danach wieder durch den Kot gehen musste. So stapfte er gleich voran, erreichte einen Kieselpfad und stand in der Kühle des anbrechenden Morgens in der Ortschaft, die ausgestorben schien bis auf ein paar Ziegen.

Murad wusste, dass er den Leuten im Gasthaus so nicht unter die Augen treten konnte. In der Kälte war der Gestank zwar nicht stark wahrnehmbar, aber das würde sich ändern, sobald er das Haus betrat. Er schritt die Straße entlang, bog in eine Lücke zwischen den Häusern und kletterte, dem dahinter beginnenden Pfad folgend, hangaufwärts. Seine Erschöpfung schien ihn für neue Anstrengungen unempfindlich gemacht zu haben. Mit der Vorstellung, dass er sich noch immer am Hang desselben Berges abmühte, stieg er weiter, kam an ein kleines Maisfeld und sah dahinter wieder eine Steigung, was ihm nun doch alle Kraft nahm. Er fiel zu Boden. Keinen Moment hatte er an die Wegstrecken gedacht, die im Ort noch vor ihm lagen. Von fern schien er so zusammengedrängt und winzig, dass Murad mit keinerlei

Mühen mehr rechnete, sobald er dort sein würde. Einmal am Boden, ließen ihn seine Kräfte im Stich. Er kroch in das Feld, die jungen Maishalme sanken nieder und bildeten eine löchrige Matte, die ihn kaum vor der kalten Erde schützte.

Als er erwachte, stand die Sonne schon über den Gipfeln. Anfangs glaubte er, etwas läge auf ihm, dann bewegte er seine Glieder einzeln und keuchte dabei. Er erhob sich und versuchte, auf der harten Windelwurst zum Sitzen zu kommen, was ihm aber nicht gelang. Also stand er auf. Eine vermummte Frau schlich in Richtung der Häuser, ohne ihn zu beachten. Die schalenartig festgetrocknete Kleidung kratzte und behinderte ihn. Er verließ das Feld und ging außen herum.

Vor dem Gasthaus stellte er fest, dass niemand da war. Gut so, er konnte ohne Umstände in sein Zimmer und zunächst die Kekse aus dem Seesack holen und in sich hineinstopfen; die einzige Nahrung, die er länger als zwanzig Minuten bei sich behalten konnte. Danach begab er sich zum Brunnen, holte Wasser herauf und begann, sich zu waschen. Ihm kam in den Sinn, wie sehr ihn das Waschen auf den Reisen, ob unter einer Dusche, am Wasserfall oder am Brunnen, an den freieren Alltag zu Hause erinnerte. Unterwegs stand man nie nackt in reinigenden Strömen, immer war diese Verrichtung durch etwas behindert. So auch hier: Er wollte die Kleider erst wechseln, wenn er sauber war, daher musste er sich zunächst unter dem Panzer waschen, der sich nur widerstrebend von der Haut lösen ließ. Auf dem Platz vor dem Haus konnte er nicht riskieren, sich auszuziehen, da jeder Vorbeikommende ihn dort sehen konnte. Er entfernte endlich die Windel und eilte ins Haus.

Als er sich auf dem Holzbett ausgestreckt hatte, blieb ihm gerade genug Zeit, die groben Balken der Zimmerdecke zu betrachten, die wie eine furchteinflößende Zeichnung alte Brandspuren zeigten. Murad spürte noch die Taubheit in seinen Armen und Beinen, gleich darauf schlief er tief und traumlos.

Er erwachte, als einer der jungen Laufburschen des Hotelbesitzers gegen seine Zimmertür hämmerte. Immer wenn er das tat, glaubte man, es hätte einen Unfall gegeben. Diesmal jedoch war die Aufregung echt, Murad bemerkte den Ausdruck von Erleichterung im Gesicht des Jungen, als dieser den Hotelgast erkannte, der von seinem langen Ausflug zurückgekehrt war. Er bestellte einen Tee und sah den Jungen davonhasten, eilig, um die gute Nachricht so schnell wie möglich zu verbreiten.

Jetzt fühlte sich Murad, als wäre er verprügelt worden. Sein Nacken, die Schultern und Oberschenkel waren wie versteinert. Gebeugt und sehr langsam schleppte er sich zum Fenster hinüber, zog den Vorhang beiseite und blickte auf den Vorplatz hinaus. Es herrschte bereits trübes Nachmittagslicht, hier oben in den Bergen war es besonders trostlos, wenn der Himmel so dicht bewölkt war wie jetzt. Auf dem Hof standen ein halbes Dutzend ausrangierte und völlig verrostete Metallbetten, zusammengedrängt wie eine Herde. Die Berggipfel in der Ferne entfärbten sich bereits. Kein Zweifel, dachte Murad, es wird schon wieder Abend. Der Gedanke deprimierte ihn über die Maßen. Er schlich zum Bett zurück und streckte sich wieder darauf aus. Obwohl er dabei ächzte und stöhnte, empfand er keine Entspannung. Es war, als raste sein Körper von einer Position der Erstarrung in die nächste ein, er kam sich vor wie die Blechfigur aus dem *Wizard of Oz*, und im Moment, da er an diesen alten amerikanischen Film dachte, war er auch schon wieder bei Naima.

Es wäre ihm lieber gewesen, sie nur als das verwirrte Opfer mächtiger Bilder und Versprechungen sehen zu können. Dagegen sprach, das wusste er, ihre Liebesgeschichte mit jenem Franzosen, für die es mehr gebraucht hatte als den bloßen Austausch von religiösen Parolen und Videoclips. Sie hatte sich darauf eingelassen und eine Entscheidung getroffen. Aber da war noch mehr, dachte er jetzt, was er bisher ignoriert hatte. Sie ist starrsinnig geworden in den letzten Jahren, jedenfalls hatte ihm das ihre Mutter erzählt. Nicht nur, dass sie wie jeder Teenager alles besser wusste, nein, sie bekämpfte ihre Mutter regelrecht. Sie habe Wut aufgebaut, enorme Wut, sagte Dorothee mit sorgenvollem Blick zu ihm, als sie eins ihrer seltenen Gespräche führten. Er hatte das damals als einen weiteren von vielen Vorwürfen aufgefasst. Seit ihrer Trennung gab es nichts, was er hätte richtig machen können oder je richtig gemacht hatte. Und alles, was mit Naima zu tun hatte, war besorgniserregend oder gar bedrohlich, wenn Dorothee ihm davon erzählte. Naimas Leistungen in der Schule ließen nach, sie benahm sich aggressiv und abweisend gegen Freunde und Freundinnen, schließlich schottete sie sich ab, schwänzte die Schule und verschwand für ganze Tage.

Natürlich war Murad darüber besorgt gewesen, auch wenn er seiner Ex-Frau insgeheim unterstellte, die ganze Sache zu übertreiben. Aber es gab da noch etwas anderes, das er sich nur ungern eingestand. Er empfand eine stärker werdende Entfremdung von seiner Tochter. Das lag nicht allein an der Scheidung, sondern auch daran, dass dieses Mädchen in einem westlichen Land in die Pubertät kam. Dadurch hatte Naima gewissermaßen größeren Anspruch auf Selbstbestimmtheit. Sein eigener Vater hatte Murad gegenüber einfach nur die Grenzen markiert und ansonsten jede Persönlichkeitsveränderung in diesem Alter ignoriert. Naima aber, und das war für Murad ein quälender Gedanke, entwickelte sich hinein in eine Freiheit, von der er als ihr Vater kaum eine Vorstellung hatte. Ich war viel jünger als sie, als ich nach Deutschland kam, dachte er, und alles, was ich kannte, waren Familienzwänge, einige politische Phrasen und mein brennender Ehrgeiz, etwas aus mir zu machen.

Diese Zeit ihres Erwachsenwerdens mitzuerleben, war schwerer als gedacht. Ich hätte ein Gespräch mit ihr erzwingen sollen, dachte Murad, hätte ihr davon berichten sollen, wie es für mich gewesen ist, in der Fremde anzukommen und aufzuwachsen. Sicher, ich war jung, dachte er, aber es geht hierbei nicht nur um die Energie des

Aufbruchs, die Blindheit der Jugend für all die Widerstände, welche das Ankommen langwierig machen. Ich hätte Naima davon erzählen sollen, wie ich diese anfängliche Kraft allmählich verlor, nicht nur müde, sondern immer langsamer und schließlich bequem wurde. In der Fremde sucht der Mensch das Vertraute, er sehnt sich danach auf eine Weise, die er in der Heimat nicht für möglich gehalten hätte. Kleine Dinge, die Art des Schmucks, den Leute tragen, ihr Essen ohnehin, aber auch die Art und Weise, wie sie beieinander sind, wie sie schauen – das alles entwickelt in der Fremde eine immer stärkere Anziehungskraft, bis man sich schließlich, als der Entwurzelte, der man ist, an das Vertraute oder auch nur halb Vertraute klammert.

Denn die Wahrnehmung des Vertrauten wird in der Fremde immer gröber; die vielen Unterscheidungen von zu Hause verblassen. Nicht die Familie, nicht die politische Gesinnung, nicht einmal die exakte religiöse Zugehörigkeit haben noch Bedeutung, all die Verschiedenheiten, die in der Heimat für zum Teil hitzige Diskussionen, manchmal sogar zu Mord und Totschlag führten, lösen sich dort auf, und eine Hinterhofmoschee voller »Landsleute« aus aller Herren Länder wird zur Ersatzheimat. Ich hätte Naima davon erzählen sollen, wie sehr ich diese Müdigkeit in mir bekämpft habe. Nicht weil ich ein Streber war, der sich unbedingt anpassen wollte. Nein, es ging mir darum, diese Kraft nicht zu verlieren, anders sein zu wollen als die vielen, die ich seit meiner Ankunft in Deutschland sah, in Berlin, in Mannheim, in

Köln, wo auch immer. In den unübersehbaren, überbevölkerten Stadtvierteln saßen sie in den immer gleichen Cafés vor ihrem Glas Tee und ihrem Handy. Vermutlich erinnerten sie sich nicht einmal mehr an die Hoffnungen, die sie hierherbegleitet hatten. Sie waren einfach nur, jeder für sich, an seinem Platz, genau dort, wohin man sie verwiesen hatte, weil sich auch in ihnen irgendwann die Müdigkeit breitgemacht hatte, weil auch sie die Spannkraft verließ und nur Ernüchterung zurückblieb. Für mich wollte ich das nicht, dachte Murad. Dass jene Müdigkeit aber Naima mit solcher Gewalt zurückreißen würde in ein anderes Leben, von dem sie keine Vorstellung hatte, hätte er nicht im Traum für möglich gehalten.

Der Junge brachte den Tee. Gekonnt stellte er das Tablett auf dem wackligen Holztischchen ab, dem einzigen Möbel in diesem Raum, außer Bett und Schrank. Er wollte gleich wieder gehen, doch Murad hieß ihn bleiben.

»War der Bote inzwischen da?«, fragte er.

Der Junge stand in der offenen Tür, das leere Tablett wie einen Schild vor sich haltend, und verneinte.

»Du würdest es mir sagen, wenn du etwas gehört hättest, oder?«

Der Junge nickte und sagte:

»Mein Boss meint, der Bote kommt nicht wieder. Er war nur auf das Geld aus, das du ihm gegeben hast.«

»Dein Boss ist ein Pessimist.«

»Was ist ein Pessimist?«

»Jemand, der immer das Schlechte erwartet, obwohl er auch schon Gutes hat geschehen sehen.«

Der Junge blickte zum Fenster hinüber und trommelte mit zwei Fingern leise auf das Tablett.

»Aus Angst vielleicht?«, sagte er dann.

Murad lächelte, als er die in Falten gelegte Stirn mit den beinahe zusammengewachsenen Augenbrauen betrachtete.

»Du meinst, ein Pessimist könnte in Wahrheit ein ängstlicher Optimist sein?«

Der Junge dachte einen Moment darüber nach, schließlich nickte er zustimmend.

»Du bist ein kleiner Psychologe. Vielleicht hast du recht, es mag jene geben, die nur das Unheil bannen wollen und insgeheim vielleicht sogar Gutes erwarten. Aber ich sage dir, es gibt auch solche, die nichts Gutes mehr erwarten, von niemandem. Sie leiden. Es ist, als würden sie wie ich hier in einem Zimmer sitzen und hätten die Vorhänge zugezogen, um nur noch auf die bedrohlichen Geräusche vor der Tür zu lauschen.«

»Bist du so einer?«

Für eine Sekunde war Murad empört über diese Frage, als hätte der Junge ihn ertappt.

»Nein, wäre ich sonst hier?«

»Du glaubst also, deine Tochter wiederfinden zu können?«

Obwohl der Junge es vermutlich gar nicht so gemeint hatte, fühlte sich Murad von der Frage verletzt.

»Natürlich glaube ich das. Wie kommt ihr auf die Idee, dass jemand den Weg von Deutschland hierher, in diese Wildnis macht, nur um sein Gewissen zu beruhigen? Sagt dein Boss dir so etwas?«

Wie zur Abwehr hob der Junge das Tablett und schüttelte den Kopf. Murad beruhigte sich wieder.

»Du, sag mir, was du denkst.«

»Worüber?«

»Was denkst du über mich und das, was ich hier tue?«

Der Junge bewegte den Kopf sehr langsam von rechts nach links, als müsse er durch eine Nebelwand schauen.

»Ich bin sicher, du wirst sie finden. Der Bote wird zurückkommen. Aber es wird sehr gefährlich werden.«

»Wieso glaubst du das?«

»Du kennst diese Leute nicht, du lebst in Almania. Sie werden dir nicht geben, was du willst. Du brauchst starke Freunde. Und was tust du, wenn sie nicht fortwill?«

Murad dachte nach. Seit Monaten wurde das Kalifat nunmehr von Amerikanern, Russen, Franzosen und Gott weiß wem bekämpft. Ob in Mossul oder in Rakka oder in irgendeinem Weiler in der Wüste, die Versorgungslage musste inzwischen katastrophal sein. Darauf gründete Murad seine Hoffnung. Von Naima hatte er seit einer Ewigkeit nichts mehr gehört. Es gab keine Anrufe mehr, keine Postings, nichts.

»Ich bin mir nicht sicher«, sagte er zu dem Jungen. »Würdest du nicht von dort wegwollen?«

»Ich schon«, entgegnete der Junge und lächelte auf eine so rätselhafte Weise, dass es Murad den Atem verschlug.

Ist das Spott, Ironie oder doch nur kindlicher Übermut, fragte er sich und schickte den Jungen fort. Er trank seinen inzwischen lauwarmen Tee, ließ sich auf das Bett zurücksinken und betrachtete die aufgeklebte Windrose in der Mitte der Zimmerdecke. Sein Blick folgte dem kleinen Pfeil, der für das Gebet in diesem Raum die Richtung Mekkas anzeigte.

Einige Tage später fühlte sich Murad beinahe vollständig erholt. Inzwischen funktionierten die Toiletten im Ort wieder, und selbst sein Durchfall ließ nach. So befand er, wieder fit genug für einen Spaziergang zu sein.

Weiter unten, etwa eineinhalb Kilometer entfernt, wo der Fluss aus den Bergen ins Tal mündete, gab es einen zweiten Ort, einen Marktflecken im Nirgendwo, erreichbar nur über Eselspfade und die Landstraße. Anders als zwischen den versprengten Häusern und Hütten hier oben, existierte dort eine gepflasterte Hauptstraße. Murad war schon öfter zum Einkaufen unten gewesen, oft auch nur, um sich das Treiben anzuschauen. Er spazierte an offenen Ständen entlang, in denen sich bläuliche Hammelköpfe und andere Tierfragmente türmten wie Montageteile kurz vor der Erschaffung der Fauna. Meist kauerte, versteckt zwischen heraushängenden Zungen und halb geschlossenen Tieraugen, eine in Tüchern wie Bandagen verschwindende Frau. Man kann, dachte Murad im Vorbeigehen zuweilen, die Ordnung des Lebens bewerten, wie man will, es bleibt ein Skandal, dass die fetten Fliegen die feuchten Augen jedem anderen Nistplatz vorziehen.

Dort unten trank er Ziegenmilch, aß sogar Ziegenkäse und genoss das helle, warme Fladenbrot, das die Frauen unweit der Straße buken. Dieser Ort schien wie alles hier in dünner Luft zu liegen, die Häuser, die Straße und die weite gelblich grüne Ebene, die sich vor ihm erstreckte, wirkten sehr licht und zart, bereit, im nächsten Moment zu verschwinden.

In einem engen und, trotz des alten Mobiliars, improvisiert wirkenden Teehaus trank er seinen Tee und rauchte türkische Zigaretten. In jener Zeit des Wartens auf den Boten rauchte er mehr, als ihm guttat. Er schaute die sich in weiten Bogen windende Straße entlang, immer hoffend, der staubbedeckte Mitsubishi-Pick-up des Mannes würde auftauchen. Zigarette für Zigarette sehnte er diesen Augenblick herbei. Er sah sich auf das Auto zueilen und diesen Mann begrüßen, als brächte er ihm Naima selbst, sah ihn aussteigen und wie immer seine zerschlissene Jacke mit Flecktarnmuster zurechtzupfen und sich den Hut mit der an den Seiten hochgeklappten Krempe geraderücken. Wie ein Jäger sah er aus, nur die Kalaschnikow, die er wohlweislich im Auto ließ, wies auf etwas anderes hin. Dieser Bote, der sich Aram nannte, wollte wohl die Aura eines Abenteurers um sich verbreiten. Tatsächlich aber wirkte er auf Murad wie ein schüchterner Junge, wenn er mit weit ausladenden Gesten seltsam wortkarg blieb und jede Frage, auf die er nicht antworten konnte, mit einem Räuspern oder einem Grinsen oder beidem beantwortete. Und Murad hatte immer viele Fragen, wenn er Aram gegenübersaß, die Hand auf dem Geldbündel in seiner Hosentasche. Doch so oft, wie mancher hier offenbar meinte, ging es gar nicht ums Geld. Viel häufiger klagte Aram über die Schwierigkeiten, die ihm seine Nachforschungen bereiteten.

Was Murad bisher in Erfahrung gebracht hatte, war, dass der Bote mit einer syrischen Organisation in Verbindung stand, die mit potenziellen Aussteigern Kontakt herzustellen versuchte. Es waren eine Handvoll Männer, die aus der Türkei heraus und wohl auch in Syrien im Geheimen operierten. Sie gingen jedem Gerücht, jedem Posting an die Familien und sogar herausgeschmuggelten Zetteln nach und erkundeten, wer dahintersteckte und welche Möglichkeiten es gab, ihn oder sie aus dem Kalifat herauszuholen. Aram zufolge wuchs die Zahl der Nachrichten und Hilferufe, die sie bekamen. Bei dieser Feststellung grinste der Bote wieder einmal und fügte an:

»Den Emiren geht das Geld aus.«

Da konnte Murad nur gequält den Kopf schütteln. Was wusste dieser Kindskopf mit seinem Safarihut schon davon, wie sich eine solche Tatsache für seine Tochter auswirken konnte. Dieser Mann war in seinen Zwanzigern und hatte, nach allem, was Murad hörte, vor lauter Tatendrang noch keine Zeit gefunden, eine eigene Familie zu gründen. Für ihn war die Welt noch immer eine einzige Herausforderung, ein verwunschener Ort voller Gefahren, durch den man ging, besser: durch den man fuhr, getrennt durch eine Windschutzscheibe. Er wusste noch nicht, wie sehr man sich durch die Liebe aufspalten und verteilen konnte, wie wenig man dann noch ein Einzelner war, dem ein Gewehr hätte nützen können. Murad schwieg also.

Überhaupt war er immer bemüht, den anderen bei Laune zu halten, ihm unter keinen Umständen die Motivation für seine Suche zu nehmen. Aber all das war quälend. Murad litt unter der Warterei, sie erschöpfte ihn körperlich, ganz so, als verlöre er jeden Tag winzige Mengen Blutes, über Wochen hinweg. Etwas wie Müdigkeit hatte von ihm Besitz ergriffen; sie erleichterte ihm zwar das Warten, zugleich aber machte sie ihn starrsinnig. Er hätte Stunde um Stunde, Tag um Tag die Straße im Blick behalten können, ohne sich zu rühren. Aufstehen und in die Siedlung hinaufzuwandern, in sein Zimmer zu gehen und dort weiter zu warten, strengte ihn mehr an als alles andere. Er blickte den vereinzelten Autos und den Eselskarren nach, betrachtete Vogelschwärme über der fruchtlosen Ebene und unter einem von Kondensstreifen zerkratzten Himmel.

Er schaute so versonnen auf dieses Land, dass er sich beim Wasserlassen im Freien öfter auf die Schuhe pinkelte. Das also war, wovon sein Vater ihm erzählt hatte. Eine weite, lichterfüllte Halle, eine Ebene, die sanft zu den Bergen hin anstieg. Bussarde kreisten dort, und die Hirten trieben ihre Ziegen und Schafe mit langen Stöcken durch die Senken. Das alles, dachte Murad oft, gibt es tatsächlich noch immer.

In den Jahren im Westen war es ihm vorgekommen, als wäre es in den Erzählungen seines Vaters verschwunden. Worte können sich an die Stelle der Wirklichkeit setzen, dachte er weiter, sie können sie sogar überstrahlen, so wie die Beschreibungen dieser Landschaft durch meinen Vater. Wenn er jetzt auf sie schaute, war sie nicht eigentlich wild, eher verlassen, obwohl es Menschen gab. Sie war wie etwas Unbeachtetes, unsichtbar geworden im Alltag der zumeist armen Leute, und niemand hatte hier je Paläste, Prozessionsstraßen oder Observatorien gebaut. Aber nein, dachte Murad, eine Ausnahme gibt es: In den neunziger Jahren hatte die Firma Zeiss aus Deutschland den Kurden im irakischen Autonomiegebiet tatsächlich eine Sternwarte gebaut. Er fragte sich, was aus ihr geworden war nach all der Unruhe in jenem Land. Wenn man es zuließ, dann keimten überall die Vorboten westlichen Lebens auf, in den kurdischen Städten die Malls und Autohäuser, auf dem Land die großen Schilder mit pompösen Aufschriften über ärmlich aussehenden Shops. Man könnte denken, grübelte Murad, in jedem Ziegenhirten hier steckt ein Smartphone-Knecht, der nur darauf wartet, zutage zu treten. Warum nur hat jeder Fortschritt, trotz seiner unbestreitbaren Vorzüge für das Leben, immer diese Vermassung im Gepäck? Als alter Marxist konnte man die Feststellung »Nichts bleibt, wie es ist« früher als Verheißung empfinden, heute hingegen klang sie nur noch depressiv.

Es begann, leicht zu regnen, die Tropfen bohrten sich förmlich in den weichen Boden. Als sein Vater vor Jahrzehnten durch diese Landschaft streifte, erfüllte ihn noch die Begeisterung für den Fortschritt, und dieser war westlich. Jede neue Regierung versprach Fortschritt, manchmal tat sie auch ein paar Schritte in diese Richtung, leider aber regierten ausnahmslos alle mit Folter und Mord.

Vielleicht hatte es mit der Verlassenheit dieser Landschaft während der langen osmanischen Herrschaft zu tun. Die Steuereintreiber der Hohen Pforte begaben sich sicherlich nicht gern auf die Reise von Konstantinopel hierher. Eine verlorene Landschaft, so klingt es auch bei ihren Schreibern; nur Bauern, Diebe und wilde Stämme. Sogar das Eintreiben der Abgaben war hier gefährlich, und nicht selten landeten der Eintreiber und ihr Gefolge mit geöffneten Hälsen im Straßengraben. Für jemanden aus dem Westen ist es vermutlich nicht einfach, das zu verstehen, aber Konstantinopel und Bagdad waren Inseln im Meer, Leuchttürme, umgeben von beunruhigender Dunkelheit. Menschen wollen Neues, aber sie wollen im gleichen Maße auf dem Alten beharren. Hier konnte man das besonders gut sehen.

Das Licht brach wieder durch die Wolken, die Wassertropfen glitzerten auf den Disteln wie Eis. Murad erhob sich, zahlte und verließ das Teehaus, um ein paar Schritte zu gehen. Bald bog er von der Straße ab und folgte einem Trampelpfad mitten durch die Erdbuckel.

In der Ferne sah er eine Frau einsam über die Ebene wandern. Sie trug etwas bei sich; zunächst hielt er es für ein Kind. Sie gingen in einem weiten Winkel aufeinander zu, er meinte, ihn aufgezeichnet auf dem Boden sehen zu können. Nach einiger Zeit erkannte er, dass sie eine bunt bestickte Tasche trug, groß genug für zehn Bücher. Sie hatte sie umgehängt, einen Arm darübergelegt, wie um den Inhalt zu schützen. Die langen gelblichen Grashalme und die Büsche und Steine der Ebene waren wieder trocken, die Erde dazwischen aber klebte an den Sohlen. Weit über ihnen schrie ein Bussard, und sie gingen noch immer aufeinander zu, als wären sie weit vorn an der Spitze dieses Winkels verabredet. Ein böiger Wind fuhr durch die Stille und ließ das weiße Kopftuch der Frau flattern. Murad blickte zu Boden und beobachtete seine eigenen Schritte. Dann hob er den Kopf und schaute in die Ferne, wo ein schwerer Militärlastwagen lautlos den Horizont entlangkroch.

Weit entfernt waren plötzlich Schüsse zu hören – gleich mehrere Salven. Die Frau aber reagierte nicht darauf. Unbeirrt schritt sie weiter voran, den Blick immer nach vorn gerichtet. Nach einer Zeit, die durch das Brausen in seinen Ohren und die unter seinen Schritten wieder und wieder niedersinkenden Halme viel länger erschien, als sie tatsächlich war, traf er auf die Frau. Er blieb in drei Metern Entfernung von ihr stehen und starrte sie erwartungsvoll an. Auch sie verharrte, zog ihr Kopftuch zurecht und ließ dabei kurz die Tasche los, die nach vorn sackte und beinahe den Blick auf ihren Inhalt freigegeben hätte.

»Salam alaikum«, sagte er, bemüht, seiner Stimme eine gewisse Leichtigkeit zu geben.

»Alaikum as salam«, gab sie zurück, ohne ihn anzusehen.

»Was tust du hier?«, fragte er.

Sie zog sich einen Zipfel des Kopftuches vor den Mund und antwortete:

»Ich gehe nach Hause.«

Neugierig versuchte Murad, einen Blick in die dunkle Öffnung der Tasche zu werfen. Doch es gelang ihm nicht.

Schließlich nickte die Frau und ging weiter ihres Weges. Murad sah ihr noch lange nach. Erst als ihre Gestalt in der Ferne zwischen Hügeln und Gras beinahe verschwunden war, wandte er sich ab.

»Was kann eine Frau hier auf freiem Feld in einer Tasche mit sich herumtragen?«, fragte er seinen Vermieter am Abend.

Der Mann namens Abbas saß ihm im winzigen Empfangsraum des Gasthauses gegenüber und runzelte die Stirn. Murad unterhielt sich nicht gern mit ihm, weil er unausweichlich irgendwann auf das Thema Geld zu sprechen kam, etwas, wovon er ebenso besessen zu sein schien wie von der Frage, wer ihm, Murad, seinen Aufenthalt hier bezahlte.

»Es könnten Lebensmittel gewesen sein«, sagte Abbas.

»Lebensmittel«, murmelte Murad nachdenklich. »So sah es nicht aus.«

»Du machst dir zu viele Gedanken. Glaubst du, es waren Munition oder Waffen? Du bist zu lange allein, treibst dich hier nachts in der Gegend herum und dann passiert so etwas: Wilde Hunde verfolgen dich, und am helllichten Tag fürchtest du dich vor einer Frau.«

»Ich habe mich nicht vor ihr gefürchtet, sie kam mir nur seltsam vor mit dieser Tasche.«

»Vielleicht hat sie jemanden ausgeraubt, und in der

Tasche war ihre Beute«, lachte Abbas und kratzte sich dabei seinen dicken Bauch.

»Du machst dich über mich lustig«, sagte Murad und spielte dabei Verärgerung.

»Nein, nein«, rief Abbas, »das würde ich nie wagen.«

Er warf Murad einen verschmitzten Blick zu.

»Du bist mir unheimlich«, fuhr er fort. »Vielleicht hast du ja jemanden beraubt und finanzierst deine Zeit hier durch die Beute. Was weiß ich schon von dir, ich kenne dich nicht, du kommst von weit her.«

Murad widerstand der Versuchung, sein schlechtes Gewissen zu erleichtern. Abbas ließ eine Pause entstehen. Er trug eine kleine, abgenutzte Wollmütze und kratzte sich durch sie hindurch immer mal wieder am Kopf. Das und seine notorische Langsamkeit in allem gab ihm etwas Nachdenkliches. Wenn Murad ihn allerdings so sah, zweifelte er an einer Nachdenklichkeit. Abbas schlürfte seinen Tee, schüttelte plötzlich den Kopf und sagte:

»Sag mir, wie du es machst.«

»Wie ich was mache?«

»Womit verdienst du dein Geld?«

Abbas rückte nervös auf der Holzbank herum, die knackte und wohl unter ihm zusammenzubrechen drohte.

»Du kannst es mir sagen«, fuhr er fort, »ich bewahre dein Geheimnis.«

»Es ist kein Geheimnis«, sagte Murad. »Es ist nur nicht einfach zu erklären.«

»Was soll das«, sagte Abbas in gespieltem Ärger. »Wieso ist es nicht einfach zu erklären? Bist du ein Geheimagent, ein Krimineller? Ein Habenichts kannst du ja nicht sein«, tröstete sich Abbas selbst. »Du zahlst ja hier schließlich alles.«

Alija, die Frau des Hauses, kam im richtigen Moment herein. Sie hatte zugehört und nahm Murad in Schutz.

»Warum musst du das fragen? Wieso ist es so wichtig, woher er das Geld hat, solange er es bei dir ausgibt?«

Sie stellte sich dicht neben Murads Hocker, zupfte an ihrem Gewand und straffte den Rücken, um ihrem Mann entgegenzutreten.

Abbas hob hilflos die Hände, kratzte sich mit beiden den Kopf und sagte:

»Er ist unser Gast, warum vertraut er uns nicht?«

»Manche Menschen haben Geheimnisse«, sagte Alija aufgebracht. »Vor allem die aus der Stadt.«

»Geheimnisse, Geheimnisse«, knurrte Abbas. »Was kann einer aus Almania schon für Geheimnisse haben? Dort ist alles friedlich, man kann dort mit einer Wasserpistole eine Bank ausrauben, und wenn man geschnappt wird: Im Gefängnis gibt es Fußpfleger.«

Alija schüttelte heftig den Kopf.

»Wie kommst du auf so etwas. Du sitzt den ganzen Tag hier herum und denkst dir solche Sachen aus.«

»Nein!« Abbas hob einen Arm, als würde er schwören wollen. »Das sind wahre Geschichten, ich denke sie mir nicht aus.«

»Woher hast du sie dann?«

»Durchreisende haben sie mir erzählt. Leute, die etwas mehr von der Welt gesehen haben als du.«

»Und was willst du von Murad?«

»Nichts will ich von ihm, überhaupt nichts«, sagte Abbas verstimmt.

Bevor sich das Gespräch der beiden zu einem veritablen Ehestreit auswachsen konnte, ergriff Murad das Wort:

»Gut, Abbas, ich gestehe es dir: Ich habe eine Bank ausgeraubt, nicht mit einer Wasserpistole, sondern mit einer Luger, die ich mir bei den Tschetschenen gekauft habe, von denen es immer mehr gibt in Berlin. Sie haben mir auch gesagt, welche Bank sich lohnt.«

Abbas schüttelte den Kopf.

»Das glaube ich dir nicht. Du siehst nicht aus wie ein Bankräuber, denk dir eine bessere Geschichte aus.«

»Mir hat er erzählt, er habe geerbt«, log Alija.

Abbas, der bemerkte, dass sie das Gespräch unbedingt beenden wollte, stieg darauf ein.

»Das schon eher. Gut, und nächstes Mal erzählst du mir genau, von wem und wie viel.«

»Du kommst nicht auf die Idee, ich könnte das Geld durch Arbeit verdient haben?«

Abbas schaute ihn kurz durchdringend an.

»Du bist ein Büchermensch. Was kannst du in Almania damit schon verdienen?«

»Woher willst du wissen, was er verdient?«, ging Alija dazwischen.

»Hat er irgendein berühmtes Buch verfasst? Um so viel Zeit und Geld zu haben, müsste er einen Bestseller geschrieben haben.«

Murad atmete hörbar aus und beugte sich nach vorn.

»Ich suche meine Tochter, ist das nicht genug?«

Abbas wurde ernst und wiegte den Kopf.

»Ja, und das tut mir auch sehr leid.«

»Mir auch«, sagte Alija.

»Die jungen Leute«, fuhr Abbas fort, »sie sehnen sich nach etwas, das sie nicht haben können. Das ist hier nicht anders als im Westen.«

»Und, was, meinst du, ist das im Fall von Naima?«, fragte Murad.

Abbas kratzte sich wieder den Kopf, schnaufte, stellte fest, dass sein Teeglas leer war, und sagte dann:

»Ich weiß es nicht. Vielleicht hat sie sich nach ihrer Heimat gesehnt?«

»Da hätte sie hierherkommen können«, sagte Murad. »Warum ist sie zu den Brüdern gegangen?«

»Woher soll ich das wissen? Vielleicht hast du ihr nicht genug Geld gegeben, hast sie zu kurzgehalten.«

»Jetzt fang nicht wieder damit an«, sagte Alija etwas schrill.

Abbas riss erneut die Arme empor.

»Ich habe ihm einen Fahrer bestellt, stell dir das vor. Einen Fahrer für viele Tage, als wären wir hier in Beverly Hills.«

»Wir hatten schon Gäste, die sich fahren ließen«, sagte Alija.

»Das waren aber keine Bücherwürmer aus Almania.«

Abbas blickte Murad mitleidvoll an.

»Die werden dich dort nie etwas Wichtiges sagen lassen, weil du nicht zu ihnen gehörst.«

»Woher willst du das wissen?«, sagte Alija, jetzt wirklich wütend.

»Ich habe meine Informationen«, sagte Abbas und winkte ab.

Seufzend nickte Murad und nutzte die Gelegenheit, sich von den beiden zu verabschieden und in sein Zimmer zu gehen.

Sobald er die quietschende Zimmertür hinter sich geschlossen hatte, befand er sich in einer anderen Welt. Der ins Dämmerlicht getauchte Raum schien seine Erinnerungen aufzustören. Zwar vernahm Murad noch immer die lauten Stimmen des Ehepaars, aber das verringerte die Wirkung, welche das Zimmer mit dem roten Stoffvorhang auf ihn hatte, in keiner Weise. Er tat immer das Gleiche; ging zum Fenster hinüber, schaute kurz durch einen Spalt im Vorhang auf den Platz vor dem Gasthaus, zog den Vorhang wieder gewissenhaft zu und legte sich auf das Bett. Immer wenn er die hölzerne Zimmerdecke betrachtete, verspürte er kurz einen leichten Schwindel, schloss die Augen und wartete, bis es vorbei war. Murad hielt das für eine Nachwirkung seines verdorbenen Magens. Körperlich spürte er seine Schwäche noch immer, doch sein Geist war hellwach, und alle Gedanken kreisten um seine Tochter.

Er erinnerte sich an einen dieser traurigen Sonntage in Berlin. Dorothee hatte es erlaubt, und Murad war mit Naima unterwegs zum Spielplatz. Schon aus der Ferne sah er die vielen Mütter mit ihren Kindern. Die Frauen saßen auf den Parkbänken und unterhielten sich, während der Nachwuchs auf den Klettergerüsten herumturnte. Es war einer dieser Septembertage zwischen all den alten Häusern, Feuchtigkeit lag in der Luft, und die Tauben gurrten. Das sich allmählich bereits lichtende Laub leuchtete, obwohl die Sonne von Wolken verschleiert war.

Auf den Bänken um den Spielplatz gab es auch ein paar Männer, und dennoch fühlte sich Murad nicht wohl in seiner Haut. Er meinte, fehl am Platz zu sein, und führte diese Empfindung auf seine patriarchalische Erziehung zurück. Er hielt Naima an der Hand. Sie war nicht bockig, eher auf kindliche Weise in sich gekehrt. Murad beobachtete sie aus den Augenwinkeln und hatte den Eindruck, sie sei etwas ängstlich. Immer wieder blickte sie von einem der Kinder zum anderen, als würde sie die Lage sondieren, bevor sie die Arena betreten musste.

Die meisten der Erwachsenen am Spielplatzrand ignorierten ihn, ein paar wenige grüßten mit angedeutetem Lächeln. Er setzte sich auf eine der Bänke in wohlbemessenem Abstand zu einer etwa vierzigjährigen Mutter, die ihren Sprössling nicht aus den Augen ließ. Murad bemühte sich, Naima zu motivieren, endlich zu den Kindern zu gehen, doch sie zögerte. In diesem Moment sah er sie genau an. Ihre wirren Locken, vom Wind ins Gesicht geweht, verdeckten beinahe die an den Mund gelegte Hand. Sie hielt die Spitzen von Zeige- und Mittelfinger an die Lippen, das tat sie immer, wenn sie nervös war, blickte zu ihm, dann wieder zum Spielplatz hinüber, tat einen halben Schritt und zögerte. Es war mehr als Rührung, was ihn in diesem Moment überkam, es war, als hätte sie sich als ein Teil von ihm gezeigt, ein Teil, an den er schon längere Zeit nicht mehr gedacht hatte. Damals begann das, was er die »Aufholjagd« nannte, seine vergebliche Bemühung um Naima. Er hatte das Gefühl, Naima nachzujagen und wusste dabei nicht einmal, was genau er von ihr wollte. Er konnte nichts wiedergutmachen, und verzeihen musste sie ihm noch nicht, so klein, wie sie war. Eines Tages aber wird sie es müssen, sagte sich Murad. An jenem Sonntag nahm er all das in der damals beginnenden Aufholjagd vorweg, was einmal kommen würde; ihre Entfremdung, die Vorwürfe und ihren Wunsch, sich von ihm zu lösen. Vorsichtig strich er ihr das Haar aus der Stirn und sagte:

»Du musst dort nicht hingehen, wenn du nicht willst.«

Gleich darauf löste sie sich mit einem Ruck von ihm und lief los.

Die Frau blickte Murad von der Seite an und lächelte.

»Das hat sie gebraucht«, sagte sie.

»Was meinen Sie?«, erwiderte Murad.

»Sie haben den Zwang aus der Sache genommen.«

Murad verstand das nicht wirklich, da er Naima zu nichts hatte zwingen wollen. Aber er nickte zustimmend und lächelte zurück.

Als Naima dort im aufgewirbelten Sand beinahe verschwand, glaubte er für einen Moment, fühlen zu können, wie er sie verlor. Er seufzte unter dem Andrang dieses Gedankens und zündete sich zum ersten Mal seit

Tagen eine Zigarette an. Die Frau neben ihm stöhnte leise auf und erhob sich rasch, wandte sich halb zu ihm, wie um etwas zu sagen, schwieg dann aber und ging.

Unter den argwöhnischen Blicken von Abbas, der schon am frühen Morgen im Empfangsraum sein Buch las, wartete der Fahrer, den Murad gemietet hatte, zwei Tage später auf ihn. Der Mann kam Murad sehr jung vor. Sie begrüßten sich, und Murad erlöste ihn von Abbas' bedrückender Gegenwart.

»Wir fahren jetzt«, sagte Murad zu seinem Vermieter. »Ich weiß nicht genau, wann ich zurück sein werde.«

»Macht euch einen schönen Tag, ihr zwei«, sagte Abbas, ohne den Kopf zu heben.

Der Fahrer stellte sich Murad als Adnan vor. Als sie in dem alten Toyota Hilux saßen, fragte er nach dem Grund für die üble Laune des Vermieters.

»Das hat nichts zu bedeuten«, beruhigte ihn Murad. »Er versteht nur nicht, wie jemand auf die Idee kommt, hier herumzufahren. Und alles, was er nicht versteht, ärgert ihn.«

»Er ist wie mein Vater«, sagte Adnan.

Murad lächelte und empfand sofort Sympathie für den jungen Mann. Sie fuhren die Bergstraße hinunter zu dem Ort im Tal. Von dort sollte es zu einem Pass in Grenznähe gehen, von dem aus man einen guten Blick hatte über das zurzeit gefährliche Grenzgebiet zu Syrien.

Schon als sie jetzt durch den am Morgen fast menschenleeren Ort fuhren, war Murad froh über seinen Einfall, sich einen Fahrer zu mieten und Ausflüge zu unternehmen. Er hatte lange darüber nachgedacht, wie er die Zeit des Wartens überbrücken sollte. Nachdem er nun vom Durchfall geheilt war, konnte er nicht mehr den ganzen Tag über auf dem Bett liegen, den Geräuschen im Haus lauschen und sich in seinen Erinnerungen verlieren. Er brauchte eine Aufgabe, und so beschloss er, die Gegend zu sondieren. Das brachte ihn Naima zwar nicht näher, eher schien er ihre Abwesenheit zu umschleichen, aber es half ihm, die Zeit herumzubringen.

In jüngeren Jahren hätte er das, was er hier tat, vermutlich als ein Abenteuer empfunden, jetzt deprimierte es ihn. Er verspürte keinerlei Neugier auf die jüngsten gewalttätigen Veränderungen im Land seines Vaters. Der ewige Wechsel der Mächte, all die Streitigkeiten und Kämpfe hatten ihn schon in Deutschland zu ermüden begonnen. Wenn er jetzt allerdings durch das Seitenfenster auf die an ihnen vorüberziehende Ebene hinausschaute, erwachte in ihm die Leidenschaft des Betrachtens. Er wollte so viel wie möglich von alldem sehen, wohinein Naima sich verloren hatte. Es war, als wären Steine und Sträucher, Bergkuppen, Senken, Felskanten und sogar der über das Land fegende Regen Spuren von ihr, diesem Mädchen, bei dem es ihm kaum gelang, es als junge Frau zu sehen, obwohl sie vielleicht bereits verheiratet war und ihm möglicherweise – die Brüder hatten es damit ja eilig – schon ein Enkelkind geschenkt hatte.

Die holprige Straße wand sich an jenem Berg empor,

auf dessen andere Seite er vor nicht langer Zeit in dunkler Nacht geschaut hatte. Hier war er allerdings weniger schroff, beinahe sanft glitten seine Hänge in Richtung der Ebene hinab.

Adnan fuhr zurückhaltend und vorausschauend. Man merkte ihm an, dass er sich in der Gegend auskannte. Das Autoradio war eingeschaltet, doch aus Rücksicht auf seinen Fahrgast wagte Adnan es nicht, die Lautstärke aufzudrehen. Dieser junge Mann, dachte Murad bei sich, ist ein Glückstreffer, ich hätte keinen besseren Fahrer finden können.

Oben am Pass teilte sich die Straße. Adnan hielt, sie stiegen aus, und Murad stellte fest, dass man ihm nicht zu viel versprochen hatte. Er trat ganz nach vorn an die Böschung und ließ den Blick schweifen. Erneut war er überwältigt von der Weite und Leere dieser Landschaft. Wie ein riesiger, verblichener Teppich lag sie vor ihm, durchwirkt von gelbgrünen, erdbraunen und kleinen kohlschwarzen Einsprengseln. Weit hinten am Horizont, wo der blaue Himmel auf einer Wolke von Dunst zu ruhen schien, waren Häuser zu sehen, winzig wie verstreute Papierschnitzel. Adnan zündete sich eine Zigarette an und wies Murad durch den ausgestoßenen Rauch hindurch auf einige Gräben hin, die aus dieser Höhe zwar nur schwach erkennbar waren, aber sich gleichmäßig wie mit einem Kamm gezogen auf der Ebene abzeichneten.

»Warte«, sagte Adnan plötzlich und eilte zum Auto zurück.

Zu Murads Überraschung kam er mit einem Opernglas

wieder, an dem ein Haltegriff aus Messing befestigt war. Er gab es Murad, der es eingehend betrachtete.

»Woher hast du das?«

»Aus Istanbul, glaube ich. Ich mag alte Sachen, weißt du«, sagte Adnan.

»Sehr alte Sachen«, stellte Murad fest. »Es sieht aus, als hätte es eine Hofdame in Paris besessen, als die Guillotinen noch in Betrieb waren.«

Murad schaute hindurch und betrachtete die Gräben im Tal. Es waren Schützengräben, die genauso aussahen, wie man sie aus Kriegsfilmen kannte. Sie waren mit Holzlatten und durch Sandsäcke verstärkt worden, es gab Nischen und, soweit das von oben zu erkennen war, Verschläge. Große Ölfässer standen dort unten dutzendweise zusammen.

»Ist das nicht gefährlich?«, fragte Murad, als er auf sie wies.

Adnan kraulte sich das Kinn und dachte nach.

»Möglicherweise sind sie nicht gefüllt«, sagte er dann. »Die Fässer dienen als Splitterschutz. Das Problem sind Selbstmordattentäter, ob zu Fuß oder im Auto. Du kannst sie nur schwer aufhalten, bevor sie sich in die Luft sprengen. Sie waren noch nie hier, aber sollten sie kommen, ist es gut, ihnen Hindernisse in den Weg zu legen.«

Das zerkratzte Opernglas war erstaunlich effektiv. Murad konnte sogar ein paar wenige Milizionäre erkennen, die sich in den Gräben bewegten. An mehreren Stellen gab es befestigte Aussichtspunkte, in denen vermutlich Wachen saßen. Junge Leute schauten den ganzen Tag hinaus in die lichterfüllte Halle, die ihn, seit er hier war, mit Träumen und Erinnerungen versorgte wie eine enorm große Bühne, über welche die Geistergestalten seines vergangenen Lebens wandelten. Ich atme hier nur Abwesenheit, dachte er, aber derweil geht das brutale Leben unnachgiebig weiter. Und ich, weit entfernt, blicke darauf durch ein Opernglas aus dem neunzehnten Jahrhundert. Das ist nur oberflächlich eine Ironie des Schicksals, eigentlich lässt sich die ganze deprimierende Wahrheit über mich an diesem Ort erkennen.

Sie fuhren weiter, nahmen eine der abzweigenden Straßen, und Murad fragte nicht, wohin Adnan als Nächstes wollte, verließ sich auf dessen Qualitäten als Fremdenführer. Die enge Straße stieg zunächst steil an, um nach einer Biegung wieder abwärtszuführen, dorthin, wo inmitten einer Geröllandschaft wieder eine Ansammlung von Hütten in Sicht kam.

Murad erfuhr, dass Adnans Familie aus dem Irak stammte und er tatsächlich einen Bruder hatte, der noch immer in Mossul war. Jeden Tag versuchten sie, mit ihm und seiner Familie Kontakt aufzunehmen, doch es war schwierig.

»Wie macht ihr das überhaupt?«, fragte Murad.

»Es geht nur über geheime Verbindungen, damit die ISIS-Brüder nicht mithören können. Sie sind technisch ziemlich versiert, aber alles können sie nicht kontrollieren. Die Kanäle werden schnell gewechselt, und so findet sich immer einer, der sicher ist, man muss nur wissen, welcher.«

»Und woher weiß man das?«

»Leute, denen du vertraust, müssen es dir sagen. Aber es bleibt ein Restrisiko.«

Ein paar Sekunden lang überschlugen sich Murads Gedanken. Rasch erzählte er Adnan von seiner Suche, ergänzte, was der noch nicht wusste, und versuchte eindringlich, seine eigene Not in dieser Situation darzustellen. Sollte es möglich sein, dass dieser junge Mann ihm eine Brücke zu Naima bauen konnte? Immerhin war davon auszugehen, dass auch die Menschen im sogenannten Islamischen Staat redeten, Beobachtungen weitergaben, klatschten und tratschten. Woran selbst die blutrünstigsten Diktatoren gescheitert waren, das konnte auch diesen neuen Herrschern nicht gelingen.

Adnan rieb sich nachdenklich das Kinn, nachdem Murad ihn gefragt hatte, ob er nicht ein paar Erkundigungen für ihn einholen könnte.

»Wir haben nicht viel Zeit bei diesen Gesprächen. Aber sicher, ich werde fragen. Ich glaube aber nicht, dass sie im Irak ist.«

»Warum nicht?«

»Sie ist schon zu lange dort, ich meine im Kalifat. Möglicherweise haben sie sie mitgenommen, als sich ihr Gebiet ausdehnte. Aber ich tippe auf Syrien.«

»Ist das gut oder schlecht?«

Adnan zögerte etwas mit der Antwort.

»Bei der aktuellen Lage«, sagte er dann, »ist es eher gut. In Mossul wird heftig gekämpft. Aber in Syrien, sagen wir in Rakka, muss sie bald auch noch die Bomben der Russen ertragen. Wie es aussieht, geht es mit dem Kalifat zu Ende, und so etwas ist nie gut für die Sicherheit.«

Murad schwieg bedrückt. Adnan warf ihm einen kurzen Seitenblick zu.

»Wenn du sie aufspürst«, sagte er dann, wie um Murad aufzumuntern, »wie willst du sie herausbekommen? Hast du einen Plan?«

Murad wischte sich über die Stirn und überlegte. Was sollte ich schon für einen Plan haben, dachte er, ich kann nicht wie im Film eine Sondereinheit abkommandieren, um sie zu retten.

»Weißt du«, sagte er, »alles, was ich zunächst einmal will, ist, mit ihr sprechen. Auch wenn das Gespräch nur zwei Minuten dauern würde, ich könnte sie ganz sicher überzeugen – und dann einen Plan machen.«

Adnan spürte die Verzweiflung des Mannes neben sich und schwieg.

Sie erreichten die Barackensiedlung im Tal. Jetzt war sie als vorgeschobener Posten im Nirgendwo zu erkennen. Folgte man von dort aus den Trampelpfaden in die Ebene, kam man irgendwann bei den Schützengräben an. Als sie ausstiegen, meinte Murad eine gewisse Nervosität an Adnan zu bemerken. Dieser Ort war für eine Besichtigung offenbar nicht geeignet. Verborgen zwischen den Baracken standen einige Pick-ups. Zusammengenommen konnte man damit eine halbe Kompanie von hier fortschaffen, wenn es nötig wurde. Murad blickte in Richtung der Gräben über die Ebene. Er malte sich einen Großangriff der Gotteskrieger aus, eine weit gezogene Angriffslinie von zumindest zum Teil gepanzerten Wagen, ganz vorn jene, die als Bomben dienten. Es gelang ihm nicht, sich vorzustellen, wie es sein musste, einen solchen Angriff abzuwehren.

»Welche Art Waffen haben sie hier?«, fragte er Adnan.

»Hoffentlich schwere Waffen.«

»Von denen ist aber nichts zu sehen.«

»Die Deutschen liefern den Milizionären seit einiger Zeit diese Milan-Raketen zur Panzerabwehr. Dagegen haben die Brüder keine Chance. Ich weiß nicht, ob sie die hier haben, aber wo man sie hat, lebt man sicherer.«

Noch bevor Adnan den Satz beendet hatte, kamen zwei junge Frauen in Uniform die Straße herauf. Sie wirkten verärgert, beide schnauften übermäßig.

»Was wollt ihr hier, verschwindet«, rief die Frau, die als erste bei ihnen war. »Wollt ihr ein Picknick veranstalten oder einen Film drehen?«

Die zweite Frau warf Murad einen grimmigen Blick zu. Bevor er es verstecken konnte, sah sie das antike Opernglas in seiner Hand und schüttelte den Kopf. Adnan ließ sich geduldig ausschimpfen, verzog ab und an das Gesicht, wiegte den Kopf, nickte auch ein paarmal, blieb aber stumm.

»Ich bin schuld«, sagte Murad nach einer Weile. »Er hat mich nur gefahren, weil ich hierherwollte.«

»Woher kommst du?«, fragte ihn die ältere der beiden Frauen, deren Haar straff zu einem Pferdeschwanz gebunden war. »Du bist nicht von hier.«

»Ich komme aus Deutschland. Ich bin hier, weil ich meine Tochter suche.«

Die jüngere der beiden Frauen trat an ihn heran. Ihre Haare waren kurz geschnitten, was ihrer Schönheit keinen Abbruch tat. Ihre Stimme war rau.

»Sie ist bei denen, stimmt's?«, sagte sie und wies auf die Ebene hinaus.

»Ja, woher weißt du das?«

Sie zeigte ihm ein aggressives Lächeln.

»Die Kinder der Deutschländer kommen nicht zu uns, sie gehen zu denen, daher weiß ich das.«

Murad atmete schwer aus.

»Warum ist das so?«, fragte er leise.

Jetzt lachte die Kurdin laut auf.

»Das soll ich dir sagen? Vielleicht erzieht ihr sie falsch.«

»Ihr habt hier unten jedenfalls nichts zu suchen«, fuhr die andere Frau dazwischen. »Geht jetzt, und kommt nicht wieder her.«

Bevor er einsteigen konnte, kam die jüngere Frau auf Murad zu und tippte ihm auf die Schulter.

»Was hast du da?«, fragte sie, nun wieder herrisch und ernst.

Murad zierte sich etwas, bevor er ihr das Opernglas reichte. Sie nahm es und betrachtete es von allen Seiten, winkte ihre Kameradin heran und hielt es ihr lachend hin. Diese führte es vor ihre Augen und blickte auf Murad. Er hob entschuldigend die Schultern, da betrachtete sie bereits die andere, die sich über die in den Frontlinsen riesig erscheinenden Augen amüsierte. Die Frauen wechselten sich ab, als sie damit über das Land schauten, und bewegten sich dabei affektiert. Offensichtlich war das Opernglas eine willkommene Abwechslung für sie.

Plötzlich nahm die jüngere das Glas herunter und wandte sich in gespieltem Ernst an Murad.

»Du bist also auch ein Spion. Warum sonst hast du deine Ausrüstung dabei?«

»Das ist keine Ausrüstung«, sagte Murad kleinlaut.

»Was ist es dann, James Bond aus Almania?«

Die Frau stieß ihm mit dem Glas vor die Brust.

»Ich nehme es dir nicht weg. Wenn du aber hier damit herumläufst, könnte das Verdacht erregen. Versteck es lieber.«

»Wie heißt du?«, fragte Murad sie aus einer sentimentalen Laune heraus.

Die Frau senkte verlegen den Blick, tat einen kleinen Schritt zurück und fing sich wieder.

»Kara«, sagte die andere laut. »Willst du mit ihr ausgehen?«

Beide Frauen lachten und hieben sich gegenseitig auf die Schultern. Adnan stand an der geöffneten Tür des Hilux.

»Komm jetzt«, sagte er leise, die Situation behagte ihm nicht.

»Warum nicht?«, sagte Murad lächelnd zu den Frauen, schenkte ihnen zum Abschied das Opernglas und stieg ins Auto.

»Dann bring aber nächstes Mal nichts von deiner Großmutter mit. Sonst gibt sie dir einen Tritt«, rief ihm die ältere Frau nach.

Murad bemerkte Adnans Erleichterung, als er ihm die Antiquität großzügig in bar erstattete und sie endlich losfahren konnten.

Noch am selben Abend bekam Murad im Gasthaus einen Anruf von Aziz. Seinen alten Freund hatte er trotz seines an ihm nagenden schlechten Gewissens damit beauftragt, für ihn in Berlin die Stellung zu halten und eventuelle Neuigkeiten an Dorothee weiterzuleiten, mit der Murad unter diesen Umständen noch weniger als sonst direkt kommunizieren wollte.

»Ich kann sie verstehen«, sagte Aziz in dem für ihn typischen, provozierend gleichgültigen Tonfall.

»Was meinst du?«

»Naima. Ich kann sie verstehen.«

Murad hatte auf dem Bett gelegen, als der Anruf kam. Nun richtete er sich halb auf und spürte Ärger in sich aufsteigen.

»Was redest du? Du lebst ein bequemes Leben in Deutschland, wie solltest du diesen Irrsinn verstehen?«

Es war nicht ungewöhnlich, dass sie sich in den ersten Momenten einer Begegnung oder während der ersten Wortwechsel eines Gespräches zu streiten begannen. Das lag zum einen an Aziz' herausfordernder Art; er wusste genau, wie er Murad provozieren konnte, und schien zu glauben, es belebe ihre Freundschaft, wenn er dieses Wissen einsetzte. Zum anderen aber lag es auch an Murads Bereitschaft, die Rolle des verärgert belehrenden und zuweilen maßregelnden älteren Freundes einzunehmen, anstatt Aziz einfach gewähren zu lassen. Schließlich kannte er dessen Hang zur Provokation seit Langem. Manchmal kam es ihm vor, als errege sich dieser kleine drahtige Mann mit den dunkel funkelnden Augen am Widerspruch, den er bei anderen erzeugte. Es war sein Aphrodisiakum für den Geist, der es brauchte, um nicht einzuschlafen.

»Was also willst du mir sagen?«, fragte Murad.

»Nichts weiter, ich wollte es dir nur mitteilen.«

»Bist du wirklich ein solcher Idiot, Aziz? Was glaubst du, was ich hier tue? Ich fühle mich wie auf einem fremden Planeten und versuche, meine Tochter zu finden, da kommst du mit so etwas.«

»Ich wollte nur sagen, dass ich über sie nachgedacht habe.«

Mit einem Satz sprang Murad vom Bett und stellte sich vor das Fenster.

»Nachdem du also über Naima nachgedacht hast, bist du zu dem Schluss gekommen, dass sie eigentlich recht damit hatte, sich einer Horde von Halsabschneidern anzuschließen, bei Nacht und Nebel das Haus zu verlassen und in einem Kriegsgebiet zu verschwinden. Ist es das, was du mir sagen willst?«

»Ich meine nur, sie hatte Gründe«, sagte Aziz kleinlaut.

Murad musste nach Luft schnappen.

»Hast du mit Dorothee gesprochen?«

»Ja, sie sagt, du bist schuld an allem.«

Murad antwortete erst nach einigen Sekunden.

»Weißt du, in jedem Groschenroman würde diese Geschichte so erzählt werden. Die Eltern trennen sich, die Tochter ist deshalb verzweifelt und zieht in den Krieg. Müsst ihr wirklich alles und jedes wie die Amerikaner als Familienproblem darstellen?«

»Was könnte es sonst sein? Ist sie religiös geworden? Hat ihr der Franzose das Gehirn gewaschen?«

»Verdammt, woher soll ich das wissen? Unter anderem, um das herauszufinden, bin ich hier.«

Murad beruhigte sich wieder und fragte sich insgeheim, ob er tatsächlich auf der Suche nach einer allgemeineren Erklärung für Naimas Verhalten war. Will ich wirklich wissen, was in einem Menschen, auch wenn er meine Tochter ist, vorgeht, der sich zu einem so radikalen Schritt entschließt? Würde mich das beruhigen?

»Ich glaube schon, dass sie Probleme hatte«, sagte Aziz leichthin.

»Da ist sie ja wohl nicht die Einzige«, knurrte Murad.

»Aber Naima war immer besonders«, sagte Aziz nachdenklich. »Sie tat alles mit großer Leidenschaft, schon als Kind. Erinnere dich, wie sie euch das Geld gestohlen hat, um heimlich ihre Tanzstunden zu bezahlen. Sie wollte tanzen und hat einen Weg gefunden, das zu realisieren.«

»Sie bestiehlt ihre Eltern, und du bewunderst sie dafür. Ich habe keine Ahnung, warum du so verständnisvoll bist. Vielleicht war sie ja auch einfach nur ein undankbarer Teenager.«

»Du weißt, was ich meine. Sie hatte diese Willenskraft.«

»Sprich nicht in der Vergangenheit von ihr«, entfuhr es Murad. »Ich weiß nicht, warum, aber sie hat sich verirrt. Vielleicht finde ich hier mehr darüber heraus, dann werde ich es dir und Dorothee mitteilen. Bis dahin hat sie sich verirrt, und ich werde sie zurückbringen.«

Aziz lenkte ein. Dann kündigte er Murad an, in nächster Zeit telefonisch nicht erreichbar zu sein, Textnachrichten aber jederzeit zu lesen und zu beantworten. Er druckste auf Murads Nachfrage hin so lange herum, bis dieser es einfach akzeptierte. Aziz fragte ihn noch nach seinen bisherigen Bekanntschaften vor Ort, und Murad berichtete ihm kurz, war schließlich aber froh, das Gespräch beenden zu können.

Trotz seiner Herkunft war Murad kein Mann der Berge. Er wusste das über sich, seit er an einem klaren Tag in Nepal vom Tal aus die sogenannten Todeszonen einer Kette von Siebentausendern gesehen hatte. Sein Reisebegleiter Aziz zerrte ihn in der Lodge, die sie am frühen Morgen bei dichtem Nebel erreicht hatten, aus dem Bett und schob ihn hinaus auf eine Wiese, die direkt vor dem Eingang lag. Murad stand im heißen, brillanten Licht eines Tages, der ihm, schlafumnebelt, wie der erste aller seiner Tage erschien. Nachdem sich seine Augen an das Licht gewöhnt hatten, sah er viel zu hoch oben im Himmel die gewaltigen Zinnen und Zacken dieser Reihe von Berggipfeln, felsgrau und schneebedeckt über einem Band sommerlicher Schäfchenwolken, bizarr wie schwebende Bruchstücke aus einer anderen Welt. Eine Totenwelt, dachte Murad, die ich nie betreten will.

Dennoch erstand er einige Tage nach dem Telefonat mit Aziz in der Ortschaft im Tal bei einem fliegenden Händler ein paar Wanderschuhe unbestimmter Herkunft. Sie waren möglicherweise gebraucht, passten ihm aber gut und schienen sauber.

»Mit denen kannst du klettern, wo du willst«, sagte der Händler zu ihm.

Dann berührte er Murad an der Schulter, riss die Augen auf und fügte an:

»Sei aber vorsichtig, es gibt in der Gegend noch alte Landminen.«

Murad dachte nach.

»Wie soll ich gefährliche Gebiete erkennen?«

Der Händler lachte.

»Das kannst du nicht. Nimm die Wege, auf denen die Leute hier auch gehen.«

Murad hielt die Wanderschuhe vor sich.

»Wozu brauche ich dann die hier?«

Der Händler blickte auf die Schuhe.

»Sie passen besser hierher als deine Lackschuhe aus der Stadt«, sagte er dann.

Murad gab sich geschlagen, bezahlte den Händler und zog sich seine neuen Schuhe gleich an.

Umsichtig, wie er fand, machte er sich morgens auf den Weg, vornehmlich, um sich das Warten auf den Boten und nun auch auf seinen Fahrer Adnan zu verkürzen. Als Proviant genügten ihm ein Fladenbrot und eine Plastikflasche Wasser. Keine Klettertouren, ermahnte er sich selbst. Die Worte des Händlers klangen ihm in den Ohren, als er die ungepflasterte Straße entlangging, die ins Tal führte, dann aber abbog und einer breiten, steinernen Rinne folgte, in der wahrscheinlich keine Überbleibsel vergangener Kriege vergraben lagen.

Gelegentliche Windböen waren stark genug, um Kieselsteine von den Felsen purzeln zu lassen. Das Geräusch alarmierte ihn jedes Mal. Ich bin schreckhaft, dachte er, als würde ich etwas Verbotenes tun. Doch seltsam, der Gedanke, dieses Land könnte auch mir gehören, dessen Familie aus dieser Region stammt, der als Kind hier war und lebendige Erinnerungen daran hat – dieser Gedanke ist für mich unsinnig. Er war sich sicher, egal wie viel Zeit er in diesem Land verbringen würde, niemals könnte er ein Heimatgefühl entwickeln. Warum ist das so?, fragte er sich.

Aziz war da anders. Er suchte sich seine vertrauten Ecken in der Fremde, die er sicherlich auch heimelig fand. Das begann in seiner Jugend, wie er Murad erzählt hatte, mit dem Sport, erst Fußball, dann, in der Pubertät, das Kickboxen. Noch später trieb er sich als Autoschrauber auf Schrottplätzen herum, woraus er, trotz Studiums, schließlich seinen Beruf als Kfz-Mechaniker machte. Doch immer hatte Murad den Eindruck, er suche und fände Nischen für sich, sei es in Gestalt von Freunden und Kollegen oder auch nur durch die Orte, die er aufsuchte, beziehungsweise jene, denen er fernblieb. Wo er seine Zeit verbrachte, gab es keine Fremdheit, Aziz war dort zumindest so daheim, wie er es brauchte. Murad beneidete seinen Freund ein wenig um dessen Fähigkeit, gleichsam die Farbe des Bodens anzunehmen. Ganz sicher wäre er auch an jedem anderen Ort genau die Person gewesen, die er jetzt war.

Murad dachte an Deutschland zurück und kam zu dem Schluss, dass dieses Heimatgefühl für die meisten Leute dort etwas Selbstverständliches war; sie waren, wo sie hingehörten. Für mich wird es das nicht geben, dachte Murad, ich bin nie dort, wo ich hingehöre. Sein nächster Gedanke ließ ihn kurz die Augen schließen, um besser nachdenken zu können: War das vielleicht auch der Grund für Naima, hatte sie sich vielleicht auf den Weg zu ihrem Ort gemacht? Er ging weiter. Es entbehrte nicht einer gewissen Plausibilität, wollte aber in Murads Augen nicht so recht zu Naima passen. Es schien ihm einfach zu sentimental. Im Grunde aber entsprach es nicht dem Bild, das er sich von ihrer Generation machte. Passte ein solches Gefühl überhaupt zu diesen jungen Leuten mit ihren im Licht der Handydisplays bleichen Gesichtern?

Die Rinne führte ihn um einen Felsbuckel und verbreiterte sich zu einem kleinen Plateau, das aussah wie planiert. Murad ging bis in die Mitte und setzte sich dort nieder. Er öffnete den Rucksack, riss ein Stück von dem Fladenbrot ab und steckte es sich in den Mund. Langsam kauend blickte er zwischen zwei kahlen Hügelrücken hindurch auf einen Ausschnitt der Ebene hinaus. Eigentlich hatte er sich von dem Gedanken ablenken wollen, der ihn bedrängte, doch er musste ihn denken: Ich weiß viel zu wenig über meine Tochter, und mein Anteil an ihrer Erziehung war lächerlich gering. Wahrscheinlich beschränkte er sich auf ein paar moralische Geschichten, die ich ihr, häufig aus einer Laune heraus, erzählte und die sich ihr im Rückblick vermischen werden mit dem Gequatsche vieler anderer Schlaumeier. Er nahm einen Schluck aus der Wasserflasche. Sollte das wirklich alles gewesen sein? Keine Bindung, keine Sehnsucht – wieder fiel ihm ihr blasses Gesicht im Licht eines Monitors ein –, nur in Geschichten verpackte moralische Anweisungen?

Die Entenkanone fiel ihm ein. So hatte er sie ihr erklärt:

»Mag sein, dass man Freude am Töten von Tieren hat, möglicherweise kann man das auch als Hege und Pflege ausgeben. Nicht alle sind wie ich, das muss ich akzeptieren. Ich gehe nicht einmal angeln, sammle keine Schmetterlinge und habe auch nie, wie etwa Iwan der Schreckliche, in meiner Jugend Katzen von Hausdächern geworfen. Also schieße ich auch keine Enten, kenne das nur aus dem Fernsehen. Nun gut, es macht wahrscheinlich wirklich Spaß, im Morgengrauen durch die noch unberührt scheinende Natur zu streifen, das zarte Morgenlicht auf dem See zu betrachten und die Herausforderung zu bestehen, auffliegende Enten mit einem Schuss im Flug zu treffen.

Dann aber kommt jemand darauf, ein Jagdgewehr im Riesenformat nicht nur zu ertüfteln, sondern auch zu bauen und zu verkaufen, das so groß ist wie drei normale

Gewehre. Es sieht noch immer wie ein Gewehr aus, mit hölzernem Kolben und einem sehr großen und sehr langen Lauf. Die Hunde haben mit dem Apportieren also viel zu tun. Diese Erfindung aus dem neunzehnten Jahrhundert leistet, was sie soll, ist jedoch vollkommen sinnlos. Es ist die Erfindung eines dummen Mannes für viele andere dumme Männer. Niemand muss zum Vergnügen einen ganzen Entenschwarm abschießen. Das ist so, als würde man unter anderem Angelbedarf eine Vorrichtung anbieten, welche es ermöglicht, den Großteil aller Fische aus einem See oder Tümpel auf einmal zu fangen. Die Optimierung offenbart die ganze verborgene Destruktivität. Es gibt viele Erfindungen, die eben diesem Geist entsprungen sind. Die meisten sind laut und zerstörerisch, ebenso wie die Menschen, für die sie gemacht sind. Und alles das ist Ausdruck einer Dummheit, die wahrscheinlich unüberwindbar ist.«

Erstaunlich, dachte er, zu welchen Tiraden er sich bei Naima hinreißen ließ. Wollte er sie belehren, beeindrucken oder einfach nur gängeln?

Er erinnerte sich daran, wie sie sich als junger Teenager – und diesmal wohl nicht unter dem Einfluss Dorothees – von ihm abzugrenzen suchte, schweigsam wurde und launisch. Das drängte ihn in eine neue Position, und er nutzte die Reste seiner väterlichen Autorität im Grunde nur, um mit ihr in Kontakt zu bleiben.

So wie auch im Fall der Entenkanone, als Naima mit dem Strohhalm die Reste ihres Milchshakes vom Boden des Bechers aufsaugte und dabei stoßartig ein Geräusch erzeugte, das nicht nur Murads Belehrungen beendete, sondern auch die übrigen Gäste der McDonald's-Filiale verstummen ließ.

Heute mehr als damals fragte sich Murad, ob sie ihn durch dieses gurgelnde Geräusch hatte unterbrechen wollen oder nur einfach gedankenlos war. Jedenfalls hatte er sie in diesem Moment betrachtet wie eine Fremde und bereute es jetzt, Jahre später, ausgerechnet auf einem Plateau in den kurdischen Bergen.

Allmählich begannen ihn, seine Grübeleien zu quälen. In einem Film, dachte er, wäre das der Zeitpunkt, an dem ein Lebenszeichen von ihr gefunden wird. Er blickte auf das trostlose Gestein um sich, und ihm kamen ernstliche Zweifel an seiner Mission. Womöglich war all das nur Zeit- und Geldverschwendung. Seine Entschlossenheit am Telefon Aziz gegenüber war von hier aus betrachtet nichts als eine Show. Weder war er von einem glücklichen Ausgang seiner Suche überzeugt, noch konnte er den Gedanken an einen Misserfolg auch nur eine Sekunde lang ertragen. Ohne Naima nach Deutschland zurückzukehren, schien ihm undenkbar. Ich bin verloren, dachte er. Ich bin vollkommen abhängig von Leuten, die ich nicht einmal kenne. Sie sind mir weder nah noch fern, ich bezahle sie noch nicht einmal besonders gut und erwarte, dass sie mir mitfühlend und großmütig etwas Kostbares wiederbeschaffen, das ich in einer Mischung aus Verantwortungslosigkeit und simpler Nachlässigkeit verloren habe. Wie mag das für sie aussehen: Ein schlechter Vater verirrt sich ausgerechnet hierher, um Versäumtes nachzuholen?

Ächzend erhob er sich und machte ein paar lustlose Schritte auf das Ende des Plateaus zu. Der Ausblick ins Tal weitete sich etwas. Jetzt fiel ihm auf, wie still es hier oben war. Leise pfiff der Wind ab und an in Felsnischen, ansonsten war absolut nichts zu vernehmen. Es gab keine Vögel und auch keine noch so entfernten Verkehrsgeräusche. Weit unten im Tal sah er zwar einen Laster davonfahren, aber auch das geschah lautlos. Murad blickte zum Himmel hinauf, der klar war und frei von Kondensstreifen. Es war ihm, als hätte er sich in einer Parallelwelt verlaufen, fern von allem, was er kannte. Selbst die Gedanken an Naima und Aziz, an seine Reise hierher und an seine Sorgen wurden ihm plötzlich fremd.

Das Sonnenlicht fiel schräg zwischen die Felsen und ließ scharf gezeichnete Flächen auf dem gelbbraunen Gestein aufleuchten. Murad dachte an die blaue winderfüllte Halle, als die er diese Landschaft kürzlich gesehen hatte. Jetzt war sie zu einem engen Innenraum geschrumpft, in dem er einsam und verunsichert herumirrte. Er blieb stehen, lehnte sich an eine Felswand und kam sich vor, als warte er auf ein Ereignis, das an diesem Ort niemals stattfinden würde. Fiele ich jetzt und hier tot um, grübelte er, würden die paar Leute, die mich kennen oder sich zumindest an mich erinnern, es zwar seltsam, insgeheim aber auch passend finden, dass ich, der die Berge eigentlich nicht mochte, in eigens dafür gekauften Wanderschuhen inmitten kahler Felsen gestorben bin – auf der heillosen Suche nach meiner Tochter, an einem sinnlos entlegenen Ort. Dorothee würde das gefallen, dachte er, sie hätte sicher keine Freude daran, so war sie nicht, aber es würde ihr Bild von mir bestätigen: immer zu spät und dann in der falschen Richtung unterwegs.

Missmutig ging er weiter. Und obwohl er sich vorgenommen hatte, nicht zu klettern, arbeitete er sich auf lockerem Schotter eine kurze, steile Anhöhe hinauf, um auf der anderen Seite, am Ende einer flachen Senke in den Felsen einen Höhleneingang zu entdecken. Es war ein etwa zwei Meter hoher Spalt, breit genug, um hineinzuschauen. Vorsichtig stieg Murad die Anhöhe hinab und näherte sich der Öffnung.

Er versuchte, etwas vom Inneren der Höhle auszumachen, doch die Sonne stand schon zu tief, es herrschte Dunkelheit darin. Murad näherte sich, steckte den Kopf in den Spalt und wich zurück, als er einen fauligen Geruch wahrnahm und die Kälte auf der Haut spürte. Er entfernte sich drei Schritte und betrachtete dieses Naturgebilde. Ich werde jetzt nicht auch noch in einer Höhle verschwinden, sagte er sich, spurlos, nachdem ich am falschen Ort gesucht habe. Die sinkende Sonne ließ die Felsen um ihn warm erscheinen, als würden sie von innen aufgeheizt. Auch ihre Konturen änderten sich; all diese Zacken, Grate und Vertiefungen schienen in diesem Licht weich wie aus Lehm. Danach wird die Kälte kommen, dachte Murad und blickte wieder auf den dunklen Spalt, sie wird dort herauskommen und alles hier draußen verschlingen. Schaudernd blickte er fort und machte sich auf den Rückweg.

Auf geheimnisvolle Weise verdüsterte die Entdeckung der Höhle Murads Stimmung. Nach längerer Zeit hatte er sich an dem Nachmittag auf dem Plateau wieder einmal vollkommen allein gefühlt und nicht einmal, wie in der Nacht mit den Hunden, verfolgt von der Angst. Nur er und das, was zu ihm gehörte – und die Stille, das war es, was ihn von nun an mit diesem Ort verband.

Er erzählte Abbas davon, doch dieser winkte nur ab und sagte:

»Du kommst von weit her, aber lass dir sagen, nicht in jeder Höhle hier sind Leichen versteckt. Wahrscheinlich ist nur ein Tier darin gestorben, daher der Gestank. Wenn du eine Weile hier bist, wird sich deine Fantasie beruhigen.«

Die Worte des Mannes beschäftigten Murad noch, als er spät in der Nacht in seinem Zimmer auf dem Bett lag. Die dicken Wollvorhänge wehten im Wind, der durch das halb offene Fenster hereinkam. Ein paar Lichtstrahlen von der Laterne auf dem Platz durchdrangen ihr grobes Gewebe und ließen es stellenweise wie ein feines dunkles Gitter erscheinen.

Er dachte zurück an die Grenze zwischen der Türkei und Irakisch-Kurdistan, bis zu der ihn Aziz vor Jahren begleitet hatte. Es war ein heißer Sommertag, und die Menschen standen in einer langen Schlange vor der Passkontrolle auf der türkischen Seite. Aziz und er stellten sich an und warteten lange. Der Kontrollpunkt lag in einem Felstal, Murad konnte sich nicht sattsehen an einer hohen Felswand mit gleich zwei schroffen Gipfeln, die wie ein natürlicher Riegel den Weg in den Irak zu blockieren schien. Er blickte dort hinauf und fragte sich, was ihn nach so vielen Jahren dort wohl erwarten würde.

Die Sonne stieg höher, und es wurde allmählich heiß auf dem Platz, der keinerlei Schatten bot. Die Leute vor ihnen wurden unruhig. Es waren ganze Familien, die hier mit ihnen warteten. Die Frauen ließen ihre Kinder schreien, alte Männer begannen zu schimpfen, doch nichts half; es wurde nur immer heißer, und die Schlange bewegte sich keinen Zentimeter voran. Nur in den großen, vor langer Zeit einmal weiß gestrichenen Baracken der türkischen Passkontrolle gab es Schutz vor der Sonne und wahrscheinlich sogar Ventilatoren. Diese Menschenschlange jedoch endete vor einem kleinen Fenster, auf das jeder starrte, denn nur wenn es sich öffnete, war überhaupt auf ein Vorankommen zu hoffen. Türkische Grenzsoldaten patrouillierten über den Platz und inspizierten gründlich jedes der wenigen Autos, die hier oben ankamen.

Nach etwa zwei Stunden, es musste Mittag gewesen sein, brach offener Streit aus, die Schlange löste sich auf und um Aziz und Murad entstand Tumult. Es war eindeutig die Hitze, welche die Leute verrückt machte, Frauen und Männer streckten die Hände mit den Reisepässen in die Höhe und begannen gleich darauf, damit aufeinander einzuschlagen. Das Gezeter erfüllte den gesamten Platz, doch die Grenzsoldaten ignorierten es.

»Sie drehen durch«, murmelte Aziz.

Er schaute beunruhigt in die Runde, und Murad hatte das Gefühl, das um sie ausbrechende Chaos bilde einen Strudel, in dessen Zentrum sie beide standen. Irgendwann jedoch wurden auch sie davon erfasst, wurden gestoßen und bedrängt. Murad blickte in hochrote Gesichter, wurde beschimpft und beiseitegezerrt, bis er sich zu wehren begann. Auch Aziz stieß die Leute nun von sich. Sie blieben beisammen und arbeiteten sich zum geschlossenen Fenster der Baracke voran. Immer wieder griffen Hände nach ihnen, wie um sie davon abzuhalten, das Fenster zu erreichen. Murad brach der Schweiß aus, er hörte Aziz laut keuchen und leise fluchen.

Schließlich, nach einer endlos scheinenden Zeit, standen sie davor. Neben dem Fenster gab es tatsächlich noch eine Tür, deren Klinke niemand von den tobenden Leuten auch nur berührt hatte. Die Undiszipliniertheit all dieser Menschen hatte in Murads Augen etwas Hoffnungsloses, denn sie richtete sich nur gegen den Nächsten und nicht gegen diejenigen, die verantwortlich waren und nicht willens, auch nur für etwas Schatten zu sorgen an einem Grenzübergang, der jeden Tag von so vielen Frauen, Kindern und Alten passiert wurde.

Und doch war Murad entsetzt, als Aziz ihm seinen Pass aus der Hand nahm, die Tür der Baracke öffnete und hineinging. Auch die Leute um Murad wurden kurz ruhiger und starrten auf den Türspalt. Murad hörte Aziz drinnen auf Englisch, Kurdisch und sogar mit ein paar Brocken Türkisch verhandeln. Wenn Aziz etwas konnte, dann das, wusste Murad, er war auf seine sehr eigene Weise höflich und unnachgiebig zugleich.

Es dauerte lange, doch schließlich trat Aziz wieder heraus ins Sonnenlicht, blinzelte, hielt in jeder Hand einen gestempelten Pass und grinste wie ein Sieger.

Viel später fragte ihn Murad, was er den Grenzern erzählt hatte.

Aziz zögerte etwas mit der Antwort, sagte dann aber: »Dass du ein Deutscher bist, der niemals hier war und die Situation da draußen nicht ertragen kann.«

»Und das hat genügt?«

»Ja, sie haben verstanden, du bist ein Fremder, dem sie das nicht zumuten können.«

Trotz seiner Erleichterung darüber, dem Durcheinander an der Grenze damals entkommen zu sein, wurde er das Gefühl nicht los, er habe eine Vorzugsbehandlung erhalten, ohne dass er darum gebeten hatte. Ist das die Realität, in der wir Menschen aus dem Westen leben?, fragte er sich. Werden wir in Watte gepackt und abgeschirmt von den Realitäten, bis wir glauben, es gäbe sie nicht? Wieso hatten türkische Grenzbeamte das Gefühl, einen »Ausländer« schützen zu müssen vor dem Chaos, das sie selbst erzeugten?

Er erzählte Adnan davon, dieser lachte kurz auf und dachte nach.

»Du willst hierhergehören«, sagte er dann. »Aber dazu musst du unsere Geheimnisse kennen.«

»Was sind das für Geheimnisse?«

»Oh, da gibt es einiges, was wir vor euch Westlern verstecken.«

»Du machst es spannend.«

Adnan grinste.

»Wollen wir zu Kara fahren?«

»Wer ist Kara?«

»Du weißt genau, wer sie ist. Ich habe deinen Blick gesehen.«

»Hör auf damit.«

»Nein, nein, ich habe gesehen, wie du sie angestarrt hast.«

»Ich habe sie nicht angestarrt. Jedenfalls nicht anders als andere Leute.«

»Doch«, sagte Adnan vergnügt, nickte heftig und schlug mit beiden Händen auf das Lenkrad.

»Lass uns zu ihr fahren«, schlug er nochmals vor.

»Was sollen wir dort?«

»Sie wartet vielleicht auf dich.«

»Ich bin ein alter Mann.«

»Ach was, so alt bist du noch nicht. Außerdem macht das hier nichts – eines unserer Geheimnisse.«

Adnan schien ein konkretes Ziel ins Auge gefasst zu haben, doch er sagte Murad nichts dazu. Er fuhr schnell, anfangs über staubige Bergpisten, dann ins Tal hinunter, wo sie endlich eine befestigte Straße erreichten. Dort fragte Murad schließlich, wohin es ginge.

»Es gibt einen Ort, den ich dir zeigen will«, antwortete Adnan und zwinkerte Murad zu.

Je öfter sie zusammen unterwegs waren, desto lockerer wurde der Fahrer. Er hat Humor, dachte Murad, aber wenn es so weitergeht, wird er wahrscheinlich noch spöttisch werden. Auf der Straße gab Adnan so stark Gas, dass Murad im Begriff war, ihn zu ermahnen. Es herrschte jedoch überraschend wenig Verkehr. Der Weg führte sie fort von der Grenze landeinwärts, Murad betrachtete die trostlose Landschaft zu beiden Seiten der Straße. Sie ähnelte einer Steppe, es waren keine Felder zu erkennen, keine Ansiedlungen oder auch nur Hütten, und er fragte sich ernsthaft, wieso die Befestigungen und Gräben, die sie zuletzt besucht hatten, überhaupt an jener Position angelegt worden waren, wenn das Gebiet hier menschenleer war.

»Du hast es schon gesagt«, antwortete Adnan, als er ihn danach fragte. »Hier ist nichts, was es wert wäre, verteidigt zu werden. Sie können ruhig kommen und ihre Benzintanks hier leer fahren.«

Der Fahrer dachte kurz nach.

»Aber ich weiß, was du meinst. Du denkst, eine Grenze ist eine Grenze, und sie darf auf keinen Fall durch eine fremde Macht überschritten werden. Das ist europäisches Denken. Hier sind Grenzen etwas Abstraktes. Nimm an, Daesh oder ISIS, wie ihr sie nennt, würde das ganze Gebiet erobern, alles, was du hier siehst. Was hätten sie davon? Sie müssten ihre Sprengstoffautos irgendwo parken, müssten ein Camp bauen und sich versorgen lassen. Das können sie nicht. Sie sind Diebe, sie sind auf Beute aus. Sie wollen Städte besetzen und sich das nehmen, was die Leute dort besitzen. Sie wollen Häuser, Straßen, Plätze, und sie wollen Sklaven. Das alles bekommt man nicht auf einer solchen leeren Ebene.«

Ein Lastwagen mit über dem Anhänger flatternder Plane kam ihnen entgegen. Er fuhr schnell, Adnan bremste vorsichtshalber sachte ab.

»Alle Eroberer sind Diebe«, murmelte Murad noch.

Dann war der Laster bei ihnen, passierte sie mit viel zu geringem Abstand, Adnan atmete so heftig ein, dass er ein zischendes Geräusch erzeugte und Murad damit alarmierte. Die Plane traf die Fahrerseite ihres Wagens und verursachte dabei einen Knall. Gleich darauf wurden sie am hinteren Kotflügel vom Anhänger gestreift, und Adnan musste heftig gegenlenken, der Hilux geriet ins Schleudern, stellte sich auf der Straße quer und fiel schließlich, in Murads Wahrnehmung, wie in Zeitlupe auf die Seite. Mit ohrenbetäubendem Lärm schrammte er noch ein paar Meter über den Asphalt, aber das nahm Murad schon nicht mehr wahr. Er lag nur da, den Fahrer über sich und verspürte einen stechenden Schmerz im rechten Bein.

Erst in der Klinik in Mardin erfuhr er, dass es Adnan gut ging, besser zumindest als ihm selbst. Sein Bein war zwar nicht gebrochen, sein Becken aber fühlte sich verrenkt an. Selbst der Hilux hatte den Unfall weniger beschädigt als erwartet überstanden. Zweimal kam Adnan ihn im Krankenhaus besuchen, vielleicht aus einem Gefühl der Verantwortung heraus. Beide Male versicherte ihm Murad, da er ja Zeuge des Unfalls war, ihn treffe keine Schuld, außer der, ein wenig zu schnell gefahren zu sein.

»So fährt man hier«, sagte Adnan selbstbewusst. »Wenn ich auf einer solchen Straße langsam fahren würde, wäre ich verdächtig.«

»Du musst es wissen«, sagte Murad und ächzte lauter als nötig. »Wann machen wir unsere nächste Tour?«

»Sobald es dir besser geht.«

Noch bevor er das Zimmer verließ, hielt Adnan inne und sagte:

»Kara fragt sich bestimmt schon, was los ist, meinst du nicht?«

Er zwinkerte Murad zu.

Während der folgenden Tage erschien ihm die Klinik merkwürdig leer, zumal er allein in einem Zimmer im Erdgeschoss mit vergittertem Fenster lag. Vom Gang her hörte er manchmal Stimmen und auch einmal Geschrei, er jedoch blieb sich den Tag über selbst überlassen. Er beobachtete zwei prächtige Elstern im Wacholderbaum vor dem Fenster, wie sie sich neckten, gelegentlich jagten und wieder zu versöhnen schienen. Es war schön dort draußen. Am Nachmittag schien das Sonnenlicht einen leuchtenden Nebel zu erzeugen. Alte Spinnennetze im Fenstergitter glänzten silbrig auf. Das erzeugte in Murad Sehnsucht, diesen Raum zu verlassen, wieder in das Gasthaus einzuziehen und sich frei bewegen zu können. Er litt unter seiner Bewegungslosigkeit mehr, als er es je erwartet hätte.

Die Tage vergingen quälend langsam, man schien ihn dort vergessen zu haben. Er hatte Aziz informiert, und dieser wiederum versetzte Dorothee in Sorge. Als sein Telefon klingelte und Dorothee am anderen Ende war, riss ihn das schlagartig aus seiner Lethargie. Seine Ex-Frau schien allerdings unterwegs und in Eile zu sein. Sie erkundigte sich kurz nach seinem Befinden, ließ sich skizzenhaft den Hergang des Unfalls beschreiben und kam dann, nicht ohne eine nachdenkliche Pause eingelegt zu haben, zum eigentlichen Punkt. Hatte er nun schon Näheres zum Verbleib Naimas erfahren? Murad hatte den Unfall, so gut er konnte, heruntergespielt und setzte seine Beschwichtigungen gleich fort, indem er ihr versicherte, der Bote könnte nun jeden Tag auftauchen und dann würden sie ganz sicher mehr erfahren. Zwar zweifelte er selbst daran, ließ es sich aber nicht anmerken, denn er spürte Dorothees Anspannung. Ihre Stimme bebte, wenn sie von ihrer Tochter sprach, als wäre sie den Tränen nahe. Doch sie beherrschte sich, versuchte, ihn die Hilflosigkeit nicht spüren zu lassen, in der sie als Mutter Tag für Tag, Stunde um Stunde gefangen war. Dafür liebte Murad sie wieder ein wenig, auch wenn sie das Gespräch ohne Abschiedsfloskel mit dem Satz beendete:

»Um dich habe ich mir auch Sorgen gemacht.«

Wahrscheinlich hatte sie nur etwas Nettes sagen wollen, es klang jedoch vorwurfsvoll wie so oft.

Wie zuvor schon häufig lag er auch nach dem Telefonat da und hing seinen Erinnerungen nach. Dorothees Verzweiflung zu spüren hatte ihm zugesetzt. Diese

Frau, mit der ihn außer Naima nichts mehr zu verbinden schien, kam ihm hier in seiner Verlorenheit wieder nahe. Ihm war klar, es war auch Sentimentalität im Spiel, vielleicht sogar bereits Heimweh. Dennoch gab er sich diesen Gedanken hin, ließ sie zu einem vertrauten Raum um sich werden, in dem er seine Bewegungslosigkeit leichter ertragen konnte. Auch wenn sie sich schon vor langer Zeit voneinander getrennt hatten, war Dorothee ein unauslöschlicher Teil seiner Persönlichkeit geworden, so schien es ihm besonders jetzt, da er an sie zurückdachte.

Ihre erste Begegnung, vor langer Zeit, begann mit einer Berührung. Dass ihm eine Kellnerin mit dem Ellenbogen in einer glücklicherweise nicht sehr heftigen Bewegung die Brille von der Nase wischte, dieser Tatbestand war weniger erschreckend als ernüchternd gewesen in seiner Folgerichtigkeit. Die Bewegung ihres Oberkörpers hatte nichts mit ihm zu tun, aber, bei diesem Gedanken lächelte Murad, die Erfahrung hatte ihn gelehrt, banale Abläufe, kleine Alltäglichkeiten konnten sich auf perfide Weise blitzschnell gegen ihn wenden.

Ihre unerwartete Bewegung galt damals einem Zuruf aus dem von Stimmen erfüllten Raum hinter ihr. Sie bemerkte natürlich sofort, wie ihr Ellenbogen etwas berührte, konnte aber wegen des Tabletts in ihren Händen kaum etwas tun, um zu verhindern, dass Murad der linke Bügel seiner Sonnenbrille unaufhaltsam über das Ohr herabrutschte, während der rechte zwischen sein Haupthaar fuhr und wie ein aufdringlicher Finger Druck auf seine Kopfhaut ausübte. Da es ihn nun wieder einmal ereilt hatte, versuchte er aufzustehen, als hätte eine altmodische Autorität den Raum betreten. Das gestaltete sich allerdings schwierig, denn es musste unter ihren Augen geschehen, während das linke Sonnenbrillenglas randlos Murads Lippen berührte. Für einen Moment machte sich ein starkes Gefühl für die Widrigkeit der Situation in ihm breit, hatte sich in seinem Gesicht doch etwas aus der Augengegend bis zum Mund hinunter verschoben. Am Tablettrand sah er die beringten Finger der Kellnerin, griff selbst nach dem Bügel seiner Brille und blickte, sobald er aufrecht stand, schon wieder durch die Gläser derselben. Eine zweite Kellnerin veranlasste die Tablettträgerin, den Kopf zu wenden, und ihrem Blick folgend, sah Murad erstmals das etwas melancholische Gesicht jener zweiten, die von nun an – er fühlte dieses »nun« wie einen Startschuss zu einem Rennen ohne absehbares Ziel – seine erste sein sollte.

Das ansehnliche Trinkgeld hatte die Tabletträgerin später gewiss ebenso vergessen wie seine hastigen Bewegungen beim Geldsuchen, verbunden mit dem eher hilflosen Versuch, etwas Charmantes zur Überbrückung einzuflechten. So war es kaum noch eine Steigerung, als er schließlich in dem engen Raum zwischen der Frau und der über und über behängten Garderobe strauchelte. Murad stolperte über eine Art Ranzen, der an den Fuß des Kleiderständers gelehnt war, und anstatt, gleichsam rebellierend, die Schrittweite zu vergrößern, knickte sein rechtes Knie ein. So kam er in eine lächerlich huldigende Pose, die allerdings zur Situation passte. Dorothee drängte sich an der Kellnerin vorbei. Durch den Schleier seines verschmutzten Blickfeldes sah Murad ihre Schürze auf sich zukommen, weiß, jedoch mit ein paar dunklen Flecken darauf.

Sie fragte ihn nach seinem Befinden, worauf Murad nur nicken konnte. Er erhob sich erneut und stand vor ihr in der Erwartung, aus irgendwelchen Gründen nicht lange in dieser Haltung bleiben zu können. Doch nun schien die Balance im Raum wiederhergestellt, und das feine Lächeln der Frau ihm gegenüber stabilisierte augenblicklich seinen Lichtsinn.

Der Detailreichtum seiner Erinnerung an diese Begegnung amüsierte Murad. Er verkroch sich förmlich in ihr, für eine kurze Zeit befreite sie ihn von der Warterei. Er schaute zum Fenster hinüber, voller Verwunderung darüber, dass die Dorothee von einst für ihn noch immer so lebendig war.

Später, an der Autobahnbrücke, blieb er damals stehen und sah das klinisch saubere Blau des Himmels mit den Kumuluswolken darin. Eine Brücke posierte im Himmelblau, und auf ihr blitzten die Chromteile der vorüberfahrenden Autos. Den Verkehr über dem Kopf, wandte er sich um. Von dort aus sah er den kurzen Weg, den er zurückgelegt hatte, zwei Querstraßen mit den Eckstücken der Mietskasernen, die auf ihn wiesen. Er erinnerte sich nicht mehr, was ihn veranlasste, zum Ausgangspunkt zurückzugehen. Schon manche Situationen in seinem Leben hatten sich auf seltsame Weise wiederholt. Und auch dieses Zurückgehen an jenem Abend glaubte er zu kennen. Letztlich war es das, was er auch hier tat, wenn er Naima suchte: zurückgehen an einen Ausgangspunkt. Nur dass dieser viel weiter zurücklag. Aber vielleicht waren diese Wiederholungen nur Illusionen. Auch Träume handeln manchmal von dem sicheren Gefühl, sie würden sich wieder ereignen, dachte Murad, und gerade darin liegt seltsamerweise ihre Einzigartigkeit.

Er stieg die Stufen zur Restaurantterrasse hinauf und stand nach ein paar Schritten wieder in dem lärmerfüllten Raum, sah seinen Tisch in der Ecke besetzt von zwei Teenagern in exakt gleichen Jacken. Am Tresen herrschte Hochbetrieb, doch das Kopfnicken jener Kellnerin, die ihm vorhin die Sonnenbrille aus dem Gesicht gewischt hatte, entging ihm nicht. Es war an Dorothee gerichtet, die, aus der Küche kommend, stehen blieb und ihn fragend anblickte. Murad wusste nicht, was er tun sollte. Er lächelte kurz, eilte dann schnurstracks zu seinem Tisch und setzte sich auf den noch freien Stuhl neben die beiden im Partnerlook.

Die empfanden das als Zumutung und wiesen ihn darauf hin, noch jemanden zu erwarten. Murad fragte leichthin, ob der auch eine solche Jacke trüge. Es war dann wohl mehr sein abgewandter Blick zur Küche, während er sprach, der den Jungen provozierte. Leider bemerkte Murad zu spät, dass die beiden ein Paar waren, hätte er es vorher gewusst, wäre er nicht so frech gewesen. Der Junge setzte seine Schuhsohle an der Kante von

Murads Sitzfläche an und versetzte dem Stuhl einen Stoß, der ihn unendlich langsam rückwärtskippen ließ.

Murad ruderte mit den Armen und fiel ziemlich weit in Richtung Garderobe. Diesmal lag er wirklich am Boden, die Leute wurden aufmerksam, Gesichter drehten sich ihm zu. Er erhob sich und stellte den Stuhl umständlich wieder auf die Beine. Das Mädchen gluckste, der Junge schaute ihm genüsslich zu.

Wie von den anderen vorgeschickt, erschien Dorothee. Unschlüssig stand sie vor ihm. Was er wolle, fragte sie. Er hob nur die Schultern. Sie trat näher an ihn heran, als er zu hoffen gewagt hätte. Es gäbe einfach zu viele, sagte sie, die Ärger machten. Zu diesen wollte Murad natürlich nicht gehören und beruhigte sie. Sie fragte ihn, ob er etwas verloren habe. Da hätte er antworten sollen: Wiedergekommen bin ich deinetwegen. Aber er sagte nichts.

Ich kann hartnäckig sein, dachte Murad, und war in der Erinnerung an diese Situation dennoch von sich selbst überrascht. Nachträglich erschien ihm das Ganze wie eine Farce, doch noch immer spürte er, wie ernst es ihm damals mit Dorothee war. Es muss etwas wie Liebe auf den ersten Blick gewesen sein, sagte er sich. Anders war nicht zu erklären, dass er spät am selben Abend noch ein drittes Mal zu jenem Restaurant ging. Im Dunkeln ähnelte der Eingang dem einer Jahrmarktsbude. Wie glänzender Firnis versiegelte das Lampenlicht die gläsernen Flächen. Die Türen waren geschlossen, nur einige wenige Besucher saßen noch auf der Terrasse, ohne sich, der Abendkühle wegen, in die Lehnen der Stühle sinken zu lassen.

Er öffnete die Eingangstür und stand vor der wie aufgespannt wirkenden Beleuchtung des Saales, punktförmiges Lampenlicht ließ den Raum ausgebeult scheinen wie ein schlaffes Zelt; in den sackartigen Ausbuchtungen standen die Tische.

Dorothee war nicht mehr da. Er fragte nach ihr und jemand schickte ihn zur »Futterluke«, einer geöffneten Durchreiche mit zwei hölzernen Altarflügeln, aus der wie ein Kinderkasper einer der Köche herausschaute und ihm zuwinkte. Er ließ ihn einen Moment vor sich stehen, während dem Murad hinter ihm die Discounterverpackungen von Lebensmitteln betrachten konnte, die auch er gewöhnlich kaufte. Das beruhigte ihn. Der Koch lächelte, als wolle er sagen:

»Wir geringfügig Beschäftigten müssen doch zusammenhalten.«

Stattdessen aber brummte er:

»Willst du wissen, wo ihr Fahrrad steht?«

Murad erschien die Frage abwegig.

»Du kannst eine Nachricht drankleben.«

Murad begriff noch immer nicht.

»Ohne deine Gefühle verletzen zu wollen – du bist nicht der Erste«, sagte der Koch und grinste.

»Bin ich selten«, erwiderte Murad. »Wo steht ihr Fahrrad?«

Er wagte nicht, nach Dorothee selbst zu fragen. Zu sehr wirkte der Koch wie ihr Beschützer.

Draußen stand er schließlich vor einem malvenfarbenen Fahrrad, den von einer der Kellnerinnen geborgten Kugelschreiber mit dem aufgeprägten Namen einer Baufirma in der einen, das ausgerissene Randstück einer Tageszeitung in der anderen Hand. Die Terrasse war nun fast leer, ein leierndes Gitarrensolo floh aus dem Eingang nach draußen, und der Straßenverkehr auf der Brücke führte noch immer über ihn hinweg. Er schrieb:

»Keine Nachricht. Einer von vielen.«

Dazu setzte er seine Telefonnummer. Dann entfernte er sich rasch, da er sicher war, sie würde irgendwo drinnen darauf warten, endlich nach Hause fahren zu können.

Als er nach einer gefühlt endlosen Zeit aus der Klinik entlassen wurde, ließ sich Murad auf schnellstem Wege zurück in die Berge fahren. Unternehmungslustig hatte er das Krankenzimmer verlassen wollen, jedoch rasch festgestellt, mit den Schmerzen in seinem Bein würden Einschränkungen verbunden sein. Er bezahlte seine Rechnung in bar, humpelte über die Straße zu einem Hotel gegenüber der Klinik, weil der Fahrer erst am nächsten Tag kommen konnte, und wartete dort. Adnan brachte ihm eine Krücke mit, die ein Verwandter ganz offensichtlich für lange Zeit benutzt hatte.

Als Abbas sie kommen sah, trat er vor das Gasthaus und breitete die Arme aus.

»Der Tod hat nach dir gegriffen«, sagte er laut, »aber du bist seiner großen Hand entkommen.«

Murad wusste nicht, was er darauf antworten sollte, nickte also nur freundlich und humpelte an Abbas vorbei ins Haus.

Später kam der Herbergsvater in sein Zimmer, und Murad war seinen Vorträgen schutzlos ausgeliefert.

»Dein Bein ist nicht gebrochen, sagst du. Wozu warst du dann tagelang im Krankenhaus? Und was ist mit deinem Fahrer, der für das alles verantwortlich ist? Er fährt fröhlich hin und her und lässt sich das von dir wahrscheinlich alles bezahlen. Ich glaube, außer mir betrügt dich jeder hier, alle ziehen dir das Geld aus der Tasche, und du merkst es nicht einmal.«

»Ich sehe das anders«, entgegnete Murad schwach. »Außerdem bin ich Adnan dankbar dafür, dass er sich um alles, auch die Polizei, gekümmert hat.«

»Es ist, wie ich sage, du willst es nicht sehen.«

Abbas setzte sich wie ein gütiger Vater auf Murads Bettkante und veränderte den Tonfall seiner Stimme.

»Ich verstehe alles, was du tust. Wäre es meine Tochter, würde ich dasselbe und noch mehr tun, glaub mir. Aber du sollst dich nicht ausrauben lassen. Das ist alles, was ich sage.«

Ist das echte Sorge um mich, fragte sich Murad, oder wieder nur Ausdruck seiner Obsession? Er richtete sich im Bett halb auf, wischte sich kurz die Stirn und hielt beide Hände vor sich. Abbas blickte ihn erwartungsvoll an.

»Du weißt, ich war in Mardin«, sagte Murad in bestimmtem Tonfall. »Beim ersten Mal traf ich Abgesandte der Schleuser in einem Café im Arabischen Markt. Ich musste mir ihre Versprechungen und Versicherungen eine Stunde lang anhören, nur um schließlich zu erfahren, dass sie nicht weniger als ein kleines Vermögen dafür forderten, meine Tochter zu finden und möglicherweise«, Murad hob den Zeigefinger, »nur möglicherweise, aus Syrien herauszuschaffen. Was glaubst du, was mich allein dieser Bote kostet, den sie mir damals als Verbindungsmann vorgestellt haben, während ich hier, wie du weißt, Tag um Tag auf ihn warte. Und deine größte Sorge ist, ich könnte hier von Räubern überfallen werden? Ich bin ein verzweifelter Mann. Ich habe hohe Schulden gemacht und, hör gut zu, sogar gestohlen, um das Geld zusammenzubekommen. Dafür bietet man mir keine Abenteuerreise, sondern nur endlose Wartezeit, die ich jetzt auch noch mit einer Krücke verbringen darf. Was hältst du davon?«

Seine Worte schienen Eindruck auf Abbas zu machen. Er senkte den Kopf, starrte auf seine Hände und war im Begriff, sich zu erheben, um es sich schließlich doch anders zu überlegen, innezuhalten und zu fragen:

»Wen hast du bestohlen?«

Murad seufzte.

»Das erzähle ich dir ein anderes Mal.«

»Versprichst du es?«, sagte Abbas und stand auf.

»Ja«, sagte Murad und schloss die Augen, um den anderen zum Verlassen des Zimmers zu bewegen.

Für einige Zeit war an weitere Ausflüge mit Adnan nicht zu denken. Murad spürte zwar, wie die Schmerzen in seinem Bein mit jedem Tag ein wenig nachließen, doch vor allem in den Nächten quälten sie ihn noch. Worauf er nicht verzichtete, war jedoch, unten im Teehaus seinen Beobachtungsposten einzunehmen. Der Weg kostete ihn viel Zeit, er humpelte an seiner Krücke die Bergstraße hinunter, um sich, endlich am Ziel, verschwitzt und mit Schmerzen in der rechten Hand, auf der sein Körpergewicht gelastet hatte, in den Stuhl fallen zu lassen. Gleichermaßen neugierige wie mitleidvolle Blicke begleiteten ihn dabei, und nun setzten sich gelegentlich wirklich alte Männer zu ihm, von denen einige ebenfalls nicht mehr sicher auf den Beinen waren.

Dieser neue Umstand belustigte Murad, er plauderte mit ihnen, begann aber bald, unter ihrer Aufmerksamkeit zu leiden. Denn kaum einer erzählte von sich, sie horchten ihn bloß aus, und so musste er die immer gleiche Geschichte Tag für Tag aufs Neue erzählen. Dabei beschränkte er sich auf das Wesentliche, machte ein übertrieben bekümmertes Gesicht, schwieg zwischendurch lange, um jedem von ihnen zu verstehen zu geben, dass er in seinem Verlustschmerz Schonung verdiente. Dieses Vorgehen erwies sich als wirksam. Mancher allerdings wollte, aus Höflichkeit oder Dummheit, da war sich Murad nicht ganz sicher, Zeit mit ihm verbringen. Das war ihm lästig, denn früher oder später kamen seine Familienverhältnisse zur Sprache, über die er stets log, damit sich so wenig wie möglich weitere Fragen ergaben.

Wenn er allein dort saß, schweifte sein Blick über die Ebene. Jetzt sah er diese gelbbraune Landschaft mit anderen Augen. Es war, als wäre er dieser Erde durch den Unfall zu nahe gekommen, hätte sie geschmeckt. Wenn das Unvertraute so nahe kommt, ist es Gewalt, dachte er und bedauerte, dass ihn die zuvor eher eingebildete Nähe zu diesem Land nun wohl endgültig verlassen hatte. Er rekapitulierte seine Zeit hier und all seine Versuche anzukommen. Es ist mir nicht gelungen, dachte er niedergeschlagen, obwohl ich die besten Voraussetzungen dafür hatte. Aber ich bin kein Kind mehr, die Widerstände sind inzwischen zu groß, sagte er sich und war gleich darauf mit seinen Gedanken wieder bei Naima. Sie war zwar noch jung, aber der Kindheit auch schon längst entwachsen, wie mochte sie diese Fremdheit überwunden haben, fragte er sich. Er stellte sie sich als Ehefrau eines Mannes vor, der ebenfalls aus der Fremde kam. Womöglich hatten sie bereits eine Familie gegründet und konnten so zu einer Art Alltag finden und all das Bedrückende und sehr wahrscheinlich Bedrohliche wenigstens zeitweise, an den Abenden, von sich fernhalten. Aber je mehr Murad sich das ausmalte, desto abstrakter wurde seine Vorstellung von Naima, das Bild in seinem Kopf verblasste, bis er es nicht mehr sehen konnte.

An einem dieser Nachmittage im Teehaus beobachtete er wieder jene Frau, der er bei seinem Spaziergang über die Ebene begegnet war. Leicht nach vorn gebeugt, bewegte sie sich in der Ferne voran, ihr Gang wirkte entschieden, nur manchmal zögerte sie kurz, wahrscheinlich weil sie auf Unebenheiten des Bodens traf. Dann schien sie sich festzuhalten am Riemen ebenjener Tasche, die sie wieder bei sich trug, als würde sie darin etwas transportieren, wichtig genug, um es eng am Körper zu halten. Murad grübelte erneut darüber nach, was sie wohl in der Tasche verbarg, fragte schließlich im Teehaus laut in die Runde, doch niemand konnte ihm die Frage beantworten. Gerade als er einen Anflug von Ärger darüber verspürte, leuchtete der Bildschirm seines Handys auf.

Mit zitternden Fingern navigierte sich Murad zur ersten Nachricht des Boten seit Wochen. Sie war kurz und lautete:

»Habe sie gefunden, in Rakka.«

Darunter sah Murad das Foto einer verschleierten Frau. Sie blickte in Richtung der Kamera. Das Foto war scharf genug, um ihre Augen erkennbar werden zu lassen im Spalt, den der dunkle Niqab ließ. Murad sog den Anblick dieser Gestalt in sich auf, und auch die verschwommenen Hausfassaden und den öffentlichen Platz im Hintergrund. Diese Frau sollte also seine Naima sein. Er starrte unentwegt auf das Bild, und auch wenn er bereits erwartet hatte, eine Fremde wiederzusehen, so verwirrte ihn dieser Anblick. Das lag nicht so sehr an der Tatsache, dass sie verschleiert war, als vielmehr an der Alltäglichkeit der Situation, in der sie fotografiert worden war. Diese Frau schien einkaufen gewesen zu sein, zumindest trug sie einen Beutel bei sich. Ihr Blick wirkte gleichgültig und abgelenkt, Murad beschlichen unwillkürlich Zweifel an seiner Einschätzung ihrer Situation. Obwohl er das nicht hatte wissen können, war er fest davon ausgegangen, sie würde leiden, dort, wo sie war. Nichts auf dem Bild jedoch deutete darauf hin. Sie schien einfach nur an einem anderen Ort zu leben und war damit, wer konnte das wissen, vielleicht auch zufrieden. Immer wieder fuhr Murad mit dem Daumen über das Display, um zu verhindern, dass es ausging. Er nahm einen Schluck Tee, stellte die Tasse ab und legte die freie Hand vor den Mund, als er flüsterte:

»Insgeheim wollte ich dein Retter sein, aber möglicherweise willst du gar nicht gerettet werden.«

Der Gedanke verunsicherte ihn. Wieder einmal fragte er sich, was er hier tat und ob all das überhaupt mit Naima zu tun hatte. Bin ich auf einem Egotrip und nehme das Verschwinden meiner Tochter nur zum Anlass, den Spuren meiner eigenen Herkunft nachzuforschen und, praktischerweise, dabei vor den Problemen in Deutschland davonzulaufen? Das entspräche ziemlich genau dem, was ich für Naimas Motive gehalten hatte. Er hielt das Handy näher an seine Augen und starrte noch intensiver auf das Bild. Mein kleiner Liebling, dachte er, ich habe mich für dich gehalten. Du bist jemand anders, und das begreife ich erst jetzt. Aber wer bist du? Wie soll ich dich erkennen unter all den Fremden?

»Auch wenn du dich abgewandt hast«, murmelte er, »ich glaube, wenn es so weit ist, wirst vielmehr du mich erkennen müssen. Und du wirst mir vertrauen müssen, wenn ich dir sage, es ist besser, von dort wegzukommen und nach Hause zu fahren.«

Auch wenn er es selbst als pathetisch und rührselig empfand, auf die Liebe seiner Tochter zu hoffen, die sie am Ende zu ihm zurückführen würde, so tat Murad es dennoch, weil es, das spürte er in diesem Moment, kein anderes Band mehr zwischen ihnen gab.

Das Foto rutschte plötzlich ein paar Zentimeter nach oben, und Murad legte reflexartig seinen Daumen darauf, um es festzuhalten. Aber der Bote hatte nur eine weitere Nachricht geschickt, die lautete:

»In ein paar Tagen komme ich zurück, Inschallah, dann erzähle ich mehr.«

Zunächst war Murad erleichtert, gleich darauf aber stürzte ihn das Unbestimmte dieser Ankündigung in Mutlosigkeit. Er würde also weiter warten müssen mit nichts als diesem Foto in der Hand. Er fragte sich, ob er es Dorothee antun konnte, ihr dieses Bild ihrer Tochter zu schicken. Es war zu wenig, um zu hoffen, zugleich aber zu viel, um beiseitegelegt zu werden. Im Grunde aber fühlte er, der hier ständig nach seiner längst zerbrochenen Familie gefragt wurde, sich dazu verpflichtet, denn diese beiden Frauen, die verschleierte auf dem Bild und die manchmal ihm gegenüber beinahe verbitterte in Deutschland, waren alles, was ihm geblieben war.

»Sie sieht nicht sehr glücklich aus«, sagte Kara ein paar Tage später mit einem abschätzigen Blick auf das Bild.

Murad, der nur widerwillig dem Vorschlag seines Fahrers zugestimmt hatte, die Schützengräben erneut zu besuchen, nickte nur. Wahrscheinlich hat sie recht, dachte er, und möglicherweise kann sie als Fremde noch mehr auf diesem Bild erkennen als ich.

»Aber, wer weiß, vielleicht jubelt sie innerlich und sah nur in diesem Moment so aus.«

Die Kämpferin schob Murads Hand mit dem Handy von sich. Sie saßen zu dritt auf einem Mauerrest, der sehr wahrscheinlich noch aus osmanischer Zeit stammte. Als Relikt der Vergangenheit verschwand er in einem etwa drei Meter hohen Hügel neben ihnen. Murad ließ das Display des Handys rasch erlöschen und blickte Kara ins Gesicht.

»Was willst du damit sagen?«

»Nichts. Aber diese Frauen sind meistens begeistert von dem, was sie tun, jedenfalls am Anfang.«

»Sprich weiter«, sagte Murad.

»Sie wollen etwas erleben«, sagte sie, »ein Abenteuer. Aber sie wollen auch erwachsener sein, als sie in Wahrheit sind, wollen etwas Eigenes in ihrem Leben haben. Und sie glauben das meiste von dem, was man ihnen sagt.«

»Aber haben sie denn kein Heimweh, sehnen sie sich nicht zurück nach ihren Freunden und Familien in der Heimat?«

»Was weiß ich?«

Murad blickte sie beinahe flehend an. Kara überlegte kurz und sagte dann:

»Eines musst du verstehen: All das, wovon du sprichst, liegt hinter ihnen. Es ist etwas, dem sie entfliehen wollten, und du bist ein Teil davon. Es tut mir leid.«

»Ja, sie hat recht«, sagte Adnan. »Mein Cousin sagt, sie fliehen aus dem Westen, werden Muslime und versammeln sich dann wieder mit ihresgleichen im Café Sultan in Rakka.«

»Was tut ihr ihnen dort in Europa nur an?«, sagte Kara maliziös.

Murad fühlte seinen Blutdruck ansteigen.

»Wir tun ihnen überhaupt nichts an«, rief er, »aber wir hätten es vielleicht rechtzeitig anders machen sollen. Es ist alles nur ein Spiel, ein Spiel verwöhnter Kinder.«

Kara legte ihm die Hand auf die Schulter.

»Aber wenn es ein Spiel ist«, sagte sie leise, »dann musst du wissen, es ist eines auf Leben und Tod.«

Murad konnte sich nur schwer beruhigen.

»Jugendliche spielen mit allem, auch mit dem Tod. Sie sind einfach zu dumm, die Konsequenzen zu erkennen.«

»Wie alt ist sie?«, fragte Kara und wies mit dem Kopf in Richtung des Handys in Murads Hand.

»Sie ist gerade zwanzig«, sagte Murad.

»Siehst du, nach euren Gesetzen ist sie eine erwachsene Frau. Sie darf dumm sein, was willst du dagegen tun?«

»Ich will sie da herausholen, mehr nicht.«

»Versuche es«, sagte Kara.

Adnan sprang von der Mauer und klopfte den Staub von seiner Hose, als er sagte:

»Du kannst sie nicht zwingen. Wärst du von hier, wäre das etwas anderes. Aber du bist ein Westler, du kannst sie eigentlich nur bitten zurückzukommen.«

Die spätnachmittägliche Unterredung auf der Mauer endete abrupt, als Kara von den Stellungen her zurückgerufen wurde. Adnan, der aus für Murad unerfindlichen Gründen hartnäckig damit beschäftigt war, ihn mit dieser Frau zu verkuppeln, fuhr ihn in gemächlichem Tempo zurück zum Gasthaus. Dort zog sich Murad in sein Zimmer zurück und dämmerte den Abend über auf dem Bett vor sich hin. Er war sich sicher, der Nachmittag würde ihm in Erinnerung bleiben, nicht nur wegen des beinahe freundschaftlichen Beisammenseins, sondern auch weil die klaren Worte der anderen etwas in ihm auslösten.

Hatte er je darüber nachgedacht, was die letzten fünfzehn Jahre bedeuteten, die der islamistische Terror auch ihn begleitete? Er hatte die Abwehr gegen dieses Thema in sich wachsen gespürt von jenem Moment an, da Dorothee infolge des 11. September 2001 mit ihrer seltsamen Bitte an ihn herantrat. Er erinnerte sich, wie sie ihn damals aufforderte, etwas für die Zeitung, bei der sie arbeitete, zu schreiben. Wenn er sich nicht irrte, tat sie das noch am Abend jenes Tages.

»Warum ich«, war seine erste Reaktion, »weil ich ein Kanake bin?«

Sofort hob Dorothee die Hände – er sah das nach so langer Zeit noch ganz deutlich vor sich –, um ihn zu beruhigen.

»Nein, nein, es geht darum, so viele Stimmen wie möglich einzufangen, verstehst du, sonst schreiben immer dieselben darüber. Wir wollen einfach einmal Meinungen versammeln, auch von Leuten, die man normalerweise nicht fragen würde, um dieses Ereignis in seiner Gänze zu erfassen.«

Murad blickte sie skeptisch an.

»Es ist ein historisches Ereignis«, fuhr sie fort. »So wie damals der Fall der Mauer. Jeder, wirklich jeder hat den heutigen Tag bewusst erlebt und weiß daher auch etwas darüber zu sagen, ganz subjektiv, ohne wissenschaftlichen Anspruch.«

Er konnte es ihr nicht abschlagen, das wusste er, aber auch, dass er sich von nun an mit diesem Projekt quälen würde.

Damals, noch als selbst ernannter Sozialarbeiter, jobbte er als Aushilfe auf einem Bolzplatz. Eine Jugendmannschaft des Bezirks trainierte dort Fußball. Es waren viele Kinder von Migranten dabei. Nachdem er Dorothee zugesagt hatte, beobachtete er diese Jungen vom Spielfeldrand und fragte sich, was sie wohl sagen würden, wären sie aufgefordert worden, etwas über dieses Ereignis zu schreiben. Würden sie die vielen Opfer zwar bedauern, insgeheim aber ein Triumphgefühl über den Westen und seine Ohnmacht verspüren? Er war sich sicher, niemand von ihnen wäre der Öffentlichkeit gegenüber ganz ehrlich.

An einem Abend nach dem Training räumte er Getränkedosen und anderen Müll fort und stand irgendwann in der Mitte des Platzes nahe dem Anstoßpunkt, sah im Flutlicht den künstlich grün leuchtenden Rasen, während in seinem Müllbeutel ganz leise die Dosen klapperten. Er blickte zum benachbarten Tennisplatz hinüber, auf dem ein Mann und eine Frau noch immer spielten. Sie hatte ihre langen Haare zu einem Pferdeschwanz gebunden, den sie nach jedem Schlag lustvoll hin- und herschwenkte. Beiden sah man ihre Zufriedenheit an; lässig schlugen sie die Bälle, bei jedem dritten Ballwechsel kicherte sie wie das Schulmädchen, das sie einmal gewesen war. Verglichen mit diesem Paar wirkten seine Jungs hier auf dem Platz roh, traumlos und besessen vom Ball wie Hunde.

Und plötzlich, sicherlich auch, weil Dorothee inzwischen bereits drängte, fühlte er sich fähig, etwas darüber zu schreiben. Er ermächtigte sich, gegen seine Überzeugung, noch am selben Abend den ersten ernst gemeinten Text seines Lebens zu verfassen.

»Zu den Ereignissen des 11. September 2001 ist viel, darunter auch Kluges und Informatives, geschrieben worden. Aus dem ungeheuerlichen, medialen Moment traten allmählich auch die Täter als Menschen hervor; einer besonders, der, leger gekleidet und mit der typischen Körperhaltung eines eiligen Reisenden, vor der Sicherheitsschranke eines Flughafens zu sehen war. Immer mehr Details zu den *Todespiloten* wurden in der Folgezeit veröffentlicht und kommentiert.

Es gibt aber etwas an jener Geschichte, das mir seitdem keine Ruhe lässt. Es verdankt sich mehr literarischer Fantasie als den Fakten, die man damals zur Kenntnis nehmen musste. Sicherlich ist nichts von all dem, was ich hier darstellen werde, wirklich passiert. Es geschah nur für mich, und zwar in genau jenem Moment, dem in schier unaufhörlicher Wiederholung auf den Bildschirmen der Welt eine Dauer verliehen wurde, die seiner Bedeutung angemessen sein mag. Natürlich erfuhr der Einschlag zumindest des ersten Flugzeugs dadurch eine Steigerung ins Mythisch-Schicksalhafte – wenigstens für eine gewisse Zeit. Letztlich nämlich sind die tagtägliche Informationsflut und in ihrer direkten Folge die öffentliche Vergesslichkeit stärker als solcherlei Ereignisse. Man könnte nun darüber nachdenken, ob die wirkliche Bedeutsamkeit des Augenblicks nicht vor allem zu tun hatte mit der gleichzeitigen Präsenz auf so vielen Bildschirmen in aller Welt. Vielleicht wäre hier der Schluss möglich, dass ebendies so etwas wie eine Definition hergeben könnte für überhaupt jede Form von Bedeutsamkeit in unseren Tagen. Zumindest eines aber hat diese Form der Aufbereitung bewirkt: Wie selten zuvor ist die Wahrnehmung eines Bildes mit allen seinen Details gesteigert worden. Wir Zuschauer, die wir nichts anderes hatten als den Schock und dieses Bild, mussten unsere Fantasie anstrengen, um die Leere zu füllen, die entstand, weil die mit dem Teleobjektiv gemachten Aufnahmen einfach nichts von dem boten, was uns normalerweise die Möglichkeit zum Mitleid, zu Empfindungen überhaupt ermöglicht: große, vielleicht weinende Gesichter, klagende, vielleicht anklagende Gesten in Richtung der Kamera, Tote, vielleicht noch in den Armen ihrer Angehörigen. Wir sahen zwar Fliehende, aber alles, die brennenden und einstürzenden Häuser, selbst noch die Staubwolke um sie, war so gewaltig, dass von Nähe keine Rede sein konnte. Als späterhin auch noch verlautete, all das sei in Deutschland geplant worden und in Verbindung zu sehen mit einer weltweit operierenden Terrorgruppe mit Sitz in Afghanistan, wurde das Riesenhaft-Katastrophische zudem abstrakt. Von den wenigen Gesichtern in diesem Fernsehgeschehen blieb vor allem das Mohammed Attas in Erinnerung, hundertmal gezeigt mit diesem Ausdruck kühler Entschlossenheit, dem der Fanatismus dennoch zu fehlen schien. Wir Zuschauer starrten auf dieses Gesicht, als könne es uns Auskunft geben über den Ursprung jenes irrwitzigen Plans, dessen Realisierung es bis in unsere Wohnzimmer transportiert hatte. Und es starrte zurück, weder zu befragen noch zu bestrafen.

Was aber hatte er gesehen? Wenn man sich große Mühe gab, konnte man sogar dieses überdimensionale Gesicht mit der zu ihm gehörenden, jedes bisherige Maß sprengenden Geschichte wieder verkleinern und auf menschliches Maß bringen. Wenn man es lange genug anschaute, konnte man es wieder in jene Bewegung von Moment zu Moment zurückversetzen. Man konnte es verlebendigen. Und einer dieser Momente war auch sein letzter: jener, in dem die riesige Nase des Flugzeugs die Fensterfront des World Trade Center durchbrach. Gab man sich nun noch mehr Mühe, so konnte man das soeben in Mohammed Atta gehauchte Leben in genau diesem Sekundenbruchteil wieder einfrieren. Der Augenblick wäre in der Tat so kurz gewesen, dass er für jede der verfügbaren Kameras am 11. September nur ein verwackeltes Bild geliefert hätte. Die genaue Grenze zwischen der Flugzeugnase, die sich bereits im Gebäude befindet, und der dicht davorstehenden Frontscheibe der Pilotenkanzel wäre auf einem Foto kaum zu sehen gewesen. Und wenn dieser Augenblick auch für Atta selbst nicht wahrzunehmen war, so hat es ihn aber dennoch, rein physikalisch, gegeben: Es gab diese durchbrochene Fensterfront und den Piloten, der in das Dahinterliegende schauen konnte, für einen winzigen Abschnitt der Zeit.

Was also hat er gesehen? In meiner Vorstellung war dieser Moment für ihn auch das Ende einer langen Reise. Es kamen nicht nur all die langwierigen Vorbereitungen an ihr Ziel, die auch dieser Lowtech-Angriff auf eine Supermacht erforderte, sondern er selbst hatte sein persönliches Leben an ein Ziel geführt, das ihm, zumindest in den letzten Jahren, als von einer höheren Macht vorbestimmt erschienen war. Hätte er noch Zeit dafür gehabt, so müsste er in diesem letzten Moment Erleichterung verspürt haben, wie man sie eben verspürt, wenn man etwas lange Vorbereitetes Realität werden sieht. Die im normalen Leben sich daran anschließende Leere, jene schwer zu kontrollierende Depression des Gelingens, blieb ihm erspart. Aber sein Leben war ja ein normales nur bis zu jenem auch für alle Berichterstattung und Recherche mysteriös gebliebenen Erweckungserlebnis, das ihn auf den Weg gebracht hatte, der hier, dicht vor dem World Trade Center, sein Ziel fand. Sicherlich war er übermüdet, wohl aber auch in der aufgepeitschten, überwachen, euphorischen Erwartung seines Augenblicks der Wahrheit. Ganz bestimmt hatte er noch einmal an seine Familie gedacht, an sein Elternhaus in Kairo, an die Zimmer seiner Kindheit. Und das sind gewiss Gedanken voller Wärme gewesen, fernab von jenen kalten Umgebungen, in denen er die letzten Jahre verbracht hatte. Vielleicht hatte er noch die Vision von einem der Morgen, an denen er als Kind im Haus seiner Eltern erwachte, vor dem Haus auf den Mauern das Rascheln der Tauben und in der Ferne der Ruf des Muezzins, der ihn damals immer nur begleitete, ihm den Rhythmus des Tages vorgab, aber, da er noch ein Junge war, keine tiefere Bedeutung für ihn hatte. Weil es sich aber um keine Nahtoderfahrung handelte, die er in jenem Flugzeug machte, wurden also wahrscheinlich keine Erinnerungen durch sein sterbendes Gehirn gepeitscht. Da er vielmehr nur einfach dasaß als Schauender in der schweren Maschine, zu deren Steuerung er am Schluss nichts mehr beitragen musste, waren seine Gedanken wahrscheinlich sehr klar, ebenso wie sein Zeitempfinden. Er konnte nur den Anflug dieser Vision aus der Kindheit haben, etwas wie den fernen Klang einer Erinnerung, der allerdings oft schmerzlicher ist als die klare Vorstellung mit all ihren Details. Und darum lag sein möglicher Trost in der Tatsache, dass er jetzt, kurz vor der Katastrophe, einen Kreis vollendete, der ihn mit all den Dingen in seinem Leben wieder verband. Auch wenn er das Gefühl gehabt haben mochte, einen sehr weiten Weg gegangen zu sein, am Ende war er doch wieder zurückgekehrt – nicht zu sich selbst, sondern zu dem, was er gelernt hatte zu sein. Denn er war gewachsen auf seinem Weg, er war von einem Niemand zu etwas Einzigartigem herangewachsen, nicht zu einem großen Künstler, überhaupt nicht zu jemandem, sondern zu einer Tat. Er hatte ein kleines Opfer, sein Leben, gebracht, um etwas ins Werk zu setzen, so gewaltig, dass er selbst es nicht mehr erfassen konnte. Und in der ungeheuren Gewalt dieser Tat lag auch ihre ganze Überzeugungskraft. Für ihn selbst war sie wohl wie der Sprung von der Klippe, bei dem man alles Alte, Vertraute, alles Bedrängende hinter sich lässt für die kurze noch verbleibende Zeit, die trotz der Gewissheit des Todes auch die Erwartung einer Verwandlung enthält.

In seinem Verschwinden in Feuer und Rauch ließ er uns allen diese Frage zurück: Was nur wollte er werden?«

Der Beitrag erschien schließlich nicht, weil er zu lang war.

Murad erinnerte sich an Naima, die zu jener Zeit ein Kleinkind war. In ihrem Bettchen und mit ihrem kindlichen Liebreiz schien sie ein lebendiger Gegenentwurf zu sein zu den grauenhaften Ereignissen in New York City. Und nun, so meinte er, hatte all das aus großer Ferne und auf einem langen Umweg ihn erreicht, und er konnte nicht mehr anders, als sich die Frage stellen: Was wollte Naima werden?

Die Rückkehr des Boten vollzog sich so, wie er es sich vorgestellt hatte. Er saß im Teehaus, schaute auf die Straße und sah in der Ferne diesen rostfarbenen Fleck herankommen, umgeben von einer zarten Staubwolke. Doch einen Unterschied zu seiner Vorstellung von diesem Augenblick gab es: Murad hätte erwartet, vor Aufregung aufspringen und umhergehen zu müssen, bis der Wagen endlich bei ihm ankam. Aber so war es nicht. Er blieb ruhig sitzen, rührte in seinem Tee und wartete einfach, bis der abgenutzte, verwegen aussehende Mitsubishi-Pick-up vor dem Teehaus hielt. Murad kniff die Augen zusammen, doch zunächst geschah nichts. Der Bote ließ sich Zeit mit dem Aussteigen, schließlich öffnete sich die Fahrertür, und der stämmige Mann, den er in Mardin kennengelernt hatte, als er noch nicht seine Kampfmontur mit Militärhosen und Tarnweste trug, stieg aus, schwenkte zum Gruß seinen Hut, setzte ihn sich auf und kam herüber.

Die langersehnte Begegnung verlief ernüchternd. Murad wurde das Gefühl nicht los, dass Aram ihn nicht nur zu beruhigen versuchte, sondern regelrecht vertröstete. Bei jeder Frage, die er an ihn richtete, hob der andere die Hände, wie um nicht in Bedrängnis zu geraten. Mit nur der Hälfte seines Hinterns saß er auf seinem Stuhl und machte den Eindruck, gleich wieder aufbrechen zu wollen.

»Du verstehst doch, ich kann dir nicht sagen, ob es ihr gut geht«, sagte der Bote. »Ich habe sie ja nicht gesprochen.«

»Hast du das Foto gemacht?«

Der Bote schüttelte den Kopf.

»Einer von unseren Leuten vor Ort hat lange gewartet, bis sie endlich vorbeikam. Es war sehr gefährlich für ihn, aber irgendwann hat er sie erwischt.«

»Ja, erwischt. Wie habt ihr sie überhaupt identifizieren können?«

Murad ließ Aram nicht aus den Augen; gerade weil er nur stockend berichtete, konnte jede seiner Regungen wichtig sein.

»Wir haben einen Mittelsmann in der – wie soll ich das nennen …?«

»In der Behörde für Einwohner, im Einwohnermeldeamt?«, unterbrach ihn Murad.

»Richtig, im Einwohnermeldeamt des Kalifats. Das ist eine Registratur. Denn sie schreiben alles noch mit der Hand. Unser Mann arbeitet in der Abteilung für die Ausländer, also auch für alle aus dem Westen.«

Jetzt ließ sich der Bote doch in den Stuhl zurückfallen. Murad vergaß vor Ungeduld seine Zigarette im Aschenbecher.

»Und dieser Mann konnte euch mit Sicherheit sagen, dass sie es ist?«

Aram nickte, lehnte sich nach vorn und legte seine schwere Hand auf die Murads, der darüber erschrak.

»Wir haben sie nicht anhand von einem Foto oder nach Beschreibungen ihrer ungefähren Gestalt und ihres Alters gesucht, nein, das wäre nicht möglich gewesen. Erst als wir uns ganz sicher waren, haben wir den Mann mit dem Fotoapparat losgeschickt.«

»Wo ist sie da auf dem Bild?«

»Das ist der zentrale Platz von Rakka, ein Kreisverkehr. Ich glaube, sie war auf dem Rückweg ins Viertel der Ausländer.«

»Was ist das für ein Viertel?«

»Das ist eine Neubausiedlung, Häuser mit vielen Wohnungen, schönen Wohnungen.«

»Dort wohnt sie?«

»Ja, da wohnen die meisten von ihnen. Das Kalifat hat ihnen diese Wohnungen zugewiesen, es hat sie für sie … frei gemacht.«

Murad spürte, wie sich Naima von ihm entfernte. Jetzt musste er sie nicht nur als junge Frau, sondern auch als Bewohnerin dieser Siedlung sehen, in die sie einfach nicht gehörte. All das klang für ihn wie die Geschichte einer ihm unbekannten Person.

»Wisst ihr, ob sie Kinder hat?«

»Ja«, sagte der Bote, »sie hat eine kleine Tochter.«

Er sagte das so beiläufig, dass es Murad die Sprache verschlug. Er schwieg und bemerkte, wie um sie herum Stille einkehrte. Die zumeist älteren Männer im Teehaus hörten ihnen zu, und sogar der Junge, der sich um die Wasserpfeifen kümmerte, warf ihnen im Vorbeigehen neugierige Blicke zu.

»Wir sollten hier nicht weiterreden«, sagte der Bote, nun flüsternd. »Erinnerst du dich an die Bar in Mardin, wo wir uns getroffen haben?«

Murad nickte.

»Du hast einen Fahrer, oder?«

»Woher weißt du das?«

»So etwas spricht sich herum. Du kannst also in drei Tagen ohne Weiteres dort sein. Gegen Abend, das ist wichtig.«

Murad stimmte zu, der Bote erhob sich halb und legte Murad die Hand auf die Schulter.

»Wir sind also verabredet, alles Weitere sage ich dir dort. Und – vergiss das Geld nicht.«

Drei Tage später schritt Murad an der Seite von Adnan durch die dunklen Gassen des Arabischen Marktes von Mardin. Der Fahrer hatte den Hilux in einer stockfinsteren Gasse unweit einer kleinen Moschee geparkt, sehr zum Unwillen von Murad, der befürchtete, gerade dort könnte das Auto auffallen. Außerdem musste er während der Fahrt bemerken, dass Adnan bewaffnet war.

»Was willst du damit?«, hatte er den jungen Mann gefragt.

Der hatte nur die Schultern gehoben und erwidert:

»Auch wenn du nachts unbekümmert durch die Berge spazierst, es ist hier im Dunkeln nicht sicher.«

Murad ließ es dabei bewenden, seine Stimmung verdüsterte sich dadurch allerdings.

Sie gingen abwärts durch eine breite Gasse, die in der Mitte von einer Abflussrinne durchtrennt wurde. Er betrachtete die buckligen Wände der niedrigen Häuser zu beiden Seiten. Es gab kein Laternenlicht, jedoch waren viele der Fenster und auch die engen Flure hinter ein paar offen stehenden Türen erleuchtet. Er betrachtete die schweren grünen oder roten Stoffvorhänge, sah Katzen nah an den Hauswänden entlangschleichen und wich instinktiv vor drei dunklen Gestalten zurück, die eine schattengefleckte Mauernische einfasste, als wären sie Skulpturen. Er war froh, an ihnen vorbei zu sein, keine zwanzig Meter weiter jedoch umringten sie ebendiese drei Männer und sagten kein Wort dabei. Sie gingen so dicht bei ihnen, dass es bedrohlich wirkte und Murad stehen blieb. Doch sie stellten sich als die Männer heraus, mit denen sie verabredet waren. Nach ein paar geflüsterten Begrüßungsworten begleiteten sie Murad und Adnan zu dem Restaurant. All das wirkte auf Murad wie aus einem Film, augenblicklich kamen ihm Zweifel an diesem Treffen, er beherrschte sich jedoch und folgte den Anweisungen.

Erst im Restaurant, nachdem sie in tiefen, etwas muffig riechenden Sesseln halb versunken waren, erkannte Murad den Boten, der an diesem Abend keinen Hut trug. Die anderen beiden hatte er nie zuvor gesehen. Auch in diesem Etablissement fiel das Licht durch dicke Vorhänge und erzeugte eine unwirkliche orangefarbene Atmosphäre, in der sich Murad sofort müde fühlte und der Welt entrückt. Ohne zu fragen, bestellte der Bote Whisky für alle. Ein Junge, gerade mal ein Teenager, tauchte aus dem Dunkel auf und brachte eine Flasche Johnnie Walker und fünf Gläser dazu.

Für eine fast unangemessen lange Zeit sagte keiner der drei Männer ein Wort, bis sich der Bote schließlich direkt an Murad wandte und ihm seine Begleiter als Kompagnons vorstellte. Murad sollte glauben, dass sie für die Mission ebenso wichtig waren wie der Bote selbst, daher betonte dieser, welche Mühen gerade sie auf sich genommen hatten, um Naima zu finden.

Als der Whisky allmählich seine Wirkung entfaltete, löste sich Murads Zunge. Er verlangte, mehr Bilder gezeigt und überhaupt mehr Informationen zu bekommen über diese Frau, die sie gefunden hatten und für seine Tochter hielten. Aram ließ ihn nicht aus den Augen und nickte bei jedem Wort beinahe unmerklich. Dann schaute er seine Begleiter an und sagte:

»Wir haben noch etwas, aber ich war nicht sicher, ob ich es dir zeigen soll.«

Murad war elektrisiert, versuchte sich, so gut es ging, aus dem Sessel emporzustemmen, um eine gerade Haltung anzunehmen.

»Was ist es? Sag schon …«

Um ihn zu beruhigen, hob der Bote die Hand.

»Wir haben Zeit, langsam. Ich muss dir vorher noch etwas dazu sagen.«

»Was?«

Einer der Kompagnons lehnte sich vor und ergriff das Wort. Er sah wie ein Intellektueller aus mit seiner Brille und den zerzausten Haaren, aber er sprach schwerfällig, als würde er etwas zu Protokoll geben.

»Vor etwa zwei Monaten«, sagte er, »haben wir Botschaften empfangen, die von einer jungen Frau in Rakka stammen, aber an niemanden gerichtet sind.«

»Botschaften? Was heißt das?«

Der Mann wischte sich über das spitze Kinn, als wäre, was er sagen wollte, schwer zu erklären.

»Diese Frau führt so etwas wie ein Audiotagebuch. Sie sendet immer wieder Sprachnachrichten, in denen sie ihren Alltag beschreibt.«

»Und warum glaubt ihr, diese Nachrichten stammen von meiner Tochter?«

Der Bote mischte sich ein.

»Es ist wahrscheinlich, dass sie von ihr sind.«

»Wie wahrscheinlich?«

Der Mann mit der Brille wackelte abschätzend mit der Hand.

»Achtzig Prozent«, sagte er.

»Achtzig Prozent«, sagte Murad. »Warum nicht fünfundsiebzig?«

Alle drei Männer grinsten wie auf Kommando, und der Bote sagte:

»Achtzig Prozent sind besser als fünfzig, oder? Viel besser.«

Murad gab sich geschlagen und nickte. Natürlich wollte er nichts lieber, als diese Stimme so bald wie möglich hören. Aber er fürchtete die Enttäuschung. Deshalb griff er zunächst einmal nach dem Glas und ließ sich den Whisky schmecken. Er blickte sich im Raum um, der jetzt am Abend eher einem Nachtclub als einem Restaurant glich. Die Wände waren kahl, aber von diesem entrückten Licht überzogen wie von einer leuchtenden Flüssigkeit.

Der dritte der Männer saß tief eingesunken in seinem

Sessel und beobachtete Murad, schien ihn mit der Neugier eines Wissenschaftlers zu studieren, folgte sogar seiner Hand, wenn er das Glas hob. Murad blickte zu Adnan, dessen Stirn in Falten lag und der ein Gesicht machte, als hätte er ein Rätsel zu lösen. Jetzt war er nicht mehr der Vertraute, den Murad gebraucht und zu dem er ihn allzu schnell gemacht hatte. Er wirkte ebenso distanziert von ihm wie die drei anderen. Murad saß im Kreise von Fremden, die aus sehr durchschaubaren Gründen Anteil nahmen an seinem Schicksal; die einen, weil sie damit viel Geld verdienten, der andere, weil er nun einmal sein Fahrer war und nicht wegkonnte. Von der Straße her war Hufschlag zu hören, und Fetzen eines Gespräches drangen herein, die klangen wie Gesang.

»Ich war nicht sicher, ob wir es dir sagen sollen«, wiederholte der Bote, »aber Mehmet«, er wies auf den Mann mit der Brille, »meint, du könntest vielleicht ihre Stimme erkennen.«

Murad nickte.

»Das ist wohl möglich«, sagte er, »aber ich könnte mich auch irren.«

»Wir sollten es riskieren«, drängte Mehmet.

Es gab noch etwas, das er fürchtete, stellte Murad fest: Er könnte sich irren, es jedoch nicht wahrhaben wollen. Alles, was er von nun an hören und wissen würde über diese Frau, musste unweigerlich in seinem Kopf zu einem Teil von Naimas Geschichte werden, wobei er nicht sicher sein konnte, ob sie es wirklich war. Naima auf dem Foto würde endlich eine Stimme bekommen, aber es konnte die falsche sein. Kurz musste er an Dorothee denken und wusste, er brauchte jede Information, auch wenn sie noch so vage war, daher sagte er:

»Ich will es hören.«

»Gleich hier?«

»Ja, lasst mich nur ein paar Sätze hören.«

Murad war fassungslos, dass diese Leute annehmen konnten, er würde sich damit Zeit lassen. Umständlich kramte Mehmet kleine Kopfhörer aus seiner Jackentasche hervor und schloss sie an sein Handy an. Nachdem er die Datei gefunden hatte, reichte er Murad das Gerät und sagte:

»Hier kannst du sie hören. Die Aufnahme ist schon etwas älter, man kann sie gut verstehen.«

Murad platzierte die Kopfhörer in seinen Ohren und blickte auf das Display des Handys, auf dem eine dreieckige Play-Taste leuchtete. Er zögerte und mit jeder Sekunde fiel es ihm schwerer, auf dieses Symbol zu tippen. Alle vier Männer blickten ihn erwartungsvoll an und setzten ihn damit unter Druck, dem er schließlich nachgab.

»... gut, nur die Augen sehen zu können, der Schleier macht uns alle gleich. Es ist egal, was sie denken, die Frauen hier sind erst einmal alle gleich. Es sind viele Französinnen und Deutsche, ein paar Italienerinnen und sogar eine aus Neuseeland. Kommt mir vor, als hätte ich zwanzig Schwestern, die ich erst jetzt kennenlerne. Ist aber ein gutes Gefühl, alle sind schüchtern, keine drängt sich vor. Wir flüstern nur miteinander, und wenn wir lachen, kann es niemand sehen. In diesem Bus fühle ich mich wie auf Klassenfahrt. Wir sind jetzt in …«

Murad stoppte die Wiedergabe, nahm die Kopfhörer aus seinen Ohrmuscheln und legte das Handy auf den Tisch. Unter den aufmerksamen Blicken der anderen prüfte er seine Empfindungen, denn es wollte ihm scheinen, dass die Antwort auf die ihn quälende Frage, ob sie es wirklich war, in seiner ersten Reaktion beim Hören der Stimme lag. Er war sich sicher, sie nicht erkannt zu haben, je länger er aber dieser etwas verzerrten und in einem dumpfen Motorengeräusch versinkenden Stimme lauschte, desto vertrauter erschien sie ihm. Dennoch: Sie sprach ein angestrengtes Hochdeutsch, in dem er sie nie hatte reden hören. Er konnte all die Gedanken, die ihm durch den Kopf gingen, kaum bändigen. War es möglich, nach so langer Zeit überhaupt noch zu wissen, wie sie klang? Naima war älter geworden, hatte sich verändert. Mit welcher Erinnerung in seinem Kopf sollte er den Klang ihrer aktuellen Stimme vergleichen? Die Verunsicherung musste Murad ins Gesicht geschrieben stehen.

»Was ist los mit dir? Alles in Ordnung?«, fragte Aram.

»Was meinst du, könnte sie es sein?«, hakte Mehmet nach.

Murad nickte müde.

»Ich glaube, sie könnte es sein, ja.«

Die drei Fremden lächelten gleichzeitig, und Murad wusste, sie waren überzeugt, jetzt schon ihr Geld wert gewesen zu sein.

Murad beugte sich rasch nach vorn und stützte die Ellenbogen auf seinen Knien ab.

»Immer langsam«, sagte er leise. »Ganz sicher bin ich mir nicht.«

Er blickte in die Runde. Die Männer schwiegen. Murad hob die Hände und sagte:

»Versteht doch, das genügt mir nicht. Ich habe meine Tochter schon lange nicht mehr gesehen. Anhand dieses Sprachschnipsels kann ich sie nicht identifizieren. Ihr müsst mir mehr davon bringen, schickt mir alles, was ihr noch auffangt oder schon habt – und mit der Zeit werde ich sicherer sein.«

»Wie viel wirst du brauchen?«, fragte Mehmet besorgt.

Murad hob eine Hand und versuchte sogar zu lächeln, um diese Männer zu beruhigen, die für ihn so wichtig waren.

»Nicht lange, gebt mir einfach etwas mehr Zeit mit dieser Stimme, bevor ich gefährliche Entscheidungen treffe.«

Aram legte ihm die Hand auf den Unterarm und fragte mit unerwartet sanfter Stimme:

»Was wirst du tun, wenn du feststellst, dass sie es ist?«

Murad überlegte nur kurz, bevor er antwortete:

»Alles, was nötig ist. Ich werde sie da rausholen.«

»Was aber tust du, wenn du dir nur zu achtzig Prozent sicher bist, dass sie es sein könnte? Fährst du dann nach

Almania zurück und vergisst die Sache?«

Murad blickte den Boten nur stumm an, und dieser zog seine Hand zurück.

An die Begegnung in Mardin dachte er noch länger zurück, auch als er ein paar Tage später nach einer kleinen Wanderung an einer Felskante stand und wieder einmal ins Tal schaute. Hoch über der weiten Ebene hatten Hunderte von Staren eine Wolke gebildet und folgten nun der rätselhaften Choreografie ihres Massenfluges, bildeten eine sich ausdehnende und wieder schrumpfende Wolke, teilten sich in zwei pulsierende Wolken auf, ohne dabei den Kontakt zueinander zu verlieren. Murad betrachtete das Schauspiel in einer Mischung aus Neugier und Schrecken. Ihm schien es, als habe sich das Chaos für kurze Zeit der Ordnung gefügt, doch nur, um in ihr als sinnlos sich wandelndes Muster zu walten.

Die Zusicherung des Boten und seiner Kumpane, ihm noch mehr von den Sprachaufzeichnungen zu senden, bescherte ihm noch größere Abhängigkeit von seinem Handy. Von nun an konnte er es kaum noch aus der Hand legen oder verspürte zumindest den Drang, alle paar Minuten auf das Display zu schauen, obwohl er wusste, dass bei diesen Geräten kaum noch die Möglichkeit bestand, einen Anruf oder auch nur eine Nachricht zu verpassen. Sie sind ja gebaut worden, um uns zu beschäftigen, sagte er sich und sah sich seltsamerweise vor einem jener alten analogen Telefonapparate sitzen und auf einen Anruf warten. Er stellte sich vor, wie er auf den Hörer starrte und sekündlich das Ertönen des rasselnden Klingelns erwartete. Soweit er sich erinnern konnte, hatte er solch eine Szene nie erlebt, kannte sie eher aus Filmen. Doch die falsche Erinnerung beruhigte ihn mehr, als sie ihn verwirrte, denn sie schien ihm sagen zu wollen, das Warten auf eine Nachricht wäre zu jeder Zeit eine Qual gewesen.

Kurz sah es so aus, als würde sich die Wolke der Stare auflösen. Sofort aber wurde jedes einzelne Vogelindividuum an einem unsichtbaren Faden wieder zurückgezogen, und Murad wollte sich die Hand vorstellen, die das vollbrachte, die eine lebendige, sich wandelnde Form aus vielen Einzelteilen so perfekt verteidigen konnte, dass selbst eine Partikelwolke wie diese, zumindest aus der Ferne, eine wogende Haut zu haben schien.

Er ließ die Stare nicht aus den Augen und fragte sich, wie lange jene junge Frau, der er in seinen Gedanken den Namen Naima nach wie vor verweigerte, das Erstellen ihres Tagebuchs wohl durchhalten würde. In dieser besonderen und für sie lebensgefährlichen Situation gehörte schon einiges dazu, um mehr als nur ein paar wenige Sprachnachrichten zu produzieren. Sofort fragte er sich, ob er Naima das zutraute. So, wie er sich an sie erinnerte, lautete seine Antwort: Nein. Gleich aber fiel ihm ein, was er ihr alles nicht zugetraut hatte; ihre Träume und ihre damit verbundene Flucht, im Grunde ihr Erwachsenwerden. Der Abstand zu seiner eigenen Tochter begann, ihn wieder zu quälen.

Die Wolke der Stare entfernte sich in die Tiefe des Raumes, der sie wie ein grauweißer Schlund zu verschlucken schien, und das Handy in Murads Hosentasche vibrierte. Es war tatsächlich eine Nachricht des Boten. Sie bestand nur aus einem Emoji, das einen erhobenen Zeigefinger darstellte, und einer angehängten Sprachnachricht. Spaßvogel, dachte Murad und lauschte gleich darauf der nur an wenigen Stellen verzerrten Frauenstimme, die er bereits in Mardin zu hören bekommen hatte.

»... endlich angekommen. Langsam nervt es, nichts zu wissen ... Wohin geht es genau? Wie viele Zwischenstationen gibt es noch? Hier sieht alles gleich aus, ich könnte die Orte nicht unterscheiden. Die Leute sind arm, aber freundlich. Und sie haben Respekt vor unseren – darf ich das schon sagen? – Kämpfern. Die tragen zwar alle Waffen, müssen sie aber gar nicht weiter zeigen. Jeder hier weiß, wer ab jetzt das Sagen hat.
Ich glaube, das gefällt mir. Wenn die Kämpfer bei uns Frauen sind, ist es überall sicher. Das ist jetzt nicht nur Rumgequatsche wie zu Hause, die Waffen hier sind echt ...«

Murad spielte die Nachricht noch zweimal ab. Die Stimme der Frau wirkte in der einsamen Landschaft nicht nur fremd, sondern unwirklich. Wahrscheinlich schicken sie mir jetzt nach und nach alles, was sie haben, nur um mich am Haken zu behalten, dachte Murad verstimmt.

Aber das wird mich nicht weiterbringen, während ich warte.

Er steckte das Handy weg und machte sich auf den Rückweg, blickte auf den steinigen Pfad vor sich und dachte über das Gehörte nach. Immer wieder versuchte er, sein Bild von Naima mit der Stimme und den Worten dieser Frau in Einklang zu bringen, doch es gelang ihm nicht. Das besagte natürlich gar nichts. Er stellte sich vor, wie sie sich vor der Aufnahme in Pose setzte, vielleicht nachdem sie auf einen günstigen Moment gewartet hatte, und wie sie, nicht wissend, wer diese Aufnahme, eine elektronische Flaschenpost, auffischen würde, bemüht war, deutlich und ernst und langsam zu sprechen. Denn so hörte es sich in der Audiodatei an. Wie wahrscheinlich war es, dass er sie unter diesen Bedingungen wiedererkannte?

Hinter einer Felsenlücke musste er ein kurzes, abschüssiges Stück des Pfades hinter sich bringen. Auf den vielen flachen Steinen kamen seine Wanderschuhsohlen ins Rutschen, einmal musste er sich an der Felswand zu seiner Rechten abstützen, verschnaufte kurz, stieß sich dann ab und rannte den Rest des Weges hinunter.

Unten angekommen hatte sich seine Stimmung verbessert. Er glaubte nun, darauf hoffen zu können, die Frau irgendwann einmal etwas sagen zu hören, was sie erkennbar machte, ein besonderes Wort vielleicht oder sogar eine persönliche Erinnerung. Wenn ich noch einmal ihr Lachen hören könnte, dachte er, als er weiterging, dann wäre ich sicher. Er fantasierte darüber, wie sie, abgelenkt von ihrem Kind, einmal vergessen könnte, die Aufnahme abzubrechen und in einem anderen, privateren Tonfall weiterreden würde und sich dann vielleicht auch ein Lachen in die Aufnahme verirren könnte. Aber er wusste, um wie viel wahrscheinlicher es war, dass sie die Aufnahme noch einmal abhörte, bevor sie sie sendete.

Wieder in seinem Zimmer, legte er sich aufs Bett und betrachtete das späte Licht, wie es sich matt, kraftlos in den Maschen der dunklen Vorhänge verfing. Gerade wollte er sich die Nachricht der Frau noch einmal anhören, da fiel sein Blick auf den Kleiderschrank und dessen nur halb geschlossene Tür. Rasch erhob er sich, ging hinüber und stellte fest, dass jemand seine wenigen Sachen durchwühlt hatte. Wer immer das war, hatte sich nicht einmal die Mühe gemacht, seine Tat zu verschleiern, selbst der Seesack unten im Schrank war noch aufgeschnürt. Murad schlug die Schranktür zu und stand kurz ratlos da.

Er atmete tief durch und zwang sich zur Ruhe. Mit einem Blick zum Fenster fragte er sich, wie das möglich war, ohne dass es jemand bemerkt hatte. Da ihm der Gedanke aber zu abwegig erschien, verdächtigte er alsbald seinen Vermieter. Ihm kam dessen unangenehmes Interesse an seiner finanziellen Situation in den Sinn, und es erschien ihm als ein plausibles Motiv für diese Schnüffelei. Sofort stieg Zorn in ihm auf, den er jedoch bezähmte. Er wollte Abbas nicht ungerechtfertigt beschuldigen. Alija aber schloss er aus, und die Laufburschen, die nie lange im Haus waren, hätten ganz sicher nicht riskiert, seine Taschen zu durchwühlen. Um der unangenehmen Situation Herr zu werden, fasste er einen Plan.

Eilig machte er sich auf den Weg ins Dorf hinunter, nicht ohne vorher noch angekündigt zu haben, am nächsten Tag für alle zu kochen. Es war schon spät, doch mit Glück und einiger Überredung gelang es ihm, alle Zutaten für die Zubereitung des im Grunde einzigen Gerichtes, das er sich zutraute, zu besorgen. Das waren Lammfleisch, Okra und breite Bohnen. Auch Fladenbrot nahm er mit, weil er dafür am nächsten Tag nicht noch einmal losgehen wollte. Was den Reis, Gewürze und andere Grundzutaten betraf, so glaubte er sich auf die Hausfrau verlassen zu können. Beladen mit zwei Plastikbeuteln schritt er die Dorfstraße im Abenddämmern entlang und machte noch eine Pause im Teehaus. Diesmal trank er Mokka und einen Arak, der seine grimmigen Gedanken etwas zerstreute. Die Ebene jenseits der Straße war bald schon stockdunkel. Nur hin und wieder waren die Lichter weit entfernt vorübergleitender Lkw zu sehen. Gerade wollte er wieder einmal einen Blick auf sein Handy werfen, da kam der Junge, der einen zweiten Mokka brachte, und verwickelte ihn in ein Gespräch.

»Adnan hat nach dir gefragt.«

Murad nickte.

»Ihr habt euch schon länger nicht mehr gesehen.«

Murad nickte erneut. Nun, wenn fünf Tage lange sind, dachte er, sagte aber:

»Das ist wahr. Wie geht es ihm denn – hast du ihn gesehen?«

»Gut. Er ist gut im Geschäft. Letzte Woche hatte er zwei Gäste aus, ich weiß nicht, England oder Amerika …«

»Die haben sicher ganz gut gezahlt.«

Der Junge nickte, machte dabei aber ein griesgrämiges Gesicht.

»Sie waren mehrere Tage unterwegs, aber diese beiden Männer sind nicht ein einziges Mal ausgestiegen.«

Murad schüttelte den Kopf.

»Möglicherweise hatten sie Angst«, sagte er.

Der Junge blickte verdrossen.

»Ja«, sagte er dann, »hier vor dem Teehaus standen sie und betrachteten die Tische.«

»Die Leute aus dem Westen sind manchmal seltsam. Eigentlich wollen sie hiermit gar nichts zu tun haben, aber neugierig sind sie dann doch.«

Murad lächelte dem Jungen aufmunternd zu.

»Was meinst du, wirst du Adnan vor morgen Abend noch sehen?«

»Vielleicht am Morgen«, sagte der Junge und war bereits damit beschäftigt, an seinem fleckenübersäten Wollpullover herumzuzupfen.

»Falls du ihn siehst, dann lade ihn zu mir bei Abbas und Alija ein, so gegen Spätnachmittag. Ich koche nämlich.«

Der Junge wurde aus der Küche gerufen, schien sich aber nur widerstrebend lösen zu können.

»Kannst du gut kochen?«, fragte er.

»Nein«, entgegnete Murad.

Wie ein leuchtendes, verwirrt hin und her fliegendes

Insekt sauste der Lichtfleck einer Taschenlampe draußen in der Ebene durch die Dunkelheit. Jemand suchte dort seinen Weg. Sofort fiel Murad die Frau mit dem Bündel wieder ein. Er war sich sicher, sie war es, doch sehen konnte er sie nicht. Mit etwas Fantasie konnte er sich das leuchtende Ende eines Blindenstocks vorstellen, da das Ding aber nicht nur stocherte, sondern angehoben und umhergewirbelt wurde, hätte dieser Blinde in Tanzlaune gewesen sein müssen.

Murad blickte sich um, hätte gern jemanden danach gefragt, doch er war ganz allein auf der Terrasse, und sein Handy brummte. Nun endlich musste er einen Blick darauf werfen. Diesmal waren es sogar zwei Nachrichten. Da er sich nicht stark genug für ihre sublim formulierten Vorwürfe fühlte, beschloss er, Dorothees Nachricht später zu lesen. Die andere hätte er gern auch für eine Weile ignoriert, doch er konnte es nicht, denn es war wieder eine Sprachdatei von jener Frau in Syrien, die vielleicht Naima war. Sie wollen mich wirklich mit ganz kleinen Happen füttern, dachte Murad und spielte die Aufnahme ab:

»… Faruk und ich passen ziemlich gut zusammen, glaube ich. Wir kennen uns noch nicht gut, aber ich bin sicher, er meint jedes seiner Worte ernst. Und mich sieht er als seine erste Frau. Das ist gut, auch wenn ich so nicht denken sollte. Wenn er vor mir sitzt und spricht, und sein Gewehr lehnt hinter ihm an der Wand, dann muss ich ihm einfach alles glauben. Weil das hier für alle nicht nur Rumgepose ist, sondern ernst. Deswegen haben auch alle, die nicht zu uns gehören und sogar unsere Leute Angst vor den Straßensperren und Kontrollpunkten. Sie wissen, wie ernst es ist. Ich glaube, das hat mir gefehlt …«

Am nächsten Tag begann er früh mit dem Kochen. Die Arbeit ging ihm gut von der Hand. Bis Alija sich unbedingt nützlich machen wollte, was bedeutete, dass sie ihn in allem, was er tat, überwachte und sich gelegentlich einmischte. Murad versuchte, freundlich zu bleiben, obwohl dies, wie er von Dorothee wusste, eine der Situationen war, die ihn unwirsch werden ließen. Mit Maßregelung jeder Art konnte er nicht gut umgehen, das war im Grunde schon in seiner Schulzeit so gewesen. Als er die breiten Bohnen vorbereitete, wobei Alija ihm auf die Hände schaute, hatte er einen merkwürdigen Gedanken. Wenn ich in meinem Leben erfolgreicher gewesen wäre, hätten viel weniger Leute Anlass gehabt, mich zu maßregeln. Vielleicht sind in dieser Hinsicht viele mehr oder weniger wie ich, nur kann ich Habenichts es mir kaum leisten. Hier allerdings, das war sein Vorteil, wusste man wenig über ihn.

Als Alija den Topf nahm und jede einzelne der Bohnen, die gewaschen und geschnitten waren, zu begutachten schien, fragte er sie:

»Gibt es etwas über breite Bohnen zu wissen, das mir bisher verborgen geblieben ist?«

Alija, die Brille auf der Nase, brummte nur und schüttelte den Kopf. Nach einer Weile sagte sie aber doch:

»Die Bohnen hier sind sehr schmutzig.«

»Das sind sie überall«, gab Murad zurück, bemüht, die Schärfe in seinem Ton zu dämpfen.

Alija schien die Spannung zu bemerken und nahm sich die Brille von der Nase, die von einem Band gehalten auf ihre Brust fiel.

»Kann ich den Reis machen?«, fragte sie kleinlaut.

»Gern.«

»Aber lass mich die Fleischsauce noch kosten, sonst mag sie Abbas vielleicht nicht …«

Murad schwieg dazu.

Als alles bereitet war, Bohnen, Okraschoten, Fleisch und Reis köchelten, zog sich Murad noch einmal kurz in sein Zimmer zurück und legte sich auf das Bett. Der sich allmählich verstärkende Essensgeruch zog durch das Haus, und obwohl er all das ja nur tat, um Abbas in einem günstigen Moment zur Rede zu stellen, gab es diesem Nachmittag etwas Festliches. Er fühlte sich wieder wie als Kind, an den besonderen Tagen, wenn sein Vater gekocht hatte, in der Küche verschanzt, als würde er dort ein geheimes Experiment durchführen. Seine Mutter durfte während dieser Zeit die Küche nicht betreten. Sie hielt sich daran, es war ihr aber anzumerken, wie wenig sie mit dieser Regelung einverstanden war. Sein Vater hatte einmal erzählt, dass er haargenau so kochte, wie es ihm seine Mutter beigebracht hatte. Er hatte alle Zutaten und die Abfolge ihrer Verarbeitung im Kopf, weswegen er sich konzentrieren musste. Denn was er zubereitete, war nicht nur ein Essen, es war eine Erinnerung, ein komplexes Gebilde mit all den Schattierungen der Sehnsucht, welche nur eine sinnliche Erfahrung für uns bereithält.

Murad sah seine E-Mails durch und hielt das Handy danach umklammert. Die Erinnerung an seine Kindheit ließ ihn an eine merkwürdige Begegnung denken. Er wunderte sich darüber, dass ihm diese etwas düstere Szene jetzt wieder einfiel. Je länger er darüber nachdachte, desto mehr wurde ihm bewusst, dass er in einem beständigen Gefühl der Bedrohung lebte, seit er hierher in die Berge gekommen war. Das wäre in Anbetracht des seltsamen Anlasses für diese Reise nicht weiter verwunderlich gewesen, aber die Intensität dieses Gefühls war ihm doch neu, ließ ihn ängstlich und unruhig werden.

Er erinnerte sich an jenen geheimnisvollen Mann, den sein Vater bei einer der vielen Festivitäten, die er immer wieder einmal besuchte, um sein Zugehörigkeitsgefühl zu stärken, kennengelernt hatte und den er eines Tages zu ihnen einlud. Mit viel Aufwand kochte Murads Mutter an diesem Abend arabisch. Sein Vater hielt es für nötig, Murad vor dem Zusammentreffen zu instruieren. Er sagte, ein Mann mittleren Alters würde zu ihnen kommen. Sein eigentlicher Name sei Ziad, er werde aber von allen nur Abu Musa genannt, und es sei wichtig, dass auch er, Murad, ihn bei diesem Namen nenne.

»Ich weiß nicht viel über ihn«, sagte sein Vater, und Murad erinnerte sich noch gut, wie ernst genommen und erwachsen er sich fühlte, als sein Vater auf so ungewohnte Weise zu ihm sprach.

»Er ist ein Kriegsheld, jemand, der schon viel in seinem Leben gesehen hat, viel mehr als ich. Ich möchte dich bitten, mit allem, was du sagst, vorsichtig zu sein. Kannst du das für mich tun? Kannst du ein großer Junge sein?«

Murad nickte heftig. Er nahm es sich ernsthaft vor.

Noch nie hatte er seinen Vater so verschwörerisch reden hören, seine Hände vor Aufregung aneinanderreibend. Sie hatten oft Gäste, auch größere Gruppen. Doch diesmal übertrug sich die Anspannung auf Murads Mutter, alle konnten es schließlich kaum noch erwarten, bis es endlich an der Tür klingelte.

Drei Männer betraten lachend und viele laute Worte machend die Wohnung. Der Mann, der eigentlich Ziad hieß, so aber nicht genannt werden durfte, lächelte bei der Begrüßung nur. Als er vor ihm stand, blickte er Murad tief in die Augen. In dessen Empfinden hatte sich durch das Verhalten seines Vaters bereits eine Aura um Abu Musa gebildet. Ängstlich gab er ihm die Hand, die der Mann für einen Augenblick festhielt.

»Hast du Angst vor mir?«

Murad konnte nicht antworten, jedes mögliche Wort blieb ihm im Hals stecken.

»Warum fürchtest du dich?«

Hilflos blickte Murad zu seinem Vater, der jedoch nur seinerseits schwach grinste und schwieg. Auf sich gestellt nahm Murad allen Mut zusammen.

»Weil du im Krieg warst«, sagte er.

Abu Musa richtete sich auf und legte den Kopf leicht schräg.

»Weißt du denn auch, in welchem Krieg?«

Murad nickte.

»Im libanesischen Bürgerkrieg«, stieß er altklug hervor und hoffte dabei, nicht weiter befragt zu werden.

»Weißt du denn auch, wann das war? Ist das schon lange her?«

»Nicht sehr lange«, sagte Murad gequält. »Aber der Krieg ist schon lange her.«

»Wie meinst du das?«, fragte Abu Musa nach.

Sachte versuchte Murads Vater einzugreifen, kam heran und beugte sich zu seinem Sohn hinunter.

»Du meinst, das Ende des Krieges ist nicht lange her, nicht wahr«, sagte er.

Murad nickte nur, und plötzlich lächelte Abu Musa auf die freundlichste Weise und sagte:

»Das war ein langer Krieg.«

Er beugte sich ebenfalls zu Murad hinunter. Nun bildeten sie drei eine verschworene Gemeinschaft, und als würde er ihm ein Geheimnis anvertrauen, fügte Abu Musa an:

»Dieser Krieg, musst du wissen, er endet in Wahrheit nie.«

Während des Essens behielt Murad den Mann im Auge, ebenso tat es sein Vater. Wahrscheinlich aber beobachtete er ihn noch genauer, denn dieser Mann war es, der seinem Vater Angst machte. Der Mann benahm sich allerdings normal, plauderte, aß mäßig viel, trank zurückhaltend. Doch immer wenn er, was nicht oft geschah, das Wort ergriff, schwiegen seine Begleiter sofort, als wäre er im Begriff, einen Toast auszubringen. Dabei sagte er eigentlich nur Belangloses, bedankte sich bei Murads Mutter für das Essen, erinnerte sich einmal an ein bestimmtes Restaurant in Beirut, das er als junger Mann gern besucht hätte, was aber an seiner damaligen Armut scheiterte.

In den folgenden Wochen ging Murads Vater nicht mehr an das Telefon, wenn es nach einundzwanzig Uhr klingelte, was bei ihnen jedoch häufiger vorkam. Immer schickte er seine Frau vor und ließ sich von ihr verleugnen. Er erklärte es nicht, aber Murad kam es so vor, als wäre er in gefährliche Nähe zu etwas geraten, von dem er nicht sprechen wollte.

Etwa vier Wochen nach dem Abendessen klingelte das Telefon sehr spät in der Nacht. Es war gegen zwei Uhr, und der Anruf versetzte Murads Eltern in helle Aufregung. Diesmal nahm Murads Vater den Hörer doch selbst ab. Am Apparat war ein Mann, der sich als entfernter Verwandter aus der alten Heimat ausgab. Er sagte, er stünde gerade am Flughafen und wolle abgeholt werden, um in die Stadt zu kommen.

Bei nahen Verwandten wäre dies eine Selbstverständlichkeit gewesen. Auch wenn es Mühe bereitete, war man zur Hilfe verpflichtet. Hier nun aber lag die Sache anders. Murad beobachtete, wie sein Vater sich von dem Anrufer verabschiedete, nachdem er ihm versichert hatte, gleich loszufahren, um den Hörer dann sehr langsam auf die

Gabel zurückzulegen. Das runde Gesicht glänzte, und auf dem Rücken seiner Pyjamajacke zeichnete sich ein Schweißfleck ab. So hatte er seinen Vater noch nie gesehen, und selbst seine Mutter starrte ihren Mann nur schweigend an. Nach einiger Zeit erst fragte sie ihn:

»Was willst du tun?«

Murads Vater schüttelte nur den Kopf und rührte sich nicht von der Stelle.

Er holte den fremden Mann in jener Nacht nicht ab.

Ziad, alias Abu Musa, sah Murad noch zweimal. Bei ihrer letzten Begegnung brachte er ihm ein Geschenk mit, schön verpackt und groß. Er überreichte es ihm feierlich. Es war ein ferngesteuertes Modellflugzeug, etwas, von dem Murad bis dahin nur hatte träumen können. Dieses ein wenig übertriebene Geschenk machte ihn sprachlos. Vielleicht mochte ihn dieser Mann, der ihm immer wieder zuzwinkerte und ihn mit Seitenblicken beobachtete, wirklich, vielleicht hatte er etwas von sich in ihm erkannt. Wie auch immer, nach dem Abend mit dem prächtigen Geschenk, während dem Murads Vater wieder nervös auf seinem Stuhl herumrutschte und nicht wagte, das Wort an Abu Musa zu richten, sah er ihn nie wieder.

Alija hatte während seiner Abwesenheit alles kontrolliert und, da war sich Murad sicher, auch nachgewürzt, und so wurde das Essen, zu dem Adnan tatsächlich, wenn auch etwas verspätet, erschien, zu einem Erfolg. Unter dem prüfenden Blick seiner Frau stopfte sich Abbas voll und nickte dabei unablässig. Adnan war etwas zurückhaltender, strahlte Murad an und teilte ihm umständlich und mit vollem Mund mit, dass er eine besondere Tour für sie beide im Kopf habe, für die er aber etwas mehr tun müsse, als nur im Auto zu sitzen.

»Was muss ich tun?«, fragte Murad.

»Aussteigen und klettern«, sagte der Fahrer und lächelte.

Er saß wie sie alle im Schneidersitz und stützte die Hände hinter sich auf den Boden, um sich zurückzulehnen. Sie hatten zunächst den Tisch decken wollen, es sich dann aber anders überlegt, was auch ein Zeichen dafür war, wie sehr sie bereits unter sich waren. Murad erschien das für sein Vorhaben günstig.

»Was ist das für eine Tour?«, sagte Abbas schmatzend. »Erzähl mir davon.«

Murad blickte zu dem Ehepaar und war verärgert über die Harmlosigkeit, die sie auszustrahlen versuchten. Adnan beugte sich wieder nach vorn und schüttelte den Kopf.

»Es ist eine Überraschung. Und es kostet auch etwas extra.«

Er warf einen vorsichtigen Blick zu Murad.

»Woher nimmst du nur das Geld dafür?«, brummte Abbas, und sofort zischte Alija leise.

Das war der Moment, auf den Murad gewartet hatte. Er holte tief Luft und sagte:

»War es das, was du herausfinden wolltest, als du mein Gepäck durchsucht hast?«

Abbas erstarrte kurz, legte dann den zwischen seinen Fingern zusammengepressten Reishappen zurück auf den Teller und begann, wieder zu nicken. Er hob nicht den Blick zu Murad, schnaufte nur, sah Alija an und sagte schließlich leise:

»Sag ihm, wie es war.«

Es war ihr offensichtlich peinlich, sie zupfte mit zwei Fingern am Ärmel ihres Hauskleides herum und sprach undeutlich.

»Ich war es. Aber ich sollte es tun. Dein Freund hat angerufen, ich glaube aus Deutschland. Wir sollten dir einen Schrecken einjagen, damit du weißt, dass er hierherkommt.«

Murad wusste sofort, es konnte nur Aziz gewesen sein. Genauso war er, »Wartung deiner gesunden Paranoia« hätte er es genannt. Verstimmt und erleichtert zugleich entspannte er sich.

»Hat er auch gesagt, wann er kommen will?«

»Nein, nicht genau. Aber es könnte bald sein, denn er hat gerade frei«, sagte Abbas.

Jetzt blickte er Murad schuldbewusst an und fügte hinzu:

»Dein Freund hat gesagt, du würdest es verstehen, wenn es von ihm kommt. Er fand es wohl lustig.«

»So ist er«, murmelte Murad. »Lasst uns weiteressen.«

Am nächsten Tag stellte er eine Veränderung der Landschaft fest, deren Ursache er erst nach ein paar Minuten der Betrachtung ausmachen konnte. Dunst hatte sich erhoben wie ein zarter Nebel, der die Farbtöne verschob. Murad saß im Teehaus und blickte auf die Ebene hinaus. An diesem frühen Nachmittag beschlich ihn das Gefühl völliger Verlassenheit angesichts des menschenleeren Landes. Die Dorfstraße war wie ausgestorben, und erst nach zwanzig Minuten kam der Inhaber des Ladens auf die Terrasse heraus, um ihn zu bedienen. Er war ein korpulenter Mittvierziger mit ungepflegtem Bart und einem etwas unangenehm stechenden Blick. Glücklicherweise, dachte Murad, blickt er Leuten nicht gern in die Augen. Und sucht so gut wie nie das Gespräch.

Als er fort war, bestaunte Murad wieder die Veränderung der Landschaft. Am Anfang der Ebene, die hinter der Straße begann, lagen wie ausgestreut kleinere Felsbrocken, von denen, so fantasierte Murad, ein nächtlicher Wind allen Sand geweht hatte, sodass sie jetzt nackt in diesem seltsamen Licht lagen und ein mattes Graublau zeigten, das ihn an die Farbe eines Nordmeeres denken ließ. Mehr Grau als Blau und doch unübersehbar vom Blau getönt. Es war ein etwas irrwitziger Gedanke, aber hätte man ihn gefragt, dann hätte Murad diese Felsbrocken beschrieben als Reste eines uralten, versteinerten Himmels.

Ein paar hundert Meter weiter konnte er stellenweise parallel verlaufende Risse im Boden erkennen; gewaltige Kratzspuren ohne Verursacher. An diesem Tag sah man keine Lkw in der Ferne, der Dunst war dort einfach zu dicht. Murad schreckte auf, als eine Katze nah an seinen

Beinen vorüberstrich. Mit einem Schnalzen versuchte er, ihre Aufmerksamkeit auf sich zu ziehen, doch selbst dieses Tier war zu sehr mit seinen eigenen Angelegenheiten beschäftigt, als dass es ihm auch nur einen Blick zugeworfen hätte.

Er seufzte und fühlte sich nun bereit, Dorothees Nachricht zu lesen. Nach ein paar allgemeinen Worten schrieb sie etwas, das ihn nachdenklich stimmte:

> »Ich kenne deinen Hang zum Abenteuer (der steckt auch hinter der Beziehung zu deinem verrückten Freund, der mich hier schon ein paarmal angerufen hat), den du so oft beschönigst oder, sagen wir, kleinredest. Aber ich bitte dich, als Mutter von Naima, vermische das auf dieser Reise nicht mit deiner Aufgabe, sie zu finden. Du bist so plötzlich losgefahren, als wir noch gar nicht wussten, was eigentlich passiert ist, und jetzt meldest du dich nicht bei mir, ich weiß seit Wochen nicht, was du tust, und soll doch daran glauben, dass du auf einer Suche bist …«

Mein Hang zum Abenteuer, dachte Murad. Sie versteht mich nicht, sagte er sich. Und schrieb zurück:

> »Um irgendetwas anderes zu tun, als zu warten, musste ich hierherkommen. Hat aber mit Abenteuerlust wenig zu tun. Alles, was du mir vorhalten könntest, ist, dass ich auch hier nicht viel mehr tun kann als warten. Aber wenigstens bin ich auf eine

gewisse Weise in Naimas Nähe. Außerdem hat sich bereits einiges ergeben, von dem ich allerdings nicht sicher weiß, was es bedeutet. Gib mir noch etwas Zeit, bevor ich dir mehr sage. Ich weiß, für dich ist das alles sehr belastend. Aber, glaube mir, ich fühle mich nicht anders als du.«

Er war überzeugt davon, dass er Dorothee hinhalten musste. Sobald er ihr Anlass zu der vagen Hoffnung gegeben hätte, Naima gefunden zu haben, wäre eine Lawine von E-Mails ausgelöst worden, die ihn gezwungen hätte, dort mit ihr und zugleich hier zu leben.

»Alles funktioniert hier viel langsamer als bei dir. Es gibt keine kurzfristigen Entscheidungen, die zu einer raschen Lösung führen. Alles ist abhängig von Leuten, die sich hier nur alle paar Wochen sehen lassen. Versteh bitte, ich selbst muss warten und kann dir zur Überbrückung keine unwichtigen oder unklaren Informationen senden. Du siehst daran, dies hier ist eben keine Urlaubsreise.«

Nach dieser zweiten E-Mail legte Murad das Handy weg. Ihre Andeutung beschäftigte ihn dennoch weiter. Er fragte sich, ob sie sich ihn vorstellte, wie er in einem kargen Hotelzimmer auf dem schmuddeligen Bett lag, das Handy auf der Brust und die Zigarette im Mundwinkel, Trübsal blasend und wartend und dabei an die Decke auf die Windrose für die Gläubigen starrend. Das entsprach wohl am ehesten ihrem Bild von seinem Aufenthalt hier.

Dorothee war immer eine gute Leserin gewesen, aufmerksam und fantasievoll. Er hatte es gemocht, wenn sie, lang hingestreckt und ab und an mit den Zehen wackelnd, auf dem Sofa lag, ein Buch ziemlich hoch über ihr Gesicht hielt und hemmungslos schmatzend Äpfel aß. Sie murmelte dann zwischendurch: »Was für ein Quatsch …« oder: »So ein Idiot …« oder auch: »Was soll das denn jetzt …?« Sie hatte ein untrügliches Gespür für Situationen, deutete sie, ja, las sie im Grunde. Dadurch schärfte sich ihr Sinn für Abweichungen, was in Murads Augen gleichbedeutend war mit einer Verfestigung ihrer Vorstellung von normalem Verhalten. Es fiel Dorothee schwer, mit Abweichungen, mit Ambivalenzen umzugehen, eben weil sie sich ihren Deutungen entzogen. Ich bin eine solche Abweichung, Ambivalenz, dachte Murad, jemand, der schrieb, ohne das zu können oder zu wollen, ein Künstler ohne Werk, ein Aktivist ohne Mission, ein beruflicher Irrläufer und vielleicht auch ein menschlicher.

Die Landschaft nahm wieder Kontakt zu ihm auf. Wind hatte sich erhoben, drängte vom Mardin-Plateau hinab in die mesopotamische Ebene und veränderte die Farben wie ein unsichtbarer Filter. Jetzt schien der hell beigefarbene Boden weit entfernt in einem grünlichen Dunst aufzusteigen, und nur die verstreuten, Salzablagerungen ähnelnden Flecken, die aus niedrig wachsenden, weiß blühenden Sträuchern bestanden, blieben davon unberührt.

Der Junge trat wieder an seinen Tisch, und Murad zahlte seinen Tee und das nur zur Hälfte ausgetrunkene Glas Arak. Der Junge wies darauf.

»Heute war mir nicht danach«, sagte Murad. »Wie heißt eigentlich dein Chef?«

»Chef.«

»Er heißt Chef?«

»Ja, wir alle nennen ihn nur Chef.«

»Er schaut immer so grimmig.«

Der Junge grinste schief, schien aber verlegen, zierte sich zu antworten. Murad hakte nicht nach, verabschiedete sich, steckte das Handy in die Hosentasche und ging.

Vielleicht lag es an der frischen Luft, aber Murad bemerkte immer häufiger den muffigen Geruch, der seiner Kleidung entströmte. Durch die häufigen Stromausfälle blieb sie einfach zu lange in der Waschmaschine des Hauses. Auch wenn er sie danach im Freien trocknen ließ, wurde sie nicht mehr frisch. Er hatte es mit Weichspüler versucht, aber der Muff blieb, er schien durch den dazugekommenen süßlichen Duft noch verstärkt zu werden. Dies war nun eigentlich kein Problem, das ihn in seiner Lage hätte beschäftigen sollen. Doch konnte er, wenn er umherging oder einfach nur auf dem Bett im Zimmer lag, nicht umhin, diese leichte, aber ständige Geruchsbelästigung wahrzunehmen.

Bald stellte er sich vor, wie es wäre, seine Wäsche nicht mehr in dieser großen Maschine im Keller zu waschen, sondern sie in dem kleinen Bach unweit des Hauses nur durchzuspülen und danach im Wind trocknen zu lassen. Aus unerfindlichen Gründen beglückte ihn diese Vorstellung, und wenn er sich fragte, warum, dann war die einzige Antwort, auf die er kam: Befreiung. Befreiung von diesem Haus und seinen Bewohnern, im Grunde aber von dem Einerlei, zu dem sich sein Aufenthalt hier inzwischen entwickelt hatte. Befreiung natürlich auch von der Warterei und seiner sich verstärkenden Furcht, Naima nie wiederzusehen.

Die ins Offene gesandten Mitteilungen jener Frau in Rakka halfen wenig dagegen. Sie hielten ihn zwar in Spannung, ließen in ihm aber keine Vertrautheit mit dieser Stimme, diesen Atemgeräuschen, dem gelegentlichen Husten und Seufzen entstehen. Murad hatte vielmehr das widrige Gefühl, einer Inszenierung zu folgen, die ihn gewissermaßen danach süchtig gemacht hatte, manipuliert zu werden.

So kam es, dass er sich beinahe freiwillig auf dem Grundstück um das Haus verirrte und dem Bach hinauffolgte bis zu einer Anhöhe, die er bisher noch nicht betreten hatte. Von dort aus war ein altes Haus zu sehen, nicht größer als das, was man in Ostdeutschland eine Datsche nannte. Es war in keinem guten Zustand, der typische helle Kalkstein, aus dem es vor langer Zeit gebaut worden waren war, hatte sich an vielen Stellen dunkel verfärbt. Murad ging hin und nahm das Häuschen in Augenschein. Es gab Risse und Einbuchtung in den Mauern, Reste von Schwalbennestern und an einer

Stelle eine, aus ein paar Metern Entfernung betrachtet, schleierartig herabfallende, ungewöhnlich breite Ameisenstraße.

Zunächst wagte er noch nicht hineinzugehen, obwohl die Tür kein Schloss aufwies und so schief in den Angeln hing, als hätte man ein verwittertes Holzbrett gegen die Wand gelehnt. Am Abend dieses Tages aber fragte er Alija und Abbas nach diesem Häuschen. Seine Vermieter schienen davon überrascht. Zum einen waren sie verwundert, dass er es überhaupt gefunden hatte, zum anderen rief es wohl in beiden unangenehme Erinnerungen wach.

»Mein Vater hat dort gewohnt. Die letzten Jahre seines Lebens hat er dort verbracht«, sagte Abbas und blickte betrübt drein.

»Was hat er gemacht, ich meine, beruflich«, sagte Murad, um ihn von seinen Gedanken abzulenken.

Abbas Gesichtszüge entspannten sich.

»Er hat sehr vieles gemacht in seinem Leben«, sagte er. »Er ist zur See gefahren in seiner Jugend, und er war auch ein Soldat. Davon hat er mir erzählt. Und er hat viele Frauen gekannt …«

Alija stieß ihn an. Abbas kicherte.

»Ein echter Abenteurer also«, sagte Murad. »Warum seid ihr so traurig, wenn ihr über ihn redet?«

»Am Ende war er einfach nur ein armer Mann«, antwortete Abbas. »Er hat sein Leben lang gearbeitet, nur um als Bettler zu enden.«

»Sag so etwas nicht«, seufzte Alija. »Er war dein Vater, er hätte alles für dich getan.«

»Ich weiß. Aber wie kann man so viel gearbeitet haben und so lange leben und am Ende so arm sein?«

»Wie alt war er, als er gestorben ist?«, fragte Murad.

»Wir wissen es nicht genau«, antwortete Alija. »Aber er muss schon sehr alt gewesen sein, Abbas war ein spätes Kind.«

»Ist er in dieser Hütte gestorben?«, fragte Murad einer Eingebung folgend.

Die beiden nickten und senkten gleichzeitig den Blick.

»Als er hier auftauchte, arm und mit kaputten Schuhen, waren wir froh, das Häuschen zu haben. Damals war es noch ganz in Ordnung, jetzt aber steht es schon seit Jahren leer.«

Abbas schien zu ahnen, worauf Murad hinauswollte.

»Warum fragst du danach?«

»Ich möchte dort einziehen«, verkündete Murad und empfand es als einen Vorgeschmack auf die Befreiung.

»Willst du Geld sparen?«, fuhr ihn Abbas an.

»Nein, nein. Ihr wisst, wie schwer diese Zeit für mich ist. Ich glaube, ich brauche etwas Ruhe, und die kann mir das Häuschen geben.«

Alija nickte nachdenklich, Abbas aber blickte noch immer misstrauisch zu Murad.

»Es ist in schlechtem Zustand. Es ist seit Langem unbewohnt, Tiere haben sich eingenistet. Du kannst nicht einfach dein Zeug nehmen und dort einziehen.«

»Abbas, was ist trauriger als ein leer stehendes Haus. Außer Feuer und Wasser gibt es nichts Schlimmeres für ein Haus, als leer zu stehen. Bald könnt ihr es abreißen.

Und es wäre doch schön, wenn jemand dort wohnt und sich ein bisschen darum kümmert. Wenn ihr mir helft, bekomme ich das hin.«

Nach einer kurzen Pause flüsterte Alija:

»Hast du Angst vor deinem Freund? Möchtest du nicht, dass er dich findet?«

Wieder einmal hat Aziz nicht den besten Eindruck hinterlassen, dachte Murad bei sich, und diesmal kennen diese Leute ihn noch nicht einmal.

»Nein, ich mag ihn, er ist etwas seltsam, aber ein netter Mensch. Ihr werdet sehen. Ich zahle wie bisher weiter und etwas mehr für das Häuschen, und wenn er denn kommen sollte, kann er in meinem Zimmer wohnen. Ist das ein Angebot?«

Abbas und Alija blickten einander an, sie zuckten die Achseln. So begann Murads Einsiedelei, und schon im Moment, da sie sich einig wurden, beschlichen ihn Zweifel. Er lächelte die beiden zwar zuversichtlich an, fragte sich aber, wie er diese weitere Isolation verkraften würde. Es dauerte einen Augenblick, bis ihn der aus seinen Kleidern aufsteigende Geruch in seinem Entschluss bestärkte.

Am nächsten Tag bat sich Murad aus, den ersten Gang zum Häuschen allein unternehmen zu dürfen. Er sagte es Alija und Abbas nicht, aber er wollte für sich sein mit diesem Ort, der bereits eine Bedeutung für ihn hatte, bevor er ihn recht kannte. Auf dem Weg dorthin konnte er seinen eigenen Sohlenabdrücken folgen, die verblasst, aber noch deutlich genug, wie mit einer nur leicht anders gefärbten Erde hingestreut, auf dem spärlich bewachsenen Boden zu erkennen waren. Es war ein schöner, warmer Tag, die Sonne blendete Murad beinahe, wenn sie nicht gerade von einem der imposant sich auftürmenden Wolkenkolosse verdeckt wurde. Alija war sich ganz sicher, dass es bald regnen würde; hier draußen allerdings herrschte heißer, trockener Spätsommer.

Das Häuschen war in schlechtem Zustand. Murad ging einmal herum und musterte vor allem das Dach, um das er sich am meisten Sorgen machte. Um die Eingangstür aufzustemmen, benötigte er weniger Kraft, als er erwartet hatte. Gleich darauf stand er in einem dunklen Raum, der wie ein Keller nach Staub roch. Die Feuchtigkeit in der Luft war hier aber anders, als er sie aus den Berliner Altbaukellern kannte, aus denen er früher noch die Kohlen hochgeschleppt hatte. Hier war sie stickig und warm, durchsetzt von einem süßlichen Holzgeruch. Er suchte und fand die vom Licht rechteckig umflossene Kontur in der Wand. Das war ein nicht ganz passgenau mit einer Holzplatte gesichertes Fenster. Er ging hinüber, nahm diesen Kistendeckel herunter, lehnte ihn gegen die Wand und blickte sich um. Es schien ihm, als würde das Licht mit einem leisen Knistern in diesen Raum strömen und blitzartig all die Formen darin entstehen lassen, die ihn plötzlich umgaben.

Als Erstes fiel sein Blick auf ein Musikinstrument, das wie eben benutzt an die Wand angelehnt in einer Ecke stand. Der Klangkörper war straff mit Leder bespannt, und die dicken, darübergespannten Saiten ähnelten großen Insektenbeinen mit ihren im Sonnenlicht wie Haare abstehenden Fasern. Jemand hatte dieses Instrument gespielt. Davon, dass Abbas Vater nicht nur weit herumgekommen, sondern auch musikalisch war, hatte ihm niemand erzählt.

Eigentlich gab es nicht viel mehr zu sehen, was ihm auf den ersten Blick interessant erschienen wäre. Murad war etwas enttäuscht; er hatte die Inspektion des Häuschens kaum erwarten können, und nun stand er in diesem Raum und sah nur noch die bevorstehende Arbeit vor sich. Ein paar niedrige, wahrscheinlich selbst gezimmerte, Holzregale lagen umgestürzt herum. Er richtete eines auf und stellte fest, dass er es verwenden konnte. Es gab einen kleinen Stapel Bücher und alter Magazine, den hob er sich für später auf. Erst auf den zweiten Blick erkannte er an einer der Seitenwände einen Teppich, so verstaubt, dass er kaum noch Farben zeigte.

Murad suchte das Bett, auf dem der Alte geschlafen haben musste. Er fragte sich bereits, ob er sich möglicherweise sein Lager auf dem Boden ausgerollt hatte, als er nahe dem Bücherstapel den Vorhang entdeckte, der fast schon die Farbe der Wände angenommen hatte. Er schob ihn beiseite und blickte in eine Nische, nicht größer als ein Kleiderschrank. Hier gab es ein Bündel alter Decken, deren Blumenmuster gerade noch zu erkennen war. So, wie es aufgehäuft dalag, erinnerte es auf schaurige Weise an Überreste von etwas Lebendigem. Murad zerrte die Decken aus der Kammer und breitete sie im Raum aus, nur um diesem Haufen seine Form zu nehmen.

Leises Vogelgezwitscher drang in den Raum. Murad

trat an das kleine Fenster und schaute hinaus. Dem erdfarbenen, aufgewühlt wirkenden Hang hinab folgte sein Blick der Spur von Geröll und Sträuchern bis zu einem verkrüppelten Baum, der in vielleicht fünfzig Metern Entfernung einsam aufragte. Er trug kaum noch Blätter, spendete aber dennoch etwas Schatten, den Murad einladend genug fand, um dort Zeit zu verbringen. Das leise, verloren wirkende Gezwitscher musste von einem einzelnen Vogel aus diesem Baum kommen. Das also würde sein Ausblick sein für die kommende, unbestimmt lange Zeit. Hier würde er auf Anrufe warten, auf den Boten und auf Aziz, würde seine Erinnerungen an Naima pflegen und versuchen, Dorothee hinzuhalten.

Mit einem solchen Ort habe ich nicht gerechnet, dachte er, aber trotzdem ist er irgendwie passend. Passend zu mir, so, wie ich mich jetzt fühle. Er musterte noch einmal den Raum. Was ihn verunsicherte, war die Tatsache, dass all dies auch einfach nur Ausdruck seiner Niedergeschlagenheit sein konnte, die er in manchen Momenten schon so stark fühlte, dass er sie fürchtete. Möglicherweise hatte diese Niedergeschlagenheit nur auf ihn gewartet, um hier über ihn herzufallen. Und er lud sie auch noch dazu ein, indem er sich hier einrichtete und sich dabei einredete, etwas Gutes für sich und seine Suche nach Naima zu tun. Vielleicht hatte Dorothee doch recht mit ihrer Vermutung, er würde vom Weg abkommen, sei es nun aus Abenteuerlust oder aus Dummheit.

Er verließ das Häuschen, und anstatt zurückzugehen, schlenderte er zu dem verkrüppelten Baum, den er zu seinem Rastplatz auserkoren hatte. Der Vogel war schon fort, und Murad saß in der nur ab und an vom Wind durchbrausten Stille. Er dachte darüber nach, was er ausbessern und renovieren könnte, kam aber zu dem Schluss, so wenig wie möglich an seiner neuen Unterkunft zu verändern. Im Grunde wollte er keine neue, frisch riechende Bleibe. Ich bin ein Einsiedlerkrebs, dachte er, der in die nächste Muschel kriecht, die er finden kann. Ein Besen und feuchte Lappen werden reichen, damit ich das Leben des alten Mannes weiterführen kann, anders zwar, aber in demselben Muschelhaus. Er lächelte bei diesem Gedanken und blickte den Hang hinunter. In der Ferne schien der Boden felsiger zu werden, einige kahle Hügel erhoben sich dort und verstellten die Sicht. Er stand auf und schaute in die schüttere Baumkrone hinauf. Alle starken Äste, die diesem Baum geblieben waren, sahen aus wie verrenkte Gliedmaßen, deren Enden sich so lang und dünn in den Himmel reckten, als wollten sie ihn mit spitzen Fingern durchbohren.

Auf dem Rückweg suchte Murad nach dem Bach, in dem er in Zukunft seine Kleider waschen wollte. Als er davorstand, war er überrascht über dieses Rinnsal, welches sich weiter unten zur Ebene hin erst zu einem Bach, dann zu einem Fluss wandelte. Er hockte sich nieder, tauchte seine Hände in das klare, kalte Wasser und spürte die leichte Strömung. Es wird gehen, sagte er sich, ich habe Zeit, ich kann jedes Stück einzeln eintauchen und sei es zentimeterweise.

Alija und Abbas waren fassungslos, als er ihnen sagte,

er würde in dem Häuschen nur etwas ausfegen und Ordnung schaffen.

»Bist du sicher, dass das genügen wird. Was ist mit den Insekten und dem Staub?«

Abbas wirkte ehrlich besorgt. »Am Tag mag es ja noch gehen, aber was ist in der Nacht?«

»So schlimm ist es gar nicht. Glaub mir, ich habe es mir genau angeschaut. Ich nehme einen Besen mit, fege die Wände ab. Drinnen ist es ganz gemütlich.«

Murad wollte die Sache schnell hinter sich bringen, aber Alija gab keine Ruhe.

»Nein, das geht nicht. Wie sieht es denn aus, wenn du als Ausländer dort in diesem dreckigen Häuschen wohnst? Die Leute werden denken, wir beuten dich aus.«

Sie schüttelte so heftig den Kopf, dass Murad ihr nicht widersprach. So gingen sie zusammen zu dem Häuschen, und Alija begann sofort, Ordnung zu schaffen. Sie hätte keinerlei Einwand geduldet, und so ließ Murad sie gewähren. Schweigend räumte sie den Raum frei, wobei Murad ihr zur Hand ging. Die wischte den Staub von den wenigen Möbeln und bestand darauf, dass er mit einem Blecheimer zum Bach ging, Wasser holte und das Fenster putzte. Sie sah ihm dabei zu.

»Er hat nicht viel gebraucht«, sagte sie. »Aber dadurch hat er all seine Sachen sehr lange benutzt. Was du nicht mehr brauchst, kannst du in eine Tüte stopfen, und wir werfen es weg.«

Murad war mit dem Fenster fertig und schaute sie fragend an.

»Wir heben es nicht auf«, sagte Alija bestimmt. »Was von Bedeutung war, hat er mitgenommen.«

Murad nickte.

»Du kannst hier nicht kochen. Mein Mann hat ihm das Essen gebracht. Aber du wirst ins Haus kommen und es abholen müssen.«

Murad nickte wieder.

»Was ist das für ein Baum dort?«, fragte er und wies zum Fenster hinaus.

Alija schüttelte den Kopf und wandte sich ab, als wolle sie sich nicht weiter damit beschäftigen, verharrte dann doch und sagte:

»Ich weiß es nicht. Aber er hat ihn sehr geliebt. Er nannte ihn den Baum seines Lebens. Er ist am Ende etwas mystisch geworden.«

Mit diesen Worten nahm sie ihren großen Lappen und den Eimer, verließ das Haus, schüttete das Schmutzwasser aus und ging zurück.

Murad stand allein in seinem aufgeräumten Zimmer und blickte auf den Baum. Die Vorstellung, dass ein anderer ebenso wie er hiergestanden und dieses verloren wirkende Gebilde betrachtet hatte, war ihm unbehaglich. Jetzt empfand er es als seltsam, in diesem Raum wie in das Leben eines anderen einzudringen, seine Blicke und, wer weiß, vielleicht sogar seine Gedanken und Empfindungen wieder aufzunehmen und fortzuführen. Er spürte eine ungebührliche Nähe zu einem vollkommen Fremden, ihm war, als würde er die nun zwar gereinigte, doch aber nicht wirklich passende Wäsche eines anderen tragen.

Andererseits, sagte er sich, bin ich ein Berliner alter Schule und als solcher ein Mieter. Wie oft bin ich in die verwohnten Räume anderer eingezogen, in denen, manchmal in Tüten abgestellt oder versteckt in Kammern, noch persönliche Dinge herumlagen, Bürsten, alte Einkaufszettel und einmal sogar Urlaubsfotos. In einer dieser Wohnungen hatte ein Herd mit Feuerlöchern und ihren steinernen Abdeckungen gestanden, der nicht nur Kunde von den Vormietern, sondern von einer weit zurückliegenden Epoche gab und eigentlich in ein Museum gehört hätte. Was also bedeutet es schon, wenn ich hier einen Raum beziehe, den ein einzelner alter Mann vor Jahren für immer verlassen hat? Diese Gedanken versöhnten ihn mit seinem Vorhaben. Nur die Vorstellung, der Baum dort drüben könnte das Abbild des Lebens jenes anderen sein, blieb ihm unangenehm.

Murad setzte sich auf eine Sitzbank, die Alija gerade abgestaubt hatte, und kontrollierte die Nachrichten auf seinem Handy. Sie hatten ihm tatsächlich etwas Neues geschickt, eine längere Aufzeichnung als sonst, ohne jeden Kommentar dazu.

»... Faruk und ich gehören zusammen, da bin ich mir sicherer denn je. Als wir die neue Wohnung, unsere Wohnung, bekamen, hätte er mich gern umarmt, das habe ich deutlich gespürt. Es ging aber nicht. Wegen des Bruders, der dabei war. Es ist eine schöne Wohnung im vierten Stock mit Ausblick über die Stadt. Unsere allererste Wohnung. Faruk hat in Paris auch noch bei seinen Eltern gelebt. Jetzt sind wir hier zusammen erwachsen geworden, die Wohnung und das Kind zeigen es …«

Er hörte sich das mehrmals an, und diesmal spürte er doch eine Verbindung zu dieser Sprecherin. Natürlich, sagte er sich, läge es nur an dem Zufall, dass auch sie beschrieb, wie sie eine neue Wohnung bezog. Er beschwor sich insgeheim selbst, dies nicht überzubewerten und jetzt auch noch abergläubisch zu werden. Dennoch spürte er deutlich, wie sich etwas in ihm mit dieser Frau und ihren Erlebnissen verband. Das ist das Problem mit der Einsamkeit, sinnierte er, man beginnt, nach jedem Strohhalm zu greifen. Erst danach wurde ihm bewusst, was diese junge Frau da gesagt hatte. Er empfand eine Empörung über das Unrecht, mit unreifer Selbstverständlichkeit den Besitz fremder Leute zu übernehmen, die er nur als väterlich hätte beschreiben können. Wenn diese Frau Naima war, dann hatte sie ihm erneut demonstriert, wie weit sie sich von ihm entfernt hatte.

Keine zehn Minuten später, er saß unter dem Baum und rauchte, erhielt er eine neue Nachricht.

»… das war alles schön … nur gestunken hat es in der ganzen Wohnung, weil von den Leuten davor noch der Müll herumstand. Sogar eine alte Babyflasche mit vergammelter Milch habe ich gefunden, schon gruselig. Die Kleider der Frauen waren bis auf ganz wenige nicht zu gebrauchen. Zu bunt und grell, richtig geschmacklos. Faruk hat hinter einem losen Mauerstein auf dem Balkon einen Packen versteckter Briefe gefunden. Er kann das ja lesen und hat mir – ganz leise – daraus vorgelesen. Es sind Liebesbriefe mit einigen heftigen Passagen. Ziemlich kitschig und ein bisschen porno. Faruk hat gesagt, dass wir auch genau das hier bekämpfen: die Heimlichtuerei und Doppelmoral …«

Der Bote wollte sich endlich wieder mit ihm treffen, berichtete von Neuigkeiten in »seinem Fall«, vermied es aber, Details zu nennen. Murad fiel erst jetzt auf, wie sehr er sich auf das Spiel dieses Mannes einließ. Die wenigen Neuigkeiten, die er jedes Mal vorbrachte, hätten auch in eine E-Mail gepasst. Aber unausgesprochen gehörte es zu den Regeln, sich von Angesicht zu Angesicht gegenüberzusitzen wie an einem Spieltisch. Er war versucht zu antworten: Sag mir schon, was du weißt, ich sitze hier abseits von allem unter meinem Baum und habe keine Lust, dich zu treffen. Aber natürlich tat er es nicht, sondern fügte sich den Regeln, schon allein, damit Dorothee mit ihrem Gerede von seiner Abenteuerlust nicht recht behielt.

Als der Bote seinen Hut schwenkte und zum Teehaus herüberkam, hob Murad nur müde die Hand. Der Mann allerdings schien vergnügt zu sein, jedenfalls lächelte er. Nachdem er sich gesetzt und Tee bestellt hatte, lehnte er sich wortlos zurück, und Murad fiel auf, dass er seine

Ledertasche auf dem Schoß behielt. Möglicherweise sollte das seine Neugier wecken.

»Du hast geschrieben, es gäbe Neuigkeiten«, sagte er.

»Wir haben neue Fotos von der Frau«, erwiderte der Bote und nickte dabei ernst.

»Willst du sie mir zeigen, oder soll ich raten, ob sie in dieser Tasche sind?«, hätte Murad gern gefragt, sagte aber:

»Seid ihr eigentlich sicher, dass die Frau, die die Nachrichten spricht, auch die Frau auf den Fotos ist?«

»Ziemlich sicher.«

»Wie ist das möglich?«

Aram verzog das Gesicht, als wäre er über diese Frage verwundert.

»Wir haben unsere Quellen. Dieselben Leute, von denen wir die Fotos bekommen, liefern uns auch die Audiodateien.«

»Sie könnten sich irren.«

»Das ist möglich, aber unwahrscheinlich.«

»Warum? Sie ist nicht die einzige deutsche Frau dort. Und die Leute, die die Fotos machen, sind garantiert andere, als jene, die den Funk oder was auch immer überwachen.«

Der Bote stellte die Ledertasche neben sich und trank seinen Tee.

»Du stellst dir das schwieriger vor, als es ist. Wie gesagt sind die Ausländer in Rakka fast alle an einem Ort untergebracht. Das dient sicher auch der Überwachung. Und genau das machen sich die Leute vor Ort zunutze.

Es ist nicht so schwer, die einzelnen Leute oder auch die Paare auseinanderzuhalten. Von hier aus mag das kompliziert wirken, aber eigentlich ist es ganz einfach. Die viel größere Schwierigkeit ist die Geheimhaltung. Die Brüder haben ein professionelles Spitzelsystem etabliert und beobachten sich zudem auch noch gegenseitig. Man muss also vorsichtig sein. Aber Lücken gibt es überall.«

»Du meinst Leute, die für Geld Informationen liefern.«

»Geld spielt immer eine Rolle. Aber es kommen auch andere Motive dazu.«

»Welche?«

Aram lächelte, wischte sich mit dem Ärmel über die verschwitzte Stirn und zündete sich eine Zigarette an.

»Was willst du? Einen Roman darüber schreiben?«

»Ich bin neugierig.«

»Du schaust doch auch Filme. Also, was treibt die Leute dazu an, Risiken einzugehen? Die Liebe, der Hass, Habgier und, eher selten, Fragen der Ehre.«

Jetzt musste Murad lächeln. Mit dieser Antwort hatte er nicht gerechnet.

»Das ist es also, darauf beruht euer Geschäft?«

Der Bote nickte.

»Genau darauf. Menschliche Schwächen.«

»Und da komme wohl ich ins Spiel«, sagte Murad.

Der Bote schüttelte den Kopf.

»Die Liebe eines Vaters zu seiner Tochter ist keine Schwäche«, sagte er und legte Murad die Hand auf den Unterarm. »Vielleicht kommt es dir so vor, aber wir sind nicht einfach nur Geschäftsleute. Jeder von uns weiß, was für unsere Kunden auf dem Spiel steht. Und wir wissen auch, in welcher Gefahr deine Tochter schwebt. Es ist nur eine Frage der Zeit, bis Rakka bombardiert wird. Wir sollten uns also beeilen.«

»Ich bin ganz deiner Meinung. Lass uns die Sache beschleunigen.«

Wieder schüttelte der Bote den Kopf.

»So gern ich das tun würde, aber es liegt leider nicht in meiner Macht. Was ich dir sagen wollte, war, dass alle Leute sich des Ernstes der Situation bewusst sind.«

»Es freut mich, das zu hören. Aber verstehst du auch, wie es mir dabei geht? Ich warte und weiß nicht, worauf. Egal wie viele Fotos du mir zeigst, wie oft ich die Stimme dieser Frau höre, es ändert nichts daran, dass ich warte.«

Der Bote antwortete nicht.

»Außerdem ist es auch nicht gerade angenehm, ihr so zu begegnen«, murmelte Murad.

»Weil du hörst, was sie tut?«

»Weil es meine eigene Tochter ist, die all das tut.«

»Wie wir alle, kannst auch du deine Kinder nicht ewig kontrollieren. Du hast sie gehen lassen, und nun ist sie unterwegs …«

»Zeig mir die Fotos«, fiel Murad ihm ins Wort.

Die Bilder, welche der Bote vor ihm ausbreitete, waren eine erneute Enttäuschung. Sie zeigten wieder eine verschleierte junge Frau hinter vorbeifahrenden Autos und einmal, aus überraschender Nähe, an einem Gemüsestand. Dennoch hätte Murad nicht sagen können, ob es dieselbe Frau war, die er auf dem anderen Foto gesehen hatte. Er versuchte, etwas Individuelles an ihr auszumachen, doch sie trug nicht einmal ein Schmuckstück, und selbst ihre Schuhe unter dem Gewandsaum sahen aus wie zwei dunkle undefinierte Klumpen.

»Ich weiß es nicht«, sagte er müde. »Ich tue, was ihr sagt.«

Der Chef trat an ihren Tisch, brachte neuen Tee und ließ den Blick über die Bilder schweifen. Übellaunig wie immer sprach er kein Wort, bis der Bote plötzlich zu ihm sagte:

»Kinder bereiten Sorgen.«

Murad war überrascht. Der Chef brummte auf, und kurz sah es aus, als wolle er sich abwenden und gehen. Dann aber antwortete er:

»Sie gehen ihren Weg. Und manche glauben an das, was sie tun.«

Als er fort war, fragte Murad den Boten:

»Weiß er Bescheid?«

Der Bote verneinte.

»Warum sollten wir ihm irgendetwas erzählen? Aber eines noch: Du bist nicht allein mit deinem Problem. Eigentlich strengstens geheim: Wir hatten den Fall eines Vaters, der seinen Sohn suchte. Es ist gar nicht so lange her. Wir bekamen heraus, dass der Sohn Geiseln bewacht hatte, Ausländer. Diese Leute sind gefoltert worden. Und obwohl der junge Mann schwor, diese Menschen nur bewacht zu haben, musste sein Vater mit dem Zweifel darüber leben. Auch das ist eine Möglichkeit, an die du denken solltest.«

»Hat er seinem Sohn geglaubt?«

Der Bote packte die Fotos zusammen und verstaute sie in der Tasche.

»Für die meisten ist die Schuld gar nicht so wichtig. Die Verbrechen hier werden an Fremden verübt. Nahe sind ihnen nur ihre Kinder. Aber in diesem speziellen Fall, weiß ich es nicht. Also dann: Wir melden uns.«

Die ersten Nächte in dem Häuschen waren beschwerlich für Murad. Die unvertraute Umgebung war das eine, das Ungeschütztsein, die Nähe zu der stummen, nächtlichen Landschaft draußen das andere. Geräusche schienen aus jeder Ecke zu dringen, wahrscheinlich stammten sie von Mäusen. Er wälzte sich auf dem Schlaflager herum, das Alija ihm hergerichtet hatte, und einmal setzte er sich auf, weil er sicher war, jemand würde von außen die Tür öffnen. Er hatte ein Rascheln und sehr deutlich flüsternde Stimmen gehört. Als er so dasaß, hätte er jedoch nicht mehr sagen können, ob er es bloß geträumt hatte. Er stand auf, öffnete die Tür und blickte hinaus in die Dunkelheit. Er ging ein paar Schritte, drehte sich einmal um sich selbst und beschloss, als er zurückging, als Nächstes eine Taschenlampe zu besorgen.

Nachdem er sich wieder hingelegt hatte, ließ ihn der Gedanke an sein Treffen mit dem Boten nicht los. Was wollte ihm dieser Mann, der bei jeder Begegnung redseliger wurde, mitteilen, wenn er über »andere Fälle« sprach? Murad schien es, als wolle er ihm die Hoffnung auf ein Happy End nehmen, die wahrscheinlich jeden antrieb, der sich, ob nun von Deutschland oder von hier aus, auf die Suche begab. Gerade solche Geschichten vom Verschwinden, dachte er, fordern eine Auflösung, man könnte sogar sagen, sie sind keine Geschichten ohne sie. Denn wem sollte man das erzählen: Meine Tochter ist fort, und ich suche sie. Der Bote aber hatte ihn darauf hingewiesen, dass er möglicherweise jemanden finden wird, den er nicht mehr kannte. Murad fragte sich, ob es sich so zutrug, dass die meisten die Schuld ihrer Kinder akzeptieren konnten. Und natürlich fragte er sich auch, ob er in der Lage dazu wäre. Bei Dorothee konnte er es sich vorstellen, aber sie war auch eine Mutter. Für sich selbst jedoch fand er keine Antwort auf die Frage. Als Vater war er etwas distanzierter, ihm erschien das Verzeihen mehr zu sein als eine Gefühlssache.

Ich muss es darauf ankommen lassen, sagte er sich und spürte zugleich, wie sich der Zweifel zwischen ihn und seine Tochter schieben wollte. Das konnte er nicht zulassen, nicht jetzt schon. Sollte ich Naima finden, dachte er, wird sie womöglich eine Fremde sein, jedenfalls nicht mehr das Mädchen von früher. Und wahrscheinlich werde ich zunächst so tun, als bedeute das nichts. Nur um diese Geschichte zu beenden, die ein Happy End braucht. Was danach ist, kann ich jetzt noch nicht wissen.

Als er im Tageslicht erwachte, wunderte er sich darüber, sich einigermaßen ausgeschlafen zu fühlen. Er räumte das Schlaflager in die Kammer, die er als Schrank benutzte, weil er sich einfach nicht vorstellen konnte, in einer so engen Nische zu schlafen. Er goss Wasser aus einer bereitgestellten Fünfliterflasche in die irdene Schüssel des vorigen Bewohners und wusch sich das Gesicht, dann zog er sich die Hose und Schuhe an und trat vor die Tür. Es tat ihm wohl, dass es an diesem Hang so wenig zu sehen gab. Ein paar Büsche säumten die dunkle, breite Spur, die wie eine verwitterte Schneise bis zu dem einsamen Baum führte.

Er ging auf die Anhöhe und blickte zum Haus hinüber, wo Alija gerade Wäsche aufhängte. Sie hielt inne und winkte ihm, er erwiderte den Gruß. Ihre Sorge rührte ihn.

Er trottete zurück zum Häuschen und schaltete sein Handy ein. Er hatte hier noch Netz, was ihn augenblicklich beruhigte. Es gab keine neuen Nachrichten, und so hörte er sich noch einmal das letzte Audiofile der Frau an. Ist das möglich, fragte er sich, könnte Naima wirklich der Ansicht sein, das Richtige zu tun, indem sie diese Wohnung bezieht, um dort glücklich mit ihrem bewaffneten Mann zu leben? Aber was hattest du erwartet?, fragte er sich, bei den Tausenden Nachrichten von Menschen, die sich auf den Weg in dieses Gelobte Land gemacht hatten. Einen Kinderkreuzzug von wohlstandsverwahrlosten Verlierern der Migration? Hattest du ein Bild im Kopf von all diesen bereits in jungen Jahren Gescheiterten und, wenn ja, wie sahen sie in deiner Vorstellung aus? Die Jungen wie aus der Shisha-Bar mit dem Tony-Montana-Poster, mit Undercut und den Muskeln aus dem Gym oder dem Fitnessstudio, die Mädchen mit zu Masken geschminkten Gesichtern und ihren bunten Krallen aus dem Nagelstudio? Nirgendwo dort hast du deine Tochter verortet, und doch war sie ein Teil von alldem.

Er setzte sich unter den Baum, aß ein wenig Brot vom letzten Abend und trank Wasser dazu. Wie auch immer, dachte er, mindestens genauso wichtig wie die Ablehnung des dekadenten Westens war Naima die Ablehnung der klugen Dorothee und des unzuverlässigen Murad. Dieser Gedanke hatte beinahe etwas Beruhigendes. Er ließ diese heillose Geschichte kurz einmal privat wirken, wie ein Problem, das man lösen konnte.

Die ersten zwei Tage verbrachte er damit, in dem verbliebenen Kleinkram des alten Mannes herumzusuchen. Er tat das nicht so sehr, um eine Verbindung zu ihm herzustellen, sondern um auszusortieren, was er noch loswerden konnte. Es entstanden drei Haufen: einer mit angelaufenen, wahrscheinlich vollkommen wertlosen Schmuckstücken, einer mit Büchern und Heften, deren Seiten allesamt steif und rau geworden waren, als hätte man sie aus dünnem Holz gefertigt, und einer mit schmutzigen Textilien, einer alten Schärpe, ein paar Halstüchern und einer Weste, die zu einer Tracht gehört haben könnte. Ansonsten blieben nur noch einige große Wasserkannen aus Blech, das Musikinstrument und ein antiker Wecker, der noch funktionierte, wie Murad feststellte, nachdem er die oben sitzende, schwergängige Flügelschraube so weit gedreht hatte, wie es ging. Er fragte sich, wozu der alte Mann in diesem Haus einen Wecker gebraucht hatte.

War er seinem Soldaten- und Seemannsleben tatsächlich verbunden genug geblieben, um noch im Alter streng auf seinen Tagesrhythmus zu achten?

Murad stellte den Wecker auf die Fläche vor dem Fenster, damit er ihn jeden Tag betrachten konnte. Ihm schien er hierherzupassen, in diesen Raum, zu dieser Zeit.

Die ersten zwei Tage beinahe tatenlos verstreichen zu lassen, indem er, wenn er Lust dazu hatte, den Hang hinuntertrottete, zurückkehrte, ins Haus hinüberging, um zu essen und die Wasserflasche aufzufüllen, fiel ihm nicht leicht. Er war es einfach nicht gewohnt, und obwohl er Strom im Haus hatte, wusste er mit den Abenden nichts anzufangen. Am dritten Tag bereits machte er sich auf den Weg in den Ort, um endlich wieder unter ein paar Menschen zu kommen.

Adnan ließ sich nicht länger vertrösten. Anstatt zu warten, kam er nach einem kurzen Anruf direkt ins Teehaus, um einen neuen Auftrag zu ergattern. Murad tauschte die Neuigkeiten mit ihm aus, fragte nach den Entwicklungen im Tal und begab sich, da es früh genug war, auf die Überraschungsfahrt, die der Fahrer angekündigt hatte. Als sie im Auto saßen, schien der junge Mann vor Zufriedenheit zu leuchten. Er lächelte still vor sich hin und trommelte mit den Fingern auf das Lenkrad.

»Du kannst es kaum erwarten, oder?«, sagte Murad.

»Ja, ich habe dich vermisst, Mann aus Almania.«

Während der Fahrt erzählte Murad von seinem Einzug in das Häuschen. Adnan war verwundert über seinen Entschluss, dort zu wohnen.

»Warum willst du allein sein? Du solltest dich mit den Menschen hier unterhalten.«

»Worüber?«

»Über alles, das Wetter, das Essen …«

»Ich bin kein Tourist. Ich bin nicht auf der Suche nach ein paar schönen Erlebnissen in dieser Gegend.«

»Ich weiß das. Aber Alleinsein hilft dir nicht.«

»Warum bist du dir da so sicher?«

»Es hilft niemandem. Und deshalb komme ich dich holen …«

Murad konnte dem Charme des Jungen nicht widerstehen.

»Das ist gut zu wissen«, sagte er. »Habe ich dir schon von meinem ersten Abenteuer in dem Häuschen erzählt?«

Adnan schüttelte den Kopf.

»Ich musste dort sauber machen und entdeckte ganz oben an der Wand, gleich unter der Decke, eine Spinne. Sie war so groß wie meine Hand …«

»Nein«, stieß Adnan hervor.

»Na gut, vielleicht nicht ganz so groß, aber fast. Sie sah seltsam blass aus. Ich habe ein Stück Papier zusammengeknüllt und gegen sie geworfen. Die Spinne hat sich nicht gerührt, und das Papier prallte von ihr ab. Ich bin näher herangegangen, und da habe ich gesehen, dass sie einen Kokon um sich gesponnen hatte. In dem saß sie.«

»Einen was?«

»Ein Netz nur für sich selbst, wie ein Haus. Jedenfalls saß sie darin, und ich habe überlegt, wie ich sie da herausbekomme. Also nahm ich einen Besenstiel und stieß damit gegen das Haus der Spinne. Sie bewegte sich, und jetzt erst konnte ich sehen, wie groß sie wirklich war. Und sie war schnell, flitzte über die Wände wie ein Schatten. Und ich wollte nicht, dass sie sich irgendwo versteckt und nachts wieder herauskommt und mir vielleicht über das Gesicht kriecht …«

»Und vielleicht ist sie giftig«, sagte Adnan mit vor Ekel verzerrtem Gesicht.

»Zum Glück hielt sie immer mal wieder inne und wartete. Ich überlegte, ob ich ein Gefäß holen sollte, aber es gab in dem Häuschen nichts, was man hätte nehmen können. Ich wollte sie aber auch nicht töten. Also habe ich sie mit dem Besenstiel angestoßen, einmal, zweimal, jedes Mal rannte sie ein Stück weiter. Dann aber griff sie den Stock an. Sie war mutig, umschlang mit ihren Beinen das Stockende und versuchte, ihren Angreifer zu bekämpfen. So konnte ich sie nach draußen tragen. Glaub mir, ich bin ein ganzes Stück gegangen, bevor ich sie von dem Besenstiel geschüttelt habe. Ihr leeres Haus hängt noch immer an der Wand meines Hauses.«

»Schläfst du auf dem Boden?«

»Adnan, ich bewundere deine Vorstellungskraft. Genau das war mein erster Gedanke, nachdem ich in das Häuschen zurückgekehrt war: Soll ich hier auf dem Boden schlafen? So mutig, wie sie war, wird diese Spinne zurückkommen …«

»Und sich an dir rächen.«

Beim Gedanken daran überkam Murad tatsächlich Verunsicherung.

»Zum Glück gibt es hier keine Giftspinnen, die für Menschen gefährlich wären.«

Adnan druckste etwas herum, wollte sich beherrschen, bevor er dann doch sagte:

»Aber es gibt Skorpione, das weißt du, oder? Schau jeden Morgen in deine Schuhe, zur Sicherheit, sie verkriechen sich gern.«

»Ich bin dir so dankbar für diesen Hinweis.«

Murad wollte es nicht glauben, aber der Junge fuhr ihn tatsächlich nach Mardin und wollte ihm Sehenswürdigkeiten zeigen. Bei einem uralten, etwas vorgelagerten Ort mit in den Felsen gehauenen Wohnräumen und einer zumindest von innen gewaltigen Zisterne stellte ihn Murad zur Rede.

»Was tun wir hier? Ich habe dir gesagt, dass ich nicht auf einer Touristenreise bin.«

»Ich wollte dich nur ein bisschen ablenken. Es ist nicht gut, wenn du hier immerzu nur wartest. Es wird deshalb nicht schneller gehen.«

Sie gingen an den steinernen Überresten vorüber. Die Felsen sahen aus wie mit Öl übergossen. Murad betrachtete die dunklen Höhleneingänge, die Mauerreste aus einer versunkenen Epoche. Er spürte deutlich, wie wenig er sich auf diese Spuren einer anderen Welt einlassen konnte. Alles in ihm verweigerte sich der rekonstruierenden Fantasie, dem bildungshungrigen Blick, überhaupt allem, was nötig war, um einen solchen Ort mit Gewinn zu besuchen. Früher vielleicht einmal, zusammen mit Dorothee und Naima, hätte er das genießen können, jetzt aber fühlte er sich alldem gegenüber verschlossen.

Er wusste, er befand sich an einem bedeutsamen Ort. Allein schon die an Felsen hinaufgebaute Stadt Mardin war erkennbar aus den Überbleibseln unterschiedlicher Zeitalter emporgewachsen. Von den Assyrern, Aramäern und Seldschuken bis hin zu den Armeniern und Muslimen hatten alle ihren Teil zu diesem Ort beigetragen, an dem bis heute Jesiden, Christen und Muslime, Kurden und Araber zusammenlebten. Murad schien es, als könne er jedem einzelnen Haus in der Altstadt die schier endlose Abfolge seiner verschiedenen Bewohner der letzten Jahrhunderte ansehen, als würden diese Mauern wie abgewetzte Schrifttafeln all die zu Zeichen geronnenen Worte der vergangenen Gespräche darin aufbewahren.

Später, vom »Berg der Knechte« aus, blickte er über die gut überschaubare, weite Tiefebene nach Syrien. Für einen Moment bestaunte er diese tonfarbene und in sanften Wellen sich bis zum Horizont hin erstreckende Landschaft, über der, so weit das Auge reichte, ein Dunst lag, der vom Rötlichen ins Gelbe wechselte, je höher er aufstieg, um sich schließlich mit dem Blau des Himmels nicht nur zu mischen, sondern zu reinigen.

Er wusste, dass sich mit dem Auto in vier, fünf Stunden

Entfernung jener Ort befand, an dem die reiche und blutige Geschichte dieser Region ihre heutige Fortsetzung fand. Eine Fortsetzung, die für ihn einen sehr persönlichen Aspekt hatte, etwas, das ihm jede Geschichtsträumerei gründlich austrieb. Was also sollte er hier anderes tun, als weiterhin zu warten und die Nachrichten auf seinem Handy zu kontrollieren?

All das sagte er Adnan nicht, ging nur neben ihm her und schwieg. Der Fahrer bemerkte mit seinem Feingefühl, das Murad immer wieder erstaunte, dass er einen Fehler begangen hatte. Spätestens als ein alter Mann mit einem riesigen Gehstock auf sie zukam und sie unbedingt zu einer noch abgelegeneren Höhle bringen wollte, was Murad gequält ablehnte, zog ihn Adnan beiseite und sagte:

»Gut, die Toten interessieren dich nicht. Ich kann das verstehen. Also, komm mit zu den Lebenden.«

Erleichtert und mit der Hoffnung auf tatsächliche Ablenkung willigte Murad ein.

Obwohl Murad ihm etwas grollte, erwies sich Adnans Versuch, ihn aufzumuntern schließlich doch als erfolgreich. In den engen Gassen unterhalb des Felsens gab es einige gut besuchte Restaurants und Cafés. Murad betrachtete die Auslagen der Gemüse- und Gewürzhändler, genoss den Duft der Imbissstände, und plötzlich wurde ihm wieder bewusst, dass diese Stadt auch ein Touristenziel war. Es gab die üblichen Shops mit Kleidern und Souvenirs, dennoch aber schien es Murad beinahe unmöglich, die Touristenperspektive einzunehmen. Für ihn blieb diese Stadt verbunden mit konspirativen nächtlichen Treffen und mit der derzeitig herrschenden Gefahr, auf die er von einigen hingewiesen worden war.

Als sie in einem der Cafés bei ihrem Tee saßen und rauchten, begann Adnan ein Gespräch und schien Murads Gemütslage erspürt zu haben.

»Lass dich nicht täuschen, den Leuten bleibt gar nichts anderes übrig, als so zu tun, als wäre nichts. Aber zurzeit ist Mardin kein sicherer Ort. Die PKK – du als Deutscher kennst sie – ist im Aufstand. Außerdem kommen immer mehr Flüchtlinge aus Syrien …«

»Bis jetzt habe ich kaum welche gesehen. Wo sind sie?«

»Sie sind da, ich werde sie dir noch zeigen. Es werden immer mehr und nicht nur hier, sondern in der ganzen Region.«

»Was tut man mit ihnen?«

»Sie bleiben nicht alle hier. Die Gegend ist eher arm, es gibt keine Jobs. Darum ziehen viele von ihnen weiter nach Westen.«

»Glaubst du, sie werden irgendwann zurückkehren?«

Adnan verzog das Gesicht, als wäre sein Tee zu bitter.

»Ich glaube, Syrien ist zerstört. Das wird alles noch sehr lange dauern, und im Leben von Menschen mit kleinen Kindern sind ja schon ein paar Jahre eine lange Zeit.«

»Was tust du eigentlich, wenn du nicht Leute herumkutschierst?«

Adnan war über das plötzliche Interesse seines Gegenübers sichtlich erstaunt. Beinahe verlegen antwortete er:

»Ich studiere, hier an der Universität.«

Jetzt war Murad überrascht. Er fragte sich, was er sich vorgestellt hatte. Dieser junge Mann war ihm jedenfalls nie wie ein Student erschienen, warum auch immer.

»Was studierst du?«

»Agrarwesen.«

Murad nickte nur, und es geriet ihm anerkennend, obwohl es dafür gar keinen Grund gab.

»Meine Familie besitzt eine Obstplantage in Derik. Sie ist ziemlich groß, und ich werde sie wohl einmal erben. Ich bin der Älteste.«

»Du wirst also alles übernehmen?«

»Nicht allein. Meinem Bruder gehört auch ein Teil – sollte er wiederkommen.«

Adnan wirkte bedrückt und schaute an Murad vorbei auf die Gasse.

»Ist er dein Verwandter in Mossul?«

Adnan bejahte, doch Murad hatte das Gefühl, dass er ungern über dieses Thema sprach. Also schwieg er eine Weile, konnte es schließlich aber doch nicht dabei belassen.

»Was glaubst du, hat ihn bewegt, dorthin zu gehen?«

»Sein Glaube«, antwortete Adnan schnell und kurz.

»Weißt du, das mag hier eine überzeugende Erklärung sein. Was aber meine Tochter betrifft, ist das schwer zu akzeptieren. Sie war überhaupt nicht religiös, kein bisschen. Manchmal glaube ich, ihr wurde alles zu viel und ich, ihr Vater, habe sie im Stich gelassen.«

»Das kannst du nicht wissen.«

»Wie meinst du das?«

Murad ließ dem Jungen Zeit, obwohl er seine Antwort kaum erwarten konnte. Adnan überraschte ihn immer wieder, deshalb konnte er nicht aufhören, ihn zu befragen.

»Ich meine, du sagst einfach, sie war nicht religiös. Aber Religion ist etwas Privates. Warum sollte sie dir alles über sich erzählt haben? Vielleicht saß sie manchmal in ihrem Zimmer und sehnte sich nach Gott. Woher weißt du, dass es nicht so war?«

»Ich bin ihr Vater. In ihrer Kindheit war sie völlig normal.«

»Ist es unnormal, sich nach Gott zu sehnen?«

»So meinte ich das nicht ...«

»Wie lange warst du bei ihr, ich meine, als ihr Vater?«

»Lange genug«, stieß Murad hervor.

Jetzt aber lehnte er sich zurück und blickte auf die Gasse. Das Gespräch nahm eine für ihn unangenehme Wendung. Er hatte das Gefühl, in die Defensive zu geraten. Er wollte diesem fremden jungen Mann nicht erlauben, so tief in seine persönlichen Belange einzudringen. Doch es geschah immer wieder, ohne dass Adnan das beabsichtigte. Seine Art zu denken war einfach zu direkt.

Als Murad sich gefangen hatte, sagte er:

»Ich habe sie wirklich gut gekannt, bis sie etwa vierzehn war. Danach war ich seltener bei ihr, und wir wurden uns wohl allmählich fremd.«

»Das ist nicht ungewöhnlich, glaube ich.«

Murad war beinahe erleichtert über diese Aussage.

Dieser kleine Beichtvater hatte eine gewisse Macht über ihn.

»Du glaubst also, auch dein Bruder sehnte sich insgeheim nach Gott und ist deshalb zu den Brüdern gegangen?«

»Nicht insgeheim. Er hat es mir gesagt.«

»Wie hast du reagiert?«

Adnan hob kurz die Schultern.

»Er ist mein Bruder, er kann seine eigenen Entscheidungen treffen.«

»Aber warum, glaubst du, hast du diese Sehnsucht nach Gott nicht?«

»Das weiß ich nicht. Manche Menschen haben sie stärker als andere.«

»Du meinst, sie suchen nach etwas, das andere nicht so wichtig finden?«

»So könnte man es beschreiben.«

»Hast du oder habt ihr in der Familie euch solche Fragen nie gestellt, als er gegangen ist?«

»Meine Mutter und mein Vater hatten Angst um ihn. Aber es war seine Entscheidung.«

Auf dem Weg zur »Kirche der vierzig Märtyrer«, die Adnan ihm unbedingt noch zeigen wollte, beschlich Murad wieder jenes unangemessene Gefühl, ein Tourist zu sein. Ganz konnte er sich der einladenden Atmosphäre all der Shops mit ihren ausgestellten Leckereien, dem Silberschmuck und Andenken nicht entziehen. Er verspürte wieder die Zugehörigkeit zu dieser fremden, in vielerlei Hinsicht so freigiebig scheinenden Welt. Das Verkrochene, Ängstliche und immer zu einem gewissen Teil Abgewandte fand er hier nicht. Alles schien offen dazuliegen, war leicht zu erfassen, ohne dabei geheimnislos zu wirken. Das Geheimnis lag hier in der Vielfalt: Im Vorbeigehen blickte er in diese für ihn jeweils unverwechselbaren Gesichter, von denen einige nach Nordeuropa, andere eher nach Zentralasien zu gehören schienen.

Er lenkte sich mit diesen Gedanken ab. Erst bei der langen Schlange zerlumpt aussehender Menschen vor der Kirche wurde er wieder aufmerksam. Er nahm die von Sand und Erde verfärbte Kleidung der Leute wahr und war erstaunt über die Geduld, mit der vor allem die Kinder ausharrten in dieser Schlange, die sich aus der Kirche bis hinaus auf einen großen Vorplatz gebildet hatte. Kurz vor dem Eingang ging er in die Hocke, und Adnan blieb neben ihm stehen.

»Ich habe dir ja gesagt, sie werden immer mehr. Und viele von ihnen kommen hierher in die Altstadt, weil sie von dieser Kirche wissen.«

»Weißt du, woher genau sie kommen?«

Adnan schüttelte den Kopf.

»Das wissen nur sie selbst. Aber diese hier sind Christen, syrisch-orthodoxe. Ich weiß nicht, ob alle, aber sicher die meisten.«

»Du bist ein wirklich guter Reiseleiter.«

Adnan lächelte, weil er das als echtes Lob verstand.

Murad erhob sich und näherte sich den Leuten, bis er mehr vom Hof erkennen konnte. Unter zwei mächtigen alten Bäumen vor dem Gebäude gab es Schatten, die Menschen aber standen in der Sonne.

»Ist das eine Armenspeisung?«

»Nein«, sagte Adnan, »sie werden hier nur begrüßt.«

»Warum grinst du?«

Adnan zögerte kurz, sagte dann mit einem für Murad überraschend ironischen Ausdruck:

»Sie haben auch eine Sehnsucht nach Gott.«

»Du erinnerst mich sehr an meinen Freund Aziz. Er wird herkommen, und ihr werdet euch gut verstehen.«

»… dass ich zu viel in der Wohnung bin und immer nur durch die Fenster hinausschaue. Am Anfang habe ich mich auf die Einkäufe draußen gefreut. Da war alles noch neu, und ich fühlte mich freier. Jetzt ist es heiß und staubig auf den Straßen, auch der ständige Verkehr stört mich. Immer muss ich aufpassen und ausweichen, vom aufgewirbelten Staub wird mir ganz übel. Faruk hat schon bemerkt, dass ich mich verändert habe. Er will, dass ich meine Schwestern treffe und organisiert das auch. Aber vielleicht habe ich nur Heimweh und kann es niemandem sagen. Es gibt genug Schlimmes: Nachts sind Schüsse zu hören, weil die Kämpfer, vor allem die Ausländer, ihre Gewehre ausprobieren. Sie schießen auf die Hunde und lassen sie verbluten.

Manchmal leben sie noch, wenn ich morgens zum Basar gehe. Faruk sagt, er macht da nicht mit, er sagt, die Leute müssen sich austoben, weil die Anspannung so groß ist und unsere Feinde mehr werden. Aber er ist sicher, dass sich all das legen wird, wenn es zum Kampf kommt. Dann hat es eine Veränderung gegeben. Faruk hat dafür gesorgt. Ich bin jetzt bei der Hisba. Das ist so etwas wie eine Polizei, die darauf achtet, dass die Regeln eingehalten werden. Wir sind eine reine Fraueneinheit. Alles Schwestern aus vielen verschiedenen Ländern. Jetzt ist es wieder ein bisschen wie am Anfang, als wir eine große Gemeinschaft waren. Unsere Aufgabe besteht darin, mit einem Bus in der Stadt herumzufahren und die Leute zu beobachten. Vor allem da, wo sich viele Menschen sammeln, kommt es zu Verstößen gegen die Regeln. Frauen tragen ihr Kopftuch nicht weit genug in die Stirn gezogen, oder ihr Niqab sitzt zu tief. Manchmal stehen Gruppen von ihnen an einer Ecke und unterhalten sich, und weil sie sich unbeobachtet fühlen, machen sie ihre Gesichter frei. Es gibt auch Männer, die sich nicht korrekt verhalten. Sie rauchen heimlich, einen haben wir sogar erwischt, wie er in einem Hauseingang Alkohol trank. Es ist verrückt, obwohl sie es wissen, tun manche Einwohner so, als hätte sich nichts verändert. Sie laufen in Schlafanzügen oder Bademänteln herum, und dann heißt es, sie müssen irgendetwas Dringendes erledigen. All diese Leute, ob wir sie vom Bus aus sehen oder auf den Patrouillen, melden wir. Wenn wir sie nicht selbst festhalten können, dann schicken wir ihnen unsere Brüder auf den Hals. Das ist immer ein Geschrei, wie ich es noch nie gehört habe. Es ist seltsam, sie haben solche Angst, wenn sie ins Gebäude der Religionspolizei gebracht werden, aber trotzdem gehorchen sie nicht. Faruk sagt, das alles ist typisch für diese Gegend hier. Die Leute verstehen nur die Sprache der Gewalt, weil sie immer mit Gewalt unterdrückt wurden. Uns bleibt gar nichts anderes übrig, als sie mit den Mitteln zu erziehen, die sie kennen. Er sagt, ein Kind, das an den Schlagstock gewöhnt ist, würde dich auslachen, wenn du ihm plötzlich nur noch mit Worten drohen würdest. Überall lauert Verrat, gerade jetzt am Anfang. Und wir müssen alles tun, um schon die Gedanken an die Auflehnung zu unterdrücken. Das beginnt bei der Kleidung und dem Verhalten. Abu Hamza, ein Bruder aus den Niederlanden, hat es mir so erklärt: In Amerika hat man festgestellt, dass Stadtviertel verkommen, wenn man nicht darauf achtet, dass die erste zerbrochene Fensterscheibe repariert wird. Wenn man zulässt, dass die Bewohner einfach nur einen Klebestreifen benutzen, um das Geld für eine neue Scheibe zu sparen, dann machen es ihnen bald alle anderen nach. Geld sparen will jeder. Erst vergammelt die Nachbarschaft, danach das gesamte Viertel und irgendwann die Stadt. Die meisten Leute, sagt Abu Hamza, wollen sich nicht an Regeln halten. Sie tun zwar so, aber im Grunde sind sie wie Tiere, die nur zwei Meter vor ihre Schnauze schauen können. Ständig muss man sie überwachen und bestrafen, ansonsten tun sie irgendwann, was sie wollen. Faruk meinte dazu, wir seien hier, um eine neue Ordnung zu schaffen. Die Leute um uns rum verstehen das aber nicht. Sie sind es gewohnt, dem zu gehorchen, der gerade regiert. Dabei haben sie ihren Glauben verloren. Das Wort des Propheten, gepriesen sei er, ist in ihren Seelen längst erloschen. Inzwischen fürchten sich die Leute vor der Fraueneinheit. Wenn wir kommen, ganz schwarz, nur die Augen frei, dann erstarren sie und hören auf zu reden. Wir gehen extra langsam an allen vorüber. Und es stimmt, die Angst macht sie gefügig und nichts sonst. Das kann man wirklich an ihnen hassen. Faruk liest mir zum Spaß noch immer abends ganz leise aus den Briefen der Familie vor, die vor uns hier gewohnt hat. Die meisten hat eine Frau geschrieben. Sie beklagt sich über eine Erbschaftsgeschichte, die ihre Familie zerstört hat und jeden Einzelnen zum Feind des anderen gemacht hat, Bruder gegen Bruder, Schwester gegen Schwester, die Mutter gegen die Kinder und wer weiß, was noch alles. Faruk hat mir das zweimal vorgelesen, ganz langsam, damit ich verstehe, warum wir hier sind. Denn es war die Gier seiner Bewohner, die unser heiliges Land dem Westen ausgeliefert hat, ihre Habgier und Eifersucht. Und diese Briefe beweisen es, sie sind wie die Überreste des alten Lebens, das wir beendet haben. Manchmal, das liest Faruk dann schneller, schreibt diese Frau geile Sachen über einen Mann, den sie heimlich getroffen hat. Wahrscheinlich hatte sie noch gar nichts mit ihm, aber in ihrer Fantasie malt sie sich aus, wie es sein wird, und Faruk beginnt, beim Lesen zu schnaufen, aber nicht, weil es ihm gefällt, sondern weil er diese Frau hasst, er hasst sie für ihre Gedanken und dafür, dass sie all das heimlich denkt und plant oder vielleicht schon getan hat – sie erzählt oder träumt, wie er ihr den Hals und die Schultern küsst, ihr seinen Schenkel zwischen die Beine schiebt, wie sie sich ganz leicht an ihm reibt und beim Küssen ihren Mund kaum noch spürt … Ich weiß nicht, ob Faruk sie hasst, weil ihn das insgeheim anmacht – denn er hört ja auch nicht auf vorzulesen –, oder ob er sie wirklich so sehr verachtet. Aber wenn ja, dann ist er mir auch unheimlich, weil sein Abscheu so stark ist, wie ich es nicht erwartet hätte. Ich habe ihn gefragt, ob es das in unserer Welt nicht gäbe. Da hat er nachgedacht, und es hat ihm Mühe bereitet. Dann ist er wütend geworden und hat mich angefunkelt mit seinen schwarzen Augen. Du musst doch verstehen, hat er gesagt, hat er laut gesagt, dass sie untreu und unehrlich ist ihrer ganzen Familie gegenüber. Glaubst du, es ist Liebe oder auch nur irgendetwas Gutes, wenn eine Frau heimlich solche Gedanken aufschreibt? Es gefällt ihr doch, sie ist gern eine

Schlampe, wenn auch nur in Gedanken, aber wer weiß das schon. Wir haben uns dann umarmt, und ich war sicher, dass wir, wenn wir nur uns haben, nicht von alldem berührt werden, und er hat mir dreimal gesagt, dass eine verheiratete Frau auf viele Weisen Glück erfahren kann, ohne dabei eine verwestlichte Hure sein zu müssen. Ich höre ihm gern zu und …«

Zum ersten Mal spürte Murad neben seinem Befremden auch eine Art von Nähe zu der Frau, die da sprach, wenngleich er ihren Fanatismus dazu beiseiteschieben musste, heilfroh darüber, von dieser Frau nicht überwacht zu werden.

Er wälzte sich auf den Rücken und legte die Hände hinter den Kopf. Inzwischen hatte er sich auf dem Boden des Häuschens so weit eingerichtet, dass er die Geräusche im Raum und auch jene von draußen kaum noch vernahm. Er starrte an die Decke und fragte sich, ob sich in diesem Audioeintrag ihres Tagebuchs nicht bereits ein leiser Konflikt verriet. Er stellte sie sich in dieser Wohnung vor, den Blick hinaus auf die staubige Straße, und konnte sich beinahe in sie einfühlen. Das bedeutete nicht etwa Sicherheit über ihre Identität. Auch wenn sie eine vollkommen Fremde wäre, hätte er sich ihr nach diesen Worten verbunden fühlen können. Aber etwas daran hatte seine Zweifel vorübergehend besänftigt.

Nachdem er von seinem Ausflug mit Adnan zurückgekehrt war, ärgerte er sich über ihr Gespräch. Er hatte dem Fahrer zu viel Raum gegeben, hätte ihn darauf hinweisen sollen, dass an alldem, den Flüchtlingen vor der »Kirche der vierzig Märtyrer«, den entstehenden Flüchtlingslagern weit draußen, auch sie, Naima, und Adnans Bruder Schuld trugen. In Deutschland hätte er das jedem, der es wissen wollte, um die Ohren gehauen, schon allein deswegen, weil es hier nicht um die Selbstentfaltung junger Leute ging, sondern weil es blutiger Ernst war. Aber hier hatte er sich von der Unbekümmertheit dieses jungen Mannes einwickeln lassen. Wie ein höflicher Gast hatte er sich verhalten, anstatt ihm klarzumachen, in welcher Situation er sich hier befand. Er ärgerte sich über den Ausflug nach Mardin und über die Momente der Ablenkung, die er dort erlebt hatte. Ich bin wie Naima oder wie diese Frau ebenfalls auf einer Mission, bin auch beseelt vom Ernst meiner Aufgabe, warum also verlustiere ich mich hier, nur weil irgendwelche Leute das wollen und glauben, mir mit ihrer Oberflächlichkeit Gutes zu tun.

Gerade war er eingeschlafen, als ihn das synthetisch klingende Signal des Handys wie ein Hupen weckte. Im fahlen Licht des Displays kniff er die Augen zusammen und brauchte einige Zeit, bis er sich dazu aufraffte, Dorothees neueste Nachricht zu lesen.

»Ich habe schon verstanden, was du mir in der letzten Nachricht sagen wolltest. Aber findest du nicht, dass du mich zu lange warten lässt? Niemand hört etwas von dir, selbst dein verrückter Freund fragt schon bei mir nach. Was tust du dort? Befragst du Leute, stellst du dir eine Safari-Ausrüstung zusammen, oder sitzt du in irgendeiner Kneipe und trinkst? Es muss dir doch in den Sinn kommen, dass wir uns hier solche Fragen stellen. Eines Morgens erfahre ich per E-Mail, dass du dich aufgemacht hast, um unsere Tochter zu suchen. Und Wochen später frage ich mich noch immer, ob das dein Ernst ist oder ob du nur den Rambo spielst, um mir zu beweisen, dass sie dir etwas bedeutet …«

So ging es noch weiter, er überflog die letzten Zeilen der Nachricht. Dann lag er da und widerstand dem Impuls, ihr sofort zu antworten. Seine nur aufgeschreckte Müdigkeit gab ihm, wie er empfand, die richtigen Gedanken ein. Er konnte es ihr nicht erklären, sosehr er es auch versucht hätte. Alles, was ihm blieb, war, sie zu vertrösten und jede einzelne ihrer kommenden, vorwurfsvollen E-Mails vage genug zu beantworten, damit sie die Hoffnung in ihn nicht ganz verlor, aber ihren Zorn dabei eben auch nicht loswurde.

Er erwachte früh und war noch immer verstimmt. Nachdem er sich hastig gewaschen und rasiert hatte, ging er hinaus und setzte sich unter den Baum, den er mithilfe seines Handys mit für ihn ausreichender Sicherheit als eine Aleppo-Eiche identifiziert hatte. Immerhin hatte er der Nachricht von Dorothee entnommen, dass Aziz noch nicht auf dem Weg war. Er wunderte sich selbst darüber, aber das beruhigte ihn. Aziz' Ankündigung herzukommen, hatte ihn aufgestört. Nicht dass er die Gesellschaft eines Freundes verschmäht hätte, im Gegenteil, er konnte sie brauchen. Aber die Vorstellung, den sprunghaften und immer tatendurstigen Aziz hier bei sich zu haben, beunruhigte ihn auch.

Er blickte auf die geröllübersäte Landschaft hinaus, sah ein kleines weißes Tier ziemlich weit entfernt zwischen den Bodenerhebungen verschwinden, hob den Kopf und schaute durch die schüttere Krone der Eiche in den Himmel. Zwei breite, zerzauste Wolkenbänder standen parallel zueinander wie Kondensstreifen eines Riesenflugzeugs, das längst verschwunden war. Schon jetzt am Morgen begann die Sonne, ihn zu wärmen. Er zündete sich eine Zigarette an, und für einen Moment war er sicher, am richtigen Ort zu sein. Genau hier, unter dieser von Wetter und Zeit versehrten Eiche war sein Platz, und das hatte wenig mit der Geschichte des alten Mannes zu tun, der vorher hier gesessen hatte.

Da ihm die Nachricht von Dorothee keine Ruhe ließ, beschloss er, Aziz zu kontaktieren, um vielleicht auf Umwegen herauszufinden, was er vorhatte. Die Tatsache, dass er bei Dorothee nach ihm, Murad, fragte, war nur insofern bemerkenswert, als er sich auch direkt hätte melden können. Was wollte er von Dorothee wissen? Er kannte den Ort und hätte bei seiner Anreise auch jederzeit noch Genaueres erfragen können. Murad hatte ihm sogar angeboten, ihn in Mardin abzuholen. Wenn sich Aziz also nach dem Stand der Dinge erkundigen wollte, warum fragte er dann Dorothee?

Murad war sich nicht sicher, ob ihn all das nur beschäftigte, weil er hier zu lange allein war. Es war nicht so, dass er Aziz, auch wenn er ihn schon sehr lange kannte, bedingungslos vertraut hätte. Dazu war dieser Mann einfach zu sprunghaft und in vielem, was er tat, unberechenbar. Früher hatte Murad das mit ihrem Altersunterschied von immerhin neun, fast zehn Jahren erklärt. Jetzt aber wusste er, dass es sich einfach um einen Charakterzug dieses Mannes handelte, sich niemals ganz in die Karten schauen zu lassen. Wie erklärte man sich so etwas? Genoss er das Selbstbild des Geheimnisvollen oder doch eher die Verwirrung, die er zuweilen unter seinen Mitmenschen stiftete?

Mit ihm zusammen hatte Murad einiges von der Welt gesehen, für Aziz aber war das Reisen ein Lebenselixier. Es musste vor etwa fünfzehn Jahren gewesen sein, vielleicht etwas weniger, als Aziz begriff, welche Möglichkeiten die Digitalisierung ihm bot, das Reisen zu verbinden mit einem schwankenden, aber doch sicheren Broterwerb. Damals wurde er zu einem Dokumentarfilm-Freelancer, von denen es in den Folgejahren rasch immer mehr zu geben schien. Das waren Typen, wie man sie vorher nur aus den Lodges auf Trekkingtouren oder den Strandbars von Surfern kannte: eine Kreuzung aus längst ernüchtertem Hippie und Adrenalinjunkie, im Grunde unpolitisch, aber immer vor Ort, wenn es irgendwo brenzlig wurde.

Der Krieg im Irak 2003 gab Aziz dann den richtigen Schub. Murad erinnerte sich noch gut daran, wie Dorothee ihn bei einem letzten Abendessen vor seiner Abreise nach seiner Position in dem Konflikt fragte und Aziz kein einziges Wort dazu herausbrachte. Es war ihm egal, wer wen bekämpfte, wenn er nur seine Bilder bekam, die er als Clips oder längere Beiträge an jeden verkaufte, der Interesse hatte. Viel wichtiger war ihm, wie er es bewerkstelligen konnte, Einzigartiges zu dokumentieren, ohne selbst dabei zu Schaden zu kommen. Er referierte über ausgefeilte Strategien, die er und seine Abenteurer-Kollegen sich zurechtgelegt hatten, um der allgegenwärtigen Gefahr trotzen zu können.

Beim dritten Glas Wein, als Dorothee nochmals nachfragte, bekannte er sich zu seiner Überzeugung, dass Neutralität die einzige Position sei, die er einnehmen könne. Dorothee versäumte es nicht, ihn zu fragen, ob er nicht doch eher so etwas wie Unbeteiligtsein meinte, wenn er von Neutralität sprach, und Aziz streckte lachend die Waffen.

»Du hast recht, kluge Frau, jemand wie ich hat nicht einmal das Zeug zur Neutralität.«

Dorothee versuchte, ihn zu beschwichtigen, aber Murad hatte nicht den Eindruck, Aziz sei wirklich gekränkt davon. Er hatte nur ausgesprochen, was er empfand.

Murad ging zum Fluss, um nun tatsächlich erstmals seine Wäsche in dem leise dahinplätschernden, klaren Wasser zu waschen. Dabei stellte er sich ungeschickt an. Immer wieder musste er feststellen, dass die Kleidungsstücke nicht sauber genug wurden, wenn er sie nicht kräftig durchwalkte, sie danach sehr vorsichtig spülte und sofort auf den verrosteten Wäscheständer neben dem Häuschen hängte, den Alija ihm geliehen hatte. Das war mehr Arbeit, als er erwartet hatte, doch er fand seinen Rhythmus, betrachtete schließlich sein Werk, vor allem die drei tropfnassen Hemden, die sich wie kopflose Gespenster blähten und versuchten, den anhebenden Wind zu umarmen. Das Wetter schlug um, und Murad erwartete resigniert, dass es wahrscheinlich genau jetzt, da er mit der Wäsche fertig war, Regen geben würde.

Dennoch ging er wieder zum Bach und setzte sich ans Ufer. Er beobachtete eine Spinne, ziemlich groß, dennoch viel kleiner als jene, die er aus dem Häuschen entfernt hatte. Sie hatte fast den gesamten Busch, in dem sie hauste, mit ihrem Netz umsponnen, sodass ein neues Gebilde, ein helles Kissen entstanden war. Darin hingen so viele kleine Fliegen, dass Murad sich fragte, ob diese Spinne darauf aus war, sich ein Menü zu servieren, aus dem sie auswählen konnte, wonach ihr gerade war. Denn sie beachtete die meisten dieser zappelnden Fliegen überhaupt nicht, saß nur irgendwo hinter dem Schleier ihrer tödlichen Hervorbringung und wartete auf nichts. Wenn das Ziel all ihrer Bemühungen das Erbeuten von Nahrung war, dann hatte sie es längst erreicht. In ihrem Leben gab es keine Hetzjagd, keine blutigen Kämpfe oder auch nur die Kraftanstrengung des Tötens. Dennoch war sie eine kleine effektive Killermaschine, vielleicht am ehesten zu vergleichen mit einem ungeheuer geduldigen Angler. Aber selbst dieser wartet auf das Beißen der Fische, spürt die Aufregung im Moment, da es passiert. Im Vergleich dazu war diese Spinne, die den größten Teil ihres Lebens damit verbrachte, regungslos in ihrer Netzwolke zu sitzen und alles um sich herum einfach nur geschehen zu lassen, eine wirklich traurige, für Murad deprimierende Ausgeburt der Natur. Sie existiert, sie lebt, dachte er, aber was bedeutet das schon?

Er musste an Aziz' Leidenschaft für Tierfilme denken, die diesen schon seit seiner Kindheit begleitete und die er mit vielen Zeitgenossen teilte, nicht aber mit ihm, Murad. Das führte einmal dazu, dass ihm Murad ins Wort fiel, als er wieder von der Schönheit und Sinnhaftigkeit der Natur schwärmte beim Anblick der Fernsehbilder von Abertausenden rosafarbenen Flamingos an einem See in Afrika.

»Das ist doch Quatsch«, sagte Murad zu ihm. »Diese Viecher sind nicht rosa, damit du und deine Zuschauer-Kollegen sich beim Chipsfuttern und überhaupt auf diesem Planeten wohlfühlen. Sie sind rosa, weil sie Krebse fressen, deren Körper Carotin enthalten. Bei ihrer Geburt sind diese Vögel bunt. Was du siehst, ist also nur die letzte Farbspur unzähliger toter Lebewesen, die so unbedeutend sind, dass ihnen, wenn sie je ins Fernsehen kommen wollen, gar nichts anderes übrig bleibt, als wenigstens noch im Gefieder ihrer Mörder zu leuchten.«

Aziz löste sich aus seiner Lümmelposition und wischte sich die Chipskrümel aus dem Mundwinkel.

»Ach herrje, du bringst mich um meine letzten Träume, Onkel Darwin. Noch etwas?«

»Alles, was du aus diesen Filmen lernen kannst«, sagte

Murad zu ihm, »ist das, was bleibt, wenn du die schmalzige Musik und die altbackenen Kommentare weglässt: Was immer auch lebt, ist Futter für etwas anderes, Kleines für Großes, Großes für Kleines. Den sentimentalen Rest fügen wir hinzu. Fertig.«

»Also, vom Sozialarbeiter zum Journalisten und nun zum Philosophen, ja? Du bist einen weiten Weg gegangen. Und, was weiter?«

Murad hatte sich in Rage geredet.

»Es ist sinnlos. Vollkommen sinnlos, wenn du das Drumherum weglässt. Genauso sinnlos wie der Clip von dir aus dem Irak, der bis heute im Internet herumgeistert. Du erinnerst dich, ein abgestürzter Hubschrauber und aus den Trümmern erhebt sich ein Russe. Ein kräftiger Mann, kaum verletzt ...«

»Ja, man hatte diese Leute angeheuert, um die Versorgung des Landes aufrechtzuerhalten. Sie haben sehr gut verdient, aber es war ungeheuer gefährlich ...«

»Dieser Mann, was immer er und seine Leute mit dem Helikopter transportiert haben, steht da, hebt die Hände und sagt so etwas wie: ›Friend‹ und ›Brother‹, während zwei Bewaffnete langsam auf ihn zugehen. Am Ende schießen sie und töten diesen Mann, und man sieht ihn liegen in einem Graben, der schwarz ist, so verbrannt wie das Hubschrauberwrack. Und du hast die Kamera geschickt hochgezogen, um zu zeigen, dass die ganze Ebene im Umkreis grau ist wie von Asche überzogen.«

»Und?«

»Niemand hat diesen Tod zur Kenntnis genommen,

außer vielleicht die Familie dieses Mannes im fernen Russland.«

»Ich habe ihn gefilmt, deshalb kannst zum Beispiel du dich jetzt an das Gesicht dieses Mannes erinnern, als er ›Friend‹ sagte ...«

»Es ist trotzdem sinnlos.«

»Ich verstehe nicht, was das alles miteinander zu tun hat – er ist jedenfalls nicht gefressen worden ...«

»O doch, wahrscheinlich haben die Vorbereitungen dafür keine fünf Minuten später begonnen. Aber die Tischgäste waren zu klein für deine Kamera.«

»Du bist komplett verrückt.«

»Bist du eigentlich wirklich dabei gewesen? Wie sind diese Bilder entstanden?«

Aziz hob die Hände, war im Begriff aufzustehen.

»Ich habe es dir schon oft gesagt: Keine Fragen nach dem Wie. Diese Aufnahmen sind echt, aber wie ich zu ihnen gekommen bin, sage ich dir nicht.«

»Ich will nur wissen, ob du dabei gewesen bist.«

»Kein Kommentar.«

Auf seine Weise, dachte Murad jetzt, passte Aziz in diese Internetwelt mit ihren unendlich vielen Informationen, von denen man nie wusste, aus welcher Quelle sie kamen. Er fütterte diesen Moloch und war selbst verschwiegen genug, um dabei unzuverlässig, ja unehrlich und durchtrieben zu wirken. Das war es, was Dorothee an Aziz nie mochte, seine konspirativ wirkende Verschwiegenheit, all diese Geheimnisse, die er zu einem Teil seines Berufes gemacht hatte. Für Dorothee war dieser neue Freelance-Bildjournalismus ein Albtraum, weil er in ihren Augen Fakten und Fiktion miteinander vermischte, was seine Hervorbringer entweder nicht bemerkten oder insgeheim bezweckten, vielleicht sogar beides.

Der Regen blieb aus, Murad aber war mürrisch geworden über seine schweifenden Erinnerungen. Er ging ins Häuschen, setzte sich auf die niedrige Bank und stellte fest, dass sein Handy-Akku fast leer war. Das erleichterte ihm seine Entscheidung. Rasch schrieb er Aziz eine Nachricht, hielt sie sehr kurz und war froh, dass er sie gerade noch abschicken konnte.

> »Ich muss dich fragen, lieber Freund, warum du dich bei Dorothee nach mir erkundigst anstatt bei mir selbst. Wie so oft, weiß ich nicht, was in deinem Kopf vorgeht, daher: Erkläre es mir doch bitte und sag mir auch, was du im Schilde führst. Kommst du her und, wenn ja, wann kann ich dich erwarten? Vielleicht hast du inzwischen andere Pläne?«

Gleich darauf hatte er das Gefühl, Aziz zu nahe getreten zu sein. Nie zuvor hatte er ihm in diesem entschiedenen Ton Fragen gestellt, nicht weil er es nicht gewagt hätte, sondern weil es nie nötig gewesen war. Auch wenn sein Freund unberechenbar schien, so litt vor allem Dorothee darunter. Für ihn selbst stellte das nie ein Problem dar, denn Aziz tat nichts, was ihn hätte ärgern oder gar verletzen können. Er blieb sich einfach treu, und bestimmte Bereiche seines Lebens hüllte er, wenn nicht in Dunkelheit, so doch in ein gewisses Zwielicht. Wenn überhaupt, dann gab er darüber nur unbestimmt Auskunft und erwartete, so kam es Murad vor, dass man es akzeptierte. Und warum sollte man nicht? Das hatte er Dorothee oft gefragt. Jemand, der einen gefährlichen Job hat, ist ja nicht automatisch selbst gefährlich. Das schien ihr allerdings nicht einzuleuchten, was wiederum Murad nicht verstand. In seinen Augen vermischte sie eine Antipathie mit Vermutungen.

Jetzt aber, nachdem er die Nachricht abgeschickt hatte, glaubte Murad, nach einer langen Zeit der Trennung und wegen seiner Einsamkeit hier nicht den rechten Ton gefunden zu haben, vielmehr herausgeplatzt zu sein mit der Direktheit von Leuten, die nicht viel Umgang mit anderen Menschen haben, die es gewohnt sind, den Tag über auf ihren Hund, ihre Katze, auf alte Bäume oder sogar auf sich selbst einzureden. Es war ihm peinlich, und doch konnte er die Antwort von Aziz kaum erwarten. Er ging wieder ins Freie, blickte zur Krone der Eiche hinauf und seufzte. Sein Magen knurrte, er senkte den Blick, starrte vor sich hin.

Genau an der Stelle, die er in diesem Augenblick gar nicht bewusst betrachtete, grub sich ein seltsames Wesen aus dem Boden. Es erzeugte kleine Erschütterungen im Sand, kurz darauf wurden zwei breite, krallenbewehrte Schaufeln sichtbar, die, und das zu wissen machte Murad augenblicklich auf eine beinahe verschrobene Weise stolz, zu einer Maulwurfsgrille gehörten. Erst hatte er den Eindruck, sie würde die unglaubliche Leistung vollbringen, sich durch den Erdboden zu graben. Bei näherer Betrachtung aber erkannte er, dass der Sand ihr entgegenfiel, sobald sie sich bewegte. Offenbar kam sie aus einer Öffnung ans Tageslicht. Das Tier war dunkel gefärbt, und sobald das Licht es traf, verharrte es, als wäre es tot. Murad musste lange warten, bis wieder Leben in diesen bizarr geformten Körper zurückkehrte, der beinahe außerirdisch wirkte. Murad war versonnen, ließ einige Zeit vergehen, bis er sich fragte, warum er diesen Höhlenbewohner so aufmerksam betrachtete. Er hatte den Verdacht, sich mit ihm zu identifizieren. Das war einer dieser Augenblicke, in denen ihm seine eigenen Gedanken lästig wurden. Als würde ihn das, was ihm in den Sinn kam, bedrängen, als müsste er es abschütteln und hinter sich lassen, stand er auf und stapfte auf das Häuschen zu.

Aziz hatte bereits geantwortet.

»Ich werde schon kommen, Bruder. Allerdings kann ich in der Türkei nicht ganz so frei reisen wie du. Das erkläre ich dir ein anderes Mal. So wie du schreibst, habe ich das Gefühl, es geht dir nicht wirklich gut. Das habe ich natürlich auch nicht erwartet, du bist ja schließlich nicht im Urlaub. Aber du könntest zuversichtlicher sein. Noch ist nichts verloren. Und wenn es um das Geld geht, das du genommen hast, dann mach dir keine Gedanken. Wir finden eine Lösung. Deine Ex ist übrigens ziemlich böse auf dich und – ich weiß nicht, warum – auch auf mich. Wir können aber beide nichts für das, was passiert ist. Ich wollte ihr bei einem der Anrufe eigentlich nur sagen, dass es in dieser Sache nicht nur euch gibt, sondern auch Naima. Sie hat schließlich die Entscheidung getroffen. Aber deine Ex will das nicht hören. Sie denkt, ich will oder kann das Problem nicht verstehen. Sie sagt, wenn ich ein Kind hätte, würde ich nicht so reden. Vielleicht liegt sie damit ja richtig. Aber in allem anderen liegt sie falsch. Naima ist nicht ihr Besitz, sondern eine erwachsene Frau, die ihren Weg gewählt hat. Ich werde bald bei dir sein, mein Freund. Vorher sage ich Bescheid.«

Nach dem Lesen war Murad wieder versöhnt. Er verspürte eine Erleichterung wie schon länger nicht mehr. Und er hatte die Tür des Häuschens noch nicht hinter sich geschlossen, als sich sein Ärger bereits gegen Dorothee richtete. Aziz hatte recht, warum machte sie ihnen Vorwürfe für etwas, auf das sie keinen Einfluss hatten? Aus der Perspektive einer Mutter war das vielleicht verständlich, aber es blieb dennoch ungerecht. Außerdem hatte sie ihn mit ihrem Misstrauen gegen seinen besten Freund angesteckt, als ginge es noch immer darum, ihn aus ihrer beider Leben zu tilgen, wie sie es schon früher immer gewollt hatte, ohne es je auszusprechen. Murad warf sich auf die Sitzbank und sah dem Staub aus dem alten Sitzkissen dabei zu, wie er um ihn aufstieg und im tief stehenden Licht der Sonne tanzte, das durchs Fenster hereinfiel und den kleinen Raum sanft durchstieß wie ein transparenter Balken.

Er antwortete niemandem mehr, sondern ließ die Tage verstreichen. Es gab ohnehin nicht viel Neues zu sagen, und so beschloss er, sich dem Warten zu fügen. Alija und Abbas schienen etwas besorgt, winkten ihn sooft sie konnten vom Haus her zu sich, um ihn dann nur nach seinem Befinden zu fragen. Alija wollte unbedingt, dass sie gemeinsam aßen, aber Murad hielt sich auch das vom Leib. Er wollte nicht reden. Auch ihnen hatte er nichts zu sagen, was von irgendeiner Bedeutung sein könnte. Schließlich war das Warten sein Schicksal hier – und sie wussten es. Jedes Gespräch, jeder Small Talk, überhaupt jedes höfliche Beisammensein kam ihm mehr und mehr vor wie eine unerlaubte Ablenkung von seiner Mission. Nichts, was er hier erlebte, war wichtig. Alles diente nur dem Zweck, Naima zu finden. Und bisher hatte er in dieser Hinsicht nicht viel erreicht.

Die nächste Nachricht auf dem Handy überraschte ihn allerdings. Der Bote sagte seinen Besuch ab, mit dem Murad gar nicht gerechnet hatte, und forderte ihn auf, in drei Tagen nach Mardin zu kommen und sich wieder mit den Leuten zu treffen, mit denen er zusammenarbeitete. Sie hätten etwas Neues, schrieb er vage, worüber Murad sich ärgerte. Wieder hatte er das Gefühl, von diesen Leuten manipuliert zu werden, er mutmaßte sogar, dass sie es genossen, ihn herumzukommandieren und im Ungewissen zu lassen.

»Ich bezahle nicht dafür, raten zu müssen, was passiert ist …«

Das tippte er zusammen mit ein paar höflicheren Floskeln mit spitzem Finger und einer gewissen Genugtuung in sein Handy und wartete schwer atmend auf eine Antwort.

»Deine Tochter telefoniert mit jemandem. Wir haben zwei Gespräche aufgefangen. Vielleicht helfen sie dir, sie zu erkennen.«

Murad dachte darüber nach und beruhigte sich. Immerhin wusste er jetzt, worum es ging. Aber er stieß sich an Kleinigkeiten; sein mürrisches Gemüt ließ ihn misstrauisch bleiben. Dass der Bote diese Frau »deine Tochter« nannte, empfand Murad als erneute Manipulation. Sie wollten ihm Hoffnung machen, schon durch die Formulierungen in ihren Nachrichten, sie wollten, dass er ihnen dankbar entgegeneilte, sobald sie auch nur andeuteten, eine Spur gefunden zu haben.

»Warum schickt ihr mir nicht einfach alles, was ihr habt, wie die Audiofiles?«

Als er das geschrieben hatte, fühlte er sich kurz befreit von der Last der Warterei. Er saß auf der Sitzbank im Häuschen, begann zu frieren, weil der Abend kam, und grunzte vor Vergnügen. Während er auf die Antwort wartete, kratzte er sich den Bart und sah kurz sein Gesicht im Display gespiegelt. Das ernüchterte ihn. Du bist ein Idiot, wenn du glaubst, dass du so einfach aus dieser

Sache herauskommst. Sie wollen, dass du mitspielst, sagte er sich. Wenn du so weitermachst, gefährdest du das Unternehmen.

»Wir müssen über einiges reden.«

Die Antwort des Boten fiel sehr kurz aus und schien Murad in seinen Selbstzweifeln zu bestätigen. Er willigte also ein und verabredete sich mit den Leuten. Gleich darauf kontaktierte er Adnan und war froh, dass dieser keine Probleme machte.

Nun hatte er wieder tagelang Zeit für die Warterei. Inzwischen stand ihm der Sinn nach Lesen, er wusste nur nicht, was. Im Häuschen durchsuchte er die Papierstapel seines Vorgängers, fand aber nichts, womit er etwas hätte anfangen können. Es gab uralte Anleitungen für Geräte, die längst verschwunden waren, ein paar vergilbte Magazine voller Neuigkeiten über Menschen, die er nicht kannte und bei denen die hohe Wahrscheinlichkeit bestand, dass auch sie bereits verschwunden waren.

Es gab nur drei Bücher: Eines war literarisch, die Geschichte drehte sich um einen Hund und seine Abenteuer. Der Autor war ein Russe. Das zweite Buch handelte von religiösen Fragen, geschrieben von einem Imam, dessen Namen er noch nie gehört hatte. Das dritte Buch war das interessanteste. Darin beschäftigten sich die Autoren mit der Entzifferung der Keilschriften, die man auf Tonsiegeln und an den Wänden von Tempelbauten im Vorderen Orient gefunden hatte. Das Buch war in den sechziger Jahren des vorigen Jahrhunderts erschienen und wissenschaftlich sicherlich veraltet. Dennoch weckte sein Inhalt Murads Interesse. Es lag möglicherweise daran, dass es etwas mit der Gegend zu tun hatte, in der er sich gerade befand. Und auch wenn sein Interesse vielleicht für seinen, ganz sicher aber für Dorothees Geschmack etwas zu Touristisches an sich hatte, blätterte er das Buch auf und begann, darin zu lesen.

Was über weite Strecken wie ein Spiel europäischer Gelehrter wirkte, die sich über Grenzen und Zeiten hinweg mit ihren Entzifferungsversuchen überboten, konnte ihn erst fesseln, als er auf eine Reiseerinnerung Sir Henry Creswicke Rawlinsons stieß. Darin beschrieb dieser, wie er in unerreichbarer Höhe eines Felsens befindliche babylonische Inschriften mithilfe eines Teleskops entzifferte, sie darüber hinaus aber auch noch unbedingt kopieren wollte. Er erzählte von einem »wilden kurdischen Jungen«, der sich anerbot, den gefährlichen Aufstieg in schwindelnde Höhen zu wagen, um dort oben einen Papierabdruck herzustellen. Die Schilderung durch Rawlinson war plastisch; er beobachtete diesen Jungen, wie er über Felsspalten und Vorsprünge kletterte, sich mithilfe von Seilen absicherte und schließlich, wie ein Anstreicher an einer Wand auf einem schwingenden Holzsitz verharrend, tatsächlich das Werk vollbrachte.

Murad schloss kurz die Augen und sah diese Szene vor sich. Der Brite mit dem prächtigen Schnauzbart und hoch über ihm dieser Junge wie in einem Zirkuszelt. Als er die Augen wieder öffnete, war ihm klar, was ihn daran faszinierte. Das Kunststück dieses Jungen war der einzige nennenswerte Beitrag eines Einheimischen zu einer bedeutenden historischen Entdeckung, für die ein Europäer seine Reise hierher hatte unternehmen müssen. Ganz sicher war der kurdische Junge stolz auf seine Leistung. Ebenso sicher jedoch hatte er nie auch nur eine Ahnung davon, worum es bei dieser Entdeckung eigentlich ging. Die längst versunkene Vergangenheit, deren Zeugnis die babylonischen Schriftzeichen waren, würde in den Köpfen von Lesern und Museumsbesuchern auferstehen, niemals aber die Fantasie dieses Jungen beschäftigen. Murad konnte nicht anders, als Aziz per Textnachricht davon zu berichten. Er erwartete keine Antwort und bekam auch keine.

Es wäre ja auch zu schön gewesen, durch ein gefundenes Manuskript von der elenden Geschichte, in der er sich selbst befand, erlöst zu werden, dachte er, als ihn der Nachrichtensignalton seines Handys aufschreckte. Im Lichtkegel der Lampe hatten sich bereits Motten und andere Insekten gesammelt, was ihn inzwischen aber nicht mehr störte. Beim Lesen allerdings hatte Murad an seine Brotvorräte gedacht, weil er Hunger hatte. All das jedoch konnte ihn nicht aus der Lektüre reißen. Dem Handy hingegen gelang es sofort.

Diesmal aber handelte es sich nur um Werbung, entweder für eine Versicherung, denn es war ständig vom Geld und der Zukunft die Rede, oder für Windeln, denn man sah eine junge Frau, die sich um ihr Baby kümmerte. Er legte das Gerät weg und wollte gerade weiterlesen, als ein Gedanke buchstäblich von ihm Besitz ergriff.

Erneut griff er zu seinem Handy, suchte nach den Audiofiles und hörte sich alle noch einmal an. Diese Frau, dachte er, spricht nie von ihrem Kind, das sie laut Aram hatte. Er fragte sich, wie alt diese Aufzeichnungen wohl sein mochten. Sollte es sich um Naima handeln, konnte sie nicht länger als seit einem halben Jahr in Rakka sein. Natürlich war es möglich, dass sie zum Zeitpunkt der Aufnahmen schwanger war, auf den Fotos hatte er davon jedoch nichts erkennen können. Das besagte nicht viel, zumindest aber witterte er hier einen Widerspruch: Wenn sie eine junge Mutter war, warum sah man sie dann immer nur allein? Und wenn es sich bei der Frau auf den Fotos um dieselbe handelte, die das Audiotagebuch führte, warum sprach sie nie von ihrem Kind? Nach allem, was man ihm bisher mitgeteilt hatte, war Naima bereits eine junge Mutter. Und ihr Kind musste noch sehr klein sein. Das alles schien für Murad nicht zusammenzupassen, was ihn wiederum in Unruhe versetzte, so sehr, dass er nicht mehr weiterlesen konnte.

Stattdessen schrieb er dem Boten eine Nachricht, in der er ihm seine Zweifel in dieser Sache erläuterte. Er konnte die Antwort wieder kaum erwarten, musste sich aber beinahe eine Stunde lang gedulden. Als das Handydisplay aufleuchtete, griff er danach wie ein Verhungernder nach einem Stück Brot.

»Diese Frage kann ich dir nicht beantworten. Vielleicht hat sie einen Babysitter. Man hört ja, die Brüder sind ziemlich gut organisiert. Die Frau auf den Fotos könnte schwanger sein, aber man sieht es nicht richtig. Bei manchen Frauen ist das so. Aber ich glaube, sie hat das Kind zu Hause gelassen, wenn sie einkaufen geht. Warum ist das ein Problem für dich?«

Murad dachte darüber nach, wollte nicht allzu rasch antworten. Offenbar erkannte der Bote den Widerspruch nicht. Die Fotos zeigten eine schlanke Frau, zu der die Audiofiles passten. Naima aber hätte entweder hochschwanger sein müssen während ihrer Zeit dort, oder sie hatte das Kind gerade bekommen, als sie da im Kreisverkehr in Rakka herumspazierte und diese seltsamen, frisch verliebt klingenden Audiofiles produzierte. In seinen Augen ergab das keinen Sinn. Und einen Säugling, ihr erstes Kind, bei irgendwem unter fremden Menschen in einer fremden Stadt zurückzulassen, schien ihm nicht zu ihr zu passen. Sie war zwar eigenwillig und manchmal schroff, aber kalt oder gar gefühllos hatte er sie nie erlebt. Eher im Gegenteil. Auch wenn die Brüder gut organisiert sein mochten, konnte er sich Naima nicht vorstellen als eine Frau, deren Fanatismus sie derartig verwandelt haben sollte, dass sie ihr gerade geborenes Kind mit keiner Silbe erwähnte.

»Sie spricht nicht über ihr Kind. Nach allem, was ich weiß, ist es noch nicht lange auf der Welt. Aber es scheint sie nicht zu beschäftigen. Das ist doch seltsam. Meine Tochter ist nicht so …«

Als er das geschrieben hatte, war er wieder überzeugt, dass die Frau auf den Fotos und die Frau, die die Nachrichten sprach, wahrscheinlich nicht dieselbe waren, erst recht aber nicht Naima.

»Du grübelst zu viel. Ganz sicher können wir alle es nicht wissen. Lass uns also noch einmal in Mardin darüber reden.«

Damit stieß ihn der Bote wieder zurück in die dumpfe Warterei. Murad legte das Handy neben sich. Er starrte auf das dunkle Display und wusste, die Sache würde ihm keine Ruhe lassen. Sein Hunger meldete sich wieder, und er fragte sich, was er um diese Uhrzeit, es war bereits lange dunkel, dagegen tun konnte. Die Geschichte der Entzifferung von Keilschriften würde ihm dabei nicht helfen.

Er erhob sich, schaltete die Lampe aus, verließ das Häuschen und ging zu Alija und Abbas ins Haus hinüber. Zu seiner Erleichterung brannte drüben noch Licht in den Fenstern.

Murad betrat das Haus leise, besann sich aber eines Besseren und machte sich bemerkbar. Abbas saß tief eingesunken in einem Sessel und starrte hinauf zum Fernseher.

Dort lief ein alter Western. Murad stellte sich neben den Sessel und schaute dem tonlosen Geschehen zu. Abbas las die Untertitel. Nach kaum einer halben Minute wusste Murad, dass es sich um *The Searchers* von John Ford handelte.

»Ich habe diesen Film als kleiner Junge zusammen mit meinem Vater gesehen. Auch in so einem Röhrenfernseher.«

Abbas brummte nur, schwieg eine Weile, hustete und sagte dann:

»Du kennst den Film?«

»Ja. Es ist ein Klassiker. Damals habe ich ihn nicht wirklich verstanden …«

Abbas schnaufte, als müsse er lachen.

»Heute ist das anders, oder? Der Film erzählt deine Geschichte, weißt du das?«

Murad setzte sich und wandte den Blick nicht vom Bildschirm ab. Er dachte nach über diese Bemerkung und war beinahe bestürzt darüber, wie richtig Abbas damit lag.

»Ist dir das jetzt gerade aufgefallen?«

Abbas schüttelte den Kopf.

»Es gibt Geschichten, die sich wiederholen«, sagte er. »Diese hier wiederholt sich gerade jetzt.«

»Das stimmt. Und weißt du auch, wie dieser Film endet?«

»Ja«, sagte Abbas.

Sie schwiegen wieder, bis Murad ihn nach Alija fragte.

»Sie ist im Keller und kümmert sich noch um die Wäsche.«

»Um diese Zeit?«

»Heute gab es wieder Stromausfälle. Ich glaube, sie machen das absichtlich.«

»Du meinst aus politischen Gründen?«

»Weißt du, diese Gegend hier ist den Politikern in Ankara ein Dorn im Auge. Sie mögen sie nicht, haben sie noch nie. Sie werben mit uns hier in ihren Touristenkatalogen, aber in Wahrheit kümmern sie sich einen Dreck um uns. Und immer wenn sie uns das mitteilen wollen, legt irgendjemand im Elektrizitätswerk einen Schalter um. Den haben sie dort extra eingebaut, damit wir hier nie Ruhe haben.«

»Interessante Theorie«, sagte Murad.

»Keine Theorie, ich schwöre dir, dass es so ist. In besseren Zeiten hättest du die Stadt mal sehen sollen, sie war Tag und Nacht beleuchtet, es gab keine Probleme. Und jetzt gibt es beinahe jeden Tag Stromausfälle, mal länger, mal kürzer ...«

»Glaubst du, sie haben sich dieses Manöver ausgedacht und jemanden geschickt, der den Hebel angebracht hat?«

Murad begann Spaß daran zu haben, sich auf eine der Geschichten von Abbas einzulassen. Zumal dieser Mann ihn durch seine Bemerkung über den Western beeindruckt hatte.

»Ja«, sagte Abbas. »Ich weiß es genau. Sie haben in Ankara angerufen und gefragt, was man tun könnte. Dann hat es eine Weile gedauert, und eines Tages kam morgens ein Techniker mit Alukoffer dort an, legte den Hebel neben sich und fing mit der Montage an. Als er fertig war, steckten sie ihm ein Bündel Geld in seine Hosentasche, klopften ihm auf die Schulter, und er fuhr zurück. So war es, glaub mir.«

»Und, meinst du, er wusste, was er da tat?«

Abbas schwieg unangemessen lange, so als würde ihm die Antwort Mühe bereiten.

»Ich glaube nicht. Er ahnte es vielleicht, hat sich aber nicht weiter darum gekümmert. Und sie haben ihm auch gar keine Geschichte dazu erzählt. Alles ging ganz schnell, ein Anruf, ein Auftrag, und schon war er wieder weg. Seitdem aber machen sie sich in dem Kraftwerk einen Plan für jeden Tag. An den müssen sich alle halten.«

»Was für einen Plan?«

Abbas blickte entgeistert, als zweifle er am Verstand seines Gegenübers.

»Na, wer den Hebel umlegt.« Er machte eine passende Handbewegung. »Jeder ist mal dran, einmal morgens, dann vielleicht zum Abend hin …«

»Du glaubst das wirklich.«

»Und natürlich gibt es auch einen Plan dafür, wie lange der Hebel unten bleibt. Das wird für jeden Tag festgelegt.«

»Und wer legt das fest?«

»Jemand ruft morgens an.«

»Wer?«

»Das weiß ich nicht. Aber es kommt von oben.«

Er hob den Finger und zeigte zur Zimmerdecke.

»Was redest du schon wieder?«, sagte Alija und setzte den schweren Wäschekorb prustend vor Anstrengung mitten im Zimmer ab. Sie wirkte verärgert.

»Du hättest ihn lieber fragen sollen, ob er Hunger hat, anstatt ihm eine deiner Geschichten zu erzählen.«

Murad stand auf, ging zu ihr hinüber, umarmte sie kurz und schnappte sich den Wäschekorb.

Als sie draußen in der Dunkelheit die Wäsche aufhängten, erzählte er ihr von seiner Entdeckung bezüglich Naimas und ihres Kindes. Sie hörte geduldig zu und sagte dann:

»Ja, das ist merkwürdig.«

In der Ferne heulten mehrere Hunde abwechselnd. Wenn einer fertig war, antwortete ihm der nächste. Der Abendwind war kühl und brachte einen scharfen, beinahe chemischen Geruch mit sich.

»Es ist sicher nicht gut für dich, wenn du dort so allein über all diese Sachen nachdenkst. Solltest wieder ins Haus ziehen. Hast du Hunger?«

Augenblicklich liebte Murad sie für ihre mütterliche Zuwendung. Er nickte auch gleich wie ein schuldbewusster Junge, ließ sich von ihr in die Küche führen und bekam dort Fladenbrot, Joghurt, den Rest einer sehr schmackhaften Linsensuppe und zu allem Überfluss am Schluss sogar noch ein Stück Honigkuchen. Murad konnte sich nicht erinnern, wann er, um nicht laut zu schmatzen, seinen Appetit zum letzten Mal so hatte zügeln müssen. Beim Kauen atmete er heftig durch die Nase und hörte beinahe nichts von dem, was Alija zu ihm sagte. Als er fertig war, sackte er im Stuhl zusammen und konnte kaum noch denken.

»Vielleicht hat sich deine Tochter verändert«, sagte Alija.

Sie stand in der schlecht beleuchteten Küche vor ihm, ein mit geometrischen Mustern besticktes Tuch in der Hand und wartete auf seine Antwort.

»Das ist es ja, was ich befürchte«, sagte er.

Das Essen hatte ihm gutgetan, und als er wieder wacher wurde, war ihm klar, dass er an diesem Abend dennoch keine Ruhe finden würde.

»Funktioniert euer Internet?«, fragte er sie.

»Jetzt am Abend meistens schon. Willst du etwas nachschauen?«

»Ja, ich habe eine wichtige Sache, die ich in Erfahrung bringen muss«, log er.

Alija führte ihn den langen Flur im Erdgeschoss entlang zu einem kleinen, mit Möbeln, Kisten und Haushaltsgeräten vollgestopften Zimmer. Als sie Licht gemacht hatte, glaubte Murad in einem der Shops zu stehen, die, egal, wie viel die Inhaber verkauften, immer wirkten, als würden sie nie leerer werden. Auf einem Tisch vor einer an die Wand gelehnten Matratze stand zu Murads Erleichterung ein PC. Sofort wurde er unruhig. Alles, was er jetzt noch zu tun hatte, war, Alija loszuwerden, dann konnte er seine Unruhe besänftigen und vielleicht die Entfernung zu Naima überbrücken, wenn auch nur in seinem Kopf. Er musste die Spur aufnehmen, versuchen, etwas von dem zu verstehen, was ihr zugestoßen war, zugleich aber wollte er auch die Furcht kontrollieren, die er vor seiner fremden Tochter verspürte.

Nachdem Alija die Zimmertür leise hinter sich geschlossen hatte, wartete er noch einen Moment, bevor er den PC einschaltete. Während das Gerät hochfuhr, nahm seine Aufregung zu, als würde seine Reise zu Naima hier in dieser Rumpelkammer beginnen. Er hatte sich nie gefragt, womit sie sich in der Zeit vor ihrer Flucht oder auch Reise beschäftigt haben mochte. Auch Dorothee hatte ihm nie etwas darüber gesagt. Es hatte diese andere Welt, die Naima offenbar so sehr in Bann geschlagen hatte, dass sie sich auf den Weg dorthin machte, in seinem Berliner Alltag nicht gegeben. Wenn er davon las oder in den Nachrichten hörte, hielt er es trotz seiner eigenen Herkunft für das Problem von anderen Leuten.

All diese Migranten, die mit großen Träumen aufbrachen, Träumen, die heutzutage inspiriert wurden von all den Handybildern und -filmchen, von Gerüchten innerhalb ihrer vielköpfigen, weitverzweigten, oft schon weltweit verstreuten Familien oder Freundesfamilien, kamen nach Europa und fanden neben der sozialen Absicherung und Frieden auch funktionierende Staaten vor, in denen sie allerdings zumeist Außenseiter blieben. Gerade die erste Generation von Einwanderern bringt es meistens überall auf der Welt maximal bis zu einem kleinen Shop, einem Restaurant oder einer Werkstatt. Das ist die friedliche Phase dieses Prozesses, so hatte Murad das immer gesehen.

Die zweite Generation allerdings machte, das wusste er aus seiner Zeit als Sozialarbeiter, mehr Probleme. Vor allem die jungen Männer. Es war, als hätten sie die Ernüchterung, die ihre Eltern erfahren hatten, auf geheimnisvolle Weise geerbt und als bestimme diese Ernüchterung ihr Denken. Vielleicht lag es daran, dass sie meinten, die Träume ihrer Eltern scheitern zu sehen. Während jene sich längst gefügt und möglicherweise einen guten Weg gefunden hatten, um durch Familien- und Freundeskontakte und durch Reisen hin und her zwischen den Welten zu existieren, war ihr Leben in den Augen ihrer Kinder eine Niederlage. Sozial deklassiert, immer mehr oder weniger am Rand der Gesellschaft, nie im Zentrum, nie mitgenannt und damit auch nie wirklich gemeint, machtlos und arm im Vergleich zu den Alteingesessenen dieser neuen Welt, die ihren Besitz schon seit Generationen aneinander weitergaben, konnten diese Eltern in den Augen ihrer Kinder keine Vorbilder mehr sein.

So hätte Murad es beschrieben und nie auf sich bezogen. Schließlich war er selbst ein Vertreter dieser zweiten Generation, allerdings einer, der seine Eltern für ihre Leistung immer bewundert hatte. Aus irgendeinem Grund war ihm deren Lebensweg nie als Niederlage erschienen. Einmal hatte ihm sein Vater gesagt, wenn sich auch nicht alle Träume erfüllt hätten, so sei es für ihn doch richtig gewesen, nach Deutschland zu kommen, denn nur hier im Westen habe er frei sein können. Das war ein Kompliment an seine neue Heimat, die durchaus auch ihn hatte spüren lassen, dass er nicht wirklich dazugehörte. Vielleicht hatte er es vor ihm, Murad, gut verborgen, nie aber kam ihm ein Wort der Enttäuschung über die Lippen, immer betonte er die Möglichkeiten, welche dieses Land nicht nur ihm bot. Murads Mutter verhielt sich nicht anders. Zwar war sie ihrem Mann in die Fremde gefolgt, hatte diese Entscheidung aber nie angezweifelt oder gar bereut. Für sie, so drückte sie es aus, war der einzige Platz, an dem sie sich selbst sehen konnte, die Familie, egal in welchem Winkel der Welt diese sich befand.

Während er bereits unschlüssig im Internet herumsurfte, kam es ihm vor, als sei er der Spross eines außerordentlich optimistischen, nach vorn blickenden Elternpaars. Natürlich lebten auch sie zum Teil in ihrer Vergangenheit, in Welten, die er, Murad, größtenteils nur aus Erzählungen kannte. Aber sie wogen das nie auf gegen ihre spätere Situation, nie hatte man den Eindruck, sie wären in ein falsches Leben geraten. Als Dorothee und er über den in Presse und Fernsehen zeitweilig sehr präsenten Begriff der Parallelgesellschaften diskutierten, sagte er ihr, dass seine Eltern durchaus in einer solchen leben würden. Ihre engen Freunde waren ausschließlich Arabisch oder Kurdisch sprechende Leute. Und auch wenn einige von ihnen Deutsche geheiratet hatten, änderte das nicht viel. Diese waren dabei, teilten für einen Abend das Leben mit Fremden, hörten interessiert zu, aßen mit Appetit. Im Grunde aber, so erklärte er es Dorothee, bezeichnete diese Situation genau den Stellenwert, den Deutschland im Denken und Fühlen seiner Eltern hatte. Es war etwas in ihrer Umgebung, aber nicht in ihrem Inneren. Damals drang Dorothee fast ein wenig empört darauf zu wissen, was er ihr damit sagen wollte.

»Es ist kein Problem«, sagte er, »solange man es nicht zu einem macht. Menschen können ohne Weiteres in einer fremden Umgebung existieren. Zumal wenn es andere wie sie gibt. Das führt weder zwangsläufig zu Depressionen noch zu Selbstmordattentaten. Es ist einfach eine Art zu leben, und übrigens sehr wahrscheinlich die einzige für Menschen, die in einer anderen Kultur und Umgebung aufgewachsen, erzogen und von allen Seiten beeinflusst wurden.«

Er erinnerte sich gut daran, wie Dorothee lange darüber nachdachte. Etwas gefiel ihr nicht an Murads Feststellung, und erst später begriff er, was es war. Wie sooft konnte sie auf das Problem nicht verzichten, es fehlte ihr. Sein Standpunkt erschien ihr in einer konfliktreichen Welt sozusagen gekünstelt konfliktfrei. Sie glaubte ihm schlicht nicht, dass es so einfach für seine Eltern und ihn war. Für sie war es wahrscheinlicher, dass sie es hier mit einer Schutzbehauptung zu tun hatte, einer Verklärung der Eltern und einer Verleugnung des existenziellen Problems.

So war es aber nicht. Er hatte seine Eltern nie mit jener für sie selbst schmerzlichen Verachtung der zweiten Generation betrachtet, die er so oft bei anderen beobachtet hatte. Woran auch immer es gelegen haben mochte, sie waren für ihn Vorbilder. Und auch als sein Vater krank wurde und schließlich starb, hörte er von ihm keine Klage über sein Schicksal. Es war eher umgekehrt, sein Vater machte sich Sorgen um ihn, seinen Sohn. Wie alle Migranten hatte er die Hoffnung, dass sein Sohn etwas lernte und aus sich machte, was ihn dem fernen Zentrum der Gesellschaft, was immer das sein mochte, näher brachte. Diese fixe Idee war es, die ihn skeptisch sein ließ gegenüber jeglicher Rebellion gegen die Zustände, gegen jedwede politische oder religiöse Eskapaden seines Nachwuchses.

Dorothee hatte es leicht, das als übertriebene Anpassung zu geißeln, als die, wie sie es einmal nannte »Überhöflichkeit von Neuankömmlingen«. Aber sie irrte. Sie kannte die Hürden nicht, auch wenn sie beleidigt war, wenn man ihr das sagte. Sie konnte sie nicht kennen. Deshalb nannte sie »Überhöflichkeit«, was in Wahrheit nur eine realistische Einschätzung der eigenen Situation war. Bei allem, was wir teilten, dachte er, genau das hat uns immer getrennt.

Er dachte nach über das Angeschautwerden von den eigenen Kindern. Erst jetzt wurde ihm bewusst, wie unangenehm das sein konnte. Natürlich hatte Naima in ihrem Leben noch nichts geleistet, was sie über ihn hätte urteilen lassen dürfen. Aber das änderte nichts, denn Jugend ist zu ihrem größeren Teil Anmaßung, Anmaßung in jeglicher Hinsicht. Und Ungeduld mit dem Tatsächlichen. Er erinnerte sich gut an seine eigene, zuweilen plötzlich aufflackernde Wut, die sich gegen alles Festgefügte richtete, gegen die Autos in der Straße, gegen drängelnde Rentner, dumpfe Hausmeister und schwatzende Fernsehkreaturen. An Naima hatte er so etwas nie bemerkt. Als sie heranwuchs, schien sie immerzu beschäftigt zu sein, hatte an Politik nur mäßiges Interesse, und Religion bedeutete ihr nichts.

Aber sie muss mich angeschaut haben, dachte er und

verspürte einen Anflug von Unwohlsein. Er wusste nicht, was sie gesehen hatte, aber er sah sich selbst. War sie enttäuscht von mir, hatte sie das Gefühl, meine Unbeständigkeit und die Tatsache, dass ich sie verlassen hatte, wären Grund genug, sich als Kind eines Verlierers zu verstehen? Das würde ihm einleuchten, weil sie in diesem Fall den Blick Dorothees auf ihn geerbt hätte. Möglicherweise wollte sie das alles hinter sich lassen, ihn hinter sich lassen, weil es nichts an ihm gab, was sie für ihre Zukunft als bedeutend empfand.

Auf dem Bildschirm bemerkte er nun einen schwarz gekleideten Mann, der eine Fahne trug und sich gemessenen Schrittes von rechts ins Bild bewegte. Die Fahne wehte im Wind, und hinter ihr öffnete sich, davon war Murad überzeugt, dieselbe Ebene, auf die er hier geschaut hatte. Der Mann war jung, sein Bart dunkel und noch nicht sehr dicht. Er machte seine Sache sehr gut. Obwohl er sich in einer gestellten Situation befand und wusste, dass er gefilmt wurde, merkte man ihm das nicht an. Das einzig Widersprüchliche an dieser Inszenierung bestand in seiner Jugendlichkeit und dem beinahe altväterlichen Auftreten, das er zur Schau trug. Pathetische Musik und kämpferische, fromme Gesänge begleiteten die Bilder.

Ein leichter Kameraschwenk brachte die Weite der Landschaft zur Geltung, und Murad fiel auf, wie gut das lebendige Licht, das er nicht müde wurde, hier zu beobachten, auf diesen Filmbildern eingefangen war. Da die Macher aber keine Poeten waren, hatten sie die Weite mit allerlei Aufrufen und Parolen in arabischen Schriftzeichen versehen, hatten dieses Bild einer in Wirklichkeit nichts verheißenden, aber alles zu sich ziehenden Ferne dadurch gebändigt und nutzbar gemacht.

Er klickte weiter und landete bei Filmclips von der Front. Bei ihnen hatte man den Akzent auf das Authentische gelegt; wacklige Bilder, von Schreien unterlegt, die sich weniger wie Befehle, sondern eher wie wiederholte Beschwörungen anhörten, wechselten mit Gesängen, zu denen der Text eingeblendet wurde wie bei einer Karaokemaschine. Darauf folgte zumeist der eigentliche Einsatz, der Abschuss einer RPG oder die Zündung einer IED, der Geißel des letzten Irakkriegs. Jede der zum Teil erstaunlich großen Detonationen begleitete ein »Allahu Akbar« aus vielen Kehlen. Er schaute mehrere dieser Clips, die eher den Krieg verherrlichten als die Grausamkeit.

Hin und wieder traten auch junge Europäer auf, die mal in unbeholfenen, dann wieder in einem Singsang vorgetragenen Sätzen die Brüder in Europa zum Kampf aufriefen. Sie befleißigten sich dabei eines angelernt wirkenden Migrantendialekts, der inzwischen, das wusste Murad, in Europa längst zum Kennzeichen einer Subkultur geworden war. Einige von denen, die dort mit ihren frisch gewachsenen, postpubertären Bärten überzeugt und zu allem bereit wirken wollten, hielten, wenn man genau hinsah, ihre Gewehre wie schwere Fremdkörper in den Händen.

Andere waren überzeugender. Murad erkannte auf einem der Clips einen Berliner Rapper, der wenigstens in der Szene ziemlich bekannt war für seine schon vor der religiösen Bekehrung martialischen Texte. Er sah gut aus und wirkte bei allem, was er sagte, auf geradezu entspannte Weise überzeugt; er war ein geborener Anführer, charismatisch und intelligent.

Es war erstaunlich, wie viel von seiner Persönlichkeit noch auf diesen Filmschnipseln transportiert wurde und wie groß der Unterschied zwischen ihm und vielen seiner Kameraden war. Man hätte sich diesen Mann vorstellen können als eine der vielen, wie Naima es immer formulierte, »abgefeierten Gestalten«, an die man sich im Westen im Laufe der Zeit gewöhnte, ohne recht zu wissen, warum sie eigentlich wichtig genug waren, um ständig präsent zu sein. Vielleicht hatte das Besondere in ihm niemand erkannt, vielleicht auch, Murad konnte sich das gut vorstellen, hatte dieser Mann in einem reichen Land harte Zeiten hinter sich bringen müssen und war einfach zu ungeduldig gewesen, sich mit dem Platz, den man ihm zuwies, abzufinden. In seinen schmalen Augen meinte Murad es lesen zu können: Er war nicht auf einen Ausgleich aus, er kannte keine Versöhnung mit der Zurückstellung – er hatte einfach keine Geduld für das Ausharren an der Peripherie. Er wollte sich mit dem ganzen Recht, das seine Jugend ihm gab, hervortun und hatte hier nun einen Platz gefunden. Gern hätte Murad ihn gefragt, ob es auch noch sein Platz war, wenn er wirklich in sich ging, ob dieses Einrücken in eine Befehlskette, dieser Drill und Gehorsam, kurz, diese Unterwerfung es war, wonach er sich gesehnt hatte. Ganz sicher hatte ihm der

Glaube bei seinem Abenteuer geholfen. Wie ihn stellte sich Murad jenen Faruk vor, der es fertiggebracht hatte, Naima an sich zu reißen und mit ihr zu verschwinden.

Es dauerte eine Weile, bis er bei den Hinrichtungen angekommen war. Er nutzte alle Kniffe, die Dorothee ihm für die Recherche beigebracht hatte in der Hoffnung, einen Journalisten aus ihm zu machen. Und er fand die ungekürzten Videos, stellte den Ton ab und konzentrierte sich auf das, was er sah.

Diese langwierige Inszenierung war schwer zu ertragen. Dabei gab es auch hier schon den Effekt einer Abnutzung, stellte Murad fest. Die schließliche Tötung der Gefangenen, die bis dahin durch ihr Kauern am Boden, ihre gesenkten Blicke und ihre angsterfüllte Apathie bereits eine Entmenschlichung erfahren hatten, überstieg in ihrer Grausamkeit genau genommen nichts, was nicht längst in Filmen oder Serien tagtäglich zu sehen war. Der Unterschied lag natürlich in der Wahrhaftigkeit dieser Bilder. Dennoch, dachte Murad, ist dies auch die Grausamkeit unserer Zeit; sie hält Schritt mit unserer längst trainierten Imagination, was das betrifft. Und obwohl es Bilder dieser Art auch aus anderen Kriegen gab, gingen sie früher nicht auf Sendung. Kein Publikum hätte das akzeptiert. Das aber hatte sich geändert.

Die interessante Frage war nun, ob die Macher dieses Videos nicht eben dies ausnutzten, weil sie gar nicht lange zuvor selbst zu diesem Publikum gehört hatten. Er recherchierte das genaue Entstehungsdatum dieses Films, lehnte sich zurück und versuchte, die Tatsache zu verarbeiten, dass Naima gewusst haben musste, was ihre Glaubensgenossen taten, bevor sie sich dem Kalifat anschloss. Was sollte er daraus schließen? Hatte sie darüber hinweggesehen, weil Klappern nun einmal zum Handwerk gehört, war es ihr egal, weil sie aus irgendeinem Grund stumpf geworden war und das Leid anderer Menschen für sie abstrakt blieb? Oder befürwortete sie es sogar als Waffe gegen die Feinde ihres Glaubens? Verblendung, Fanatismus, das sagt sich so leicht, dachte er, dabei ist es das, was am schwersten zu verstehen ist.

Vor die Tatsache gestellt, dass Naima all diese Gräueltaten warum und wie auch immer fähig gewesen war zu akzeptieren, ließ sie auf eine seltsame Weise augenblicklich für ihn unsichtbar werden, entzog sie seinem Gefühl. Es machte aus ihr keine Fremde, sondern eine Feindin. Wie soll ich dieser verschleierten Person, die alles hinter sich gelassen hat, wofür ich zu stehen glaube, gegenübertreten?

Er legte die Hände vor die Augen. Sie ist meine Tochter, dachte er, aber nichts an ihr gehört zu mir. Und kurz fragte er sich, was er hier eigentlich tat in seinem Versuch, sie zu retten. Ich will sie in ihr Mädchenzimmer zurückzerren und dort einsperren, in ein Zimmer voller Poster von androgynen Popstars, mit vier Klebestreifen genau an der Stelle der Wand befestigt, an der die Klebestreifen der Pferdeposter vorher ihre Spuren hinterlassen hatten. Ich will die Zeit zurückdrehen und etwas ungeschehen machen. Das ist es, dachte er, was schlimmer ist als das Warten: Ich weiß nicht, auf wen ich warte. Und was immer Dorothee auch dazu denken mag, es kann nicht meine Schuld gewesen sein, dass sie hierherkam, um etwas zu tun, was ich ihr niemals zugetraut hätte. Menschen verändern sich, auch das sagt man so dahin, obwohl es schwer zu begreifen ist. Wenn ihre jetzige Situation aus der Summe ihres bisherigen Lebens in irgendeiner Weise resultiert, was habe ich dann übersehen? Ihr bisheriges Leben war wie das von hunderttausend anderen. Sie ist zur Schule gegangen, hat Musik gehört, konnte ihr Handy nicht aus den Händen legen, ohne dass sich ihre Laune merklich verschlechterte, sie hatte keinen Freund, von dem ich gewusst hätte, und war alles in allem mal überdreht, mal maulfaul, im Ganzen also das, was man als normal bezeichnen würde. Sicherlich hatte sie auch Geheimnisse, aber welcher Teenager hat die nicht?

Er fragte sich, ob es etwas verändert hätte, wenn er sich öfter nach ihren Gefühlen erkundigt hätte. Aber abgesehen davon, dass er ihr vorher das Handy hätte entwinden müssen, glaubte er nicht, sie wäre ihm gegenüber ehrlich gewesen. Elterliche Verantwortung hat ihre einzuhaltenden Grenzen. Alles andere wäre ein »Übergriff«, wie Dorothee das nannte. Was also hätte ich tun sollen, fragte sich Murad. Auch wenn ich wie jeder brave Familienvater jeden Abend nach Hause gekommen wäre, um bei meiner Familie zu sein, auch wenn ich Naima allabendlich eine »Gute Nacht« gewünscht oder ihr eine friedfertige Version jener Himmelsreise des Propheten auf dem geflügelten Wunderwesen Burak erzählt hätte – wäre dann alles anders gekommen? Wie hatte sein Vater immer gesagt:

Eine radikale Auslegung gibt dir keine Gewissheit, sondern die Kraft, dich gegen das Gerede der vielen anderen zu stellen. Sie putzt ein Fenster, das allmählich immer weniger Licht spendet.

Murad blickte auf das Standbild vor sich, das den mit einem Tuch verhüllten Henker zeigte, der sein blutiges Messer vor sich hielt. Ein Brite, der ganz sicher erst hier zu seinem wahren Glauben gefunden hatte. Er hatte soeben Menschen aus dem Westen umgebracht und war überzeugt davon, dass sie es verdient hatten. Was konnte ihm die Gesellschaft, in die seine Eltern ihn gebracht oder sogar geboren hatten, angetan haben, was ihn dazu veranlasste, das für gerechtfertigt zu halten? Die toten Männer vor ihm waren denen ähnlich, die er jeden Tag in London auf der Straße gesehen hatte, von denen er einige hätte kennen können, aus der Schule, aus dem Pub oder Club … Was also hatte ihn dazu gebracht, sie wie Schafe schlachten zu können und danach, am Abend genau dieses Tages, dessen Licht den Videoclip erhellt hatte, weiter zu essen, zu trinken und zu schlafen?

Murad schaltete den Computer aus, stand auf, knipste das Licht aus und öffnete vorsichtig die Tür. Im Haus war es stockfinster, mit ausgebreiteten Armen schlich er den Flur entlang, schaffte es, ohne irgendwo anzustoßen, bis zur Haustür und ging hinaus. Auf dem Weg zum Häuschen blieb er stehen, um für einen Augenblick die tiefe, alles umschließende Dunkelheit in sich aufzunehmen. Er blickte nach oben und konnte, wehleidig wie er gerade war, in dieser gewaltigen Spur von Sternen nichts anderes sehen als das kälteste Bild für die Kraft, die langsam und lautlos alle Schrauben löst, alle Bauten versinken, alle Gesichter welken und sogar das Herz eines verzweifelten Vaters erkalten lässt. Er war ganz und gar verlassen inmitten von Nachrichten, Audiofiles und E-Mails.

»Wann hast du dich zum letzten Mal rasiert? Du siehst schon aus wie einer der Brüder«, sagte der Bote, als Murad und Adnan an den Tisch traten.

Murad strich sich über seinen tatsächlich schon lang gewordenen Kinnbart und versuchte zu lächeln.

»Du hast recht. Aber manche Dinge werden einfach unwichtig, wenn man immer nur wartet.«

Sie setzten sich. Mehmet, der Mann mit der Brille, war auch wieder dabei.

»Oder wenn man wie ein Mönch allein in der Wildnis lebt. Ich habe gehört, dass du umgezogen bist«, sagte er.

»Wo hörst du so etwas?«

Mehmet grinste und schwieg.

»Ihr habt wichtige Dinge mit mir zu besprechen?«

Murad wollte keine Zeit verlieren, es störte ihn, dass diese Männer Essen bestellt hatten und hier einen gemütlichen Abend verbringen wollten.

»Willst du nicht auch etwas essen?«

Der Bote schien ehrlich besorgt um ihn.

»Nehmt es mir nicht übel, aber vielleicht könnt ihr euch einfach nicht vorstellen, wie schwer mir das alles fällt.«

Der Bote hob die Hand und sagte:

»Doch, das können wir. Und wir haben es schon öfter erlebt. Aber du wusstest von Anfang an, wie wichtig Ausdauer sein würde. Es hat keinen Sinn, ungeduldig zu werden, denn alle unsere Entscheidungen hängen nicht allein von uns ab. Aber«, er lächelte Murad aufmunternd an, »wir haben Neuigkeiten für dich, die dir die Sache vielleicht erleichtern werden.«

Er nickte seinem Kompagnon zu. »Majid hier wird es dir zeigen.«

Der Mann nestelte in einer kleinen Ledertasche herum, holte ein iPhone hervor und schob es auf dem Tisch, beinahe feierlich, zu Murad hinüber. Wieder bekam dieser ein Paar Kopfhörer und lauschte etwas später tatsächlich einem Telefonat, das die junge Frau, die er von den Audiofiles her kannte, mit einem Fremden führte.

»Sie sprechen miteinander«, sagte der Bote und nickte dazu, um dieser Feststellung Bedeutung zu verleihen.

Murad bejahte, hatte aber Mühe zu verstehen, worüber die beiden sprachen. Der Mann flüsterte Zärtliches, auf Deutsch, immer wieder unterbrochen durch ihre fast ängstlich vorgebrachten Beschreibungen ihrer Situation.

»Ich bin hier ganz allein«, sagte sie, während er sie »Habibti« oder »meine Rose« nannte. »Ich weiß nicht, was ich tun soll … Ich warte auf dich, so sehr, das kannst du dir gar nicht vorstellen … Ich habe Angst …«

Die einzige Passage der Aufzeichnung, in der es wirklich konkret wurde, war leider auch der Schluss.

»Wovor hast du Angst, Habibti? Ich bin bald bei dir …«

»Hier geschehen schreckliche Dinge. Du musst herkommen.«

»Dir geschieht nichts ... Es muss sein, ich habe es dir erklärt ...«

»Und das Kind ...«

»Was ist damit? Tu, was immer nötig ist ...«

Unvermittelt riss das Gespräch ab, es hörte sich an, als hätte einer von beiden aufgelegt. Murad war enttäuscht.

»Mehr habt ihr nicht?«

»Nein, aber das könnte sie sein, oder?«, sagte der Bote.

Murad nickte stumm. Die unterdrückte Aufregung in ihrer Stimme hatte sie allerdings nicht vertraut klingen lassen. Murad überredete sich dazu zu glauben, dass es sich hier um Naima handelte. Und die Tatsache, dass sie in Not war, wischte all seine Bedenken hinsichtlich der Verwandlung hinweg, die seine Tochter erfahren haben mochte.

»Warum ist dieser Mann nicht bei ihr?«, sagte er.

»Vielleicht ist er im Einsatz oder im Ausland – wer weiß, wohin ihn seine Leute schicken? Jedenfalls hat sie ernsthafte Probleme. Sie ist eine junge Mutter, umgeben von diesen Barbaren.«

Wieder fühlte sich Murad durch das Licht in diesem Restaurant an einen Nachtclub erinnert. Er bestellte sich einen Whisky und versuchte, sich so gut es ging, zu entspannen. Für eine Weile ließen ihn die Männer in Ruhe. Er hatte die Vermutung, sie hatten diese Situation schon oft erlebt; sie wussten genau, wie sie sich verhalten mussten, um ihre wohldosierten Informationen optimal wirken zu lassen. Das Whiskyglas stand plötzlich vor ihm, und er erwachte aus seiner Grübelei.

»Was denkst du?«, sagte der Bote prompt.

»Ich frage mich, was nun zu tun ist«, antwortete Murad etwas hilflos.

»Wir haben Vorbereitungen getroffen«, sagte Mehmet. »Es wird nicht mehr lange dauern, bis wir aufbrechen können. Du bist sicher, dass du mitkommen willst?«

Murad war plötzlich hellwach.

»Ja, ich bin sicher. Und denkt daran, ein Freund von mir wird uns begleiten.«

Mehmet schüttelte den Kopf.

»Je mehr wir sind, desto gefährlicher wird es für alle. Aber«, er hob beide Hände wie um sich zu ergeben, »wenn du darauf bestehst, nehmen wir deinen Freund mit.«

»Ich weiß, dass es keine Urlaubsreise wird, und er weiß das auch. Ich brauche ihn zu meiner Unterstützung.«

Murad stürzte in aufkeimender Aufregung den Whisky hinunter. Das Warten sollte nun tatsächlich ein Ende haben, all seine Bedrückung, seine Niedergeschlagenheit wich plötzlich einer Leichtigkeit, die er lange nicht mehr verspürt hatte.

»Wir haben die Ausrüstung für dich, für deinen Freund musst du extra bezahlen«, sagte der Bote trocken.

»Ausrüstung?«

»Du bekommst einen Helm und eine kugelsichere Weste, außerdem ein Mobiltelefon mit fest eingespeicherten Nummern. Wir sorgen für deine Sicherheit, aber es bleibt riskant, das weißt du. Sag das auch deinem Freund.«

Der Bote hatte inzwischen seinen Teller geleert und bestellte sich ebenfalls einen Whisky. Er lehnte sich zurück und schien sehr zufrieden mit dem Verlauf des Abends. Kurz besprach er sich mit seinen Männern, Murad aber hörte nicht hin. Seine Leichtigkeit war bereits der leisen Furcht gewichen, von der er sicher war, sie würde ihn für die nächsten Wochen begleiten.

»Wir haben noch mehr für dich«, sagte der Bote. »Aber wir können es dir auch einfach schicken. Deine Tochter muss einsam sein, wenn sie niemanden hat, dem sie all das erzählen kann.«

»Ich hätte gedacht, sie ist dort, um nicht einsam zu sein«, murmelte Murad.

»Aber sie ist eine Fremde, vergiss das nicht.«

Mehmet starrte auf das Glas in seiner Hand und drehte es.

»Es gab den Fall eines Jungen aus Deutschland. Er hatte sich ihnen angeschlossen und wurde auch in die Ausländergruppe integriert. Soweit wir gehört haben, setzten sie ihn für Patrouillen und Nachtwachen in der Stadt ein. Aber er hatte ein Problem, er war nicht ganz richtig im Kopf. Wir wissen nicht genau, was wirklich passiert ist, aber er muss ihnen Schwierigkeiten gemacht haben. Nicht weil er es wollte, sondern weil er ...«

»Er war psychisch gestört. Wir haben das später von seiner Mutter erfahren«, ergänzte der Bote. »Vielleicht brauchte er Medikamente, die er dort nicht bekam.«

»Ja«, fuhr Mehmet fort, »er hatte Anfälle, und die Brüder bemerkten das erst mit der Zeit. Irgendwann war er einfach tot. Soweit wir wissen, gab es aber keine Kampfhandlungen. Unsere Informanten haben nur herausbekommen, dass er wohl auf einer der Nachtwachen gestorben ist.«

»Warum erzählst du mir das?«, sagte Murad unwillig.

Jemand hatte eine rotierende Lampe eingeschaltet. Sie überzog die Wände, die Tische und die Hände der Leute, die an ihnen saßen, mit gelben Flecken. Mehmets schmales Gesicht sah aus wie von einer Krankheit gezeichnet.

»Viele suchen dort etwas, das sie nicht finden können. Aber sie bemerken es zu spät. Bei deiner Tochter könnte das ähnlich sein.«

»Soweit wir wissen, liegt nicht viel Zeit zwischen ihren – Eintragungen. Und ihre Stimmung hat sich sehr verändert. Du wirst es hören.«

Der Bote stellte sein Glas ab und wischte sich die Lippen.

»Wie viel Zeit?«

»Ein paar Wochen, nicht mehr.«

Das Signal zum Aufbruch kam von einem Mann, der plötzlich im Eingang des Restaurants erschien und behauptete, bestohlen worden zu sein. Die Männer im Raum sprangen auf und folgten ihm nach draußen. Auch Murad war neugierig genug, um sich auf der Straße zu ihnen zu stellen.

»Man sollte diese Huren totschlagen«, wetterte der Mann.

Er stand neben einem schwer beladenen Fahrrad. Der Gepäckträger war mit einer Holzkiste vergrößert worden, in der sich gefüllte Flaschen, Gläser und einige undefinierbare Päckchen befanden.

»Sie hat so getan, als wäre sie betrunken«, sagte der Mann und ahmte ein Taumeln nach. »Ich habe das Fahrrad geschoben, und sie ist mir um den Hals gefallen.«

Alle schauten vergeblich die Straße entlang, um vielleicht doch noch jemanden zu entdecken. Murad betrachtete die jetzt am Abend düster aussehenden mehrstöckigen Apartmenthäuser. Er löste sich von der Gruppe und sah nicht weit entfernt ein paar glänzende Augen an der Ecke einer dunklen Seitengasse. Ein Hund, der sich dort versteckte und durch den Zwischenfall offenbar nicht alarmiert worden war. Es muss ein stiller Raub gewesen sein, dachte Murad.

»Es war also nicht die Liebe, die sie zu dir getrieben hat«, spöttelte der Bote. »Was hat sie denn gestohlen?«

»Eine Flasche Arak. Guten Arak.«

Der Mann wirkte empört und verzweifelt zugleich.

»Du kannst ja ins Hurenhaus gehen und dich an ihr rächen«, witzelte einer der Männer.

»Das werde ich tun«, rief der Mann und begann, sein schweres Fahrrad voranzuschieben. »Ihr findet das lustig. Aber ich werde sparen und dort hingehen und sie finden …«

»Und dann?«, rief ihm einer der Männer nach.

»Dann werde ich sie leiden lassen.«

»Aber lass das deine Frau nicht wissen, die leidet sonst auch.«

Kopfschüttelnd und amüsiert gingen alle zurück ins

Restaurant. Diesmal übernahm der Bote die Rechnung für Murad, was dieser als Zeichen dafür wertete, dass er sich seiner als Kunde sicher war.

Auf der Rückfahrt schwieg Adnan lange, bis er schließlich sagte:

»Du solltest nicht mit ihnen fahren. Alles, was zu tun ist, können sie auch ohne dich tun. Warum willst du dabei sein?«

»Ich muss zu ihr, verstehst du, nicht andersherum. Ich bin ihr Vater.«

Murad schaute auf die Straße, die sich vor ihnen wie eine flache graue Klinge in die Dunkelheit bohrte. Er glaubte zu bemerken, wie seine Atemzüge flacher wurden.

»... ich warte auf ihn und weiß nicht, wann er zurückkommt. Ich habe Aufgaben übernommen, damit die Zeit schneller vergeht. Ich wische die Stufen im Treppenhaus. Der Staub ist unglaublich. Überall setzt er sich fest, auf alles setzt er sich drauf. Das Wasser im Eimer ist nach zwei Treppenabsätzen schon bräunlich gelb. Ich habe diesen Staub in den Kleidern und in den Augen. Meine Wattebäusche fürs Gesicht sind abends gelb davon. Ich reinige auch den Hauseingang mit dem spiegelglatten Boden. Wenn eine der Schwestern an mir vorbeikommt, schaut sie mich nur verwundert an, weil sie ihren Mann bei sich hat und so etwas nie tun würde. Sie weiß, dass ihr Mann sie es nicht tun lassen würde. Ich weiß gar nichts mehr. Die Fensterfront unten im Eingangsbereich ist so dreckig von Handabdrücken und Staub, dass man kaum noch hindurchsehen kann. Ich putze sie, und das ist viel Arbeit. Die Leute auf der Straße schauen mir dabei zu, aber nur im Vorübergehen. Niemand bleibt stehen und schaut einfach, das gibt es hier nicht. Eine Spannung liegt in der Luft. Und manchmal schauen die Wächter nach oben in den Himmel, als suchten sie etwas. Sie sind dann ganz starr, und ihre Hände umklammern die Gewehre. Aber es ist, als würden sie sich an ihnen festhalten. Ich glaube, sie haben Angst. Ich habe die auch. Manchmal höre ich nachts fürchterliche Schreie. Aber nicht wie in einem Horrorfilm, sondern unterdrückt, wie eingeschaltet und ausgeschaltet, und mit Schluchzern dazwischen. Manchmal schreien Frauen. In einem der Briefe schreibt die Frau, die vorher in der Wohnung war, dass sie es mochte, wenn ihr Mann ihre nackten Schultern küsste. Das hat mir gefallen. Und ich sehne mich danach, dass Faruk zurückkommt und mir in die Schulter beißt wie ein zärtliches Tier, stark, aber friedlich und verspielt. Das Kind ist so unruhig, dass ich öfter putzen gehe als nötig. Eine der Schwestern hat mich schon gefragt, ob alles in Ordnung ist. Sie ist eine Französin, und ich glaube, sie fühlt sich wie ich. Aber sie sagt es nicht, nur ihre Augen sprechen. Wenn sie geht, hält sie den Kopf gesenkt, bis sie zur Tür hinaus ist. Dann hebt sie ihn wieder. Wenn die Fensterfront sauber ist, sehe ich ein Fenster im gegenüberliegenden Haus. Im zweiten Stock steht auf der Fensterbank ein Feigenkaktus im Topf. Seine Blüten sind sehr gelb, und ich kann nicht aufhören, ihn anzuschauen. Das Licht fällt dort drüben in einen Raum, der leer zu sein scheint. Die Vorhänge am Fenster sind geblümt, so wie zu Hause. Einmal pro Woche muss ich beim Kochen helfen. Alle ausländischen Schwestern machen mit. Kochen kann ich inzwischen. Die Treffen sind schön, auch wenn wir aufpassen müssen, worüber wir reden. Manchmal wollen wir einfach sein wie früher, aber immer bemerkt es eine von uns als Erste und gibt ein Zeichen. Wir sind nicht mehr wie früher, das ist vorbei. Wir wissen es und könnten darüber lachen. Aber man darf so vieles von früher nicht zeigen, weil es hinter uns liegt und dort auch bleiben soll. Wenn er da ist, ist es leichter …«

Kara hörte sich erst das Audiofile und danach Murads lückenhafte Übersetzung aufmerksam an und stieß dabei genussvoll den Rauch ihrer Zigarette aus. Sie saßen wieder zu dritt auf der halb verwehten Mauer. Nachdem Adnan unten nach ihr gefragt hatte, war Kara den Sandweg heraufgekommen und hatte Murads Opernglas dabei wie eine Brille benutzt. Jetzt rauchte sie stumm und dachte nach. Murad wusste nicht, warum er ihr die Nachricht vorspielte, denn im Grunde erwartete er sich nichts davon. Was sollte eine Frau, eine Kämpferin, hier in den Bergen, schon dazu sagen? Dennoch hatte er festgestellt, dass ihn das Teilen der ihn tröpfchenweise erreichenden Informationen erleichterte. So hatte er begonnen, Leute mit seinem Kummer zu belästigen, ihre Höflichkeit zu strapazieren, nur um ihre Reaktionen zu erleben. Wahrscheinlich wünschte er sich, ihre distanzierte Perspektive einnehmen zu können, und es half ihm, es sich wenigstens vorzustellen.

»Sie klingt wie eine einsame Frau«, sagte Kara. »Die Einsamkeit ist in ihr, nicht außerhalb. Aber sie will es nicht wahrhaben. Ich kenne das.«

»Du kennst das?«

»Wäre ich sonst hier?«

Sie wies zum Stützpunkt hinunter, zu den frisch ausgehobenen Gräben, die aussahen wie rostfarbene Erdspalten. Dort unten rührte sich niemand, man hätte meinen können, der Stützpunkt sei aufgegeben worden.

»Du meinst also nicht, sie will weg von dort?«

Kara warf den Rest der Zigarette fort und wischte sich über ihre dunklen, etwas eingefallenen Wangen. Ihr Blick wirkte immer ein bisschen schläfrig, fiel Murad auf und auch, wie sorgfältig ihre Augenbrauen gezupft waren.

»Warum glaubt ihr das? Haben deine Kontaktleute einen Hinweis darauf? Ihr könnt hinfahren, das lässt sich organisieren, aber was tut ihr, wenn sie nicht mit euch kommen will? Wollt ihr sie entführen?«

»Sie sagen, sie hätte ein Zeichen gegeben«, sagte Adnan.

Kara schaute durch das Opernglas über die glatten

Erdbuckel hinweg bis zum flimmernden Horizont. Windböen wehten ihnen den Sand entgegen, als wollten sie sie von der Mauer vertreiben.

»Die Leute im Flüchtlingslager erzählen, dass die Brüder alles überwachen. Es gibt wahrscheinlich viele Ausländer, die inzwischen am liebsten fortwollen. Aber sie können nicht. Die Männer sind in ihren Kampfgruppen, und die Frauen sitzen in den Wohnungen. Ein Mann hat mir erzählt, dass sie die Wohnungstüren mit Eisenketten sichern, damit die Frauen nicht herauskönnen. Ich weiß nicht, ob es stimmt, aber passen würde es …«

»Was hältst du von der Liebesgeschichte?«, fragte Murad.

Kara lachte leise auf und zuckte die Schultern.

»Sie hat den Falschen abbekommen und merkt es nicht.«

»Und er?«

Kara seufzte.

»Er ist eben ein Mann, der sich etwas gesucht hat, woran er glauben kann. Er kommt auch aus Europa, oder?«

Murad bejahte.

»Die sind die Schlimmsten. Aber«, sie wandte sich Murad zu und blickte ihn eindringlich an, »viele von ihnen sterben schnell. Sie schicken sie nach vorn zum Kämpfen, und wenn sie nicht mehr weiterkommen, sprengen sie sich selbst in die Luft. Das sind oft Ausländer. Diese Frau, deine Tochter, könnte also sehr bald Witwe sein.«

»So lange kann ich nicht warten …«

Die Frau, die er schon bei seinem ersten Besuch gesehen hatte, kam den Pfad herauf. Ihre Jacke und Hose gehörten zu einer Uniform und waren mindestens zwei Nummern zu groß für sie. Der Wind ließ ihr dunkles Halstuch flattern und blähte ihre Gestalt auf. Als sie bei ihnen war, hatte sie rote Wangen, und ihre Augen leuchteten. Sie ließ den Blick nicht von Kara und lehnte sich gegen sie, als würden sie sich nach langer Zeit wiedersehen. Kara legte ihr den Arm um die Schultern, und kurz hatte Murad den Verdacht, die beiden seien Lesben. Er hielt das gleich darauf für einen sehr europäischen Verdacht und verbot sich diesen Gedanken. Die Frauen aber ließen nicht voneinander, als Kara zu ihm sagte:

»Wie auch immer, du wirst nicht bis nach Rakka kommen. Wahrscheinlich wirst du sie aus einem Flüchtlingslager in Syrien abholen müssen.«

»Und?«

»Das beantwortet die Frage, ob sie fliehen will. Wenn deine Leute sie dort haben, dann hat sie sich aus dem Staub gemacht.«

»Kommt mit nach unten, wir trinken Tee«, sagte die andere Frau und zog Kara mit sich.

Der Stützpunkt bestand im Grunde nur aus Unterständen und einigen großen, mit Holzplanken bedeckten Gruben, die als Lagerstätten dienten. Der Unterstand, zu dem die Frauen sie führten, war so niedrig, dass Murad sich bücken musste, um hineinzukommen. Am Boden, mittig auf einem verstaubten Teppich, stand ein Samowar. Neben ihm saßen ein Mann und eine Frau im

Schneidersitz und winkten sie zu sich. Alle setzten sich, und Murad betrachtete diesen martialisch wirkenden Innenraum. So etwas kannte er nur aus Spielfilmen; die Gewehre, aufgereiht an diesen Höhlenwänden, die notdürftig zu einem Haufen zusammengeschobenen Bettenlager und die eine nackte Glühbirne, die von der niedrigen Decke baumelte.

Er blickte zum Eingang, durch den zu dieser Tageszeit das Licht fiel, stellte sich vor, wie die Kämpferinnen und Kämpfer am Morgen dort hinausgingen, um einen weiteren Tag auf diesem verlorenen Vorposten zu verbringen.

Obwohl Kara den beiden anderen kurz die Situation erklärte, sprachen sie zu Murads Erleichterung nicht viel, während sie ihren Tee tranken. Der Mann fragte ihn nur ein Mal nach dem Alter seiner Tochter und wollte dann wissen, welches Auto Murad in Deutschland fuhr.

Später besichtigten sie noch den Schützengraben, der tiefer war, als Murad erwartet hatte. Stand er aufrecht, konnte er über die Mauerkante nicht hinwegsehen. Nur an bestimmten Stellen hatte man Stufen angelegt, um von dort aus über die Ebene schauen zu können. Murad fühlte sich an Filme über den Ersten Weltkrieg erinnert, als er diesen Laufgang ablief und sich vorstellte, wie man hier kämpfte. Der Graben endete vor einem schmutzigen, halb in die Erde versenkten Wassertank.

Unversehens griff Kara nach seiner Hand, und Murad ließ es überrascht geschehen. Er fühlte die Schwielen an ihren langen Fingern und genoss diese Berührung so sehr, dass er vorsichtig ihre Hand drückte. Möglicherweise deutete sie dies als Zustimmung, jedenfalls ließ sie ihn nicht los, auch nicht, als sie den Graben verließen und neben einem mit Tarnnetzen bedeckten Geschütz stehen blieben.

»Was ist das?«, fragte er.

Kara starrte auf das Ding und dachte nach. Dann hob sie den Kopf und rief laut:

»Lale!«

Sie wartete kurz und rief noch zweimal, wobei sie das A und das E extrem langzog. Schließlich antwortete Lale.

»Wie heißt das Ding – die Kanone?«, schrie Kara und hielt dabei noch immer Murads Hand.

»M40A2«, kam es zurück.

Murad amüsierte diese präzise Angabe. Kara lächelte stolz. Plötzlich begann sie, ihre verschränkten Hände hin- und herzuschwenken.

»Ich mag dich, Mann aus Almania. Du bist nicht wie die anderen hier.«

Sie trat dicht vor ihn. Murad schaute kurz in ihr Gesicht, atmete ihren bitteren Duft ein und kniff die Augen zusammen, bevor er sich abwandte. In diesem Moment hätte er ihr gern erklärt, wie sehr ihn die Schönheit einer Frau schon immer treffen, für ihn einen Schmerz bedeuten konnte, der ihn unwillkürlich dazu zwang, ihm auszuweichen. Kara aber brauchte solche Erklärungen nicht, sie ging weiter und zog ihn mit sich.

Murad besann sich und schaute noch einmal auf die sandfarbene Lafette und den langen Lauf des Geschützes.

»Habt ihr es schon einmal benutzt?«

Kara zog ihn mit sich.

»Nein, es steht nur rum. Wir hängen unsere Wäsche daran auf.«

Er war sich nicht sicher, ob sie das ernst meinte, hielt es aber auch nicht für unmöglich. So versteckt und fest verschnürt wie das Ding dort stand, wäre es bei einem der schnellen Angriffe über die Ebene kaum von Nutzen gewesen.

»Aber trotzdem gut, es zu haben«, sagte er bestimmt.

Kara blieb stehen und schwenkte weiterhin vergnügt seine Hand, als wären sie auf einem harmlosen Spaziergang.

»Ihr aus dem Westen redet immer über Waffen, weil sie teuer sind. Viel wichtiger ist doch, dass jemand sie bedienen kann. Ich kann mein Gewehr bedienen, das kann ich gut. Aber für das Ding da brauchen wir einen Lehrgang, obwohl es auch nichts anderes tut, als zu schießen.«

»Der Unterschied wird darin bestehen, dass die Geschosse größer sind.«

»Ja, das Zielen ist kompliziert … Wir hatten mal einen Soldaten hier – aus Amerika –, der hat versucht, es zu erklären. Jemand hat für ihn übersetzt. Und er fing an mit langen Ausführungen über die Bahnen von Geschossen.«

»Ballistik.«

»Ja, Ballistik. Nur ein paar von den Männern und Lale haben es verstanden.«

»War der Soldat aus Amerika denn zufrieden, als er fertig war?«

Kara legte den Kopf schief bei dieser seltsamen Frage.

»Er hat sein Bestes gegeben, war lange hier und hat dieses Ding sogar freigeräumt, und wir haben uns alle um ihn herum gesetzt. Er war wie ein Lehrer und wahrscheinlich sehr zufrieden.«

»Ihr habt alle so getan, als wäre die Sache jetzt klar.«

»Was willst du, seltsamer Mann?«

»Ihr wart höflich.«

»Ja, waren wir, fast alle haben genickt und nichts verstanden. Warum fragst du so etwas? Hat man dir das in Almania beigebracht?«

»Ich bin so eine Art Forscher, der alles genau wissen muss. Ich will es mir vorstellen.«

Adnan, der sich allein auf dem Gelände herumgetrieben hatte, kam zu ihnen, als sie wieder auf dem kleinen Platz zwischen den Unterständen angekommen waren. Dass sie noch immer Händchen hielten, schien ihm nicht aufzufallen. Er hatte sich mit einer Gruppe von Kämpfern unterhalten und meinte nun, ohne zu erklären, warum, es sei besser, von hier zu verschwinden. Murad störte diese Geheimniskrämerei, zudem hatte er wieder einmal das Gefühl, herumkommandiert zu werden. Er sagte zu Kara:

»An was erinnerst du dich noch aus der Zeit, als der Amerikaner hier war? Ich will alles wissen.«

Sie antwortete sofort.

»Ich trug ein blaues Kleid. Aber man konnte nur den oberen Teil sehen, weil ich es in die Militärhose gesteckt hatte. Es schien ihm trotzdem zu gefallen ...«

»Warum musstest du ein Kleid tragen?«

»Ich habe ein halbes Kleid getragen. Wir haben hier nicht oft Besuch.«

»Und warum glaubst du, dass es ihm gefallen hat?«

»Er hat immer nur zu mir geguckt. Als würde er das alles mir allein erklären.«

»Was tut ihr da?«, ging Adnan dazwischen.

»Wir unterhalten uns«, sagte Murad.

»Wenn man euch sieht, könnte man etwas anderes denken.«

Adnan flüsterte beinahe. Kara lachte auf, ließ Murads Hand los und packte den Fahrer an den Schultern. Sie überragte ihn beinahe um einen Kopf.

»Was könnte man denn denken? Sag schon.«

Sie schüttelte ihn sanft. Adnan blickte hilflos zu Murad und schwieg.

Sie verließen den Stützpunkt nicht, ohne dem Kommandanten vorgestellt worden zu sein. Zu Murads Verwunderung war er ein älterer Mann. Seine beinahe schulterlangen weißen Haare fielen schwer auf das dunkle Staubtuch, das er um den Hals trug. Sein Vollbart war noch nicht ganz weiß und gab ihm doch das Aussehen einer biblischen Gestalt. Im Kontrast dazu stand die völlig verschlissene Uniform, die er trug. Sie kleidete ihn wie einen modebewussten, doch dafür etwas zu alten Großstadtbewohner. Dazu kam noch, dass er sich auf einen Stock stürzte. Es war ein starker, gerade gewachsener Ast, der mit einem natürlichen Knauf abschloss. Er brauchte nicht viel Aufhebens um seine Person zu machen; wo er stand, befand sich die Mitte. Selbst Kara machte einen kleinen Schritt zur Seite, als dieser Mann sich ihnen näherte. Vorher aber flüsterte sie Murad noch zu:

»Das ist Hazo.«

Der Mann trat zielstrebig auf Murad zu und lotste ihn geschickt mit der Schulter in seine Richtung. Schließlich, ohne dass sie zugestimmt hatten, begleiteten Adnan und Murad ihn zu seinem Unterstand. Dieser war an einem verstaubten Teppich zu erkennen, der die abschüssige Fläche vor dem Eingang bedeckte.

Drinnen sah es allerdings nicht besonders luxuriös aus. Auch Kommandant Hazo hatte sein Schlaflager offenbar hastig zusammengerollt und in eine Ecke geschoben, und auch er saß auf einer hölzernen Bank an einem roh gezimmerten Teetisch, wenn er, wie jetzt, eine Pause machte. Einen Unterschied allerdings gab es: An der Stirnwand des Raumes stand ein großer Kartentisch, bestehend aus einer Tischplatte, die auf zwei Malerböcken ruhte. Darüber hatte er unzählige Fotos an die Wand gepinnt. Sie weckten augenblicklich Murads journalistische Neugier. Doch er wagte nicht, gleich danach zu fragen.

Zunächst galt es wieder einmal, Tee zu trinken. Sie setzten sich dazu im Schneidersitz an den Teetisch, während Hazo auf dem Bänkchen thronte. Den Stock hielt er noch immer in der Hand, jetzt wirkte er wie ein Zepter. Adnan schien etwas eingeschüchtert zu sein, daher versuchte Murad, das Gespräch in Gang zu halten. Es war aber ohnehin der Kommandant, der das Tempo bestimmte.

Nachdem er sich ausführlich danach erkundigt hatte,

woher Murad kam, was er hier tat und wieso er seine Tochter überhaupt hatte gehen lassen, hielt er ihnen einen Vortrag über den Ursprung von Daesh, wie der selbst ernannte Islamische Staat hier genannt wurde. Das Wort, so erfuhr Murad, ist eine abwertende und ihren Herrschaftsanspruch zurückweisende Bezeichnung für eine Bewegung, die, nach Auffassung des Kommandanten, nichts weiter darstellte, als eine von den reichen Arabern der Emirate finanzierte und von einigen anderen Staaten klammheimlich unterstützte, sunnitische Terrororganisation, die sich gegen die immer einflussreicher werdenden Schiiten richtete.

»Du hast dir mit Kara das Geschütz angeschaut«, sagte Hazo, und aus irgendeinem Grund wurde Murad plötzlich verlegen. »Wahrscheinlich müssen wir es irgendwann einmal um 180 Grad drehen. Du verstehst, unser Feind kommt nicht nur aus einer Richtung.«

Murad dachte darüber nach, dabei bemerkte er, wie der viele schwarze Tee seinen Blutdruck in die Höhe getrieben hatte. Er konnte kaum noch ruhig sitzen, und seine rechte Hand zitterte leicht.

»Die Türkei also«, sagte er schließlich.

»Du musst nicht glauben, was in den westlichen Medien gesagt wird. Auch ein NATO-Verbündeter verfolgt seine eigenen Ziele. Während Daesh von dort kommt«, er hob den Stock und wies damit in Richtung der Syrischen Wüste, »macht sich der Freund in unserem Rücken bereit. Und von ihm droht uns größere Gefahr.«

Zu Murads Erleichterung erhob sich der Kommandant

ruckartig, sodass auch er aufstehen konnte. Hazo wies noch immer mit dem Stock zum Lichttunnel im Eingang und sah dabei aus wie ein Druide. Vielleicht wurde er gerade von einer Erinnerung überwältigt oder träumte kurz von kommenden Schlachten.

»Was sind das für Fotos dort?«, fragte Murad.

Hazo erwachte, wandte sich um und ging zum Kartentisch hinüber. Murad stellte sich neben ihn, während Adnan sitzen blieb. Viele der Bilder zeigten Ganzkörperporträts von Kämpferinnen und Kämpfern. Auf anderen waren sie in Gruppen zu sehen, Schulter an Schulter beim kurdischen Tanz, der letzte der Reihe mit hocherhobenem Tuch in der Hand. Einzeln schauten sie zumeist mit verhaltenem Lächeln in die Kamera, als würden sie den Anschein irgendeines Vergnügens aufrechterhalten wollen. Möglicherweise dachten sie in jenem Moment, ihre Eltern oder Geschwister könnten diese Bilder einmal sehen. Jedenfalls waren sie inzwischen alle tot, wie Murad von Hazo erfuhr, und nur dieses letzte, beinahe schüchterne Lächeln war von ihnen geblieben.

Einige wenige Bilder zeigten grauenhafte Szenen. Zu sehen waren verkohlte Leichen, nach vorn gesackt, die Arme wie steife schwarze Balken hinter dem Oberkörper, was vermuten ließ, dass sie vorher gefesselt worden waren. Es gab noch mehr, doch Murad ließ seine Augen nur kurz darüberschweifen.

»Warum, glaubst du, hat sie sich ihnen angeschlossen?«, fragte er leise.

Der Kommandant stand neben ihm und schwieg. Er hob den Stock und wies damit auf ein Foto, das zwei Hände zeigte, eine davon mit gestreckten Fingern, die andere zur Faust geballt, die aus einem Steinhaufen ragten. Hazo animierte ihn, genauer hinzuschauen, als handele es sich um einen ganz besonderen Schnappschuss. Murad näherte sein Gesicht dem Foto und erkannte einen Ring an einem der ausgestreckten Finger.

»Wir fragen uns das hier auch«, sagte der Kommandant. »Warum kommen sie zurück, sie, die alles haben können und denen doch alles fehlt. Was geschieht dort bei euch?«

»Sie war nicht so. Noch vor Kurzem hat sie Pferde geliebt, sie hätte keinem Tier etwas zuleide getan. Und das da könnte sie auch niemals tun.«

»Vielleicht nicht. Aber ihr Mann schon.«

Die Verzweiflung ergriff Murad wieder, er musste sich abwenden von diesen Fotos und ging mit zitternden Knien zum Teetisch zurück. Sie rauchten schweigend. Ich werde, dachte Murad, glücklich sein, wenn ich sie wiederhabe, ganz sicher werde ich glücklich sein. Aber nichts, wirklich nichts kann mich versöhnen, mit dem, was sie getan hat.

»Sie ist deine Tochter«, sagte Hazo plötzlich sanft. »Eine junge Frau, die noch nicht viel weiß über die Welt. Du musst sie zurückholen. Und du musst versuchen, ihr beizubringen, dass man andere Menschen in fremden Ländern nicht tötet, nur weil man eine verrückte Idee im Kopf hat.«

Murad nickte.

»Ich weiß nicht, warum«, sagte er, »aber ich war wirklich überzeugt, sie wüsste das von sich aus.«

Auf einem seiner Spaziergänge, die sich regelmäßig zu langen Wanderungen auswuchsen, beobachtete Murad vom Feldrand aus einen Bauern, der die Winterfurche zog. Gebückt ging er hinter zwei Ochsen und drückte dabei den altertümlichen Pflug in die Erde. Der Anblick mutete so archaisch an, Murad musste stehen bleiben, um dem Mann in gut hundert Metern Entfernung zuzuschauen. Er dachte sich nichts dabei, doch der Bauer bemerkte ihn, blickte immer wieder herüber und gab ihm Handzeichen. Die Situation war ihm unangenehm, er erwachte aus seiner Versunkenheit und meinte sofort, sich falsch verhalten zu haben. Der Bauer winkte ihm mit dem langen Stock, den er zum Antreiben der Ochsen benutzte.

»Für dich! Für dich!«, rief er, wies auf den Pflug, ging ein paar Schritte weiter und wiederholte es.

Murad fragte sich, was er wohl meinte. Sollte das heißen, er tat das dort für ihn, oder sollte er, Murad, den Pflug übernehmen. Er ließ den Mann nicht aus den Augen, wollte aber nicht über den Acker zu ihm hinübergehen und winkte deshalb nur zurück.

Als er sich bereits abwenden wollte, brachte der Bauer die Ochsen zum Stehen. Er hob grüßend die Hand und kam zu Murad, der diese Begegnung lieber vermieden hätte. Nicht weil er feindselig gegen die Einheimischen gewesen wäre. Vielmehr reichten ihm die Kontakte, die er bereits geschlossen hatte, und es erleichterte ihm das Warten nicht, sich auf immer neue Gespräche einlassen zu müssen.

»Du bist ein Tourist«, sagte der Mann. »Das sehe ich sofort.«

Murad stimmte nickend zu, schwieg aber.

»Woher kommst du?«

Murad sagte es ihm und beschrieb auch gleich in dürren Worten seine aktuelle Wohnsituation, damit der Mann wusste, dass es sich nicht lohnte, ihm eine Unterkunft anzubieten. Dieser Bauer war viel jünger, als Murad gedacht hatte. Er trug einen hellen Kaftan, der auf der Brust und unter den Armen vollkommen durchgeschwitzt war. Seine Augen waren blau, die Haut seines Gesichts aber dunkel. In jedem der für sein Alter schon recht vielen Fältchen klebten die Spuren des aufgewirbelten Staubes, durch den er wer weiß wie lange hinter den Ochsen gegangen war.

In der Hoffnung auf ein lockeres und kurzes Geplauder gab sich Murad freundlich und aufmerksam. Der Bauer jedoch hatte nicht vor, ihn so bald zu entlassen. Es war nicht auszumachen, was genau er wollte. Er erzählte von seiner weitverzweigten Familie in der Region, von Häusern und Feldern, die sie besaßen. All das sprudelte aus ihm hervor, ohne dass Murad nachfragen musste. Dennoch war er sich sicher, der Mann verfolgte mit seinen Geschichten einen Plan. Da die Vermietung einer Unterkunft schon ausgeschlossen war, dachte er wahrscheinlich, während er sprach, darüber nach, was er diesem Fremden anbieten konnte. Manchmal, das wusste Murad, ging es den Leuten einfach nur darum, die Gelegenheit zu nutzen. Trotz ihrer Fruchtbarkeit war diese Region arm, und auch der vor allem einheimische Tourismus konnte daran nicht viel ändern.

Murad bot dem Mann eine Zigarette an, die dieser freudig entgegennahm. Er gab ihm Feuer und wartete auf das unausweichliche Angebot. Nach drei Zügen erzählte ihm der Mann von seinem Bruder, der etwas weiter entfernt in einem Dorf lebte.

»Was macht er?«, fragte Murad leutselig nach, überzeugt davon, dass der Bauer sich seinem Ziel näherte.

»Er war Schreiner. Er macht viel mit seinen Händen und ist sehr geschickt. Und er hat einen Hund.«

»Einen großen?«

Der Bauer bejahte.

»Ein Hirtenhund, sehr groß. Er bewacht sein Haus und seinen Garten.«

»Das ist gut«, sagte Murad und nickte bekräftigend.

Er ließ dem Mann genügend Zeit, sein Vorhaben umzusetzen. Der wischte sich über die Stirn, nahm seine graue Kappe vom Kopf und blinzelte zum Himmel.

»Der Hund hat etwas entdeckt«, sagte er schließlich.

»Was hat er entdeckt?«

»Eine Höhle, ganz unten am Berg. Der Eingang lag hinter großen Steinen verborgen.«

Er breitete die Arme aus, um die Größe plastisch darzustellen.

»Höhlen gibt es in den Bergen öfter …«, sagte Murad leichthin.

»Vier Männer haben die Steine beiseitegeschoben.«

»Sind sie hineingegangen?«

Der Bauer nickte, verzog dabei den Mund und kniff die Augen zusammen. Er ließ die Spannung ansteigen.

»Was war darin?«

Der Mann legte die Hand vor den Mund, nahm sie wieder herunter und sagte:

»Das darf ich dir nicht sagen.«

Murad war enttäuscht über seine plumpe Vorgehensweise.

Dann aber fuhr der Bauer fort:

»Die Regierung hat es verboten. Sie haben Leute geschickt von weit her. Sie haben meinen Bruder und die Männer gezwungen, die Steine wieder vor die Höhle zu schieben. Außerdem mussten sie schwören, nicht darüber zu reden.«

Das interessierte Murad nun doch. Er blickte dem Mann ins Gesicht und versuchte zu ergründen, ob er log. Der aber lächelte nur.

»Aber wir sind Kurden. Du kannst es dir anschauen, wenn du willst. Mein Bruder zeigt es dir.«

Murad dachte an Adnan. Wenn sie sowieso herumfuhren, konnten sie auch dieses Dorf besuchen. Er fragte nach dem genauen Ort und erfuhr, dass es etwa vierzig Kilometer entfernt war. Noch einmal überdachte er diese seltsame Situation, doch da es völlig ausgeschlossen war, dass dieser Mann hier auf dem Feld mit einer solchen Geschichte betrügerisch hausieren ging, entschloss er sich, der Sache auf den Grund zu gehen. Er rief Adnan an und erreichte ihn tatsächlich. Kurz erklärte er ihm, worum es ging, und gab das Handy dann an den Bauern weiter. Als sie die Sache besprochen hatten, nahm Murad das Handy zurück und hörte Adnan sagen:

»Woher willst du wissen, dass diese Geschichte stimmt? Wer ist dieser Mann überhaupt?«

»Ich weiß es nicht, ich habe ihn gerade kennengelernt. Und die Geschichte stimmt vielleicht, vielleicht nicht. Das will ich ja herausbekommen.«

»Was ist in der Höhle?«

»Das sagt er nicht, sonst wäre er ein schlechter Geschäftsmann.«

»Er will fünftausend Lira dafür. Das ist zu viel. Handele ihn herunter.«

Murad nahm das Handy von seinem Ohr und machte ein unglückliches Gesicht. Er schüttelte den Kopf und sagte:

»Mehr als dreitausend können wir dir nicht geben.«

Er hörte mit dem Kopfschütteln nicht auf und wedelte sogar mit der Hand.

»Dreitausendfünfhundert. Du wirst es nicht bereuen.«

»Woher willst du das wissen?«

»Ihr aus dem Westen wollt so etwas sehen«, sagte der Mann, und sein nur angedeutetes Lächeln überzeugte Murad davon, dass er ihm tatsächlich etwas Besonderes präsentieren wollte. Nun doch kurz entschlossen wurden sie handelseinig.

Murad zog sich mit seinem Bettenlager in die Nische des alten Mannes zurück, um die neueste Nachricht von Dorothee zu lesen. Es war das erste Mal, dass er sich hierherlegte, und er stellte fest, die Nische war zwar eng, bot ihm aber auch einen gewissen Schutz. Hier sah er nichts als die drei Wände um sich und, wenn er den Kopf drehte, das vertraute Zimmer, das wie ein separater Raum wirkte. Er konnte für kurze Zeit ganz bei sich sein, und hierhin nahm er Dorothee mit, öffnete ihre E-Mail und las:

»Ich will dir sagen, dass ich weiß, die Schuld liegt nicht nur bei dir. Aber du hattest auch eine Verantwortung, der du nicht gerecht geworden bist. Ich will dir keine Märchen erzählen darüber, wie sehr Naima auf dich gewartet hat. Sie hat sich nicht in den Schlaf geweint, nachdem du gegangen bist, sie hat unsere Trennung ohne Kommentar hingenommen. Bisweilen wünschte ich sogar, sie könnte etwas mehr Anteilnahme zeigen. Im Grunde aber war es, als ginge sie das alles nichts an. Sie hat auch nicht nach dir gefragt. Ich habe ihr manchmal von dir erzählt. Aber Naima hat sich das nur angehört, als würde ich von sonst wem reden. Das war sicher ein Schutzmechanismus. Ich glaube nicht, dass sie damals ihre wahren Gefühle gezeigt hat. Und, versteh mich nicht falsch, ich will auch nicht sagen, dass alles in bester Ordnung gewesen wäre, wenn du geblieben wärst. Wir hatten unsere Differenzen, und es war auch in meinen Augen Zeit, eine Lösung zu finden. So gesehen solltest du dich also nicht mit sinnlosen Schuldgefühlen herumplagen. Darum geht es nicht. Aber ich erwarte von dir, als ihr Vater, dass du dich nicht mit dir selbst beschäftigst, sondern mit ihr. Wann, wenn nicht jetzt? Du musst diese Passivität überwinden, das habe ich dir immer gesagt, dieses Akzeptieren der Gegebenheiten. Gerade jetzt musst du das. Das war, was ich immer von dir wollte, eine Rebellion gegen die Dinge, wie sie sind. Du wolltest schreiben, aber brauchtest mich dazu, du wolltest Filme drehen, aber brauchtest dazu als Krücke deinen komischen Freund, der auf seiner Reise von Gott weiß woher nach Deutschland irgendwo zumindest Teile seines Verstandes verloren hat. Und jetzt siehst du, wie viel schlimmer die Dinge, die ohnehin schlimm genug sind, noch werden können. Ich weiß nicht, warum es uns getroffen hat. Und je mehr ich darüber nachdenke, desto weniger weiß ich es. Ich glaube nicht, dass es unsere spezielle Mischung war, und ich glaube auch nicht, dass du irgendetwas Spezielles dazu beigetragen hast. Deine Familienherkunft kann für Naima keine so große Rolle gespielt haben. Was wusste sie schon davon, außer dem wenigen, das du ihr erzählt hast. Aber dein Leben, deine Ziellosigkeit und schließlich deine Abwesenheit – das alles könnte sie schon beeinflusst haben. Am Anfang habe ich deine kontemplative Art, deine Ruhe sehr gemocht, das weißt du. Als ich dann aber sah, wie all das zu nichts führt, hast du mich durch dein Verhalten in eine Rolle gebracht, die mir selbst zuwider ist. Warum erwartest du von mir, zwingst du mich, dich wie eine Gouvernante zu ermahnen? Warum weißt du nicht, was zu tun ist, wenn es zu tun ist? Einen normalen Mann hätte ich in diese Gegend dort gehen lassen, ohne Zweifel daran, was er tun wird. Das Warten wäre mir sicher leichtergefallen. Aber bei dir muss ich jetzt auch noch nachfragen, bohren und betteln, bis du mir sagst, was los ist. Merkst du nicht, welche zusätzliche Belastung das für mich ist? Also: Wenn du je etwas für mich übrighattest, und ich glaube, das hattest du, dann beende dieses Trauerspiel und sag mir endlich, was bei dir los ist. Ich bitte dich darum.«

Als er mit dem Lesen fertig war, hatte sich Murad längst aufgerichtet. Gleich darauf verließ er die Nische, weil er das Gefühl hatte, wie ein Hund in seinem Körbchen gelegen zu haben. Er war aufgewühlt und ging in dem kleinen Zimmer des Häuschens im Kreis herum. All seine Gedanken kreisten um seine Antwort auf diese E-Mail. Ich wollte gar nicht schreiben, dachte er, ich wollte nur nachdenken und empfinden. Filmemachen wollte ich auch nicht, sondern Geld verdienen, weil das von der Wiege bis zur Bahre alles ist, was zählt.

Dorothees Pragmatismus war ihm immer fremd gewesen. Aber ihre Fähigkeit, all ihre praktischen und zielführenden Entscheidungen mit ihrem unverbrüchlichen Idealismus zu verbinden, bewunderte er dennoch. In der

Tat, dachte Murad, das ist etwas, zu dem ich nie in der Lage war. Es brodelte in ihm, im Grunde aber wusste er, die Sache war längst überfällig gewesen. Tief im Inneren und leise hatte er diesen Countdown bis zur Explosion gefühlt, und er wusste, Dorothees Geduld würde bald erschöpft sein. Aber er hatte diese Vorahnung ignoriert, wie immer, sie nur manchmal wie eine grundlose Nervosität über sich kommen gefühlt.

Was nur sollte er ihr antworten? In seiner Ratlosigkeit ging er hinaus und setzte sich unter die Aleppo-Eiche. Wieder einmal blickte er zur Krone hinauf. Diesen verkrüppelten Baum also hielt der alte Mann für eine Verkörperung seines Lebens, dachte Murad. Bald bin ich auch so weit.

Sein Handy brummte. Es gab ein neues Audiofile von der Frau in Rakka. Der Bote wies darauf hin, dass es jüngeren Datums war.

»… Heute hat es begonnen. Es war ein Donnern in der Ferne, ganz früh am Morgen. Erst habe ich weitergeschlafen. Aber dann ist es wie eine Welle durch die Stadt gerast, und unser Haus hat gezittert. Ich bin aus Faruks Armen gesprungen und stand dann wie erstarrt neben dem Bett. Ich wusste nicht, was ich tun sollte. Das Kind hat geschrien. Diesmal nicht nur, weil es krank ist, diesmal hatte es Angst wie ich. Faruk hat mich mit Gewalt ins Bett gezogen und gesagt, ich soll das Kind schreien lassen. Er hat mich festgehalten. Wir haben das erwartet, hat er gesagt. Unsere Feinde werden uns nicht in Ruhe lassen, hat er gesagt. Aber sie haben die Stadt nicht getroffen. Die Explosion war noch außerhalb. Ich habe ihn gefragt, ob es eine Vergeltung ist, und er fragte mich, Vergeltung für was, und ich sagte, für das, was auf dem Platz geschehen ist. Und er fragte, sich blöd stellend: Was meinst du? In solchen Momenten verstehe ich ihn nicht. Er ist dann plötzlich verschlossen. Ich versuche, etwas in seinem Gesicht zu lesen. Hat er vielleicht ein schlechtes Gewissen oder Angst? Aber ich sehe nichts. Er erstarrt. Er will einfach nicht darüber reden. Aber es war das größte Ereignis seit Langem. Ich konnte es kaum glauben, als ich sah, wie sie die großen Leinwände auf dem Platz aufbauten. Es musste sich um etwas Wichtiges handeln, denn so etwas ist vorher noch nie passiert. Erst dachte ich, wir würden einen Film zu sehen bekommen. Aber ich traute mich auch nicht, jemanden zu fragen. Dann haben sie den Käfig aufgestellt und die verbrannten Leichen danebengelegt. Sie waren zwar mit Tüchern bedeckt, aber jeder wusste, wie sie aussahen. Es war ein schlimmer Bombentreffer in einem Haus weiter entfernt gewesen. Ich habe das Donnern gehört und den schwarzen Rauch gesehen. Seitdem habe ich Angst. Als sie die Aufnahmen zeigten, war es wie eine Liveübertragung für die ganze Welt. Aber wir mussten uns das ansehen. Und Faruk sagt kein Wort dazu. Dabei steht der Käfig noch immer da. In dem haben sie den gefangenen Piloten verbrannt, in dem ist er wie ein Tier hin und her gelaufen … Faruk hat nie etwas dazu gesagt … Und am nächsten Tag schlugen wieder Bomben in die Häuser ein. Ich habe gesehen, wie die Druckwelle Papier und Scherben aus einem Zimmerfenster geflutet hat, es sah aus wie eine Fontäne. Das Kind ist krank, und sein Geschrei macht mich wahnsinnig. Faruk tut so, als wäre nichts oder als wäre das normal. Für mich ist das nicht normal, ich glaube, das ist das Ende …«

Murad hörte sich die Nachricht zweimal an. Danach wusste er, wie er Dorothee antworten konnte. Er leitete ihr das Audiofile und zwei Fotos weiter und schrieb dazu:

»Hör dir deine Tochter an, wenn sie es denn sein sollte. Sie oder jemand wie sie wird es sein, den ich zu retten habe. Und verzeih mir, dass ich meine Patronengürtel zu Hause vergessen habe.«

Ihm war klar, er hatte die Sache damit nicht ausgestanden. Zum ersten Mal würde Dorothee die Stimme dieser Frau hören und natürlich voller Zweifel sein und zugleich, wie er, erfüllt von dem Wunsch, sie möge es sein. Murad sah sie vor sich, auf dem Sofa sitzend, leicht vornübergebeugt und mit dem konzentrierten Gesichtsausdruck, den sie immer hatte, wenn etwas sie sehr beschäftigte: Ihre Augen waren dabei in Bewegung, als suchten sie etwas im Raum, und auf ihrer Stirn zeigte sich eine tiefe Falte, die sofort verschwand, wenn sie sich der Lösung nahe glaubte. Murad schaute auf die Uhr und schätzte, wie lange es dauern würde, bis sie sich meldete.

Er lag ziemlich richtig; nach etwa fünf Minuten erreichte ihn eine neue E-Mail von Dorothee:

»Deine Witzchen kannst du dir sparen. Auch wenn es mich erleichtert, dass dir offenbar noch der Sinn danach steht. Ich sag es dir gleich: Sie ist es nicht. Woher ich das weiß? Ich weiß es, so spricht sie nicht. Das ist irgendeine deutsche Frau, die sie aufgespürt oder beauftragt haben, um dir dein Geld abzuknöpfen. Es war richtig, dass du dich nicht darauf eingelassen hast. Ich weiß nicht, ob ich es dir sagen muss, aber du solltest alles tun, um sicherzustellen, dass es auch wirklich Naima ist. Außerdem muss dir klar sein, dass du nicht nach Syrien fahren kannst, ohne dich in Lebensgefahr zu begeben. Du könntest entführt werden. Und das würde uns in die beschissenste Situation bringen, die man sich vorstellen kann. Hast du darüber schon einmal nachgedacht? Oder planst du etwa in deiner üblichen Kurzsichtigkeit einen Abenteuertrip ins Kriegsgebiet? Was soll das werden, eine Geschichte wie ›Bewaffneter Helden-Vater und fanatisierte Tochter fallen sich in der Wüste in die Arme‹? Murad, dreh dort bitte nicht deinen eigenen Film. Setz dich hin, denk darüber nach, was genau du über diese Frau weißt, wie sicher du bist, dass es sich bei ihr um Naima handelt, wie groß das Risiko ist, das du einzugehen bereit bist.«

Murad musste an dieser Stelle kurz unterbrechen. Dorothee hatte wieder diesen unerträglich autoritären Ton, der zum einen erkennen ließ, wie ernst es ihr war, zum anderen aber auch, wie sich ihre Wahrnehmung nur noch ausschließlich um sie selbst drehte. In diesem Zustand redete sie mit jedem wie mit einem Kind, und ein ungezügelter Regelungseifer überkam sie. In diesem Zustand hätte sie durch ihn hindurchgesehen, wenn er bei ihr gewesen wäre. Sie wäre aufgestanden, um ihn herumgegangen und hätte in den Raum gesprochen, ohne ihn anzusehen und vielleicht sogar, ohne ihre Worte wirklich an ihn zu richten. Sie sprach dann mit sich selbst, hörte zwar, was man ihr sagte, baute es aber sofort in ihr Selbstgespräch ein, als wäre es ihre eigene innere Stimme, die ihr soufflierte. Zum Glück bin ich nicht bei ihr, dachte Murad, gab sich einen Ruck und las weiter.

»Vielleicht wird es schon genügen herauszubekommen, wo sie ist. Dein Freund Aziz will dir ja wohl nachreisen, wie ich höre. Und ich ahne schon, was daraus wird. Ihr sollt keine Befreiungsaktion starten für irgendwen, den euch diese Betrüger als unsere Tochter verkauft haben. Wenn ich es nur nicht schon vor mir sehen würde: Ihr, um euer gesamtes Geld gebracht, kommt zurück (wenn ihr das überhaupt schafft), um euch damit zu trösten, es wenigstens versucht zu haben. Ihr Männer seid so larmoyant. Aber ich will nicht glauben, dass dir das genügt. Daher denk über deine nächsten Schritte nach und lass mich nicht mehr warten!«

Ameisen waren Murad in die Hose gekrabbelt, während er unter dem Baum saß. Er erhob sich rasch und klopfte seine Hosenbeine aus, ging zum Bach hinunter und atmete bewusst tief ein und aus. Alles, was Dorothee ihm schrieb, stürzte ihn augenblicklich in Zweifel darüber, ob er nicht wirklich zu sehr darauf vertraute, der Bote Aram und seine Leute wären ihm wohlgesinnt. Wahrscheinlich machen sie gemeinsame Sache mit den Brüdern, dachte er. Sie nehmen mir all mein Geld ab und teilen es dann mit denen. Was wusste er schon von den Verstrickungen und Netzwerken, die es hier gab. Alle taten zwar so, als wäre seine Mission ein akzeptables Vorgehen, und er glaubte auch nicht, dass sie alle unter einer Decke steckten, aber ganz sicher war er sich dessen auch nicht mehr. Es drängte ihn dazu, noch jemand anderen zu befragen, jemanden, der keinerlei Vorteil davon hatte, ihn auszutricksen. Er starrte in das glasklare Wasser des Baches und fragte sich, wer das sein könnte, da vibrierte sein Handy erneut. Es war eine Audionachricht, allerdings vom Boten.

»Für alle Fälle brauchen wir etwas von dir. Informationen. An der Grenze könnte etwas passieren. Vielleicht kannst du am Ende doch nicht mitkommen. Möglicherweise müssen wir sie identifizieren. Was wir wissen, ist, dass sie Deutsch spricht und schreibt. Aber du musst uns mehr geben: Denke an etwas aus der Vergangenheit, was nur sie wissen kann. Ein Ereignis, ein Vorfall. Dazu brauche ich eine Frage von dir, die nur sie beantworten kann. Du weißt schon, wie für Anmeldungen bei Internetdiensten. Aber es muss sicher sein.«

Murad, der sich noch nicht von Dorothees E-Mail erholt hatte, ging nun hastigen Schrittes am Bach auf und ab und versuchte, sich an einen besonderen Moment aus der Vergangenheit zu erinnern. Schließlich fiel ihm etwas ein. Um ganz sicherzugehen, schrieb er Dorothee:

»Erinnerst du dich noch, wofür genau Naima uns damals das Geld gestohlen hatte? Ich weiß, es war für die Ballettstunden, aber wie genau hat sie es genannt?«

Die Antwort kam prompt:

»Sie nannte es: Ballett-bei-Eustacia. Das war der Name der Lehrerin, aber für Naima war es ein feststehender Begriff.«

Dorothee fragte nicht einmal, warum er das wissen wollte. Für sie schien alles, was er hier tat, ohnehin rätselhaft und bis zu einem gewissen Grad sinnlos zu sein.

Was Dorothee betraf, so fürchtete Murad, der Damm sei gebrochen; von nun an würde sie sich andauernd melden und ihr Gespräch aus der Ferne mit ihm weiterführen, ob er wollte oder nicht. So war sie einfach. Auf ihre nächste E-Mail wartend saß er im Teehaus, trank seinen Arak mit sehr spitzen Lippen und wartete auf einen Blitzbesuch des Boten. Eigentlich hätte es nicht schlimmer kommen können: Er hockte hier im Nirgendwo, wurde darauf vorbereitet, seine Tochter aus dem Herrschaftsgebiet der Brüder herauszuholen, und deren Mutter glaubte nicht einmal, dass sie tatsächlich die Spur dieser Tochter aufgenommen hatten.

Er fragte sich, ob er sich einfach über ihre mütterlichen Instinkte hinwegsetzen sollte. Andererseits konnte es keine Planänderung geben. Er war bereits zu weit gegangen, um jetzt noch alles abzublasen. Schließlich gab es auch Hinweise darauf, dass diese Frau Naima war. Es war nicht zu leugnen, hier passte vieles zusammen. Er hörte Dorothee in seinem Kopf widersprechen. Sie hätte all das, was er bis jetzt wusste, nicht für wert befunden, ein solches Risiko einzugehen.

Besonders an ihr war, sie wollte nicht unbedingt recht haben, sondern vor allem gehört werden. Und darauf hatte sie, das war Murad immer bewusst, einen Anspruch.

Ihre Nörgelei hatte er ertragen, ebenso wie ihre Vorwürfe, die sie zwar sehr ernst vortrug, immer aber auch dosierte, als ginge sie insgeheim davon aus, ihn schonen zu müssen. Wie einen Idioten, dachte Murad und kam sich in der Erinnerung an ihre vielen Diskussionen lächerlich vor.

Als Jahre nach den Anschlägen vom 11. September die Diskussion um muslimische Parallelgesellschaften in Deutschland aufflammte, wollte ihn Dorothee wieder einmal dazu bewegen, etwas darüber zu schreiben. Sie war überzeugt, er sei genau der Richtige, um zu dieser Diskussion, die ihm auf die Nerven ging, etwas Profundes beizusteuern. Selbstverständlich war er davon nicht überzeugt. Wieder aber brachte sie ihn so weit, dass er dasaß und seine Gedanken durch einen verklebten Füllfederhalter von Naima auf ein Stück weißes Papier hindurchzuleiten versuchte, wobei die Feder darüberkratzte, als würde er eine Keilschrift anfertigen. Es ging um den Begriff »Kopftuchmädchen«, den irgendein Schlaumeier in die Debatte geworfen hatte, um damit das äußere Merkmal einer bestimmten Gruppe von Menschen mit Gefahr zu assoziieren. Gedanklich war ihm das klar, aber wieder einmal konnte nur Dorothee von ihm erwarten, das auch schriftlich zu fixieren. Noch immer rührte ihn all das vergebliche Vertrauen, das sie immerfort in ihn setzte.

»Kopftuchmädchen sind auch Mädchen.« Das war der einzige Satz, den er zustande brachte, und Dorothee nahm ihm das übel.

»Wenn du schreiben willst, musst du es eben auch tun. So ist das mit allem, was man tun will«, sagte sie damals, und er sah in ihrem Gesicht mehr als nur einen Anflug von Wangenröte.

Wohl wissend, dass dies kein gutes Zeichen war, sagte er:

»Vielleicht will ich gar nicht schreiben. Oder vielleicht ist dieser Satz alles, was ich zu dieser Diskussion beisteuern kann.«

Es klang selbst in seinen Ohren erbärmlich.

»Jetzt gibst du wieder den Streetworker. Wenn du redest, erweckst du aber nicht den Eindruck eines so verstockten, wortkargen Typen. Du äußerst dich doch zu allem und jedem. Manchmal sogar ziemlich schlau. Das ist doch nicht nur angelesenes Zeug, das du in die Runde wirfst, um Leute zu beeindrucken. Warum kannst du es dann nicht aufschreiben?«

»Es ist irgendwie nicht mein Problem.«

»Das sehe ich anders. Und Teilhabe funktioniert so nicht. Du sollst dich äußern. Du hattest es doch auch einmal mit der Philosophie probiert, an der Uni, erinnerst du dich? Du wolltest etwas, hast aber aufgegeben. Vielleicht auch, weil all das nicht dein Problem war?«

Es gelang Dorothee immer, ihn zu provozieren, weshalb sich ihre Dispute allzu häufig in die Länge zogen.

»Nein, damals hatte ich ein inhaltliches Problem.«

»Wie war das doch gleich, irgendwas mit Adorno und Habermas …«

Murad atmete tief ein, bevor er antwortete.

»Ich bin nur darauf gekommen, weil Aziz mir dieses Buch empfohlen hatte: *Minima Moralia.* Es hat mich deprimiert, aber doch so sehr fasziniert, dass ich dem nachgegangen bin. Es war also nicht einfach so, ich habe viel dazu gelesen, obwohl es schon lange ziemlich aus der Mode zu sein schien. Die Begriffe waren längst in ihre Bestandteile aufgelöst, quasi atomisiert worden. Reflexionen über Moral hatten keinen Platz mehr. In meinen Augen eine szientistische Sackgasse des Denkens.«

»Und, was wurde daraus?«

»Ich habe es dir damals gesagt. All das war mir zu kleinteilig, zu viel Arbeit an der Modernisierung von Begriffen. Mir fehlte einfach der Lebensbezug darin, und so kam ich, wie so oft, zu der Erkenntnis, am falschen Ort zu sein. Moral hat mich interessiert, aber nicht in einem theoretischen Sinn.«

»Begriffe kann man ab und an auch mal modernisieren. Und was hast du gegen das Nachdenken über Moral?«

»Nichts, absolut nichts. Aber ich sehe auch dich, Dorothee, nicht am Schlachtfeldrand auf und ab laufen und rufen: ›Vertragt euch, was ihr tut, ist unvernünftig!‹«

»Jetzt habe ich dich. Und du willst mir erzählen, dieser eine Satz ist alles, was du zu sagen hast? Du bist einfach faul.«

Sie hatte mich damals wirklich, dachte Murad. Aber diese Faulheit, die sie bei mir sah, war eher eine Trägheit, mir mitgegeben wie ein Stottern im Augenblick der Frage.

Das inzwischen bereits vertraute Motorengeräusch von der Straße her riss Murad aus seinen Gedanken. Der Bote war tatsächlich gekommen. Diesmal schien er es eiliger zu haben als sonst. Kein Gruß mit dem Hut, keine der immer etwas übertrieben freudigen Gesten vor dem Teehaus. Er betrat einfach die Terrasse, ohne sich umzublicken, und kam schnurstracks an Murads Tisch. Als er sich gesetzt hatte, bemerkte Murad seinen ernsten Gesichtsausdruck.

»Was ist los? Schlechte Nachrichten?«, fragte er ihn, um die Spannung zu lösen.

Der Bote schüttelte den Kopf und zeigte ihm etwas wie ein Lächeln.

»Warum schreibst du, sie glaubt nicht, es sei ihre Tochter?«

Murad entspannte sich. Er ließ sich Zeit mit der Antwort, denn im Grunde wusste er es selbst nicht.

»Vielleicht sind es ihre Mutterinstinkte«, sagte er und fuhr sogleich fort: »Aber sicher sein kann sie sich nicht, vermute ich. Nicht bei diesen Fotos. Allerdings habe ich ihr auch eine der Tonaufnahmen geschickt. Sie sollte sich mithilfe aller Informationen ein Bild machen dürfen.«

Aram schüttelte leicht den Kopf und drückte seine Bedenken wortlos aus, indem er die Augen zusammenkniff und den Mund verzog, der nun etwas schief in seinem Gesicht hing.

»Was hätte ich tun sollen?«, sagte Murad schnell, um sich gegen alle Vorwürfe zu wappnen. »Irgendwann musste ich ihr etwas über den Stand der Dinge sagen. Sie ist Naimas Mutter. Fotos hätten nicht gereicht. Wen sollte sie darauf erkennen?«

Aram bestellte beim Chef einen Mokka und einen Arak.

»Okay, und jetzt sagt sie, das ist nicht ihre Tochter. Und was noch?«

Murad erzählte ihm von all den Bedenken, die Dorothee geäußert hatte, den Betrügereien, die sie unterstellte. Er wollte durchaus, dass der Bote über Dorothees Misstrauen im Bilde war. Es bereitete ihm, der bisher immer nur gefolgt war, eine gewisse Genugtuung. Vor allem der Punkt mit der Zusammenarbeit zwischen Arams Leuten und den Brüdern war Murad dabei wichtig, ließ er doch erkennen, wie leicht auch sie, selbst aus der Ferne, eins und eins zusammenzählen konnte.

Der Bote hörte sich alles ohne sichtbare Regung an. Erst als Murad fertig war, hob er den Kopf und blickte ihn an.

»Was denkst du darüber?«

»Ich sehe es wie sie. Das Risiko ist hoch, wir haben kaum etwas in der Hand, und ich kenne dich und deine Leute kaum. Was würdest du an meiner Stelle denken?«

Der Bote wartete, bis seine Getränke serviert waren, zündete sich eine Zigarette an, lehnte sich zurück und sah Murad direkt in die Augen.

»Ich will keine Geschichten erzählen. Du musst uns vertrauen, ansonsten können wir nichts für dich tun. Aber eines solltest du wissen: Ihr im Westen habt ein falsches Bild von den Brüdern. Nur weil sie ein paar von euren Leuten getötet, das gefilmt und ins Internet gestellt haben, sind sie keine Bestien. Sie haben damit erreicht, was sie wollten; sie haben euch Angst gemacht. Jeder im Westen konnte sich vorstellen, an der Stelle eines dieser armen Teufel zu sein, die da warten mussten, bis sie geschlachtet wurden. Genau das war ihnen wichtig. Dennoch sind sie nur eine Partei in diesem syrischen Krieg, und ich sage dir, nicht die schlimmste. Wenn du wüsstest, was das Regime in Damaskus jeden Tag tut, was Scheichs und Warlords mit fremden und ihren eigenen Leuten machen, dann wäre dir klar, dass der einzige, leider aber in den Augen des Westens entscheidende Unterschied zu den Brüdern darin besteht, dass sie es öffentlich, vor den Augen der Welt, getan haben. Die wahren Täter sitzen in Damaskus, in Teheran und in Moskau. Und deren Töchter, verzeih mir das, besuchen Luxusschulen im Westen, auch in Europa, von denen deine Tochter nicht einmal zu träumen wagt. Sie werden dort hofiert wie Königinnen. Und noch etwas: Ich weiß von mindestens fünf Westlern, die am Anfang des Krieges hier Gutes tun wollten oder sich als Journalisten ausgaben und einfach verschwunden sind. Niemand weiß, was aus ihnen wurde, und niemand hat darüber berichtet. Und in diesen Fällen hilft auch alles Geld der Welt nicht, weil niemand je auch nur erfahren wird, wer genau ihre Entführer waren. Wenn sie versklavt und später getötet wurden, kann man ihnen nur wünschen, dass es schnell ging.«

Murad wollte ihn unterbrechen, doch Aram hob leicht die Hand.

»Du weißt nicht, was dort los ist, niemand von euch weiß das.«

Der Bote wies hinaus in die Landschaft vor dem Teehaus.

»Es gibt immer diesen Moment, in dem die Aufmerksamkeit für einen Krieg nachlässt, und wenn er lange genug dauert, verlieren die Großmächte die Kontrolle darüber. Das nennt man dann einen Bürgerkrieg. Du kannst es daran erkennen, dass es immer weniger Bilder und Berichte gibt, es wird sozusagen dunkel in diesen Zonen. Und glaub nicht an den Quatsch, den du in den Nachrichten hörst. Kein ausländischer Geheimdienst, der BND ohnehin nicht, aber auch nicht die CIA kann dort irgendetwas ausrichten. Sie haben sich längst zurückgezogen. Es gibt niemanden, der in Syrien eingreifen, geschweige denn jemanden finden könnte, wenn er einmal verschwunden ist. Das Problem mit deiner Tochter ist dagegen viel leichter zu lösen. Die Brüder haben den Islamischen Staat gegründet, sie führen Listen über die Einwohner, sie beherrschen Städte und verwalten sie, so gut sie können. In diesen Städten kann man suchen, und – das ist entscheidend – deine Tochter wurde nicht entführt, sie ist freiwillig dort, sie ist eine von ihnen. Du siehst, deine Karten stehen nicht so schlecht, wie du glaubst. Nur deshalb sitze ich hier mit dir.«

Murad blickte Aram stumm an und war erstaunt über diesen Ausbruch.

»Ich danke dir für diese Ausführungen, wirklich. Aber das alles wird meine Ex-Frau nicht umstimmen, fürchte ich.«

Aram warf sich im Stuhl zurück, und kurz hatte Murad

den Eindruck, er sei ärgerlich über diese letzte Äußerung von ihm. Murad wartete ab.

»Sie ist ihre Mutter, gut, und sie glaubt nicht, dass wir ihre Tochter gefunden haben. Aber vielleicht erkennt sie sie auch einfach nicht mehr. Es geht ihr wie dir. Sie hat sie lange nicht gesehen, sie hat sich verändert.«

»Sie ist schwer zu überzeugen«, seufzte Murad.

»Aber ist ihre Meinung überhaupt wichtig?«

»Für mich ja«, sagte Murad und bemerkte, wie der Bote kurz die Augenbrauen hochzog, erstaunt und missbilligend zugleich.

»Was also willst du tun? Sollen wir alles abbrechen, und du fährst wieder nach Hause und hoffst, sie meldet sich irgendwann bei euch? Das könntest du tun, denn sie ist erwachsen.«

Murad kaute auf dem Rand seines Arakglases herum. Er hatte auf neue Informationen gehofft, auf eine Begegnung wie immer. Jetzt hätte er sich gewünscht, mit dem gleichen Gefühl der Unzufriedenheit wie nach den vorherigen Treffen in sein Häuschen zurückkehren zu können. Doch er musste eine Entscheidung treffen, jetzt und hier.

»Machen wir weiter«, sagte Murad schließlich, und der Bote entspannte sich. »Es gibt eine gewisse Wahrscheinlichkeit, dass sie es ist. Leider habe ich nicht mehr als das, worauf ich meine Entscheidung gründen kann. Es ist wenig, sehr wenig, das musst auch du zugeben.«

»Ich will dir nichts vormachen. Auch wir können nicht vollkommen sicher sein, ich sagte es dir bereits. Letztlich werden wir es erst wissen, wenn wir ihr den Schleier vom Gesicht reißen …«

Der Bote hielt inne, er nahm Murads Überraschung über diese Formulierung wahr.

»Ich meine es nicht so, wie ich es sage. Die Frau jedenfalls, die wir im Auge haben, bereitet ganz offensichtlich etwas vor. Ganz am Anfang habe ich dir gesagt, wir sind sicher, sie will fliehen. In diesem Punkt hat sich nicht viel Neues ergeben. Wir gehen davon aus, sie wird wissen, an wen sie sich wenden muss, wenn sie einen solchen Plan hegt. Sie weiß es von ihren Schwestern, sie weiß es auch von bestimmten Brüdern. So etwas spricht sich herum. Auch wenn sie nicht oft aus dem Haus geht, auch wenn sie Angst hat und sich zurückhält, sie bewegt sich in dieser Gruppe, und wenn sie verzweifelt ist, findet sie auch einen Weg, jemanden um Hilfe zu bitten. So haben wir von ihr erfahren. Darauf beruht unsere ganze Arbeit. Darum kannst du auch ruhiger sein als jemand, der einen Angehörigen irgendwo in Syrien vermisst. Wir tun aktiv nichts, um Leute aus dem Kalifat herauszuholen. Wir reagieren, verstehst du?«

»Das habe ich bereits verstanden. Aber wenn ihr bis jetzt noch nichts von einem Plan wisst, warum versetzt ihr mich in Unruhe? Was hat sich verändert?«

Murad spürte die Wirkung des Araks.

»Nicht so ungeduldig, mein Freund. Es hat sich etwas verändert, und deshalb sitzen wir hier zusammen. Zwei Bekannte, die Neuigkeiten austauschen, nicht mehr.«

»Was also ist deine Neuigkeit für mich?«

In diesem Moment begann Murads Handy zu vibrieren und wanderte dabei sogar ein paar Zentimeter über die Tischplatte. Der Anruf brachte Murad aus dem Konzept. Er entschuldigte sich bei Aram und schaute nach. Es war Dorothee, und das machte ihn noch nervöser.

»Mir ist noch etwas aufgefallen«, sagte sie mit belegter Stimme. »Du weißt, ich gehe nicht mehr an Naimas Sachen. Das tut mir nicht gut. Aber vorhin habe ich noch mal in ihrem Laptop rumgeschnüffelt, einfach weil sie mir fehlt. Es stand so lange hier, und wir haben nie wieder hineingeschaut.«

»Warum auch? Wir haben alles durchsucht und nichts gefunden, was uns geholfen hätte. Und du weißt, mir war es gleich unangenehm, weil sie erwachsen ist und ...«

»Hör auf ...«

»Ich dachte eben, sie geht für eine gewisse Zeit ihrer Wege.«

Er hatte es noch nicht ausgesprochen, da bereute er es schon. Schlagartig wurde ihm bewusst, wie Dorothee es sehen musste: Er trug die Schuld an der enormen Verzögerung, es waren seine als Nachgiebigkeit hinsichtlich der Bedürfnisse seiner Tochter getarnte Nachlässigkeit und Trägheit, die Naimas Verschwinden für eine so lange Zeit begünstigt hatten. Zwar fragte er sich sofort, was er bei Lage der Dinge anderes hätte tun können, als zu warten und nach den sporadischen Lebenszeichen von ihr im Internet zu suchen, besser aber fühlte er sich dabei nicht.

Dorothee wurde hörbar zornig.

»Du meinst, so wie du. Im Sinne von: ganz der Vater.«

Nur um sie abzulenken, fragte er schnell:

»Ich wollte dich schon damals fragen, wie du eigentlich das Passwort geknackt hast.«

»Ich habe etwa zehn Versuche gebraucht, und am Ende war es ein Name.«

»Wessen Name?«

Dorothee ließ eine theatralische Pause entstehen, während der er sie schwer atmen hörte.

»Dein Name, Murad. Es war dein Name. Hast du uns nicht einmal erzählt, dass er so viel bedeutet wie: der große Wunsch?«

Kurz verschlug es Murad die Sprache. Jetzt atmete er schwer und überlegte, was er dazu noch sagen konnte. Er blickte verzweifelt zu Aram, der ihn aufmerksam beobachtete.

»Ich sitze hier gerade mit dem Mann zusammen, der mich … der uns mit Informationen versorgt. Ich gebe ihn dir kurz einmal, dann kannst du ihm die Fragen stellen, die ich dir nicht beantworten kann.«

Hastig reichte Murad dem Boten das Telefon hinüber. Dieser war so überrascht, dass er reflexartig danach griff und auch gleich »Hallo?« sagte.

Murad lehnte sich zurück und beobachtete nun seinerseits das Gespräch, froh darüber, Dorothee erst einmal losgeworden zu sein. Zugleich fühlte er sich in seinem Beschluss bekräftigt, dass er die Suche weiterführen würde. All seine Liebe zu Naima war plötzlich so wach in ihm, er hätte unmöglich auch nur einen Meter mehr Entfernung zwischen sich und sie bringen können. An eine Rückkehr nach Deutschland war nicht zu denken. Er musste Klarheit darüber haben, wer die Frau auf den Fotos und die Verfasserin der Audiofiles war. Nur das, dachte er, ich will sie nicht retten, nicht einmal mit Gewalt zurückholen, ich will nur wissen, ob sie es ist.

Er belauerte den Boten, der sich tatsächlich auf das Gespräch mit Dorothee eingelassen hatte, dabei sehr charmant wirkte und seine warme, nie auch nur aufgeregt klingende Stimme einsetzte. Wie ein verdammter Kundenberater, dachte Murad. Er wusste die ganze Zeit, ich würde nicht aufhören können, wenn ich einmal mit dieser Suche begonnen hatte. So machte er es wahrscheinlich immer, das ist seine superschlaue Masche. Wie ein Sektenführer, der die psychischen Probleme, den Liebeskummer, die Minderwertigkeitskomplexe oder einfach die Blödheit all der Leute ausnutzt, die danach lechzen, dass man ihnen etwas gibt, das ihr Leben vollständig oder wenigstens erträglich macht. Und ein Trottel aus Almania, der seine Tochter nicht davon abhalten konnte hierherzukommen, ist doch das perfekte Opfer. Auch einer, der will, dass man ihm etwas zurückgibt und der egoistischerweise auch noch Mitgefühl erwartet, wo es längst verbraucht ist.

Arams Ohr klebte förmlich am Handy, immerfort nickte er, hin und wieder deuteten seine Lippen ein Lächeln an. Obwohl Murad nichts von Dorothees Worten verstand, glaubte er genau zu wissen, wie der Bote sich fühlte. Er wurde nicht direkt bedrängt, sondern nur durch eine Aneinanderreihung wohlformulierter Argumente in angespannte Aufmerksamkeit versetzt. Sie würde ihn nicht vom Haken lassen, bis sie fertig war. Murad wusste, das konnte noch eine Weile dauern. Er bestellte sich einen weiteren Arak, machte es sich auf seinem Stuhl bequem, indem er die Beine von sich streckte, und blickte in die Landschaft hinaus.

Nach etwa zehn Minuten gab der Bote mit leicht zitternder Hand das Handy wieder an ihn zurück.

»Hast du ihm alles gesagt?«, sagte Murad zu Dorothee.

»Alles, was er wissen muss.«

»Was also ist dir aufgefallen?«

»Sie hatte sich in diesen mysteriösen neuen Freund verliebt. Nicht so eine Teenagerschwärmerei«, sagte Dorothee. »Irgendwann hat sie angefangen, so ein Onlinetagebuch zu führen, du weißt schon. Viel hat sie nicht geschrieben, aber der Ton …«

»Aber da waren wir doch schon. Sie hatte viele Internetbekanntschaften, vor allem Männer. In meinen Augen zu viele, wie du weißt.«

»Nein, das ist es ja. Diesen einen Mann muss sie schon besser gekannt haben, als sie anfing, darüber zu schreiben. Jetzt, wo ich es noch mal gelesen habe, konnte ich das spüren.«

»Wenn du es sagst. Trotzdem wissen wir noch immer nicht, wer er war und ob er überhaupt etwas mit alldem zu tun hat.«

»Sicher, fang nicht wieder damit an. Es besteht doch aber immerhin die Möglichkeit, dass genau dieser Mann sie mitgenommen hat.«

»Steht denn irgendwo sein Name?«

»Nein. Sie sagt immer nur: ›er‹, nie ›mein Freund‹. Sie war verliebt, verstehst du?«

Murad pflichtete ihr zwar bei, war aber enttäuscht. Der Name wäre zumindest ein starker Hinweis gewesen. Er blickte zu Aram, der ebenfalls traurig dreinschaute.

Kurz danach verabschiedete er sich von Dorothee und beendete das Gespräch.

»Jetzt bist du ja wahrscheinlich über alles im Bilde«, sagte er zu Aram und zeigte ihm ein müdes Grinsen.

»In vielem, was sie sagt, stimme ich ihr zu«, antwortete der Bote. »In einem Punkt aber nicht. Sie kann sich nicht so sicher sein, wie sie tut. Ich glaube, sie will ihre Hoffnung unterdrücken. Sie gibt sich stärker, als sie ist.«

Murad sah ihn überrascht an. War das jetzt eine neue Masche, um ihn zum Weitermachen zu überreden?

»Schon gut. Du hast doch von Anfang an gewusst, ich kann gar nicht zurück, ohne irgendetwas in Erfahrung gebracht zu haben. Ich meine, mehr als das, was ich habe.«

Der Bote schien nicht recht zu verstehen.

»Aber das sollte nicht dein einziger Grund sein«, sagte er. »Du lässt mich glauben, ich hätte dir gar nichts geliefert. Aber du tust mir unrecht. Sie könnte es sein. Ich bin sogar davon überzeugt.«

Bevor er zu weiteren Ausführungen ausholen konnte, fiel ihm Murad ins Wort:

»Was gibt es Neues von deiner Seite? Du hast diese Verabredung mit mir doch nicht getroffen, weil du Sehnsucht hattest.«

Der Bote ignorierte das.

»Wir glauben, sie ist krank. Du musst wissen, es gibt ein Krankenhaus in Rakka und Ärzte. Sie lassen sie einander bespitzeln. Aber trotz aller Überwachung und des Terrors, wissen die Brüder, dass sie auf diese Leute nicht verzichten können, daher schauen sie bei ihnen nicht so genau hin. Wir haben also ganz gute Informationen aus dem Krankenhaus. Demnach ist deine Tochter vor einiger Zeit mehrmals dort gewesen, um sich helfen zu lassen.«

»Was hat sie?«

Murad war sich plötzlich nicht mehr sicher, über eine Fremde zu sprechen.

»Ganz klar ist das nicht. Anfangs hieß es, es ist eine Infektion. Aber inzwischen glauben wir, sie hat seelische Leiden. Unser Mann jedenfalls berichtet, die Ärzte konnten ihr nicht helfen, rieten ihr zugleich jedoch dazu, die Sache geheim zu halten. Das ist ein guter Rat, denn die Brüder können mit solchen Dingen nicht umgehen. Es macht ihnen Probleme, verstehst du.«

»Wie bei dem jungen Mann, der einfach tot war. Gibt es irgendwelche Hinweise in ihren Audiofiles?«

Der Bote schaute ihn entgeistert an.

»Du hast sie doch alle gehört. Oder glaubst du, wir würden sie dir stückchenweise schicken?«

Murad antwortete nicht, zuckte nur die Schultern.

»Ich muss dein Misstrauen wohl akzeptieren. Aber so ist es nicht, alles, was wir bislang gehört haben, hast auch du gehört.«

»Du willst mir sagen, ihr fischt das Stück für Stück aus

der Luft. Aber wie ist das möglich, warum sollte sie uralte Aufnahmen schicken – zumindest waren die ersten doch nicht mehr aktuell? Das alles ergibt für mich keinen Sinn.«

Der Bote lehnte sich nach vorn und sprach eindringlich zu Murad.

»Langsam, mein Freund. Wir wissen gar nicht, wie alt diese Nachrichten sind. Wir wissen auch nicht, ob es nicht Teile einer langen Geschichte sind, die sie erzählt und in kleinen Portionen hinausgeschickt hat, aus Sicherheitsgründen. Und vielleicht hat sie das alles gesammelt und auf einmal rausgeschickt. Wer weiß?«

Murad war in Gedanken schon weiter.

»Hat sie sich einem der Ärzte oder eurem Mann im Krankenhaus offenbart, was ihre Fluchtpläne betrifft?«

Der Bote schüttelte den Kopf.

»Das hat sie nicht gewagt. Verständlich, glaube ich.«

Auch wenn Murad den Verdacht nicht ganz losgeworden war, mit dieser Krankheitsgeschichte unter Druck gesetzt zu werden, verabschiedete er sich sehr höflich von Aram und versicherte diesem, für die nächsten Schritte bereit zu sein. Doch der Bote hielt ihn mit einer zur Geduld mahnenden Geste zurück.

»Eine Sache noch«, sagte er und winkte Murad zu sich heran.

»Was unsere kleine Operation verzögert, ist außer deinem Freund aus Deutschland, noch etwas anderes. Warum willst du uns begleiten? Es ist, wie deine Ex-Frau gesagt hat, sehr gefährlich und verursacht einigen Aufwand. Warum überlässt du die Sache nicht einfach uns? Wenn es so weit ist, fahren wir los und bringen deine Tochter an einen sicheren Ort, vielleicht sogar hierher.«

Der Gedanke war naheliegend, das musste auch Murad zugeben. Er dachte kurz darüber nach und fragte sich, warum er von Anfang an davon ausgegangen war, Naima selbst gegenüberzutreten, um sie zur Heimkehr zu bewegen.

»Das wäre natürlich die sicherste Lösung«, sagte er. »Aber ich habe kein Paket bestellt, bei dem ich auf die Lieferung warten kann. Meine Tochter ist erwachsen. Und wie ihr mir alle gesagt habt, hat sie eine Entscheidung getroffen. Ich kann ihr nicht Leute nachschicken, die sie zurückholen.«

»Du willst sie als Vater davon überzeugen zurückzukommen?«

Murad nickte nur.

»Das wird aber nicht nötig sein. Wir können sie nur holen, wenn sie fliehen will oder schon geflohen ist. Warum also willst du dabei sein?«

Darauf wusste Murad nicht gleich zu antworten.

»Sie muss wissen, wer sie holt. Das ist mir sehr wichtig«, sagte er schließlich und ließ es dabei bewenden.

In der nächsten Nacht erwachte er in der Hütte und war sicher, ein Tier sei über ihn hinweggelaufen. Es hatte sich angefühlt wie mal ein heftiges, mal ein sachtes Kratzen, und es war von seinen Beinen hinauf über seine Brust bis zur Schulter gewandert. Murad saß aufrecht in seinem Deckenlager und rieb sich die Augen. Er stand auf, machte Licht und suchte den Raum ab. Es war nichts zu sehen, und er verhielt sich still, wartete auf eine Regung in diesem engen, trüb beleuchteten Zimmer. Lange stand er so da. Kurz bevor das Kratzen ihn aus dem Schlaf gerissen hatte, hatte er von Naima geträumt. Kleine Szenen hatten sich aneinandergereiht; er hatte sie sehr dicht vor sich gesehen, als würde er vor ihr knien, während sie ihre bunte, mit silbernen Sternen beklebte Schultüte umklammert hielt wie eine Ertrinkende den Rettungsring. Er glaubte, sich daran zu erinnern, wie verwundert er war, dass sie an diesem Einschulungstag kein bisschen Freude zu empfinden schien.

Jetzt fragte er sich, warum er dem damals keine Bedeutung beigemessen hatte. Überhaupt erstaunte ihn, wie sensibel er für die Kleinigkeiten in Erinnerungen an sie geworden war, seit er Naima verloren hatte. Ein anderes Traumbild hatte sie ihm im Regen gezeigt, die Strähnen ihrer dunklen Haare wie schwarze Krallen vor dem Gesicht. Naima hatte ihn angelächelt. Schon im Traum hatte er sich an diesem plakativen Bild gestört.

Nicht einmal wenn ich schlafe, verlassen mich meine Zweifel, dachte er und vernahm ein leises Rascheln hinter dem Bücherstapel. Doch anstatt sich zu bewaffnen und hinüberzugehen, öffnete er die Tür des Häuschens und stampfte auf den Boden. Was immer es war, er wollte es nicht sehen. Stattdessen schickte er Aziz eine Nachricht:

»Wo bleibst du, mein Freund? Allmählich wird die Zeit knapp. Eines wollte ich dir aber schon lange sagen: Ich danke dir dafür, dass du mir verziehen hast. Ich höre dich schon versichern, es sei nicht so schlimm gewesen. Aber es war ein Vertrauensbruch, und ich weiß das. Melde dich bei mir, sobald du kannst.«

Er hob den Kopf, legte das Handy weg und hoffte, das Tier hatte seine Chance genutzt. Nachdem die Tür geschlossen war, legte er sich wieder hin und hatte große Mühe einzuschlafen.

Gleich am Morgen überprüfte er seine Nachrichten, doch Aziz hatte sich nicht gemeldet. Dieses etwas rätselhafte Verschwinden war typisch für ihn. Zuweilen war er präsenter, als es nötig gewesen wäre und ging Murad damit auf die Nerven. Dann wieder war wochenlang nichts von ihm zu hören. Er hatte etwas Flüchtiges an sich, auch wenn er sich im selben Raum befand. Immer zog es ihn fort und dazu gehörte auch: fort aus der Kommunikation. Als wolle er nicht nur die Entfernung, sondern auch die Stille zwischen sich und andere Menschen legen.

Murad sah nach der Uhrzeit und stellte fest, es war noch zu früh für einen Anruf bei Adnan. Er öffnete die Tür des Häuschens und atmete die Morgenluft tief ein. Weiches Licht lag über der Landschaft, die Aleppo-Eiche ragte mit ihren zur Hälfte kahlen Ästen wie aus einem

Nebel empor. Murad war erleichtert, die Nacht hinter sich zu haben. Obwohl er sich nicht daran erinnern konnte, war er sicher, noch mehr unangenehme Träume gehabt zu haben.

Er wischte sich mit dem Handrücken über die Stirn und fühlte eine Schicht auf seiner Haut. Daher beschloss er, sich an diesem Morgen am Bach zu waschen. Die Prozedur war umständlich und in manchen Teilen auch unangenehm, deshalb zog er sie in die Länge, indem er alles Nötige langsam tat.

Danach zog er sich halbwegs vernünftig an und ging in der Hoffnung zum Haus hinüber, dort noch ein Frühstück zu ergattern.

Alija war schon munter, und Murad freute sich darüber, denn es ersparte ihm das Herumschleichen im Haus. Ihre große Brille fixierte ihr Kopftuch exakt am Haaransatz, dennoch überprüfte sie das noch einmal, als sie ihn hereinkommen sah.

»Du warst länger nicht da. Was hast du getrieben?«

Murad berichtete ihr von seiner Begegnung mit dem Boten und legte ihr, froh, darüber reden zu können, auch seine Gründe dafür dar, seine Tochter persönlich treffen und überzeugen zu wollen.

Alija stellte ihm einen Teller mit Fladenbrot und eine Schale mit Joghurt auf den Tisch, bereitete den Tee zu und wiegte dabei leicht den Kopf.

»Ich verstehe dich«, sagte sie schließlich. »Sie wollen es sich nur leicht machen. Gut, es wäre für dich vielleicht auch billiger. Aber woher weißt du, wen sie dir bringen.

Wenn es die Falsche ist, musst du die Männer trotzdem bezahlen.«

Murad war froh über ihr Verständnis, versuchte ihr jedoch zu erklären, dass dies nicht der vornehmliche Grund für seine Entscheidung war.

In diesem Moment war ihm ihr Urteil seltsamerweise besonders wichtig. Alija kaute und nickte, als sie einander gegenübersaßen und frühstückten. Dieser Augenblick, da war sich Murad sicher, würde ihm in Erinnerung bleiben. Er war nach der vergangenen Nacht so friedvoll, wie er ihn sich nicht zu wünschen gewagt hätte.

»Du stellst dir vor, wie es sein wird«, sagte Alija. »Du denkst, sie wird im Raum stehen und dich erkennen und dich dann umarmen. Aber so wird es vielleicht nicht kommen. Vielleicht hat sie nicht auf dich gewartet.«

»Aber darum will ich sie ja treffen. Sie soll nicht abgeholt werden. Darauf hat sie ganz sicher auch nicht gewartet.«

»Du willst deine eigene Tochter also bitten, zu dir zurückzukommen?«, bellte Abbas dazwischen.

Er musste vor Kurzem erst aufgestanden sein, richtete gerade seinen Bademantel und gähnte, als er sich ein Teeglas griff, schlurfend zu ihnen herüberkam und sich schwer auf einen der Stühle fallen ließ.

»Guten Morgen«, sagte Murad und wartete.

»Warum bist du hier?«, sagte Abbas. »Du hättest all das auch von Deutschland aus regeln können. Warum willst du deine Tochter selbst abholen?«

»Er will sie sehen, bevor er sie abholt«, sagte Alija leise.

Abbas nickte und blickte dabei in sein Teeglas.

»Um sicherzugehen. Das verstehe ich. Vielleicht würde ich es genauso machen.«

Murad hatte nicht die Kraft, seine Gründe noch einmal darzulegen. Er lehnte sich zurück, zündete sich eine Zigarette an und schaute zu Abbas. In diesen kam plötzlich Leben, und wie um die Gelegenheit zu nutzen, fragte er:

»Hattest du mir nicht noch etwas zu erzählen? Du hast es versprochen.«

Murad stimmte ihm zu, da vibrierte sein Handy. Es war Aziz, der ihm eine kurze Nachricht geschickt hatte.

> »Du musst mir nichts erklären, ich weiß, warum du es getan hast. Aber du hättest es mir sagen können. Es dauert nicht mehr lange, mein Freund. Ich bin in Istanbul. Wir könnten uns schon hier treffen und alles Weitere besprechen. Was meinst du?«

Murad steckte das Handy weg und blickte wieder zu Abbas. Der Augenblick für sein Geständnis war günstiger, als dieser ahnte.

»Das war mein Freund, der euch aufgetragen hatte, mich zu erschrecken.«

»Kommt er bald?«, fragte Alija.

»Er sagt, er ist in Istanbul. Aber, um mein Versprechen einzulösen, erzähle ich dir, Abbas, die Geschichte meines Geldes. Aziz und ich haben eine kleine Firma gegründet, eine Filmproduktion. Nicht für Spielfilme oder Serien, sondern für Reportagen.«

»Reportagen worüber?«, brummte Abbas mit skeptischem Gesichtsausdruck.

»Vornehmlich aus Kriegsgebieten, Gegenden, in denen es gefährlich ist und wohin die großen Sender keine Leute schicken können.«

»Davon kann man leben?«

»Mal so, mal so. Es gibt jedenfalls Abnehmer für solches Material. Aber es muss etwas los sein.«

»Und hier ist etwas los«, stellte Abbas fest.

»Das stimmt, aber das ist nicht der Grund, aus dem Aziz diesmal hier ist. Er kommt, um mir zu helfen.«

»Ein wahrer Freund.«

»Ja, und das, obwohl ich ihn bestohlen habe. Ich habe nicht nur überall Schulden gemacht, sondern das ganze Geld der Produktionsfirma genommen, um das hier alles zu bezahlen.«

Abbas kniff die Lippen zusammen, als hätte es ihm die Sprache verschlagen.

»Ich habe ihm nichts davon gesagt. Es war vor allem sein Geld. Ich bin ein Dieb.«

Alija legte ihm die Hand auf den Arm und flüsterte:

»Sag so etwas nicht, sonst wirst du es noch glauben. Dein Freund weiß, warum du es getan hast. Wenn er wirklich dein Freund ist, wird er es verstehen.«

»Trotzdem hast du ihn bestohlen«, sagte Abbas zufrieden.

Er lächelte sogar, seine Stimmung hatte sich aufgehellt, als hätte er mit Murads Geständnis endlich bekommen, was er lange schon wollte.

»Ich werde nicht nach Istanbul fahren«, sagte Murad zu Adnan auf der Fahrt in jenes entlegene Dorf, zu dem der Bauer mit dem Pflug ihn geschickt oder besser gelockt hatte.

Nicht einmal Adnan hatte jemals davon gehört, versicherte aber, das sei in dieser Gegend nichts Ungewöhnliches. Murad kam es vor, als wolle er wie ein guter Reiseführer seine Befürchtungen zerstreuen.

»Aber vielleicht ist dein Freund krank?«

»Wie kommst du darauf?«

»Er sagt, er ist dort, fragt dich, ob du hinkommen könntest ... Vielleicht wagt er nicht, dich darum zu bitten.«

»Nein, so ist Aziz nicht. Wenn du ihn kennen würdest, wüsstest du, dass er solche Umwege nicht geht. Er hätte es mir einfach gesagt und gefragt, ob ich zu ihm komme. – Er hätte es verdient, dass ich mich zu ihm auf den Weg mache. Ich habe ihn bestohlen. Aber ich weiß einfach nicht, was ich dort mit ihm anfangen soll. Verstehst du, ich habe schon ein schlechtes Gewissen wegen dieser Fahrt hier ...«

»Aber du kannst nicht immer nur warten. Es würde dich verrückt machen. Niemand hält das aus. Du bist immer allein, denkst an deine Tochter und kannst nichts tun.«

Adnan schüttelte den Kopf und wischte sich mit der Hand über die Stirn, wie um das Gesagte zu bekräftigen. Murad war froh über das Verständnis des jungen Mannes. Er hatte den Eindruck, sie waren sich durch den Unfall damals nähergekommen, hatten eine beinahe geschwisterliche Beziehung zueinander entwickelt. Murad sagte ihm das und fügte hinzu:

»Aber oft habe ich das Gefühl, du bist mein älterer Bruder.«

Adnan lachte.

»Und, wäre das so schlimm?«

»Überhaupt nicht. Sag mir deine Meinung zu allem, was ich so rede. Du liegst ja ohnehin meistens richtig.«

Adnan grinste stolz.

»Du sprichst wie mein Vater.«

Murad blickte zum Seitenfenster hinaus. Die weite Landschaft bestand, so weit das Auge reichte, aus sandfarbenen Buckeln, über die sich neben den dunklen Windungen der asphaltierten Straße die hellen, wie hingewischt wirkenden Bogen der Eselspfade zogen. Hier und dort waren die Hügel von schwarz wirkenden Baumgruppen wie von Flecken gesprenkelt. Und an mehreren Stellen sah Murad in der Ferne vollkommen verloren Esel stehen, mit erhobenen Köpfen, als würden sie auf etwas warten.

»Hast du Neues erfahren von deinem Bruder im Irak?«

Adnan verneinte.

»Wir hören nichts von ihnen. Viel weniger als du von deiner Tochter. Es ist, als wären sie verschwunden.«

»Das tut mir leid«, sagte Murad und hatte gleich ein schlechtes Gewissen für sein Privileg, hier an Informationen zu kommen.

Kurz vor dem Ort kamen ihnen auf der Straße zwei

Männer auf Eseln entgegen. Sie ritten langsam, hatten Staubmasken vor den Gesichtern und trugen verblichene Adidas-T-Shirts. Beide winkten ihnen zu, als sie an ihnen vorbeifuhren. Ein winziger, verlassener Stand ohne Waren, über den ein kirschroter Sonnenschirm gespannt war, schien so etwas wie ein Erkennungszeichen zu sein. Adnan verlangsamte den Wagen und bog schließlich in einen Pfad ein, auf dem ihnen der Staub die Sicht nahm. Da Adnan vorsichtig fuhr, dauerte es noch etwa zwanzig Minuten, bis sie das Dorf erreicht hatten.

Sie hielten vor einem der wenigen Häuser, die aussahen wie von einer Baubrigade zurückgelassen, schmucklose Kästen mit kleinen Fenstern und Dächern wie große daraufgelegte Matten.

»Das ist wohl der neue Teil«, sagte Adnan, wieder ganz der gute Reiseleiter.

Sie stiegen aus und ließen das Auto stehen. Tatsächlich gab es, als sie der Dorfstraße folgten, nach und nach immer mehr alte Häuser zu sehen, von denen einige allerdings längst verlassen waren. In den Fensterhöhlen schliefen schmutzige Katzen, hingeschmiegt in einer Weise, die in Murads Augen auf ein beneidenswertes Weltvertrauen schließen ließ.

Adnan telefonierte kurz, und gleich darauf kam ihnen ein Mann mittleren Alters entgegen, der sich als der Bruder jenes Bauern vorstellte, den Murad zufällig getroffen hatte. Er trug einen dichten Bart, so hellgrau, dass auf der dunklen Gesichtshaut jedes einzelne Haar leuchtete. Sofort führte er sie zu seinem Haus, in dem eine Menge

Menschen versammelt waren. Murad fragte sich, ob sie alle gekommen waren, um die Fremden zu sehen. Es waren zwei jüngere Frauen mit ihren Kindern, die Töchter des Mannes, sowie seine Eltern, so alt schon, dass sie sich kaum noch erheben konnten. Sie begrüßten Murad besonders freundlich. Er sah in ihre schönen alten Gesichter und registrierte die freundliche Neugier in ihren Augen. Ab und an blickte er umher; zu seiner Erleichterung aber ließ sich der große Hund, von dem der Bauer gesprochen hatte, nicht sehen.

Adnan und er verbrachten beinahe den gesamten restlichen Nachmittag in diesem Haus, tranken Tee, aßen dazu eine Unmenge von Sesamkeksen und plauderten. Dabei tauschten sie kaum Informationen aus; das schier endlose Gespräch bestand aus einem Hin und Her von Bemerkungen, mal scherzhaft, mal ernst, ein paar Erkundigungen nach der Familie und vielen Fragen über Deutschland, die Murad beantworten musste. Die Enttäuschung darüber, dass er kein Auto fuhr, wurde hier zwar nicht zum Ausdruck gebracht, war aber spürbar.

Erst am frühen Abend, die Sonne stand schon tief, griff ihr Gastgeber nach einem langen Stock und forderte Adnan und Murad auf, ihm zu folgen. Er ging ihnen voraus, verließ nach ein paar hundert Metern die Sandpiste, die aus dem Dorf hinausführte, und betrat eine Art Spur im felsigen Boden, auf der er zielstrebig voranschritt. Dabei benutzte er den Stock, um vor sich den Boden zu prüfen. Murad fragte ihn, ob hier etwas einstürzen könnte. Aber der Mann verneinte, ohne sich umzublicken.

»Es geht nur um die Schlangen«, sagte er und Murad hörte ihn lachen.

Sie gingen lange auf dem Hügel entlang, der sich mit jedem Meter mehr in einen Felsgrat verwandelte. Die steilen, wenn auch niedrigen Hänge zu beiden Seiten ließen Murad hoffen, dass ihnen hier niemand entgegenkam. Drei große Vögel mit schwarzen Bäuchen und weißen Hälsen und Flügelspitzen kreisten über ihnen, als sie sich endlich einem Felsblock näherten, der etwa fünf Meter hoch war und durch seine ebenmäßige Form aussah, als hätte man ihn hier abgeladen. Der Mann blieb stehen und wies mit dem Stock auf den Felsen.

»Wahrscheinlich war es ein kleines Erdbeben«, sagte er. »Es hat ihn verschoben und dabei hat sich die Spalte geöffnet.«

»Wann war das?«, fragte Murad.

»Vor etwa zwei Jahren. Allah hat gewollt, dass jemand es sieht.«

Als sie sich dem Felsen näherten, in dem sich tatsächlich ein Riss gebildet hatte, der nach unten hin breiter wurde wie der Schlitz in einem Vorhang, wehte Murad wieder jene seltsame Kälte an, die er damals auf einem seiner Spaziergänge bei der Höhle gespürt hatte.

Der Spalt war vollkommen schwarz. Eine helle Barriere aus Plastik mit darumgewickeltem, rot-weißem Absperrband war beiseitegeräumt worden, um den Zugang zu ermöglichen.

Die Vögel kreisten noch immer weit über ihnen, einer stieß einen kurzen, heiseren Schrei aus. Murad griff nach seinem Handy, um die eingebaute Lampe zu benutzen. Doch ihr Wegführer hatte an alles gedacht. Er kramte eine kleine Taschenlampe aus seiner Hosentasche, trat an die Seite des Felsenschlitzes und bedeutete ihnen einzutreten. Er tat das wie einer jener Posten vor Restaurants, die um Gäste buhlten. Süßlicher Staubgeruch drang aus der Höhle. Murad meinte, auch eine Note von Verbranntem wahrzunehmen.

Als er den Kopf hineinsteckte, folgte sein Blick dem Lichtfleck der Taschenlampe, der über den steinigen Boden huschte. Ohne hinzuschauen, traf ihr Wegführer genau das, was er ihnen zeigen wollte. Wie aufgestapelt, die Schädeldecken zum Licht hin, lagen dort die Skelette von mindestens zwanzig Menschen. Viele der Schädel hatten Löcher, umgeben von sich verästelnden Rissen wie Sprünge in Porzellan. Murad machte Adnan Platz und wollte schon wieder ins Licht hinaustreten, als ihn der Mann aufforderte, tiefer hineinzugehen. Murad tat es, schlich geduckt bis dicht vor den Knochenhaufen und bemerkte erst jetzt kleine und große Schädel, die Paare bildeten. Bei manchen waren die größeren Armknochen noch um die kleineren Skelette geschlungen.

»Mutter und Kind«, sagte der Mann vom Eingang her.

»Armenier?«, murmelte Murad.

Adnan begann, einige der Skelette beiseitezuschieben, wobei die Knochen aufeinanderschlugen und ein für Murad unerträgliches Geräusch erzeugten. Der Fahrer griff zwischen die Knochen und zog das Ende eines nachtblauen löchrigen Stück Stoffs hervor, den Überrest eines Kleides. Adnan machte weiter, als wäre er auf der Suche nach etwas Bestimmtem. Ihr Führer bewegte kurz die Taschenlampe, für einen Moment standen sie im Dunkeln. Murad bemerkte Licht in der Höhle. Irgendwo hinten, nicht sehr weit entfernt, musste es eine Öffnung geben.

»Armenier«, bestätigte der Mann, als Murad heraustrat.

»Es müssen ganze Familien gewesen sein. Wie sind sie da hineingekommen?«, fragte er, da vibrierte sein Handy.

Ohne weiter darüber nachzudenken, wartete er die Antwort des Mannes nicht ab, sondern nahm den Anruf von Dorothee entgegen.

»Ich bin ganz erstaunt, dass du rangehst«, sagte sie nach ein paar Begrüßungsfloskeln. »Diesmal wollte ich dir nicht schreiben, ich tippe mir hier die Finger wund. Eine Sache ist mir noch aufgefallen. Erinnerst du dich daran, wie wir bemerkten, dass Naima verschwunden ist?«

Selbstverständlich erinnerte er sich an diesen Tag. Er saß an seinem Schreibtisch, begutachtete einige nicht wirklich aufregende Filmaufnahmen von Aziz und bekam einen Anruf von Dorothee. Was ihn rückblickend betrachtet am meisten aufbrachte, war die Tatsache, wie wenig dieses Telefonat damals in ihm auslöste. Er tat die Nachricht von Naimas Verschwinden ab; das gehörte zu den Launen einer jungen Frau. Auch als Dorothee ihm mitteilte, die Mitbewohner in der WG, in der Naima seit ein paar Monaten wohnte, würden sie vermissen, reagierte er darauf mit einem Schulterzucken. Kaum zu glauben, dachte er jetzt, wie wenig ich von den Folgen dieses Anrufs ahnte. Es war der über Jahre gewachsene Abstand zu seiner Familie, der ihn dazu brachte, alle Hinweise auf eine Unregelmäßigkeit kleinzureden.

»Du hast es bemerkt«, sagte er. »Und hast dann bei mir angerufen. Mir wäre es ja kaum so schnell aufgefallen …«

»Was du nicht sagst. Jedenfalls, ich hatte angenommen, sie wäre bei ihrer Freundin, die kleine aufgedonnerte, erinnerst du dich?«

»Ja, Zaina hieß sie, glaube ich.«

»Genau, sie ließ sich aber immer Zara nennen, ein Spitzname, wahrscheinlich weil sie glaubte, einen Markennamen verdient zu haben. Sie war damals sehr verstockt, aber so, als würde sie für ihre Freundin ein Geheimnis bewahren. Ich war gleich sicher, sie könnte etwas wissen, und habe sie jetzt noch einmal kontaktiert.«

»Und?«, fragte Murad, da Dorothee eine bedeutungsvolle Pause entstehen ließ.

Er machte ein paar Schritte vom Eingang fort, Adnan rumorte noch immer in der Höhle herum.

»Ich habe sie nur ganz kurz gesprochen, dafür aber eine längere Unterhaltung mit ihrer Mutter gehabt. Von ihr erfuhr ich, dass Naima in der Zeit kurz vor ihrem Verschwinden unter ihren Freundinnen dafür bekannt war, regelmäßig eine Moschee zu besuchen. Kannst du dir das vorstellen?«

»Nein, kann ich nicht.«

Murad hörte im Hintergrund die Schöneberger Glocken läuten. Dieses Geräusch war ihm sehr vertraut, jetzt aber, hier, schien es unendlich weit entfernt.

»Du meinst«, fuhr er fort, »das könnte ein möglicher Ausgangspunkt für ihre Radikalisierung gewesen sein, so wie in den Nachrichten und Dokumentationen?«

»Woher soll ich das wissen? Aber du glaubst doch nicht im Ernst, sie ist darauf von allein gekommen. Du kennst deine Tochter. Das ist ihr doch aufgequatscht worden. Also habe ich noch ein bisschen weiter herumgefragt.«

»Keine Pause jetzt, bitte, Dorothee.«

»So kam ich noch einmal auf diesen Serben, der für eine kurze Zeit ihr Freund war. Er hieß Silan, erinnerst du dich?«

»Dunkel, ja. Sie war kurz in ihn verliebt, aber er hatte irgendeine – Geschlechtskrankheit.«

»Es war keine Geschlechtskrankheit, es war eine Harnwegsentzündung. Du musst dich an ihn erinnern, denn du warst der Meinung, das würde wenigstens den Sex zwischen ihnen verhindern, du Träumer.«

»Warum Träumer?«

Dorothee lachte kurz auf.

»Du weißt genau, diese kleinen Biester haben unter allen Umständen Sex …«

»So sind eher wir gewesen, aber…«

»Halt die Klappe. Dieser Silan war wohl der Erste, der Naimas Abwesenheit bemerkt hat. Und ich glaube sogar, er wusste, was sie vorhatte. Dass sie es ihm erzählt hat. Ich habe ihn ausgequetscht, aber er wollte nichts sagen, ob aus Loyalität oder Trotz, ich weiß es nicht. Nur eine

Sache hat er dann doch gesagt, quasi als Entschädigung für seine Verschwiegenheit: Es gab diesen Franzosen. Naima war nicht davon abzubringen, ihm zu folgen. Er, Silan, konnte gegen so einen Krieger mit Daddy-Vibes wenig ausrichten. Seine Worte.«

Dorothee ließ wieder eine Pause entstehen, wartete ab, bis Murad endlich antwortete.

»Das hat dich bestätigt, nicht wahr?«

»Was meinst du?«

»Ich bin an allem schuld, weil ich nicht da war. Das willst du doch damit sagen.«

»Quatsch, ich will dich nur darauf hinweisen, dass sie mit jemandem mitgegangen ist. Sie ist verführt worden. Wie hätte es auch anders sein können. Ich kann nichts dafür, wenn du jetzt deine Abwesenheit in all der Zeit bereust.«

»Es ist wahr, dafür kannst du nichts. Aber deine Lieblingstheorie von der Verführung deiner unschuldigen Tochter, scheint mir doch etwas zu simpel zu sein. Meinst du nicht, sie war klug genug, selbst zu entscheiden?«

»Ich weiß, was du denkst: Trotz aller Emanzipation und aller Versuche, Naima zu einer selbstständigen Frau werden zu lassen, ist sie am Ende einem Kerl nachgerannt. Und weißt du was, diese Variante wäre mir die absolut liebste. Die vertraute alte Geschichte ist immer noch besser als die Mutation zu einer …«

»Zu einer radikalen Muslima, willst du sagen.«

»Quatsch. Sie weiß doch gar nicht, was sie tut.«

»Das sieht sie vielleicht anders.«

»Hör auf damit. Das kann doch keine Alternative sein, sich in eine fanatische Irre zu verwandeln. Es gibt absolut keinen Grund dafür, und du brauchst jetzt auch nicht nach einem zu suchen.«

»Sie scheint danach gesucht zu haben …«

»Hör auf. Dein etwas verspätetes Superverständnis für deine Tochter hilft hier nicht. Sie hat sich verknallt, und dieser Kerl hat sie mitgenommen auf seinen Trip. Und wenn sie zurückkommt und den ganzen Scheiß hinter sich gelassen hat, du wirst es sehen, dann wird sie einfach wieder Naima sein. Ich kenne sie doch.«

»Dorothee, ich glaube, es ist gerade sehr ungünstig …«

Aus den Augenwinkeln hatte Murad gesehen, wie Adnan mit einem Beinknochen aus der Höhle kam und ihm diesen entgegenhielt. Bestürzt wich Murad zurück und blickte den Fahrer fragend an.

»Ich wollte dir den Schuh zeigen«, sagte Adnan und wies auf das Ende des Knochens.

Murad erkannte den Fuß am Ende des Unterschenkels, er steckte in einem verwitterten Stück Leder, das in der Tat einmal ein Schuh gewesen sein musste. Er war schmal, mit einem recht hohen Absatz, eher etwas, das man in der Stadt erwarten würde.

»Nimm ihn runter«, sagte Murad.

»Mit wem redest du?«, fragte Dorothee. »Wer ist da bei dir?«

»Ich habe einen kleinen Ausflug gemacht, der sich etwas makaber entwickelt.«

»Freut mich, dass du Spaß hast. Übrigens sollte dir

eines klar sein: Durch deine Schuldenmacherei unter unseren Freunden hast du lauter Leute aktiviert, die, weil sie dir Geld geliehen haben, nun glauben, einen Premiumzugang zu neuen Informationen erworben zu haben. Sie gehen mir auf die Nerven, aber ich kann sie ja auch schlecht abwimmeln. Vor allem Nike und Ole, du erinnerst dich an Nike vom Spielplatz …«

»Ja, die beiden Filmfreaks.«

»Genau die. Sie fand euch beide, dich und deinen alten Freund, ja immer interessant. Jetzt allerdings bist du noch spannender geworden durch das Drama mit deiner Tochter. Du weißt, jedes Mal wenn du mich hinhältst, muss ich auch sie hinhalten.«

»Ja, das tut mir leid. Dass diese Nike mich oder uns interessant fand, lag aber an den Filmen.«

»Woran sonst?«

»Hey, warum so schnippisch? Du hast mich auch mal interessant gefunden.«

Es vergingen ein paar Sekunden.

»Muss wohl so gewesen sein«, sagte Dorothee schließlich.

Sie beendete das Gespräch, nicht ohne Murad das Versprechen abgenommen zu haben, sich sobald wie möglich wieder bei ihr zu melden.

Adnan hatte das Bein zurück in die Höhle gebracht und kam gerade wieder heraus. Ihr Wegführer hatte geduldig gewartet. Jetzt trat er noch einmal vor den Höhleneingang und leuchtete hinein.

»Seht ihr, die Löcher sind immer in den kleinen Schädeln. Sie haben die Kinder getötet und sie den Erwachsenen in den Arm gelegt. Danach sind alle hier hineingeworfen worden. Von oben.«

Er wies mit dem Stock zur Decke der Höhle.

»Dort gibt es eine Öffnung?«, sagte Murad.

»Ein Schacht, zugeschüttet«, bestätigte der Mann.

Das war zu viel für Murad, er machte sich sofort auf den Rückweg, wollte so schnell wie möglich Abstand zwischen sich und diesen Ort bringen. Die Vorstellung, für eine solche »Attraktion« Geld bezahlt zu haben, widerte ihn an.

»Ich verstehe es, wenn du nicht so weit fahren willst. Aber wir müssen uns treffen, mein Freund, es ist wichtig. Bevor du aufbrichst, sollten wir uns sehen, denn ich habe dir einiges zu sagen. Du weißt, deine Reise wird gefährlich werden. So richtig warst du bei meinen Ausflügen ja nie dabei. Ich verstehe also auch nicht, warum du diesmal darauf bestehst, dich in Gefahr zu bringen, aber ich akzeptiere es, weil es um deine Tochter geht. Tu mir aber wenigstens den Gefallen, mich vorher noch zu treffen. Bitte antworte bald.«

Die ungewöhnlich eindringliche Textnachricht von Aziz ließ Murad nachdenklich werden. Er saß in seinem Häuschen, es wurde bereits Abend und merklich kälter. Daher hatte er sich in eine alte Decke gewickelt und versuchte nun, so lange wie möglich durchzuhalten, um den alten, giftig riechenden Metallofen nicht anheizen zu müssen.

Warum, fragte er sich, war es Aziz so wichtig, dass er jetzt noch, so nah der syrischen Grenze, eine Reise unternahm, die ihn von hier fortführte. Er überlegte, was er antworten sollte, und beschloss, genau das zu seinem Argument zu machen: Er wollte sich nicht einen Kilometer von Naima entfernen. Im Stillen hegte er die Hoffnung, dass der kinderlose Aziz gezwungen sein würde, auf seine Vatergefühle Rücksicht zu nehmen. Da er, nach Murads fester Überzeugung, nicht imstande war, diese tiefe Beziehung je ganz nachzuvollziehen, musste er einfach einlenken. Ihm ersparte das eine Fahrt nach Diyabakir und den anschließenden Flug nach Istanbul.

Murad war klar, Aziz wusste, wie sehr er hier übertrieb. Die Fahrt nach Diyabakir war nicht sehr weit, und auch einen Inlandsflug hätte er absolvieren können, zumal er ja nicht krank war. Dennoch erschien Murad die Forderung seines Freundes, diese Reise zu unternehmen, in einem gewissen Sinne unverschämt. Warum erwartet er das von mir, fragte er sich, warum zwingt er mich wieder zur Beschäftigung mit ihm, der in dieser Sache doch eigentlich gar nicht wichtig ist? Murad kam es so vor, als würde Aziz einer feierlichen Einladung folgen, die nie jemand ausgesprochen hatte. Das ganze Problem entstand ja nur durch ihn, der nicht in der Lage war hierherzukommen.

Im Ton etwas harsch fiel dann auch seine Nachricht aus. Murad bereute es fast, sie geschrieben zu haben, schon im Moment, da er sie abgeschickt hatte. Er zog die Decke fester um sich, schloss, während er auf die Antwort wartete, kurz die Augen und riss sie wieder auf, um das Bild des Schuhs an jenem stockähnlichen Unterschenkelknochen wieder loszuwerden, für das ganz allein dieser naiv-pietätlose Adnan verantwortlich war. So gehen sie hier mit ihrer gottverdammten Geschichte um, wenn sie für Touristen ungeeignet ist. Das Handy vibrierte. Zu Murads Überraschung antwortete Aziz sehr verhalten.

»Ich weiß, ich kann es eigentlich nicht von dir verlangen. Du musst mir nicht erklären, wie du dich fühlst. Und ich wollte dich auch gar nicht unter Druck setzen. Alles, was ich wollte, war, dich vor einem sehr wichtigen Ereignis deines Lebens zu sehen. Also beruhige dich, ich werde dir sehr weit entgegenkommen. Bis nach Mardin werde ich es nicht schaffen, aber wie wäre es, wenn wir uns in Sanliurfa treffen. Von hier aus gesehen ist das ganz nah bei dir, wie du zugeben wirst. Komm dorthin, du hast ja einen Fahrer. Du brauchst also weder den Bus nehmen noch am Flughafen einchecken. Kein Trubel, keine Leute. Komm dorthin. Ich melde mich vorher und sage dir den genauen Tag. Es wird nächste Woche sein. Ist das für dich in Ordnung?«

Murad überraschte dieses Einlenken. Sanliurfa lag nun wirklich für hiesige Verhältnisse in der Nähe. Es würde kein Problem sein, Adnan für eine Fahrt dorthin zu gewinnen. Aber warum Sanliurfa? Aziz war in Istanbul, und für ihn bedeutete das eine weite Reise. Warum kam er dann nicht gleich bis nach Mardin?

Murad kniff im Funzellicht der Lampe die Augen zusammen und konnte einmal mehr seinen Widerwillen gegen den Freund nicht unterdrücken. Diese ewige Geheimniskrämerei stört mich, dachte er. Mit Aziz ist es, als wäre man mit jemandem befreundet, der vorgibt, er wäre ein Geheimagent. Und immer kommt mir das vor wie eine Marotte, ein Tick. Warum kann er nicht einmal einfach sagen: Ich schlage dir das und das vor, aus diesem und jenem Grund? Es schien Aziz eine tiefe, fast schon perverse Freude zu bereiten, alle Menschen um sich herum in einer vollkommen sinnlosen Unklarheit über sich und seine Angelegenheiten zu lassen. Genoss er es, die Dinge kompliziert zu machen, war es ihm einfach zu langweilig, es so zu machen wie alle? Murad seufzte. Ich hätte so viele Fragen an dich, mein Freund, dachte er, aber natürlich werde ich deine augenblickliche Nachgiebigkeit nutzen müssen, um nicht irgendwo in der Bar eines Flughafenhotels oder, schlimmer noch, im arabischen Teil von Istanbul mit dir sitzen und jedem Geschäftsmann, jeder Touristin und selbst den Kindern noch ihre Alltäglichkeit verzeihen zu müssen.

»Warum kommst du nicht nach Mardin, wenn du schon so weit fährst?«

Diese kurze Frage musste Murad dann aber doch stellen, und sei es nur, um Aziz all die anderen Fragen, die er an ihn hatte, zu ersparen.

»Ich weiß, es wirkt seltsam. Aber ich kann es dir jetzt nicht erklären. Nimm es so, wie ich es sage. Bis Mardin wäre es zu weit für mich. Und, verzeih mir das, mein Freund, auf mich wirkst du misstrauisch, wenn du so fragst. Warum aber bist du misstrauisch? Ich will dir helfen, das weißt du. Alles, worum ich dich bitte, ist ein Treffen – und zwar bevor du losfährst. Was denkst du?«

»Ich denke einiges, mein Freund. Ich bin hier ganz allein, da komme ich eben ins Grübeln. Ich frage mich tausend Dinge, zum Beispiel, warum wir nicht telefonieren können, warum du darauf bestehst, mir Textnachrichten zu schicken? Zu Hause und unter normalen Umständen hätte ich keine Sekunde darüber nachgedacht. Aber hier beschäftigt mich das. Du musst es nicht persönlich nehmen. Ich denke hier über viele Leute nach, und stelle mir seltsame Fragen. Verzeih mir einfach, ich bin seltsam geworden in diesen Wochen, die ja schon zu Monaten geworden sind …«

Er zögerte kurz und machte sich noch einmal bewusst, was diese Verabredung, die er im Begriff war zu treffen, konkret bedeuten würde. Er fragte sich auch, wie wichtig dieses Treffen mit Aziz eigentlich für ihn war. Brauchte er seinen Freund hier wirklich oder hatte er sich bisher nur auf dessen sofortiges Hilfsangebot eingelassen, weil er sich nie nach dem Sinn des Ganzen gefragt hatte? Irgendein unsichtbares Tier kroch außen am Fenster des Häuschens entlang, Murad hörte das Kratzen und Schaben wie in akustischer Vergrößerung. Er stand auf, schob den Wecker beiseite und schlug sachte von innen gegen den Fensterrahmen, worauf sich ein Regen alter Farbreste vom Holz löste und vor ihm niederging.

»Wir machen es so, wie du sagst.«

Mit diesem letzten, kurz entschlossenen Antwortsatz beendete Murad das Gespräch und begann damit, sein Schlaflager vorzubereiten.

Wenn er nun morgens in seiner Hütte erwachte, hatte er bereits ein vertrautes Gefühl. Er öffnete die Augen, schlug die Decken beiseite und setzte sich auf. Er blickte um sich und der kleine Raum in dem Häuschen erschien ihm wie sein Zuhause. Es erstaunte ihn, in wie kurzer Zeit er gelernt hatte, all die kleinen Störungen in der Nacht, das immer mal wieder überwältigend stark werdende Einsamkeitsgefühl und die fremden Menschen um ihn als Normalität zu akzeptieren. Inzwischen bemerkte er es kaum noch, wenn in der Nacht merkwürdige Geräusche vor dem Häuschen zu vernehmen waren, er schlich nicht mehr ans Fenster, um einen unheimlichen Besucher auszumachen. Auch lauerte er nicht mehr darauf, wenn ihn über das Handy Nachrichten erreichten. Alles hatte sich eingefügt in einen alltäglichen Trott, der ihm kaum noch gesteigerte Aufmerksamkeit abverlangte.

Es gab ein paar Ausnahmen, die Audiofiles und Aziz etwa, bei denen er eine gewisse Anspannung in sich verspürte. Im Grunde jedoch waren diese Nachrichten, auch wenn sie sporadisch und damit unerwartet kamen, für ihn zum Alltag geworden. Ich bin jetzt ein Eremit, dachte er öfter und erinnerte sich daran, wie sehr ihn früher in Büchern und Filmen Figuren dieser Art fasziniert hatten. Immer hegte er die Vorstellung, sie würden eine besondere Intensität der Existenz erleben, etwas, das sonst, zumal in einer Großstadt, unmöglich war. Der Mangel an Ablenkung, die Konzentration auf einen Ort, der noch dazu sehr überschaubar war, die manchmal fast quälende Verlangsamung der Zeit, vor allem am Abend und in der Nacht – all das war ihm immer erschienen wie eine Möglichkeit, der davoneilenden Lebenszeit zu entkommen, sich schwer zu machen in diesem ewigen Fluss und vielleicht manchmal sogar, wenn auch nur für Momente, herabzusinken auf seinen Grund und wenigstens die Illusion zu haben, verharren zu können in einem Stillstand, für den er die toten Dinge in der Natur, Steine, Felsen schon immer bewundert hatte. Auch wenn er wusste, dass selbst sie dem Wandel unterworfen waren, deutete er ihre Langsamkeit darin gern als ihre Macht über die Zeit.

Aber immer wieder gab es auch Gedanken, so hartnäckig, dass er sie als lästig empfand. Es war, als könne er sie nicht mehr kontrollieren, als führten sie ein Eigenleben in seinem Kopf wie ein Ohrwurm aus dem Radio. Der Gedanke an Aziz war so ein Ohrwurm. Unablässig fragte er sich, warum er auf den seltsamen Plan verfallen war, sich in Sanliurfa zu treffen. Wusste er etwas, das wichtig genug war, unter vier Augen besprochen werden zu müssen? Oder, das schien Murad wahrscheinlicher, wollte er ihm sein Unternehmen noch einmal versuchen auszureden? Denn eines konnte man Aziz nicht vorwerfen, die mangelnde Sorge um Freunde und Bekannte, zumindest immer dann, wenn er in der Nähe war. Er hatte sie oft unter Beweis gestellt, und sein eigentümlicher Lebensstil verstärkte noch deren Wirkung: Immer schien es, als wäre er irgendwo aus der weiten Welt zurückgekehrt, um sich zu kümmern. Das erzeugte die Illusion eines gewissen Opfers, das er gebracht hatte, um in diesem oder jenem Moment bei seinem Freund zu sein. All das wertete seine Anteilnahme ungebührlich auf, denn häufig kam er gar nicht von fern her, wenn er da war. Es war eine Aura um ihn, und Murad kam im Laufe seiner Grübeleien darauf, sie als das zu erkennen, was sie war: Aziz hatte das Nichtalltägliche zu einem Kennzeichen seiner Person werden, hatte seine Abwesenheit und auch seine diversen Abenteuer ihn aufwerten lassen. So erschien er jedem stets wie ein Besucher, um den man sich besonders kümmern musste.

Jene Nike vom Spielplatz, bei der er sich Geld geliehen hatte, brachte das einmal auf den Punkt, als sie sagte:

»Dein Freund ist so, wie Ole gern gewesen wäre, ungebunden, frei.«

Murad erinnerte sich genau, wie sie damals ihre großen blauen Augen aufgeschlagen und melancholisch in den Himmel geblickt hatte.

»Im Grunde ist das wahrscheinlich das Hauptproblem der Leute in unserem Alter hier. Sie wissen ziemlich genau, was noch geschehen muss, um dort anzukommen, wo sie sich jetzt schon sehen und beim Gedanken daran wegwünschen.«

Murad hatte damals dazu geschwiegen, ihm war aber aufgefallen, wie präzise diese Frau aus der Nachbarschaft den Satz formuliert hatte. Er war sich sicher, sie hatte diesen Gedanken schon oft formuliert und nun, auf dieser Bank am Spielplatz, endlich jemanden gefunden, dem sie ihn mitteilen konnte. Sie wirkte fast ein wenig enttäuscht, als er nichts darauf entgegnete. Ihre Sicht auf Aziz aber hatte Murad durchaus beeindruckt.

Das also war in den Augen von Fremden der Mann, den er in seiner Streetworker-Zeit als einen Problemfall kennengelernt hatte, einen damals schon etwas zu alten Halbstarken, der mit nichts und niemandem zufrieden sein konnte, kaum einem Streit aus dem Weg ging und sogar beim Fußball am liebsten die Regeln geändert hätte, nur um zu gewinnen. Ein etwas selbstverliebter, aber, Murad konnte das nicht anders deuten, von der Natur mit einer gewissen Kühnheit gesegneter Mensch, der trotz seines noch relativ jungen Alters bereits etwas von einem Hagestolz hatte. Mehr als in Worten lebte er in Taten, er schwieg, wenn Gelegenheit gewesen wäre, sich beliebt zu machen, und er redete, wenn es unangebracht schien. So übt er seine Herrschaft aus, dachte Murad grimmig, er macht sich ständig interessanter, als er ist.

Er wusch sich gerade am Bach, hatte nichts außer seiner zweiten Unterwäschegarnitur an und zog eines seiner beiden Oberhemden geduldig durch die winzig kleinen Wellen, die das Wasser schlug, als sein Handy vibrierte. Murad zog das nasse Hemd heran und legte es am Ufer ab, erhob sich und ging zur Eiche hinüber, um die neue Nachricht des Boten besser aufnehmen zu können. Als er sich unter dem Baum niedergelassen und eine Zigarette angezündet hatte, bemerkte er wieder die kleine Aufregung, die von ihm Besitz ergriff. Durch seine Isolation kam ihm der Augenblick, in dem er die Nachricht öffnete, wie das Aufstoßen einer Tür vor, durch die nun die riesige, fremde Welt auf ihn einstürzte.

»Die Schwestern belauern mich. Jede beobachtet jede. Es ist wirklich traurig, wie sich die Stimmung verändert hat. Jede zieht sich zurück, verbringt nur noch Zeit mit ihrem Mann. Einige haben noch ihre Nebenfrauen als Gesellschaft. Aber ich bin ganz allein mit dem Kind, bis Faruk nach Hause kommt. Es wird immer schwerer, das auszuhalten. Er will nicht reden. Er will über nichts reden, was er erlebt. Aber ich muss reden. Sie haben Leute an den Laternen aufgehängt. Die Toten baumeln dort, und ihre

Gesichter werden mit jedem Tag dunkler. Sie hängen sehr hoch und sind bekleidet, man sieht von ihnen wenig mehr als die Gesichter und die Hände. Ich bin unter ihnen entlanggelaufen, schnell. Zum Glück habe ich den Niqab, ohne ihn würde ich es nicht aushalten, dort entlangzugehen. Aber ich muss, ich muss einkaufen. Die wenigen Male, die Faruk einmal geredet hat, spricht er ganz anders als am Anfang. Alles dreht sich bei ihm um die Rache der Ungläubigen. Er sagt, sie haben sich zusammengerottet. Aus vielen Regionen und Ländern strömen sie herbei und fallen über uns her. Die Ungläubigen können die Unterschiede untereinander vergessen, denn sie streben nur nach Macht und Geld, das macht sie alle gleich und ihre Religionen zu Lügengebilden. Ich frage ihn dann, was wir tun sollen, wenn das geschieht. Er sagt, uns bleibt nur, dass wir uns unsichtbar machen. Wir müssen unsere Kleidung wegwerfen und so tun, als wären wir wie alle anderen. Wir müssen untertauchen in der Flut der Ungläubigen, damit sie uns nicht mehr erkennen. Er sagt, ich könnte zurückgehen und zu Hause erst einmal so tun, als würde ich mein Leben von vorher weiterleben. Aber ich will das nicht. Es macht mich traurig, dass unsere Leichtigkeit des Aufbruchs verschwunden ist, dass alles schwer und düster geworden ist, obwohl wir gesiegt haben. Ich frage ihn nach den Schwestern, und er sagt, sie haben alle Angst. Ich frage ihn nach den Toten an den Laternen. Er sagt, im Krieg sterben Menschen. Sie waren Verräter an unserer Sache und am Glauben. Alles, was sie taten, war darauf aus, uns dasselbe anzutun. Wir waren nur schneller. Vielleicht, hat er einmal gesagt, war die Idee mit den Filmen von der Hinrichtung unserer Feinde ein Fehler. Ich habe ihn gefragt, warum. Er sagte, vielleicht haben wir uns zu viele Feinde damit gemacht. Wir haben es den Ungläubigen zu einfach gemacht, in uns ihre Feinde zu erkennen. Außerdem konnten sie sich mit Hinweis auf diese Clips viel leichter miteinander verbünden, weil sie wussten, dass es jeden von ihnen hätte erwischen können. Aber die Schlächter in den USA, in Damaskus, in Teheran, in Moskau, in Paris und Berlin sieht niemand am Werk. Niemand sieht, wie sie die Welt mit Terror überziehen – niemand will es sehen. Wir haben der Welt gezeigt, was geschieht, wenn man das Kalifat bedroht. Sie wissen alle, dass so etwas jeden Tag passiert, aber wir haben es gezeigt, und vielleicht war das ein Fehler. Wahrscheinlich ist es klüger, seine Gegner im Verborgenen zu töten, wie es all die ungläubigen Regime um uns herum tun. Sie werden weiter existieren, sie werden all das jeden Tag weiterhin tun, ohne dass man über sie herfällt. Nein, man wird mit ihnen verhandeln und Geschäfte machen. Und Faruk sagt, wir müssen uns vorbereiten, die Stadt zu verlassen, und dass ich niemandem von dem erzählen darf, was er gesagt hat. Ich weiß nicht, warum, aber es fällt mir sehr schwer, nicht davon zu reden. Ich habe niemanden, mit dem ich offen über all das sprechen kann. Es wäre viel leichter, wenn wir noch eine Gemeinschaft wären. Aber ich glaube, alle Schwestern führen ähnliche Gespräche mit ihren Männern. Alle haben auch schon die Taschen und Koffer herausgelegt. Die Händler in den Straßen tun so, als wäre nichts. Sie verhalten sich ganz unauffällig. Aber sie warten. Ich kann das spüren, denn sie sind nicht mehr wie am Anfang, als wir stark waren. Da waren sie aus Angst freundlich. Jetzt ist da eine Neutralität, sie schauen nicht einmal auf, wenn man sie anspricht. Ein paar von ihnen ignorieren mich sogar. Das macht mich wütend, ich würde sie gern dafür bestrafen. Die Brüder patrouillieren noch immer jeden Tag auf den Straßen und Gassen. Sie nehmen Einzelne mit, wenn etwas gegen sie vorliegt. Aber auch wenn die Leichen an den Laternen hängen, werden die Leute immer stumpfer, sie sehen sie gar nicht mehr. Nur Lebende, die nach dem Verhör wieder nach Hause kommen, machen ihnen noch Angst. Ansonsten warten sie, dass es hier so kommt wie in Mossul. Es kommen Brüder und Schwestern von dort hierher, wir haben sie begrüßt und aufgenommen in unserer Stadt. Es gab einen kleinen öffentlichen Empfang auf dem Platz und ein gemeinsames Gebet. Erst danach konnte man mit ihnen reden und erfahren, was dort geschehen ist. Faruk hat mich mitgenommen zu einer Familie, die alles verloren hatte. Die Kinder waren krank. Auf der Flucht hätte die Mutter beinahe ihr Augenlicht verloren, weil sich etwas in ihren Augen entzündet hatte. Mit einem Lappen auf dem Gesicht erzählte sie. Von allen Seiten sind sie gekommen Kurden, Schiiten, Iraker, Amerikaner, und haben unsere Brüder abgeschlachtet. Die haben sich in großer Zahl geopfert, aber ihr Märtyrertod war umsonst. Die Stadt ist gefallen, weil die Übermacht einfach zu groß war und die Bevölkerung voller feiger Verräter. Faruk hat nur genickt und zu mir geschaut. Alles, was er vorhergesagt hatte, hatten diese Leute schon erlebt. Ich glaube, das ist für meinen Mann sehr schwer zu begreifen, vielleicht wird er daran zerbrechen. Er hat mehr gewollt, als das Regime in Damaskus zu stürzen. Er wollte einen neuen Staat aufbauen, ganz anders als alles zuvor. Denn nur so kann man etwas verändern. Man muss es vollkommen anders machen als vorher. Keine Marionettendiktatoren, keine korrupten und heuchlerischen Cliquen wie in den Emiraten und Saudi-Arabien. Und vor allem keine Schleimerei vor dem verdorbenen Europa, wo Freiheit nichts anderes als Gier und Gottlosigkeit ist. Wo jeder sich verkauft und so tut, als wäre das authentisch. Es könnte ihn umbringen, und das macht mir Sorgen. Ich leide auch, aber umso mehr, wenn er leidet. Vielleicht ist es falsch, aber ich bin nun einmal ihm gefolgt, und er folgte der Idee. Ich weiß einfach nicht, was aus uns werden soll. An das Zurückgehen habe ich nie gedacht. Nie habe ich es mir vorgestellt. Ich müsste dann meine Mutter irgendwann anrufen, vielleicht auch meinen Vater. Faruk sagt sogar, wir könnten eingesperrt werden als Terroristen. Das will ich mir nicht vorstellen. Ich will so lange wie möglich hierbleiben. Vielleicht finden wir noch einen anderen Ort, irgendwo auf dem Land, wo wir uns verstecken können. Wir könnten unsere Identitäten wechseln. Wenn wir das schaffen würden, dann wären wir wenigstens zusammen frei. Faruk aber sagt, es ist gefährlich. Wir müssen genau den richtigen Zeitpunkt abwarten. Er sagt, irgendwann wird es Chaos geben, und dann könnten wir es vielleicht schaffen …«

Murad zündete sich eine weitere Zigarette an. Er brauchte eine Weile, um all das Gesagte zu verarbeiten. Natürlich beschäftigte ihn wieder einmal die Frage, ob diese Frau Naima sein könnte. Doch die Ungewissheit blieb, auch jetzt, nachdem er ihr so lange zugehört hatte. Beinahe amüsierte er sich über sich selbst, aber die kurze Bemerkung über ihren Vater ließ ihm diese Sprecherin plötzlich doch nahekommen. Was, wenn er damit gemeint war, wenn sie in dem Augenblick, da sie das sagte, tatsächlich sein Bild im Kopf gehabt hatte? Er hörte sich diese Passage noch einmal an. Wenn du es bist, dachte er, dann schaust du schon aus großer Entfernung auf mich, beinahe bin ich für dich nur noch eine Erinnerung an vergangene Zeiten. Manchmal sind es unsere Entschlüsse, die ein Davor und ein Danach schaffen, und die Zeit scheint sich dem zu fügen und dazwischen Abgründe zu öffnen wie Erdspalten. Dann scheint die Vergangenheit vergangener, als sie wirklich ist. Genau das hast du getan, meine ferne Vielleicht-Tochter.

Er erhob sich und ging wieder zum Bach, um seine Kleiderwäsche zu beenden. Als er dort hockte, überfiel ihn ein neues Gefühl. Er atmete plötzlich schwer und spürte, wie sehr er sich wünschte, dass sie es war. Denn diese Sprecherin hatte eine seiner geheimen Hoffnungen erfüllt: Jeder, der das hörte, würde wissen, dass sie sich eine gewisse Menschlichkeit bewahrt hatte. Da sprach kein Monster, keine vom Fanatismus verblendete Kriegerin, sondern eine Frau, deren Motive man bis zu einem gewissen Grad nachvollziehen konnte. Jedenfalls ging es ihm so, und auch wenn er möglicherweise ihr Vater war, meinte er, objektiv urteilen zu können. Hier sprach nicht der Freak, den man mit dem Blick des Westens erwartet hätte. Gewiss, dieser Faruk mochte ein gefährlicher Mann sein, der seine Überzeugungen nicht mehr verraten würde. Und sie stand unter seinem Einfluss, das war unüberhörbar. Aber dennoch, dachte Murad und seufzte, bestand die Chance, sie zurückzugewinnen. Denn sie war ihm, Faruk, gefolgt, wie sie sagte, und das war, ohne dass sie es bemerkt hatte, schon ein Zeichen von Unglauben.

»Du siehst aus wie ein Bettler«, sagte Abbas, der plötzlich hinter Murad aufgetaucht war. »Inzwischen erinnerst du mich an meinen Vater. Du bist sein würdiger Nachfolger.«

Murad fuhr herum und richtete sich auf. Noch immer in Unterwäsche, stand er vor dem Mann und blickte ihn verdattert an. Er wusste nicht, was er sagen sollte. Er fühlte sich genau so, wie er für den anderen aussehen musste. Er war abgemagert, seine Hände waren kalt vom Wasser, und zu einem Gespräch glaubte er sich kaum imstande. In diesem Augenblick sah er sich selbst durch die Augen von Abbas, vereinzelt wie alles in dieser Landschaft, die Steine, der Baum, der Bach und dazu noch fast nackt.

»Was willst du?«, stammelte er.

Abbas watschelte auf ihn zu und hob eine Hand, um Murad zu beruhigen.

»Ich wollte dich nicht stören. Und du kannst auch gleich weitermachen mit dem da.«

Er wies auf den kleinen Wäschehaufen am Ufer und machte dabei ein Gesicht, als handele es sich um ein totes Tier.

»Der Chef hat nach dir gefragt. Du weißt schon, der Mann aus dem Teehaus unten.«

Murad entspannte sich etwas und beugte sich wieder über seine nassen Kleider. Er war unwillig und wollte etwas tun, während er mit Abbas sprach.

»Was will er?«, sagte er.

Abbas trat noch näher an ihn heran.

»Er sagt, er hat Informationen für dich.«

Murad richtete sich auf, ließ seine Wäsche los und trocknete seine Finger an seinen Boxershorts. Jetzt erst wurde er wach. Dieser Mann, mit dem er kaum einmal ein Wort gewechselt hatte, wollte etwas von ihm. Das kam ihm in seiner gegenwärtigen Lage vor wie ein Störgeräusch, etwas, das zu allem, was ihn ohnehin belastete, hinzukam, dabei aber keinen Sinn ergeben wollte.

»Was könnten das für Informationen sein? Er kennt mich nicht, ich kenne ihn nicht.«

Abbas stand jetzt ziemlich dicht vor ihm. Die Situation schien auch ihm unangenehm zu sein, dennoch hatte er die Sache für wichtig genug befunden, um extra hierherzukommen.

»Er kennt dich nicht, aber er weiß, warum du hier bist.«

»Woher weiß er das?«

»Er weiß alles, was hier vor sich geht. Er redet nicht viel, aber er ist sehr aufmerksam.«

Das alarmierte Murad. Plötzlich fühlte er sich überwacht, es war vorbei mit seiner Zurückgezogenheit und mit dem Schutz der Einsamkeit.

»Arbeitet er für irgendwen?«

Abbas schüttelte den Kopf und kratzte sich etwas zu heftig den Bart.

»Nein. Aber er ist einer von denen.«

Er wies hinter sich in Richtung der Ebene.

»Was bedeutet das? Hat er mit meinen Schleusern zu tun?«

»Er hat mit Daesh zu tun«, sagte Abbas leise. »Das sagt er nicht laut, aber wir alle wissen es.«

»Was heißt das?«

Murad hob hilflos die Hände, weil er die Informationshäppchen leid war.

»Das heißt nicht viel. Er ist, wie sagt man das, ein Sympathisant. Wir alle wissen es. Hier gibt es viele von denen. Sie sind fromm und glauben an das Geschwätz dieser Irren. Oder sie haben dort Leute, die sie kennen, Familie …«

Murad raffte seine Wäsche zusammen und ging langsam zum Häuschen hinüber. Gleich vor der Eingangstür stand noch immer der Wäscheständer. Er begann, die Kleidungsstücke daran aufzuhängen, während Abbas weitersprach.

»Du musst nicht hingehen. Aber er ist ein wichtiger Mann in dieser Gegend.«

»Ist das so?«

Noch immer war Murad nicht bereit, dieses Gesprächsangebot zu akzeptieren. Er empfand es eher wie ein Eindringen in seine Privatsphäre. Und der Eindringling, der nie das Gespräch mit ihm gesucht hatte, zwang ihn nun zu einer Reaktion. Als hätte er seine Gedanken gelesen, sagte Abbas:

»Er redet nicht viel. Und er hat auch nicht viele Freunde. Eigentlich verbringt er die meiste Zeit allein. Aber er stammt aus einer sehr alten Familie, er ist ein Agha. Deshalb solltest du dir vielleicht doch anhören, was er zu sagen hat.«

Murad war fertig mit dem Aufhängen der Wäsche. Er bemühte sich, einen nachdenklichen Gesichtsausdruck zu zeigen.

»Wie hat er gefragt? Ich meine, wie hat er sich an dich gewandt?«

»Er hat den Jungen geschickt. Heute Morgen.«

Allmählich nahm die Sache in Murads Kopf Gestalt an. Dieser Mann hatte ein Auge auf ihn gehabt, hatte vielleicht sogar Informationen eingeholt und sich nun entschlossen, ihn zu sich zu rufen. Er fragte sich, ob es von Belang sein konnte, was er ihm zu sagen hatte. Auch wenn Abbas bemüht war, seinen Worten Nachdruck zu verleihen, hieß das nicht viel. Er war ein Nachbar und führte hier nur einen Auftrag aus. Murad bot ihm an, mit ihm in das Häuschen zu gehen und einen Tee zu trinken. Aber wie erwartet lehnte Abbas höflich ab. Möglicherweise betrat er seines Vaters letzte Unterkunft auf Erden nicht gern, vielleicht war ihm aber die Nähe zu seinem seltsamen Gast inzwischen auch unheimlich. Murad ließ ihn gehen.

Als er auf seiner Bank saß und sich in die Decke gewickelt hatte, wurde ihm klar, dass er im Grunde keine Wahl hatte. Er brauchte jede Information, die ihm angeboten wurde. Mit noch immer kalten Händen bereitete er sich einen Tee zu, öffnete dann wieder das Audiofile der Frau, spielte es ab, schaltete aber auf stumm. Er betrachtete den kleinen Balken, wie er sich voranarbeitete, und lauschte einem Vogel, der, halb singend, halb krächzend, draußen vor dem Fenster auf sich aufmerksam machte. Das Geräusch wirkte verloren und eben, wie alles hier, vereinzelt.

Nach einer Weile beschloss Murad, den Chef aufzusuchen. Er begann sorgfältig, seine zweite Kleidungsgarnitur zu sortieren, bevor er sie anzog. Dabei fiel ihm auf, wie schlecht er für alles Bevorstehende gerüstet war. Nur seine Schuhe schienen ihm einigermaßen geeignet für das große Abenteuer. Als er jetzt auf sein Hemd, den Wollpullover und seine Jacke blickte, kam er sich vor wie ein Aufschneider, der am besten genau dort bleiben sollte, wo er gerade war.

Auf dem Weg in den Ort hinunter beschäftigte ihn die letzte Nachricht der Frau in Rakka noch immer. Nach wie vor wünschte er sich, dass es Naima war, die da gesprochen hatte. Er versuchte zu ermitteln, inwieweit ihn die Hoffnung auf ihre mögliche Rettung von dort motiviert und seine darunterliegende Mutlosigkeit überdeckt hatte. Im Grunde fühlte er sich jetzt weitaus schwächer als am Anfang seiner Reise. Er hatte zwar keine Beschwerden des Verdauungstrakts mehr und auch die Schmerzen in seinem Bein nach dem Unfall waren inzwischen abgeklungen, aber sein Geist hatte gelitten. Würde man nur meinen Kopf betrachten, dachte er, dann könnte man feststellen, dass ich ein Wrack bin. Nicht einmal Heimweh kann ich mehr empfinden und jede Anforderung von außen, selbst ein Telefonat, überfordert mich.

Er tapste vor sich hin, hatte kaum Augen für die Landschaft, spürte nur die Steine unter den Sohlen und war selbst hier, in dieser Weite, kein bisschen befreit. Die Umgebung empfand er als öde und abweisend. Nichts an ihr war einladend, und darin glichen ihr auch die Menschen, die hier lebten. Ihm kam plötzlich in den Sinn, wie er einmal doch versucht hatte, Naima ihr fernes Erbe näherzubringen.

Damals kamen sie von einem Silvesterbesuch bei seinen Eltern zurück nach Hause. Murads Vater war gesprächig gewesen und schenkte seiner Enkelin besondere Aufmerksamkeit. Er erzählte ihr von Tunceli, woher er ursprünglich stammte, von den Hühnerkäfigen im Hof des Hauses, den Reissäcken, die in den unteren Räumen an den Wänden gestapelt lagen.

»Es gab dort unten einen alten Mann«, sagte er, während Naima ihre großen braunen Augen nicht von seinem Gesicht lassen konnte. »Er wohnte dort einfach, war nicht mit uns verwandt. Ich weiß nicht, wie es kam, aber irgendwann lebte er wie ein Geist in diesen Räumen mit den Reissäcken. Als Kind hatte ich immer ein wenig Angst vor ihm und zugleich schämte ich mich dafür. Denn er war sehr nett zu mir. Weil er aber alt war, weil seine Haut anders war als meine, weil er weiße Haare hatte und eine raue Stimme, habe ich mich, obwohl ich es nicht wollte, immer ein bisschen vor ihm gefürchtet. So wie du jetzt vor mir.«

»Nein«, rief Naima sofort, »ich fürchte mich nicht. Das stimmt nicht.«

Sie schüttelte heftig den Kopf mit ihrem kleinen zappelnden Zopf.

Ihr Großvater hörte das gern, und Murad war sicher, dass er es auch nur gesagt hatte, um sie zu einer solchen Reaktion zu verleiten. Er lächelte, streichelte mit dem Rücken seines Zeigefingers ihre Wange und sagte:

»Das ist schön. Dann bist du klüger, als ich es damals war. Eines Tages war der Mann länger fort. Meine Mutter fragte: ›Wo ist er geblieben? Hat er genug von uns, der alte Herumtreiber?‹ Wir warteten drei Tage lang. Dann ging eine meiner Tanten in die Stadt und erkundigte sich nach ihm. Nun, einige Leute hatten ihn gesehen, andere sogar mit ihm gesprochen. Er ist durch den Basar geschlendert, und er war sehr freundlich zu allen, die er traf. Das war am ersten Tag. Am zweiten gab es schon nur noch einen Gemüsehändler, der kurz mit ihm gesprochen hatte. Und er erzählte, unser Hausgeist hätte schon sehr erschöpft gewirkt und Flecken an seiner Kleidung gehabt …«

»Papa, was erzählst du ihr da?«, ging Murad damals dazwischen, weil er, ohne diese Geschichte jemals selbst gehört zu haben, fürchtete, sie würde ein schlechtes Ende nehmen und Naima überfordern.

»Lass ihn«, sagte sie laut, »ich will wissen, wie es weitergeht.«

Wieder streichelte Murads Vater ihre Wange.

»Am dritten Tag hatte man ihn nicht mehr gesehen. Meine Tante fragte jeden, aber niemand erinnerte sich. Sie war darüber erschrocken und dachte natürlich, ihm sei etwas zugestoßen. Und du musst wissen, in den Zeiten damals, war es nicht so leicht, jemanden zu finden. Manchmal blieben Leute einfach verschwunden, und man erfuhr nie, was aus ihnen geworden war. Früher war das so. Aber immerhin hatte der Mann seit Jahren bei uns gelebt. Meine Tante ging also zur Polizei. Das waren aber nur drei faule junge Männer. Sie hörten sich an, was sie zu sagen hatte, und spielten dabei Tavla. Am Ende sagten sie ihr: ›Er wird schon zurückkommen, wenn er Hunger hat.‹ Dabei blieb es.«

»Und, wann kam er zurück?«, fragte Naima, weniger enttäuscht als entsetzt.

»Etwa ein Jahr später«, sagte ihr Großvater, »sah ich ihn eines Nachts im Hof unseres Hauses. Ich hockte am Fenster, so wie du vorhin, als die Raketen am Himmel leuchteten. Und ich sah genau, wie er mir zuwinkte. Dann tat er etwas Seltsames. Er legte die Hände an den Mund, als würde er etwas rufen. Dann atmete er tief ein und – atmete sich selbst aus. Er verschwand durch seine eigenen Hände, und diese schließlich mit ihm. Meine Mutter sagte, ich hätte einen Geist gesehen. Aber ich bin mir sicher, er war es selbst.«

»Warum hat er das getan?«

»Ich glaube, er wollte die Ungewissheit beenden. Nichts ist schlimmer als Ungewissheit, weißt du.«

Hätte sie sich das nur zu Herzen genommen, dachte Murad und erreichte gerade die Straße des Ortes. Er erinnerte sich deutlich daran, wie er damals versuchte, Naima diese Geschichte zu erklären. Er erzählte ihr von jenen Wesen, halb Mensch, halb Geist, die Allah geschaffen hat und die ihm ebenso dienstbar sind wie die Menschen aus Fleisch und Blut. Ihr Großvater, sagte er zu ihr, habe vielleicht ein solches Wesen gesehen. Das löste in Naima ein überraschend starkes Interesse für den Islam aus, das, wenngleich es kindlicher Natur war, über längere Zeit anhielt. Er dachte darüber nach, aber diese Episode war, soweit er sich erinnern konnte, die einzige Spur einer religiösen Prägung seiner Tochter.

Kurz blieb er stehen, weil er sich plötzlich sicher war, sie konnte nicht freiwillig wortlos verschwunden sein. Wahrscheinlich hatte ihr dieser Mann eingeredet, es sei notwendig. Er setzte sich kurz am Straßenrand auf einen Steinblock. Vor dem Teehaus, etwa hundert Meter weiter, standen ein alter Pritschenwagen und dahinter auch noch ein schwer beladener Esel. Der Chef empfing wohl gerade Lieferungen, so hatte Murad noch ein paar Minuten Zeit. Er blickte in die entgegengesetzte Richtung, bemüht, sich so gut wie möglich an seine letzte Begegnung mit Naima zu erinnern. Er grübelte ein wenig nach und kam erneut zu dem Schluss, dass sie etwa drei Wochen vor ihrem Verschwinden stattgefunden haben musste. Sie kellnerte zu dieser Zeit gerade aushilfsweise, was Murad sofort an Dorothee erinnerte.

»Wie die Mutter, so die Tochter«, sagte Naima schnippisch und hörte dabei nicht auf, Weingläser zu polieren.

Es war Spätnachmittag, an einem Sonntag. In dem Café war nicht viel los. Naima trug ein schlichtes Longtop, das ihr gut stand, eine ziemlich verschlissene Jeans und Sneakers, so weiß und neu, dass sie im Dämmerlicht des Raumes zu leuchten schienen. Ihre dunklen Haare hatte sie hochgesteckt, sie wirkten wie ein Federschmuck. Das war ganz und gar nicht die verschleierte Frau auf den Fotos.

Sie musste damals längst schon den Plan für ihre Reise

gefasst haben, aber in ihrem Verhalten deutete absolut nichts darauf hin. Sie war ihm gegenüber wie immer anfangs etwas abweisend, taute dann auf, setzte ihn kurz und sachlich über ihre Situation und ihre Pläne ins Bild und witzelte am Ende sogar mit ihm herum. Nach der Trennung von Dorothee hatte er mit Naima zu einer Art stillem Einverständnis gefunden, dieses Thema zu vermeiden. Es gab Andeutungen, zumeist aber umgingen sie es. Ihm war es lieber so, denn hätte sie ihn gezwungen, sich zu erklären, dann wären ihm selbst mit Mühe nur Gemeinplätze eingefallen.

Jetzt bedauerte er, sie nie nach ihrem jeweils aktuellen Freund gefragt zu haben. Aber auch hier hatten sie eine stille Übereinkunft, die sich mit seinen väterlichen Gefühlen vertrug. Eigentlich ging es ihn nichts an, und wenn Dorothee diesbezüglich etwas mehr wusste, so sprach auch sie nicht mit ihm darüber. Murad wollte einfach nicht der überwachende Vater sein, eine Rolle, die zu spielen man von Leuten wie ihm im Westen förmlich erwartete.

Möglicherweise hatte er es mit seiner Zurückhaltung auch übertrieben, zumal der Kontakt zwischen ihm und Naima nach der Trennung sporadisch wurde. Aber er hatte sich dabei wohlgefühlt und nie auch nur den Verdacht gehegt, von einem ihrer Freunde könne eine Gefahr ausgehen. Zwei hatte er kennengelernt, doch Naima war letztendlich nur für so kurze Zeit mit ihnen zusammen, es war beinahe nicht der Mühe wert gewesen. Junge Kerle, die vor ihm saßen und erwachsener wirken wollten, als sie waren. Alles an ihnen war noch in der Ausbildung, selbst ihre Sprache. Daher übernahm Naima das Reden und achtete dabei darauf, sie als zuverlässig darzustellen. Zuverlässigkeit, das war, worum es ihm und ihrer Mutter ging, so meinte sie wohl. Das Problem aber bestand ganz offensichtlich darin, dass sie etwas anderes wollte, jedenfalls mehr als Zuverlässigkeit, vielleicht eine Leidenschaft im flackernden Schein religiöser Verzückung. Murad wollte lachen bei diesem Gedanken und musste husten. Er erhob sich. Eine der unerträglichen Besonderheiten meiner Situation, dachte er, besteht darin, mir ständig vorstellen zu müssen, was in meiner eigenen Tochter vorging, und mich dazu der abgeschmacktesten Filmbilder zu bedienen, weil ich einfach keine Ahnung habe.

Der Fahrer des Pritschenwagens war noch immer mit dem Abladen beschäftigt, als Murad das Teehaus betrat. Es gab keine Gäste, und vom Chef war nirgends etwas zu sehen. Der Lieferant prustete, als er an ihm vorüberging, und wischte sich mit dem Unterarm über die Stirn. Murad warf ihm einen Gruß zu, den der andere nicht erwiderte.

Zum ersten Mal wagte er sich in die Räume hinter der Bar. Er betrat ein Labyrinth, denn den Hauptgang kreuzten mehrere schmale Gänge, an deren Enden sich jeweils ein Raum oder eine Kammer befand. Alle Türen standen offen, der Lieferant schien zu wissen, wohin er seine Waren bringen musste. Murad ging einmal bis ans Ende des Hauptganges, drehte sich um, blieb stehen und rief den Chef. Nichts rührte sich. Er ging zurück in

Richtung Terrasse mit der Absicht, sich dort zu setzen und zu warten, da stand der Chef plötzlich dicht vor ihm. Murad war überzeugt, er hatte diesen Moment abgepasst und sich bis dahin vor ihm versteckt. Das amüsierte ihn, er ließ es sich aber nicht anmerken, als er den Mann begrüßte und sich von ihm auf die Terrasse begleiten ließ.

Sie setzten sich einander gegenüber, und Murad ließ sich von diesem wortkargen Menschen geduldig mustern. Der Chef war ein Mann von etwa fünfzig Jahren. Die Haut in seinem Gesicht und am Hals war rau, aber nicht sonnenverbrannt, eher wie von einem Ausschlag. Er war bereits faltig, die großen Hände mit den knotigen Gelenken verschränkte er vor sich und lehnte seine Wange daran. Sein Blick war beinahe zurückhaltend und mild. Murad hatte etwas anderes erwartet, dieser Mann schien kein Tyrann zu sein, eher ein in sich gekehrter Starrkopf, auf dessen Informationen er nun gespannt wartete. Der Chef ließ sich Zeit, es wirkte, als fehlten ihm die Worte, um den Fremden anzusprechen.

»Du bist aus Deutschland«, stieß er schließlich hervor.

»Ja, ich lebe in Berlin.«

»Ich habe dich erwartet.«

»Ich weiß. Ich habe mich beeilt herzukommen.«

»Ich hole uns einen Tee.«

Damit erhob sich der Chef, und Murad entspannte sich. Im Rahmen seiner Möglichkeiten hatte dieser Mann das Eis gebrochen. Jetzt hieß es nur noch abzuwarten, was er zu sagen hatte.

»Du willst doch nach Sanliurfa?«, sagte der Chef, nachdem er die Teegläser abgestellt und sich gesetzt hatte.

»Woher weißt du das?«

Jetzt verzog der Mann den Mund zu einem sehr feinen Lächeln.

»Du merkst es nicht, aber du bist hier für viele Leute sehr interessant. Sie achten auf alles, was du tust. Schon am Morgen wissen sie, wo du am Mittag sein wirst.«

»Jetzt übertreibst du.«

»Aber nur ein bisschen. Hier ist es anders als in Deutschland. Wir müssen wissen, was unsere Nachbarn tun.«

»Wozu?«

»Weil unsere Nachbarn gefährlich sein könnten.«

Mit seinen verschränkten Händen machte er eine kleine Bewegung in Richtung der Ebene. Murad nickte, um ihm Verständnis zu signalisieren.

»Wenn du es also weißt, warum wolltest du mich dann sprechen?«

»Deine Tochter …«

Schlagartig wurde Murad heiß. Er hatte nie in Erwägung gezogen, ein Fremder könnte etwas über Naima wissen. Aber es war nur seine touristische Blödheit gewesen, die ihm eingab, hier ausschließlich Unbeteiligte zu treffen. Jetzt ärgerte er sich über sich selbst, über seine Naivität und, mit einem unangenehmen Nebengedanken an Dorothee, seine Passivität. Ich hätte das wissen, hätte hier jeden Stein umdrehen und alle Leute befragen müssen. Stattdessen sitze ich in einem Häuschen am Bach herum und lasse die Zeit verstreichen.

»Was weißt du über sie?«, sagte er und gab sich alle Mühe, unbeeindruckt zu wirken.

Der Chef aber hatte seine Verunsicherung wahrgenommen.

»Man merkt, du bist nicht von hier. Hast du in Sanliurfa eine Verabredung?«

»Ja, mit einem Freund. Er kommt auch aus Deutschland.«

»Ein guter Freund?«

Die Fragerei wurde Murad unangenehm, er fühlte sich verhört, zwang sich dennoch, ruhig zu bleiben.

»So gut man ihn sich wünschen kann.«

»Hat er gesagt, dass ihr euch treffen sollt?«

Murad trank seinen Tee, stellte sehr vorsichtig die Tasse ab und lehnte sich zurück.

»Warum willst du das wissen? Bist du ein Polizist?«

Er war von seiner eigenen Angriffslust überrascht. Der Chef aber lachte nur stumm.

»Ich will dich warnen«, sagte er, als der Lieferant an den Tisch trat, sich mit einem Tuch den Schweiß von Stirn und Hals wischte und Bescheid gab, er habe nun auch den Esel abgeladen.

Der Chef gab Murad ein Zeichen, erhob sich und verschwand mit dem keuchenden Mann in den Räumen hinter der Bar. Er will mich warnen, dachte Murad, und empfand das Ganze als etwas melodramatisch. Jetzt, nach all den Wochen, kommt er damit. Am Anfang wäre es mir eine Hilfe gewesen, mit jemandem wie ihm zu sprechen, einem Einheimischen, der mir vielleicht hätte Ratschläge geben können. Aber jetzt ist doch schon alles entschieden. Er spürte seine Erschöpfung und gleich dazu seine Angst. Wie eine Müdigkeit, die immer aufs Neue von einer kontrollsüchtigen, die Glieder verkrampfenden Nervosität zurückgedrängt wurde.

Genau in diesem Moment sah er wieder die Frau mit der Stofftasche. Sie schritt mehr über die Ebene, als dass sie ging. Zielstrebig wie immer war sie unterwegs, aber diesmal wollte Murad sie nicht davonkommen lassen. Er hätte nicht zu sagen gewusst, warum, aber er musste jetzt und hier dieses Rätsel auflösen, und er hatte dabei den verrückten Gedanken, genau das würde ihm in seiner aktuellen Situation helfen.

Er stand auf, schob geräuschvoll den Stuhl zurück, verließ die Terrasse, ging in normalem Tempo über die Straße, um dann loszulaufen. Anfangs war es wie beim Joggen, seine Glieder lockerten sich allmählich und wurden warm, nach einigen Metern konnte er das Tempo erhöhen. Der Wind drückte ihm ins Gesicht, sauste um seinen Kopf und erzeugte ein Brausen in seinen Ohren. Nach hundert Metern bereits musste er durch den Mund atmen, nach weiteren hundert Metern entrang sich seiner Kehle ein Röcheln. Er war völlig aus der Form und wollte dennoch nicht anhalten, bevor er dieser Frau gegenüberstand.

Schließlich erreichte er sie, die ihm bereits ängstlich entgegenblickte, blieb stehen, krümmte sich, hielt sich die Seite und versuchte, so deutlich wie möglich zu sprechen, als er sagte:

»Es tut mir leid, es ist wichtig. Ich will nur wissen, was in der Tasche ist.«

Die Frau war stehen geblieben, hörte ihn an und ging einfach weiter. Murad blickte ihr nach, sah den quer über ihren Rücken verlaufenden Riemen der Tasche, schaute sich um und wusste, er würde diese Ödnis nicht unverrichteter Dinge verlassen. Er tat noch drei ruhige Atemzüge, dann lief er ihr hinterher, erreichte sie, packte den Taschenriemen und zog ihn so sanft, wie es ihm möglich war, von ihrer Schulter. Sie hielt die Tasche fest, aber damit hatte Murad gerechnet. Rasch stieß er seine Hand hinein, griff nach dem Inhalt und schob die breite Lasche beim Herausziehen beiseite. Die Frau gab ein leises Geräusch von sich, es klang wie ein Wimmern. Sie riss die Tasche nicht an sich, hielt sie nur so, als würde sie etwas Kostbares enthalten.

Was Murad in der Hand hielt, war feine, hellgraue Asche. Er glotzte darauf, knetete diese leichte Substanz und steckte sie sogleich wieder in die Tasche zurück, wischte seine Hand an den Innenseiten ab und zog sie leer wieder heraus. Er erwartete einen hasserfüllten Blick der Frau, die aber presste die Tasche nur vor ihre Brust und ging weiter. Wie gern hätte er ihr erklärt, dass ganz allein seine Hilflosigkeit für sein Verhalten verantwortlich war. Aber warum hätte sie das kümmern sollen?

Er wandte sich ab und ging langsam zurück. Der Chef saß am Tisch und hatte ihn beobachtet. Murad wich seinem Blick aus, verschnaufte kurz neben seinem Stuhl und setzte sich dann.

»Sie trägt Asche in ihrer Tasche herum«, sagte er nach einer Weile und zeigte dem Mann seine grau bestäubte Hand.

»Sie ist eine Syrerin. Sie geht zum Flüchtlingslager. Vor allem aber geht sie, jeden Tag.«

Murad fühlte sich elend. Er wollte dieses Gespräch beenden und sich wieder auf den Weg zu seiner Hütte machen.

»Wovor also willst du mich warnen?«

»Ich will dir sagen, halte dich an die Kurden dort.«

Murad versuchte noch immer, die Asche von seiner Hand zu entfernen, blickte auf und war verwirrt.

»Ich verstehe nicht. Ich treffe mich dort mit einem Freund, es gibt keinen Grund, mich mit irgendwelchen Kurden zu beschäftigen.«

Der Chef grinste, und Murad hatte wie schon so oft zuvor das Gefühl, vollkommen im Dunkeln zu tappen. Doch es ärgerte ihn auch, immer wieder in diese Situation zu geraten. Er sehnte sich danach, endlich in sein vertrautes Umfeld zurückzukehren, um nicht wieder und wieder in rätselhaft grinsende Gesichter blicken zu müssen und darauf zu warten, dass ihm etwas Verborgenes mitgeteilt wurde. Das ist mein Heimweh, dachte er, in dieser Form zeigt es sich.

»Du willst doch deine Tochter finden. Gut. Dafür musst du die Grenze überqueren. Wer wird dich schützen, wenn du drüben unterwegs bist? Hast du darüber schon nachgedacht?«

Murad zögerte mit der Antwort, denn was der Mann sagte, schien eine Lücke in seinem Plan zu offenbaren.

Seine Hand war jetzt weitgehend sauber, als er sein Kinn auf sie stützen wollte, meinte er allerdings, einen unangenehmen Geruch wahrzunehmen. Rasch nahm er den Arm vom Tisch und bemerkte, wie aufmerksam ihn der Chef beobachtete.

»Du hast also noch nicht darüber nachgedacht.«

»Die Leute, die ich bezahlt habe, sagen, sie würden es regeln.«

»Die Leute, die du bezahlt hast, sind Idioten. Sie regeln alles genau bis zur Grenze, danach reichen sie dich weiter. Das sollte dir klar sein.«

»An wen reichen sie mich weiter?«, fragte Murad ängstlich.

»An die Kurden, nehme ich an.«

»Syrische Kurden?«

Der Chef grinste wieder.

»Syrisch, türkisch, irakisch – das spielt keine Rolle. Gib mir eine Zigarette. Allah ist gnadenreich und wird sie mir verzeihen.«

Murad hielt ihm die Schachtel hin, der Chef wählte die Zigarette aus wie eine Praline, steckte sie sich an und inhalierte genüsslich.

»Was also soll ich deiner Meinung nach tun?«

Murad drängte zwar, war aber nicht ungeduldig. Inzwischen hatte er begriffen, dieser Mann hatte ihn nicht zum Spaß hergebeten.

»Du solltest Kontakt aufnehmen, wenn du dort bist. Und du musst dich beeilen, denn mit Rakka ist es bald vorbei.«

»Woher weißt du das?«

»Ich höre Radio. Wenn du losfährst, nimmst du alles mit, was du hier hast. Du fährst nicht, um zurückzukehren, denn das wird nicht geschehen. Bist du einmal in Sanliurfa, musst du von dort die Straße nach Rakka nehmen. Es gibt keine andere Möglichkeit. Hier kannst du nichts ausrichten. Dein Freund ist ein guter Mann, du kannst dich auf ihn verlassen.«

»Du kennst ihn also schon?«, sagte Murad verblüfft.

»Ich kenne ihn nicht. Aber wir haben miteinander gesprochen.«

»Worüber habt ihr miteinander gesprochen?«

»Über dich.«

Ich bin in einem Labyrinth, dachte Murad. Dorothee lag wieder einmal richtig, das alles geht weit über mein Verständnis hinaus. Ich hätte Aziz schicken und zu Hause, in meiner Wohnung wartend, im Kreis gehen sollen.

»Weißt du etwas über meine Tochter? Eine Kleinigkeit …«

»Nicht mehr als du.«

»Diese Audiofiles, meinst du, sie sind von ihr?«

Der Chef hob die Schultern und drückte seine Zigarette aus.

»Du bist dir nicht sicher, obwohl du ihre Stimme gehört hast? Wer sollte dann sicher sein? Die Leute, die du beauftragt hast, haben dir gegeben, was möglich war.«

Murad knabberte an seinem Daumennagel.

»Und du meinst nicht, dass sie mich betrogen haben?«

»Sie haben dir gegeben, was du brauchtest. Es mag teuer gewesen sein, aber es war dir ja auch viel wert. Du bist hergekommen, hast lange gewartet und bist bereit, deine Tochter zu holen. Alles lief also nach Plan.«

»Sie werden sich nicht mehr bei mir melden?«

»Vielleicht schicken sie dir noch etwas, wenn sie es finden. Aber euer Geschäft ist beendet.«

»Hat Aram dich beauftragt, mir das zu sagen?«

»Aram ist kein Betrüger. Er ist ein Geschäftsmann.«

»Das schließt sich nicht aus, weder hier noch im Westen.«

Der Chef schwieg.

»Kennen sich mein Freund und dieser Aram persönlich?«, fragte Murad, einer Eingebung folgend.

»Das weiß ich nicht. Wir haben nie darüber geredet. Woher kanntest du Aram?«

»Über meinen Freund ...«

»Und?«

»Er hat mir erzählt, diese Schleuser würden ihre Dienste im Internet anbieten.«

Der Chef wiegte den Kopf.

»Von hier aus betrachtet wird das Internet überschätzt. Ihr im Westen verliert dadurch allmählich die Beziehungen zueinander. Beziehungen sind wichtig.«

Murad erschlaffte. Er kam einfach nicht weiter in seinem Versuch, Klarheit zu erlangen.

»Noch mal also, was genau soll ich deiner Meinung nach tun?«

»Du besuchst Sanliurfa nicht, sondern du regelst hier

alles und reist ab. Du wirst nicht zurückkommen müssen, weil du deine Tochter dort findest.«

»Eine verschleierte Frau wartet auf mich …«

»Du solltest nicht so mutlos sein. Sie ist es, ich bin sicher.«

»Das kannst du nicht sein«, brummte Murad traurig, »du sagst es einfach nur so.«

Das schien den Chef zu treffen.

»Das stimmt nicht. Es kamen zwar viele Kriegerbräute aus dem Westen hier an, aber doch nicht so viele, dass man sie nicht unterscheiden könnte. Du vertraust Aram nicht mehr, aber er hat früher schon einige Leute gefunden. Manche waren tot, andere lebten. Und«, der Chef machte eine kurze Pause, bevor er weitersprach, »nicht alle wollten zurück.«

»Darüber habe ich oft nachgedacht«, sagte Murad.

»Aber die Lage hat sich geändert. Sie hat keine Wahl. Du siehst also, du bist zum richtigen Zeitpunkt gekommen.«

Der Chef hatte alles gesagt, rückte den Stuhl zurück und erhob sich langsam. Murad tat es ihm gleich, sie schüttelten die Hände, und der Mann entließ ihn mit dem Satz:

»Ich gehe zum Gebet. Und du wirst bald haben, wonach du dich sehnst, Inschallah.«

Drei Tage später, es war ein Montag, rief Aziz an. Endlich seine Stimme zu hören, war für Murad so ungewohnt, dass er zunächst an der Identität des anderen zweifelte. Erst nach einigem Geplänkel war sich Murad sicher.

»Bist du bereit?«, sagte Aziz und wirkte dabei zuversichtlich und entschlossen.

»Ich habe alles geregelt. Mein Fahrer wartet auf meinen Anruf. Ich könnte sofort losfahren.«

»Das musst du nicht. Eine Nacht hast du noch. Morgen Vormittag macht ihr euch auf den Weg. Dann sehen wir uns in Urfa, so nennen wir diese Stadt, noch bei Tageslicht. Du triffst gleich als Erstes mich. Um deine Unterkunft habe ich mich gekümmert. Ihr kommt zum Gumruk Han im alten Basar. Dort gibt es ein Café, in dem ich auf dich warte. Du wirst mich nicht übersehen können.«

»Ihr nennt diese Stadt so? Wer seid ihr, Aziz?«

Es entstand eine kurze Pause, während der sich Murad wieder fragte, ob er mit dem richtigen Mann sprach. Aziz schien verändert, sprach, entgegen seiner sonstigen Gewohnheit, hastig und immer etwas zu leise, als würde er darauf achten, nicht belauscht zu werden.

»Das habe ich nur so gesagt. Hat nichts zu bedeuten.«

»Wie lange bist du schon im Land?«

»Ich habe dir doch gesagt, wann ich in Istanbul angekommen bin. Und seit gestern bin ich in Urfa. Warum fragst du, mein Freund? Was ist los mit dir?«

»Ich bin nur erschöpft. Und nach dem Gespräch mit deinem Informanten hier verstehe ich gar nichts mehr.«

»Ich werde dir alles erklären. Jetzt machst du dich bereit für die Reise. Wir werden nicht lange unterwegs sein.

Alles, worum ich dich bitte, ist, dass du noch eine Nacht schläfst, damit du hier nicht schlappmachst. Bleib ganz ruhig, es ist für alles gesorgt. Und mit ein wenig Glück, werden wir Erfolg haben.«

»Ich bin nicht bescheuert. Es geht mir gut. Ich begreife nur nicht, wie das alles zusammenhängt.«

»Ich werde es dir erklären, hab Geduld. Komm erst mal her. Es ist ein Jammer, Urfa ist voller Sehenswürdigkeiten. Der Kram ist teilweise uralt, unter normalen Umständen würdest du an jeder Ecke ausflippen …«

»Es sind aber keine normalen Umstände. Den Touristen habe ich zu Hause gelassen.«

»Ich weiß. Im Augenblick sind hier auch nicht viele Leute unterwegs. Die Lage ist sehr angespannt wegen der vielen Flüchtlinge. Sie sind nicht direkt hier, aber in der Nähe.«

»Bekommst du etwas von den Kämpfen mit?«

»Wenig, aber die kurdischen Kämpfer erzählen schlimme Sachen. Im Moment herrscht ein wenig Chaos, weil niemand weiß, wann der Zusammenbruch erfolgt. Aber wir haben einen guten Zeitpunkt gewählt, jeden Moment kann es so weit sein, und dann nutzen wir unsere Chance, verstehst du?«

»Ich verlasse mich auf dich, wie immer.«

»Wir werden das schaffen. Wir bringen Naima zurück.«

Nachdem sie ihr Gespräch beendet hatten, blickte sich Murad noch einmal in dem Zimmer um, das ihm so lange Schutz gewährt hatte. Es fiel ihm schwer, es zu verlassen.

Alles, was nun kommen würde, stieß ihn zurück in eine verwirrende Realität, in der selbst sein ältester Freund für ihn wie ein Fremder wirkte. Sein Seesack stand sorgsam gepackt aufrecht neben dem Bücherstapel. Er hatte seine Rechnung bei Alija und Abbas beglichen und sich vorsorglich bereits verabschiedet. Die beiden hatten Schwierigkeiten zu verstehen, warum sein deutscher Freund nun doch nicht hierherkam, warum sich nach all den Wochen Murads Pläne überhaupt so rasch verändert hatten. Aber er bemühte sich gar nicht erst, es ihnen zu erklären, sondern verwies sie, mit einem Seitenblick zu Abbas, an den Chef. Er würde ihnen alles erklären, hatte er gesagt, und sofort gaben sie Ruhe.

Bis zum Einbruch der Dunkelheit ging er vor der Tür herum, setzte sich auch noch einmal unter die Aleppo-Eiche. Danach zog er sich in das Häuschen zurück, bereitete sein Schlaflager und folgte der Empfehlung von Aziz, sich so gut wie möglich auszuruhen.

Ein Hupen weckte ihn am Morgen. Murad kämpfte sich aus den Decken frei, setzte sich auf und begriff, wie tief und traumlos er geschlafen hatte. Er erhob sich, wusch sich kurz, packte dann seinen Seesack und ging zum letzten Mal durch die Tür des Häuschens hinaus, die er sehr vorsichtig hinter sich schloss.

Adnan war wie immer guter Dinge, anscheinend freute er sich regelrecht auf den Ausflug, der Murads Abreise bedeutete.

»Es wird keine lange Fahrt. Aber ich muss ja so langsam fahren«, sagte Adnan lächelnd. »Ich habe Wasser dabei, und wir können zwischendurch Pausen einlegen. Die Straße ist recht gut.«

»Mit dir kann mir nichts passieren«, erwiderte Murad. »Ich mache mir nur Sorgen um die Zeit danach.«

Adnan stieg ein, schüttelte den Kopf und sagte, als sie nebeneinandersaßen:

»Ein Freund übergibt dich einem anderen. Das ist gut. Hier ist das der sicherste Weg von allen.«

Abbas und Alija standen tatsächlich vor dem Haus, als sie losfuhren. Beide winkten ihnen, und Murad winkte zurück. Er seufzte, als er sich umwandte und nach vorn schaute. Das alles war ihm viel zu schnell gegangen, aus irgendeinem Grund hatte er geglaubt, länger hierzubleiben, möglicherweise hatte er sich innerlich in dem Häuschen bereits angesiedelt.

Nachdem sie die Ortschaft verlassen hatten, erreichten sie die tatsächlich recht gute Straße, der es nun einfach nur zu folgen galt. Die Landschaft wirkte friedlich wie immer. Beladene Esel trotteten am Straßenrand, ab und an drängte sich eine vom Staub fleckige Limousine an ihnen vorbei. Jedes Mal verlangsamte Adnan und machte so gut es ging Platz; er hatte seine Lektion aus dem Unfall gelernt.

Murad versuchte, sich auf das Kommende vorzubereiten. Er dachte an das gestrige Gespräch mit Aziz zurück und ärgerte sich wieder über dessen Geheimniskrämerei.

Es hatte in der Vergangenheit öfter Gespräche zwischen ihnen gegeben, während derer sie an völlig verschiedenen Orten waren. In den meisten Fällen war

Murad zu Hause, und Aziz erzählte ihm rasch, aber gelassen, was er gerade um sich sah, worin die Gefahren bei seinem aktuellen Abenteuer bestanden. Nie hatte Murad den Eindruck gehabt, er würde etwas verbergen, im Gegenteil, Aziz wollte sich mitteilen, wollte ihn teilhaben lassen an seinen Erlebnissen. Das war mehr als bequem für Murad, der schließlich die filmische Ernte dieser Exkursionen zu begutachten und zu bearbeiten hatte. Er war ohne jedes Risiko dicht dabei. Mehrmals hörte er durchs Telefon Maschinengewehrfeuer und das berstende Donnern einer Explosion.

Diesmal aber hatte sich Aziz defensiv verhalten wie jemand, der nicht mit allem herausrückte. Es ist klar, dachte Murad, dass ihn die Ereignisse im Irak und in Syrien interessiert hatten. Ein Mensch wie Aziz reagierte instinktiv auf so etwas. Er musste dabei sein, wenn Dinge geschahen, die für ihn sonst wahrscheinlich, so mutmaßte Murad, auf immer ein Rätsel bleiben würden. Hatte er sich diesmal vielleicht zu weit vorgewagt? Das war die für Murad plausibelste Antwort auf seine Fragen. Aziz hatte sich in etwas verstrickt bei dem Versuch, in die Nähe der Ereignisse zu kommen. Je länger das Kalifat bestand, desto schwerer wurde es für Ausländer, die keine Krieger werden wollten, sich ihm zu nähern. Die Brüder – und sicher auch die Schwestern – entwickelten eine Paranoia gegen Verräter und Agenten, die sich mit der Bedrohung von außen stetig steigerte. Das erhöhte die Gefahr, von ihnen für etwas gehalten zu werden, was man nicht war. Murad traute Aziz jedoch zu, dennoch einen Weg hinein gesucht und möglicherweise sogar gefunden zu haben. Das Problem bestand im Herauskommen. Aber immerhin war er ja in Istanbul und ist jetzt in Urfa, dachte Murad und beruhigte sich darüber.

Er wechselte nicht viele Worte mit Adnan und schlief irgendwann während der Fahrt ein. Der Fahrer weckte ihn mit einem Rütteln an der Schulter und sagte:

»Du bist sehr müde. Was hast du letzte Nacht gemacht?«

Er erwartete keine Antwort, stieg aus und vertrat sich die Beine. Murad tat es ihm nach. Adnan hatte an einer schönen Stelle gehalten, einer natürlichen Plattform neben der Straße, von der aus sich der Blick über die Ebene und die Felsen in der Ferne öffnete. Hinter struppigen Sträuchern pinkelten sie nacheinander, und beide Male fühlte sich einer der Vorbeifahrenden bemüßigt zu hupen. Adnan lachte darüber, aber Murad verwirrte das.

»Warum hupen sie?«

»Sie wollen dir sagen, du hast dich schlecht versteckt.«

Als sie weiterfuhren, dauerte es nicht lange, bis Murad wieder die Augen zufielen. Er kämpfte dagegen an, schließlich aber gab er sich dem Schlaf hin. Diesmal träumte er davon, wie er als Zeugwart ein riesiges Bällenetz hinter sich herzog, während von seinen Armen ein Dutzend von an den Schnürsenkeln zusammengebundenen Schuhpaaren hing. Zu allem Überfluss trug er auch noch ein viel zu großes Basecap, das ihm immer wieder in die Stirn rutschte und die Sicht nahm. So schleppte er sich voran, und der alte, nach Reinigungsmitteln riechende

Gang in den Stadionkatakomben wollte kein Ende nehmen. Deutlich fühlte er, wie die vielen Bälle hinter ihm an die Wände stießen, er hörte das dumpfe Geräusch dabei, und obwohl er wusste, was es war, wagte er nicht, hinter sich zu blicken. Am Ende stand er vor einer engen und schweren Brandschutztür und wusste, er würde das Netz niemals hindurchbekommen. Er musste etwas tun, aber er brachte es nicht fertig. In diesem Moment riss er jäh die Augen auf, weil der Wagen über eine Reihe von Schlaglöchern fuhr. Er blickte zu Adnan und war erleichtert, sein unlösbares Problem einfach vergessen zu können.

Sie hielten noch zweimal, die übrige Strecke fuhr Adnan dann ohne Unterbrechungen.

»Willst du später zurückfahren, oder übernachtest du in Urfa?«

»Ich fahre zurück. Es ist nicht gefährlich auf der Straße. Jedenfalls nicht sehr.«

»Deine Leichtigkeit wird mir fehlen«, murmelte Murad. »Hast du nie schlechte Laune?«

»Doch, habe ich«, sagte Adnan vergnügt. »Aber nicht im Auto. Wenn ich fahre, geht es mir gut. Es ist fast wie fliegen, von einem Ort zum anderen.«

Die Stadt war weithin sichtbar mit ihrer mächtigen Zitadelle. Sie war größer, wirkte grüner und geschäftiger als Mardin. Sie fuhren durch ein Gedränge von Autos, Eselskarren, alten Motorrädern und Fahrrädern. Die Straße war flankiert von Gemüseständen, Pritschenwagen, beladen mit Säcken und Baumaterialien, Kebabbuden und, näher zum Zentrum hin, von Restaurants, die aussahen wie Kreuzungen aus Teehaus und Marktstand. Die Stadt schien keine wirkliche Struktur zu haben, jedenfalls konnte Murad sie nicht erkennen. Hier waren, sagte er sich, im Laufe der Jahrhunderte so viele Schichten von Bauten und Straßen übereinandergelegt worden, dass die ursprüngliche Anlage unsichtbar geworden war.

»Das ist Abrahams Stadt, wusstest du das?«, sagte Adnan und konzentrierte sich dabei dennoch ganz auf den Verkehr.

»Ich habe davon gehört. Es gibt hier diesen legendären Fischsee.«

»Was du so alles weißt. Es ist die Stadt der Propheten. Vielleicht sehen wir sie uns an, wenn du ein anderes Mal herkommst.«

»Das machen wir, ganz sicher«, sagte Murad und meinte es in diesem Augenblick sehr ernst.

Er hätte sich nichts Besseres vorstellen können, als unbelastet, mit der trödeligen Freiheit eines Touristen hierherzukommen und dabei in der Begleitung Adnans zu sein.

Der alte Basar öffnete sich vor ihnen wie ein vollgestopfter Tunnel, aus dem sich jeden Moment Waren aller Art ergießen würden. Weil er sich nicht ganz sicher war, fuhr Adnan in eine Seitengasse und stellte den Wagen ab. Murad stieg aus, ging um das Auto, holte seinen Seesack heraus und warf ihn sich über die Schulter. Adnan führte ihn durch die Gasse zurück, verharrte einmal kurz und blickte sich um, dann führte er Murad zielstrebig zum Gumruk Han.

Aziz, der sie schon von fern erkannt hatte, winkte ihnen von einem Restauranttisch aus zu. Murad sah ihn und spürte Wärme in sich aufsteigen. Das war der erste vertraute Mensch, den er seit Monaten zu Gesicht bekam. Keine Stimme, keine Textnachricht – der echte, lebendige Aziz. Murad atmete schwer, und Adnan neben ihm deutete das als Traurigkeit. Das war Murad recht. Er umarmte den jungen Mann, bedankte sich bei ihm für alles und versicherte, sie würden in Kontakt bleiben. Er vergaß auch nicht, nochmals seine Sorgen bezüglich der Rückfahrt zu äußern und Grüße zu entrichten an seine Eltern und Geschwister. Als sie sich voneinander lösten, drehte sich Adnan nicht sofort um. Er warf noch einen Blick auf Aziz, der ihnen zugeschaut hatte. Murad schien es, als wolle der junge Mann etwas an diesem Fremden erkennen. Er winkte ihm zum Abschied nicht zu, sondern ging schließlich einfach zurück zur Gasse, in der das Auto stand.

Als Murad die Restaurantterrasse betrat, erhob sich Aziz und breitete die Arme aus. Sein schmales Gesicht leuchtete förmlich vor Freude.

»Du bist es wirklich, Bruder, du bist es wirklich«, sagte er.

Murad stellte den Seesack neben dem Tisch ab und umarmte Aziz ausgiebig. Das wärmende Gefühl plötzlicher Vertrautheit hielt nicht nur an, es verstärkte sich so sehr, dass Murad Tränen in die Augen schossen. Aziz, der Murad noch immer an den Schultern hielt, trat einen winzigen Schritt zurück und schob seinen Freund von sich, um ihn besser sehen zu können.

»Dünn bist du geworden. Wovon hast du gelebt all die Zeit?«

»Hauptsächlich von Tahin und Brot. Und von deinem Geld«, erwiderte Murad leise.

Aziz drängte ihn auf den Stuhl, bestellte zwei Mokka und Arak und wedelte mit der Hand, wie um Insekten zu verscheuchen.

»Hör auf damit. Es ist alles in Ordnung«, sagte er.

Gerührt von so viel Großmut, beruhigte sich Murad allmählich. Er schaute sich um und genoss den Anblick all der Männer um sie herum, die auf niedrigen Holzbänken an winzigen Tischen saßen, tranken, spielten und rauchten. Lange schon hatte er nicht mehr eine solche Leichtigkeit verspürt, und er wusste, wie groß der Anteil von Aziz daran war. Niemand außer vielleicht Naima, wenngleich auf eine andere Weise, hätte in ihm hier ein ähnlich starkes Gefühl erzeugen können. Nur Aziz konnte sich selbst in dieser Situation so spielend leicht mit ihm verbinden, als wäre er die ganze Zeit über da gewesen als Zeuge seiner Nächte in dem Häuschen, seiner einsamen Spaziergänge und Grübeleien und natürlich auch als Zeuge seines Schmerzes über den Verlust. Das gab diesem Mann eine ungeheure Bedeutung für ihn, was Murad ihm aber gern verheimlicht hätte.

Aziz ließ ihm Zeit. In aller Ruhe trank er seinen Mokka, behielt seinen Freund dabei aber im Blick.

»Es ist schön, hier zu sein. Mit dir«, sagte er schließlich. »Wir haben das zu selten gemacht, meinst du nicht?«

»Das ist das Problem mit Familienvätern«, antwortete Murad, bemüht, sich auf den lockeren Ton seines Freundes einzulassen. »Alles verändert sich, wenn du eine Familie gründest. Früher waren wir noch frei, wer hat schon danach gefragt, wann wir nach Hause kommen oder wie lange wir fort sind? Ihr Jungen könnt das nicht verstehen.«

Aziz lachte.

»So ist es wohl, darum ist es jetzt umso schöner.«

Er registrierte den unglücklichen Gesichtsausdruck Murads.

»Im Rahmen der Situation natürlich.«

»In welcher Situation befinden wir uns? Bist du hier als mein Reisebegleiter in die Hölle, oder willst du mich als Freund davon abbringen, einen Fehler zu begehen?«

»Von beidem etwas, denke ich. Als ich gehört habe, du bist losgefahren, um Naima zu suchen, wusste ich nicht, was ich tun sollte. Du hast mir, uns allen, einen gehörigen Schrecken eingejagt. Erst konnte ich mir gar nicht vorstellen, dass Dorothee dich wirklich hat gehen lassen.«

»Wir sind schon längere Zeit nicht mehr zusammen, hast du das vergessen?«

»Das kann man so und so sehen. Ich denke, du hörst noch genauso auf sie wie früher.«

»Mag sein. Sie meint übrigens, es sei nicht Naima.«

Aziz strich sich über seinen recht langen Kinnbart und kniff die Augen zusammen. Er nahm einen kleinen Schluck Arak, setzte das Glas sehr vorsichtig ab und sagte:

»Und, was denkst du? Sollen wir nach Hause fahren?«

Murad schüttelte den Kopf, atmete tief ein und aus.

»Wäre ich so weit gefahren, um jetzt umzukehren? Es gibt eine Wahrscheinlichkeit, die nicht allzu gering ist, wie ich gehört habe. Diesmal also richte ich mich nicht nach Dorothee.«

»Das ist gut zu hören. Sie ist zwar klug, aber sie weiß nicht alles.«

Ein kleiner, buckliger Mann trat an ihren Tisch. Er roch nach schmutzigen Kleidern, schien sich dessen aber bewusst zu sein und hielt höflich Abstand. Sehr langsam schob sich eine verkrüppelte Hand aus dem viel zu großen Ärmel der Überbleibsel seines Jacketts. Murad starrte auf diese Hand, die einer Salatkelle ähnelte. Der Mann lächelte und wackelte mit dem Kopf, sein Blick war wie in Trance verklärt. Aziz gab ihm etwas und scheuchte ihn mit einer Handbewegung fort.

»Es gibt mehr als eine Wahrscheinlichkeit«, sagte er. »Sie ist es, ganz sicher.«

Das ließ Murad aufhorchen. Sofort erfüllte ihn Zuversicht, zum ersten Mal gab es nicht mehr nur sein Hoffen, sondern eine Aussicht auf Erfolg.

»Woher willst du das wissen? Aziz, du musst endlich mit mir reden.«

Obwohl Murad es spätestens jetzt erwartet hätte, machte sein Freund keinerlei Anstalten, ihn aufzuklären.

»Was ist los? Bin ich hier, damit du weiter den Geheimnisvollen spielen kannst?«

»Du bist hier, um Naima zu holen. Ich kenne jemanden, der es mir gesagt hat.«

»Vielleicht ist das jetzt nicht der richtige Moment für deine Spielchen. Versuch, dir vorzustellen, wie ich mich fühle.«

»Das versuche ich die ganze Zeit. Aber ich habe jetzt keine Lust, dir solche Kleinigkeiten zu berichten. Dazu haben wir noch Zeit. Jetzt geht es um den Ablauf.«

»Okay, was also hast du geplant?«

Aziz lehnte sich nach vorn zu Murad und sprach leiser.

»Wir gehen ein Stück südlich von hier über die Grenze. Das tun wir nicht allein, sondern haben Begleitung …«

»Wer begleitet uns?«

»Es sind Kurden. Vornehmlich Schmuggler, die hier im Grenzgebiet aktiv sind. Die meisten sind arme Hunde, die für Geld so ziemlich alles tun würden. Nicht die vertrauenswürdigsten Leute. Aber sie haben genau das, was wir brauchen: Sie kennen die Gegend, und sie haben Beziehungen.«

»Und du meinst, es ist eine gute Idee, mit ihnen in diese Wildnis zu fahren?«

»Es gibt keinen anderen Weg. Glaubst du, irgendjemand sonst geht von hier aus zurzeit nach Syrien?«

Murad fühlte sich wieder einmal wie der naive Trottel, gerade angekommen in einer Welt, die er nicht verstand.

»Ich dachte an Hilfsorganisationen oder so etwas«, verteidigte er sich dennoch.

Aziz erzeugte mit seinen Lippen ein aufploppendes Geräusch und blickte an ihm vorbei.

»Die Hilfsorganisationen können nur mit Damaskus zusammenarbeiten. Alles, was sie ins Land bringen, kontrolliert der Assad-Clan. Das ist in vielerlei Hinsicht ein lukratives Geschäft, glaub mir, sie lassen sich ihre Einwilligung zur Hilfe bezahlen. Und niemand, dem sein Leben lieb ist, kann ihnen diese Geldquelle streitig machen.«

»Was schmuggeln dann diese Kurden?«

»Alles Mögliche, Kleinkram«, sagte Aziz und lehnte sich wieder zurück. »Vor allem aber Cappis, Mandrax, Meth. Du verstehst schon, wer hält diese Scheiße aus ohne ein bisschen Hilfe seitens der Chemie. Das gilt für alle Seiten.«

»Hast du darüber einen Film gemacht, oder weshalb weißt du so gut Bescheid?«

»Wenn du nicht wärst, würde ich jetzt nicht reingehen. Zu gefährlich. Am Anfang ging es noch, aber inzwischen …«

Murad dachte über das Gesagte nach und fragte sich, ob Aziz das alles aus Freundschaft tat oder doch eigene Interessen verfolgte. Es schien ihm unwahrscheinlich, aber er kannte diese aufopferungsbereite Seite an ihm nicht. Solange er mit ihm befreundet war, hatte sich dieser Mann mit Einmischungen in sein Leben zurückgehalten. Jetzt schien es, als gäbe es nichts Wichtigeres für ihn, als sein Problem zu lösen. Er wusste nicht recht, was er davon halten sollte, wollte Aziz jetzt aber auch nicht zur Rede stellen.

»Gut, wir gehen also mit den Schmugglern über die Grenze. Was dann?«

»Wir fahren in Richtung Rakka und hoffen, dass unterwegs nichts passiert. Wir können natürlich nicht in die

Stadt, weil dort gekämpft wird. Aber ich habe einen Kontakt ungefähr auf der Hälfte der Strecke, der mich über alles auf dem Laufenden hält. Timing ist alles. Es gibt dort eine Art Auffanglager, das heißt, die kurdischen Milizen haben ein Stück freies Feld ausgewiesen und schicken jeden dorthin, der kommt.«

»Wie weit ist das vom Kriegsgebiet entfernt?«

Aziz grinste und warf Murad dabei einen dennoch liebevollen Blick zu.

»Mein lieber Freund, es ist mitten im Kriegsgebiet.«

Murad legte den Kopf in den Nacken und schloss kurz die Augen. Er hatte es befürchtet, nun aber wurde es zu seiner Realität; er würde tatsächlich in ein Kriegsgebiet reisen, ohne irgendeine Vorbereitung darauf.

»Was ist los mit dir?«, fragte Aziz. »Die Aussicht gefällt dir nicht. Aber das war es doch, was du hier wolltest, oder? Sag mir jetzt nicht, du machst einen Rückzieher. Nebenbei, ich musste auch noch einmal ziemlich viel auf den Tisch legen für unseren Trip.«

Murad hätte ihm gern gesagt, dass er eigentlich nicht wusste, was er hier wollte. Alles, was zählte, war, den Abstand zwischen sich und seiner Tochter zu verringern, statt im fernen Berlin herumzusitzen und auf Telefonanrufe zu warten, die ihn früh am Morgen oder mitten in der Nacht erreicht und aufgestört hätten, um ihn danach nur wieder in neue Verzweiflung zu stoßen. Nichts von dem realen Zeug, um das Aziz sich offenbar bereits gekümmert hatte, war Teil seines Plans gewesen, nicht einmal vorgestellt hatte er es sich. Doch während er darüber nachdachte, wurde ihm bewusst, wie sehr ihn das alles, hätte er es ausgesprochen, wiederum in die Position des hilflosen Vaters gebracht hätte, die ihm inzwischen zuwider war. Daher öffnete er die Augen wieder und sagte nur:

»Meinst du, ich habe alles, was ich brauche?«

Aziz neigte sich zur Seite und schaute unter den Tisch.

»Die Schuhe sind in Ordnung, denke ich. Ansonsten – hast du deine Zahnbürste dabei?«

»Mach dich nicht lustig über mich. Mir ist nicht danach. Du weißt, was ich meine. Ich habe nur das Zeug, in diesem Seesack, nichts sonst.«

Aziz reagierte ernst.

»Wir bezahlen diese Typen ja, damit wir keine Waffen tragen müssen. Ihr Schutz ist nicht perfekt, aber das Beste, was wir bekommen können. Wir werden auch Glück brauchen. Aber sonstiges besonderes Equipment wäre nur Ballast.«

Aziz drehte sich auf seine typische dynamische Art um und rief nach dem Kellner. Er zahlte und wandte sich wieder an Murad:

»Ich bringe dich jetzt erst einmal zum Hotel. Ich glaube, du solltest dich etwas ausruhen. In der Zwischenzeit muss ich noch etwas erledigen, dann hole ich dich dort ab. Ist das okay?«

Murad bejahte und war erleichtert über die Aussicht auf ein wenig Ruhe nach der Fahrt. Allerdings machte ihm der Grad seiner Erschöpfung Sorgen. Irgendetwas stimmt nicht mit mir, dachte er, es ist fast, als wäre ich krank. Wenn dies eine der Auswirkungen seiner tiefen Furcht war, dann befand er sich tatsächlich im Zustand heilloser Überforderung.

Nachdem ihn Aziz zum Hotel gebracht und an der Rezeption vorbeigeschleust hatte, fand sich Murad allein in einem winzigen Zimmer der Absteige wieder. Er stellte den Seesack ab und trat ans Fenster, nur um festzustellen, dass die Wand des Nachbarhauses nicht viel mehr als zwei Meter entfernt von ihm aufragte.

Murad fühlte sich für einen Moment zurückversetzt in sein Häuschen. Vorsichtig setzte er sich auf das Bett, noch vorsichtiger ließ er sich zurücksinken, bis er ausgestreckt dalag. Er sah wieder die Windrose an der Decke, atmete den Geruch nach Mottenpulver und Seife durch die Nase ein und fragte sich noch, ob er es wagen sollte, das Licht auszuschalten, denn er fürchtete einzuschlafen.

Ihn weckte das Vibrieren des Handys in seiner Tasche. Es war ein Anruf von Dorothee. Murad sah nach der Uhrzeit, stellte erleichtert fest, nur zwanzig Minuten geschlafen zu haben, und nahm das Gespräch an.

»Eigentlich wollte ich dir schreiben, aber dann habe ich es nicht ausgehalten.«

»Du wolltest meine Stimme hören.«

»Vielleicht, aber wichtiger ist, dass du mir sagst, wie die Dinge stehen. Was tust du gerade?«

Murad rappelte sich auf und schilderte ihr die Ereignisse der letzten zwei Tage ausführlich.

»Du bist jetzt also in dieser Stadt, in Urfa?«, sagte sie.

»Heute heißt sie eigentlich Sanliurfa, was so viel bedeutet wie ›ruhmvolles, ehrenvolles Urfa‹. Aber es ist Urfa, die uralte Stadt.«

»Ja, schön«, gab Dorothee kurz zurück. »Nike und Ole sind gerade hier. Sie haben mir ein wenig die Seele getröstet und natürlich auch nach dir gefragt. Also, hast du etwas Neues herausgefunden?«

Murad schilderte ihr den Stand der Dinge und die geplanten nächsten Schritte. Daraufhin schwieg Dorothee, und er konnte die Stimmen der beiden anderen im Hintergrund vernehmen. Er hatte das Bild von Dorothees Wohnzimmer im Kopf, ihre teuren Bücherregale, die elegante Sitzecke mit dem empfindlichen Stoffbezug, das etwas unpassende E-Piano neben der Tür, das auf ihn immer gewirkt hatte wie die in technischer Zweckmäßigkeit verkümmerte Nachahmung eines Klaviers. Da saßen sie nun zu dritt, und Dorothee hatte ganz sicher große Teile des Nachmittags damit verbracht, Nike und Ole zwar zu informieren, sie zugleich aber auch auf Abstand zu halten. Murads größte Furcht war, einer von den beiden würde mit ihm zu sprechen verlangen.

»Ich stelle dich mal auf laut, damit sie dich hören können«, sagte Dorothee zu Murads Erleichterung.

Er sagte Hallo, und sie antworteten aus dem Hintergrund, und obwohl er sie nie wirklich hatte leiden können, bekamen ihre Stimmen in diesem Moment etwas für ihn Tröstliches. Außerhalb des Kinos, dachte er, ist in den wichtigsten Momenten deines Lebens wahrscheinlich immer jemand zugegen, mit dem du nie gerechnet hättest. Fremde Leute im Bus, entfernte Bekannte aus der Nachbarschaft oder – ein bis unter das Kinn tätowierter Krankenpfleger.

»In der Wirklichkeit gibt es eine noch unentdeckte Kraft, die jede Form von Pathos bekämpft …«, murmelte Murad vor sich hin.

»Jetzt bitte nicht herumphilosophieren«, sagte Dorothee. »Du weißt also nichts Neues und fährst wann genau los?«

»Morgen, übermorgen, Aziz hat es mir noch nicht gesagt, er hat die Führung übernommen.«

»Das war zu befürchten. Tut, was ihr nicht lassen könnt. Aber versprich mir anzurufen, sobald du vor ihr stehst. Ich will sie sofort sprechen.«

Dorothees organisatorische Nüchternheit beeindruckte Murad und setzte ihn zugleich unter Druck.

»Ich verspreche es dir. Aber was, wenn es dort kein Netz gibt? Ich kenne den Ort nicht. Außerdem denkst du doch, sie ist es gar nicht.«

»Ich verlasse mich jetzt auf dich. Wenn du meinst, es ist den Aufwand wert, dann gehe ich davon aus, sie ist es. Verstehst du, es ist egal, wenn nicht, dann werde ich es von dir schon erfahren. Aber etwas Besseres kannst du mir nach all der Zeit nicht bieten. Also hoffe ich einfach darauf, dass du und dein Freund recht habt.«

Dorothees Stimme klang traurig, obwohl sie sich vor Nike und Ole sicherlich beherrschte. Der Ruf des Muezzins drang überraschend laut und klar von draußen ins Hotelzimmer, und Murad schwieg für einen Moment, damit die drei am anderen Ende der Leitung es hören konnten. Es war, als wäre dieser Ruf fähig, etwas von seiner Stimmung in die Ferne zu übertragen.

»Klingt romantisch«, hörte er Nike im Hintergrund leise sagen, »ist es aber gar nicht …«

»Wie gesagt, ich verspreche es dir. Sobald es möglich ist, lasse ich dich mit Naima reden.«

»Das ist gut …«, sagte Dorothee, und Murad vernahm ihr unterdrücktes Weinen.

»Es wird gut gehen, ich bin zuversichtlich«, gab er vor. »Und Aziz auch.«

»Das wäre – unglaublich, wirklich, Murad, es wäre … Ich weiß nicht, du rettest nicht nur Naima.«

»Ich weiß. Die ganze Zeit über habe ich das gewusst. Jetzt musst du nur noch kurz durchhalten, dann ist es hoffentlich vorbei.«

Der Abschied fiel kurz aus. Murad war aufgewühlt, erhob sich vom Bett und beschloss, draußen noch ein paar Schritte zu tun, bevor Aziz kam.

Unten im Hotel begegnete er keinem Menschen, selbst die Rezeption war verlassen. Als er auf die Straße hinaustrat, saugte ihn die uralte Stadt, wie er sie vor Dorothee genannt hatte, förmlich auf. Der Hoteleingang befand sich in einem kurzen, von einem Tonnengewölbe überdachten Gang. Murad folgte den von Pfützen aus Schmutzwasser überschwemmten Steinfliesen hin zum Tunnelausgang, wohin ihn das letzte Tageslicht zog. Es stand in diesem Ausgang und ließ ihn zu einem blaugrauen Portal werden. Zwischen den Steinen war es kühl, er begann, leicht zu frösteln. Hastig bewegte er sich voran, seine Schuhsohlen platschten in die Pfützen, und nirgendwo hörte er jemanden reden, lachen oder singen. Es kam ihm vor, als wäre er allein in einer ausgestorbenen Stadt.

Ausgerechnet hier, dachte er unwillkürlich. In Berlin gab es Zeiten und Orte, die einen tatsächlich vollkommen leere Straßen erleben ließen, obwohl man inmitten so vieler Menschen war. Hier aber schien so etwas ausgeschlossen zu sein. Dennoch sah er auch hinter dem Ausgang des Tunnels keine Menschenseele. Die Steinfliesen gingen über in ein paar hundert Meter Asphalt, der aussah wie der aufgewölbte, zur Hälfte im Erdboden versunkene Rest eines umgestürzten Schornsteins. Auch er war nass, und Murad hatte Mühe zu gehen, ohne abzurutschen. Die Fenster in den Häusern um ihn waren dunkel. Murad verließ den langen Asphaltbuckel und bog in eine enge Gasse. Die vielen Wäscheleinen, die sie überspannten, ließen ihn an Gitterstreben denken.

Er blieb kurz stehen, blickte sich um und versuchte, sich einzuprägen, welchen Weg er genommen hatte. Noch ein paar Meter, dachte er, dann kehre ich um. Die Gasse öffnete sich auf einen winzigen Hof, an dessen einer Mauer drei vollkommen verrostete Mopeds so ineinandergeschoben lehnten, als würden sie dort Schutz suchen. In den weichen Sandboden waren frische, schmale Reifenspuren geprägt, die von fern an abgestreifte Schlangenhäute erinnerten. Am Ende des Platzes betrat Murad wieder Steinfliesen, die hier aber löchrig und zersprungen waren, einzelne fehlten ganz, die Löcher standen voll Wasser und spiegelten den Abendhimmel. Es waren Fenster, die sich in die Erde öffneten.

Abrupt blieb Murad stehen und schaute zurück. Immer noch war er sicher, den Weg zum Hotel finden zu können, aber mehr und mehr fühlte er sich verloren in diesem Labyrinth. Er betrat eine weitere Gasse, noch enger als die zuvor, streckte die Hände nach den Seiten aus und tastete sich mit den Handflächen an den Ausbuchtungen und Scharten der alten Mauern voran. Weiter vorn hing über dieser Spalte von einer Gasse eine Laterne, die tatsächlich ein fahles Rinnsal von Licht spendete. Murad schüttelte den Kopf, denn er hätte hier nichts weniger erwartet als eine Straßenbeleuchtung. Direkt unter der Laterne verharrte er und überprüfte sein Handy auf neue Nachrichten. Diesmal jedoch hatte sich niemand bei ihm gemeldet, er war also auch in dieser Hinsicht allein.

Er ging weiter, die Gasse verbreiterte sich und nun fiel auch Licht aus beleuchteten Fenstern in den Straßenschacht herab. Ein zotteliger, mittelgroßer Hund kam Murad entgegen. Das Tier machte keine Anstalten, auch nur um einen Zentimeter auszuweichen. Erst als Murad stehen blieb, blickte der Hund zu ihm auf und kam langsam heran. Die Erinnerung an die Begegnung mit den wilden Hunden in den Bergen störte das Gefühl der Linderung seiner Einsamkeit in diesem Moment nicht. Der Hund beschnüffelte seine Hand, und kurz streichelte Murad ihm den schmutzigen Kopf. Doch das Tier schnappte nach ihm, sodass Murad seine Hand schnell zurückzog, bevor er weiterging. Einmal blickte er sich noch um und sah den Hund in der Gasse kauern und ihm nachschauen.

An der Gabelung zweier weiterer Gassen blieb Murad vor einem Berg Unrat stehen, der nach verfaultem Fleisch roch. Jetzt war er sicher, sich endgültig verlaufen zu haben. Er holte das Handy hervor und versuchte, seine Position per GPS zu orten. Aber so sehnsüchtig er auch darauf wartete, der blaue Punkt auf der Karte wollte einfach nicht erscheinen. Genau jetzt, dachte er, wäre der Moment gewesen, jeden Zweifel an den Segnungen der Technik in mir zu zerstreuen. Zugleich fragte er sich, wie schwer es eigentlich gewesen sein mochte, die genaue Position seiner Tochter zu orten, wenn sie so lange Audiofiles umhergeschickt hatte. »Alles Verarsche«, sagte er laut, blickte sich um und beschloss, sich nicht noch weiter vom Hotel zu entfernen. Er ging in die Richtung zurück, aus der er gekommen war.

Inzwischen war es stockdunkel in den Gassen, in diesem Teil der Altstadt hatte niemand auch nur in einer einzigen Wohnung Licht gemacht. Er stolperte vor sich hin, tastete sich an den Hauswänden entlang, hörte ein Geräusch, blieb stehen und sah einen jungen Mann, der ihm entgegenkam und ebenfalls die Hände an die Hauswand gelegt hatte, um sich voranzutasten. Sie begegneten einander etwa in der Mitte der Gasse, und der Mann erschrak so sehr, dass er zwei Schritte zurücktaumelte. Murad bemerkte die starke Alkoholfahne des anderen, der sich kaum noch auf den Beinen halten konnte. Er nahm die Hände kurz von der

Wand und torkelte bedrohlich schnell auf Murad zu, der sich bereit machte, ihn zu stützen. Im letzten Moment fing sich der andere, richtete sich auf, torkelte zurück und hielt sich wieder an der Wand fest.

Vorsichtig schoben sie sich aneinander vorbei. Der Mann sagte etwas, sprach aber undeutlich. Alles, was Murad verstehen konnte, war »Diebe« und »Dunkelheit«. Ein bisschen zu viel Arak, dachte Murad, und ein bisschen zu viel Ortsunkenntnis, und die uralte Stadt reißt uns zurück ins Mittelalter.

Er kam sich tatsächlich vor wie ein Dieb in der Dunkelheit, als er sich voranarbeitete, auf seinem Weg zurück wieder dem Hund begegnete, der ihn mit funkelnden Augen anstarrte, und schließlich bei der Laterne ankam, deren Licht jetzt tatsächlich für Klarheit sorgte.

Murad sah in ein paar Metern Entfernung eine Gestalt, schlank und auffallend gerade aufgerichtet, die auf ihn zu warten schien. Er stellte sich unter die Laterne, bemüht, diesen Schatten zu ignorieren, bis er sich auf die Begegnung vorbereitet hatte. Er fürchtete sich nicht vor dieser Gestalt, doch ihre Regungslosigkeit ließ ihn unsicher werden.

»Komm nur, wer immer du bist, oder soll ich vor dir davonlaufen?«

Für einige Sekunden blieb es still, gerade lange genug, um Murad davon abzuhalten, einfach weiterzugehen. Dann glomm zunächst ein kleines Licht auf, gleich darauf ein zweites. Die Zigarette im Mundwinkel kam Aziz heran und stellte sich im Licht der Laterne vor Murad.

»Was tust du? Ich dachte, ich bin dem Tod begegnet«, sagte Murad erleichtert.

Er sah die weißen Zähne von Aziz, als dieser lächelte.

»Nicht ganz. Ich habe dich gesucht, mein Freund. Wir waren verabredet.«

Er führte ihn zielstrebig durch das Gassengewirr. Irgendwann überquerten sie einen Schrott- oder Parkplatz, das war in der Dunkelheit nicht auszumachen. Hinter diesem Platz erstreckte sich ein dunkler, verlassen wirkender Hain. Murad erkannte einige schwach beleuchtete Holzwagen, die tagsüber als Marktstände gedient hatten. Auf einer Holzbank und auf den Steinen einer Mauer hatte sich eine Gruppe junger Leute versammelt, von denen allerdings kaum mehr zu sehen war als die Glutspitzen ihrer Zigaretten. Ansonsten war diese Anlage gespenstisch leer, ein Weg führte durch sorgsam angelegte, aber nicht sehr gut gepflegte Zypressen hindurch, mitten hinein in einen schwarzen Ballen aus Büschen, zwischen denen er zum Pfad wurde.

Obwohl Aziz bei ihm war, reagierte Murad auf diese Umgebung ängstlich, in einer Mischung aus Furcht vor einem Überfall und einem starken Einsamkeitsgefühl. Als Tourist wäre er nie auf die Idee gekommen, um diese Zeit in dieser Stadt in eine so einsame Gegend zu gehen. Natürlich vertraute er seinem Freund, jedoch kannte er auch dessen Abenteuerlust, die im Unterschied zu jener, welche Dorothee ihm, Murad, unterstellte, mit einer Risikobereitschaft verbunden war, die man ohne Weiteres als Sucht nach der Gefahr deuten konnte. Nichts davon steckte in ihm, davon war Murad überzeugt. Er war nur jemand, der einem Freund vielleicht etwas weiter gefolgt wäre als andere. Aber das hatte mehr mit Vertrauen und Neugier zu tun als mit dem Hang zur Gefahr.

Aus Sträuchern und Erde erhob sich vor ihnen ein Torbogen. Murad erkannte die am Scheitelpunkt fehlenden Steine. So ähnelte er mehr einem überdimensionalen Zangenkopf als einem Relikt aus alten Zeiten.

»Was tun wir hier?«, fragte er endlich.

»Wir gehen spazieren, mein Freund«, entgegnete Aziz leichthin.

Dieses »mein Freund« hat er heute schon etwas zu oft gesagt, dachte Murad. Er hoffte, sich zu irren, aber es schien ihm nichts Gutes zu verheißen.

»Erinnerst du dich an die Geschichte von dem wilden kurdischen Jungen, die du mir erzählt hast?«, fuhr Aziz fort.

»Ja, sicher. Ich weiß nicht warum, aber diese Anekdote hat mich bewegt.«

»Sie hat dich bewegt, weil sie genau den Anteil beschreibt, den wir hier an der Kolonialgeschichte unserer eigenen Region haben.«

Murad blieb stehen und blickte Aziz von der Seite an. Dessen Ton hatte sich, während er sprach, vom Plaudern zum Predigen gewandelt.

»So könnte man das sehen. Aber warum sagst du ›wir‹? Du bist doch wie ich zu guten Teilen ein Westler.«

»Das mag dein Selbstverständnis sein, meines ist es nicht.«

»Das ist mir neu, Aziz. Wann hast du zu dieser großen Verbundenheit mit dieser Region gefunden. Stammen deine Eltern nicht aus dem Maghreb?«

»Ich will dich etwas fragen, mein Freund. Glaubst du, die Aufteilung der Welt in Vielecke, deren Linien Grenzen ergeben, so wie du das aus dem Atlas kennst, repräsentiert die natürliche Ordnung der Dinge?«

»Nein, natürlich nicht. Mir ist klar, diese Grenzziehungen, gerade auch in dieser Gegend, sind willkürlich erfolgt. Warum fragst du so etwas, du kennst mich doch? Meinst du, ich bin vor Kummer blöd geworden?«

Aziz führte ihn um den verwitterten Torbogen herum zu einer Gruppe von sehr gut erhaltenen, großen und fast quadratischen Steinen. Dort setzte er sich und vollführte mit der flachen Hand eine Bewegung, die Murad aufforderte, sich recht nah neben ihn zu setzen.

»Was war der bedeutendste Augenblick in deinem Leben?«, sagte Aziz, nachdem er sich eine Zigarette angezündet hatte.

»Ist das dein Ernst? Jetzt, hier?«

»Ganz ruhig, wir haben ohnehin Zeit, die wir totschlagen müssen. Also, was war der bedeutendste Augenblick in deinem Leben?«

»Naimas Geburt.«

Wie auf ein Zeichen hielt Aziz ihm die offene Schachtel hin. Murad nahm sich eine Zigarette.

»Das kann ich mir gut vorstellen«, sagte Aziz. »Ich meinte aber etwas weniger Persönliches, mehr etwas Historisches.«

Murad verschluckte sich am Rauch, hustete und fragte sich, was Aziz von ihm hören wollte.

»Der Fall des Eisernen Vorhangs, der Berliner Mauer«, sagte er schließlich.

Aziz begann zu nicken.

»Siehst du, da haben wir es.«

»Was haben wir?«, fragte Murad.

Der Wind fuhr ihm in die Kleidung und machte klar, er war für einen späten Abend um diese Jahreszeit und an diesem Ort entschieden zu dünn angezogen. Er dachte darüber nach, wo er bis zur Abreise noch eine Jacke herbekommen konnte.

»Die Auslöschung einer Grenze, das war in deinem Leben das bedeutendste Ereignis, von dem du Zeuge geworden bist.«

»Ich nehme doch an, bei dir ist es ähnlich. Oder misst du dem Sturz Saddam Husseins in Bagdad damals mehr Bedeutung bei?«

»Glaub mir, es hatte seine Bedeutung, und als ich damals dort war, konnte ich sie auch spüren. Aber ich war getrennt von ihr durch das Objektiv der Kamera. Auch wenn ich dergleichen nie zuvor erlebt habe, war es doch eher die Angst vor der Menschenmeute auf den Straßen, die mich damals bestimmte. Für die Empfindung historischer Bedeutsamkeit hatte ich kaum Zeit.«

»Also war es auch bei dir der Fall der Mauer … Ich brauche übrigens unbedingt noch eine Jacke«, sagte Murad.

»Keine Sorge, ich besorge dir eine. Nein, es war nicht der Fall der Mauer.«

»Was sonst?«

»Für mich war es nicht so ein europäischer Menschenauflauf mit Medienpräsenz aus aller Welt. Es war etwas Kleineres, allerdings eine wahre historische Tat. Der Fall der syrisch-irakischen Grenze vor drei Jahren. Ich bin dabei gewesen, mit der Kamera.«

»Das ist nicht dein Ernst.«

»Doch, die Emire wollten unbedingt, dass jemand das aufzeichnet, damit es auch die Leute im Westen erreicht. Unser Team ist damals einfach mitgefahren.«

»Aber du willst das doch nicht miteinander vergleichen.«

Aziz seufzte auf, als hätte er Schmerzen.

»Es ist immer das Gleiche. Damals schon habe ich mich über diesen Briten geärgert, der später den Kommentar darübergesprochen hat. Obwohl er studiert hatte und immer über alles bestens informiert schien, kam es ihm nicht in den Sinn, diese Aktion könnte eine Bedeutung haben. Verstehst du? All das Gequatsche über Dekolonialisierung bleibt in den Köpfen dieser Leute bloßer Seminar-Spuk. Dieser Scheißbrite konnte nicht begreifen, warum diese Grenze in dieser Region ein Problem darstellen könnte, nur weil er über all seine Punk-Allüren und seine eingebildete Weltläufigkeit vergessen hatte, dass die Ordnung der Welt, wie seine Vorväter sie bestimmt hatten, in Wahrheit nichts bedeutet. Damit haben diese Briten alle Probleme, es ist wie eine Volkskrankheit bei denen.«

Aziz hatte sich in Rage geredet, was Murad befremdete. Er wusste nicht recht, wie er darauf reagieren sollte.

»Bist du da nicht ein wenig zu weit gegangen mit der Identifikation?«, fragte er vorsichtig.

»Sie hatten damals einen Bulldozer quer durch die Wüste bis an die Grenze transportiert, nur um die Befestigungen niederzureißen. Es waren sehr junge Leute mit uns unterwegs, und nichts war ihnen wichtiger, als zu Fuß und ohne Pass von einem islamischen Land in ein anderes wechseln zu können. Sie kamen von überall her, aus Nordafrika, aus Europa, aber das sagte jeder. Du hättest dabei sein sollen. Es war klug inszeniert, und wir waren ebenfalls Teil der Inszenierung. Als der Bulldozer fertig war, kam einer der Kämpfer, von oben bis unten mit Staub bedeckt, auf uns zu und sagte: ›Wir haben Sykes-Picot gebrochen! Wir haben Sykes-Picot gebrochen!‹ Da wurde mir klar, was vor meinen Augen geschah. Sie hatten die alte koloniale Ordnung der Welt zerstört, ein kleines bisschen nur und vielleicht auch eher symbolisch, aber sie hatten es getan und – sie wussten es. Das war wahre Dekolonialisierung, jenseits des akademischen Modebegriffs im Westen.«

»Aber dir ist bewusst, um welchen Preis das geschehen ist?«

»Natürlich ist mir das bewusst. Ich erzähle dir nur von einem bedeutenden Erlebnis in meinem Leben. Aber wie alle Westler bekommst du sofort Schweißausbrüche, wenn jemand an die feinen schwarzen Grenzlinien im Atlas rührt.«

»Das ist eine Folge der deutschen, der europäischen Geschichte«, sagte Murad defensiv.

»Und mit welcher Selbstverständlichkeit du dieses Resultat deutscher, äh, europäischer Geschichte auf diese Region hier überträgst, fällt dir nicht einmal auf, wenn du es sagst. Verstehst du, was ich meine?«

»Gut, sie haben einen hundert Jahre alten Kolonialvertrag zwischen Großbritannien und Frankreich zur Aufteilung des eben zerfallenen Osmanischen Reiches mit einem Bulldozer annulliert. Und du hast darin etwas erkannt, was für dich bedeutender war als der Fall des Eisernen Vorhangs? Könnte es sein, dass du zu lange in dieser Gegend gewesen bist?«

»Könnte sein. Möglicherweise hat mir die Sonne zu heftig auf den Kopf geschienen. Und das hat mir den Eurozentrismus, den du nicht einmal hypothetisch überwinden kannst, ausgetrieben. Die gesamte Geschichte, vor allem aber die des zwanzigsten Jahrhunderts wird von Europa aus geschrieben, alle europäischen Erfahrungen werden verallgemeinert und mithilfe der US-Amerikaner exportiert. Und nichts davon überschreitet je den eigenen engen Horizont, weil man die Welt ja auch einfach in diesen Horizont hineinzerren kann. Hier draußen sieht das ganz anders aus. Weil die Brüder aber wussten, der Westen besitzt die Lufthoheit ebenso wie die Deutungshoheit über alles und jeden, haben sie uns damals angefordert. Das war smart.«

»Mag sein. Dennoch war der Fall der Mauer wichtiger«, sagte Murad trotzig.

»Wichtiger für dich. Im Grunde aber bedeutete er nur den Zusammenbruch einer einzigen Macht und die Freigabe der von ihr besetzten Gebiete. Das, wovon ich erzähle, rührte an die Fundamente vieler Mächte, des gesamten Westens und ihrer von ihm vor hundert Jahren entworfenen Welt. Hundert Jahre lang leben wir in diesem Wabenbau aus Grenzen, hinter denen sich Tyrannen verschanzen, die wiederum Spielfiguren für die großen Mächte sind. Dabei ist alles, was die Leute hier verbindet, Familie, Sprache und Religion. Du erinnerst dich an den Arabischen Frühling? Auch da ging es um Tyrannen und Grenzen.«

»Die Brüder haben ihn aber nicht zu einem erfolgreichen Ende gebracht.«

»Auf ihre Weise schon, sie haben das im Islam erkannt, was für diese Erhebung bedeutsam ist. Es ist ganz einfach: Der wahre Islam kennt keine Grenzen. Nach Abschluss unserer Dreharbeiten kam noch einer dieser Typen mit hennagefärbtem Bart und rasierter Oberlippe zu mir, der immer mal wieder einen kleinen Koran in die Kamera gehalten hatte. Er packte mich an der Schulter – ich dachte schon, ich hätte etwas falsch gemacht –, riss mich herum und zeigte in alle Himmelsrichtungen, indem er das kleine, prachtvoll verzierte Buch in die Höhe hob.«

»Ich friere mir hier langsam den Arsch ab, Aziz. Und, hast du schon einmal darüber nachgedacht, wie verlogen sich all das anhört von jemandem, der im freien, komfortablen Europa sitzt?«

»Gut, mein Freund. Ich bringe dich zurück ins Hotel. Hör zu: Es geht schon morgen los. Ich bringe dir eine Jacke mit.«

Bei diesen Worten begann Murads Herz zu rasen. Er hatte nicht damit rechnen können, sich aber trotzdem darauf verlassen, hier wieder Zeit für sich allein zu haben.

»Was ist? Dafür bist du doch hergekommen, oder?«

»Ich glaube, ich bin wirklich in schlechter Form.«

»Deine Reise ist bald vorbei«, sagte Aziz. »Morgen schon.«

»Wie kannst du dir so sicher sein?«

»Vertrau mir einfach.«

Die letzte Nacht vor der Abreise war für Murad eine Qual. Im Hotelzimmer überprüfte er als Erstes sein Handy, hatte aber noch immer keine neuen Nachrichten empfangen. Er surfte ein bisschen herum, sah sich die Wettervorhersage an und gleich darauf einen Werbeclip mit effektvollen Bildern von Dubai am Abend, in dem die Stadt aussah wie die Spielumgebung eines Videogames.

Murad legte sich aufs Bett und fragte sich, ob Dorothee inzwischen wohl auch wieder allein war. Jetzt, genau in diesem Augenblick, konnte er ihr Leiden am Warten nachempfinden, etwas, das ihm in den Monaten zuvor nicht gelungen war. Da war sie mehr sein Quälgeist gewesen, jemand der ihn immer wieder an eine Verantwortung erinnerte, die er sich einfach nicht imstande fühlte zu übernehmen.

Nach einer guten Stunde schreckte er auf. Er hatte im Lampenlicht geschlafen, rappelte sich nun auf, ging zur Tür und schaltete das Licht aus, stand kurz im Dunkeln und schaltete es wieder ein. Er legte sich zurück aufs Bett und beschloss, alles zu lassen, wie es war, auch wenn ihn das Deckenlicht blendete. Aus zusammengekniffenen Augen betrachtete er die Windrose, dachte an den Mann, der den kleinen Koran herumgeschwenkt hatte, und schlief schnaufend vor Erschöpfung ein.

Sie fuhren am späten Vormittag des nächsten Tages los. Wie versprochen hatte Aziz eine Jacke mitgebracht, die sich Murad auch gleich überzog, wenn auch nur aus einem Schutzbedürfnis heraus. Also doch kein Helm und keine schusssichere Weste, nichts von dem, was dieses Abenteuer fernsehtauglich gemacht hätte, dachte Murad verdrossen.

Der Tag war recht warm und klar, ein leichter Wind wehte, der ab und an auffrischte und Sandschwaden über die Straße fegte. Aziz und er saßen in einem nagelneuen SUV auf der Rückbank. Arabische Musik dudelte leise aus dem Radio.

Sie wurden begleitet von zwei weiteren schweren Geländewagen, in denen, so nahm Murad an, die kurdischen Schmuggler saßen, von denen Aziz gesprochen hatte. Alle Männer waren mit Maschinenpistolen und Kalaschnikows bewaffnet, die sie neben sich auf die Sitzbank oder den Wagenboden gestellt hatten. Bei jedem Überholmanöver konnte Murad sehen, wie sie nach den Läufen griffen, um die Gewehre festzuhalten. Diese Begleitung vermittelte ihm kein Sicherheitsgefühl, sondern eher die Gewissheit, sich von nun an in wirkliche Gefahr zu begeben.

Aziz schien zu ahnen, was er empfand. Er ließ sich zur Seite fallen und stieß spielerisch an Murads Schulter.

»Bald sind wir da«, sagte er lächelnd, als handele es sich um einen Familienausflug.

Nach den rhetorischen Eskapaden des Freundes am Vorabend war Murad von dessen guter Laune überrascht.

»Schon okay«, sagte er. »Wo hast du eigentlich geschlafen?«

Aziz blickte auf seiner Seite zum Fenster hinaus.

»Bei Freunden. Erzähle ich dir später.«

»Du willst mir eine ganze Menge später erzählen. Meinst du nicht, die Zeit wird langsam knapp?«

Aziz schwieg kurz, hatte aber nicht vor, Murads Neugier zu befriedigen.

»Ja, die Zeit. Sie kann sich auch unangenehm beschleunigen.«

Murad spürte seinen eigenen Unwillen zu deutlich, um sofort zu antworten. Schließlich sagte er aber:

»Gut, du kannst es mir dann beschleunigt erzählen.«

Sie verließen Sanliurfa nach Süden, vorbei an gesichtslosen, schlecht verputzten Apartmenthäusern mit schmutzigen Fenstern, die sie unbewohnt wirken ließen. Dann wieder säumten lang gezogene Mauern die Straße, in denen es stellenweise Durchbrüche gab, die den Blick öffneten auf spärlich bewachsene Gärten. Wie zur Entlastung von alldem tauchten hin und wieder kleine Shops und Stände auf. Murad sah mannshoch gestapelte Eierkästen und überdimensionale Lastkarren, bei deren Anblick er sich kaum vorstellen konnte, ein Mann könnte sie schieben.

Nach kurzer Fahrt erreichten sie Akcakale, ein Städtchen, das sich von Sanliurfa nicht nur durch die Größe unterschied, sondern auch durch die Tatsache, mehrheitlich von Arabern bewohnt zu sein. Die syrische Grenze war ganz in der Nähe, ebenso wie seit 2015 ein großes Flüchtlingslager. Murad fragte sich, ob er seine Papiere bereithalten sollte. Wieder schien Aziz seine Gedanken zu lesen und legte die Hand auf seine.

»Keine Papiere nötig«, sagte er.

»Ist das nicht eine Staatsgrenze?«

Aziz warf ihm einen spöttischen Blick zu. Hinter ihm konnte Murad durch das Fenster ein erneutes Überholmanöver ihrer Begleiter erkennen. Der Fahrer bremste ab, und die anderen beiden Wagen setzten sich vor sie.

»Die Grenzen, das hatten wir doch schon. Sie haben bereits Kontrolle über deine Reflexe, mein Freund.«

Tatsächlich legte ihr kleiner Konvoi nur einen kurzen Stopp ein, bevor es hinüber nach Tall Abjad ging, einer Zwillingsgemeinde, mit der Akcakale zu osmanischen Zeiten eine einzige Stadt gebildet hatte. Hier gab es sogar noch eine Kirche der Armenier, Murad versuchte, sie im Vorbeifahren auszumachen. Er musste an den Schuh in der Höhle denken und daran, dass diese Menschen ihre Gebetsrollen zwischen Decken zur Ruhe legten; wie Kinder, die frieren könnten.

Er sah den Grenzfluss und die fruchtbare Erde an

seinen Ufern. Ganz sicher war er sich nicht, doch er meinte, hier sofort einen Unterschied zwischen der Türkei und Syrien wahrzunehmen, der nicht allein in den arabischen Schriftzeichen der Plakate und Schilder bestand. Dies hier war ein anderes Land, es erinnerte ihn an den Süden des Irak, und wie jenes Land seines Vaters wirkte auch dieses gefährlich auf ihn. Zwei der grausamsten Diktaturen des Jahrhunderts hatten sich in diesen beiden Waben des letzte Nacht von Aziz beschworenen, irrwitzigen Wabenbaus aus künstlichen Grenzen festgesetzt und, davon war Murad überzeugt, die Welt der Menschen und somit auch die Welt ihres Glaubens über viele Jahrzehnte brutalisiert. Es gibt eine Wildnis, dachte er, in der sich der Glauben in etwas Blutrünstiges verwandelt. Er saugt wie hier in Syrien seine Umgebung aus und gibt aller Grausamkeit in ihr eine Bedeutung. Das sind zwar, dachte er weiter, Auswirkungen europäischer Machtpolitik, das Ganze hat aber mit europäischer Welterfahrung tatsächlich schon lange nichts mehr zu tun. Es ist eine andere Welt, auch wenn sie im Grunde so weit nicht entfernt liegt, in diesem Punkt musste er Aziz recht geben.

Der Wagen wurde heftig durchgeschüttelt, schien aber trotzdem auf der löchrigen Straße zu haften. Murad schaute hinaus, der Blick auf das weite Land umher beruhigte ihn nicht. Er sah durch das Rückfenster. Ihr Konvoi war länger geworden. Inzwischen fuhren sie in Begleitung von fünf Geländewagen auf dieser in der Weite einsam wirkenden Straße nach Rakka. Allem, was er fürchtete, waren sie ausgeliefert: Beobachtern und Schüssen. Was Murad aber am meisten beunruhigte, war zum einen die Tatsache, dass ihr Konvoi die Straße entlangraste, zum anderen, dass der junge Fahrer, von dem er nicht viel mehr gesehen hatte, als zwei schwarze fast parallel laufende Nackenfalten, die Musik abgestellt hatte.

Wie aus dem Nichts tauchten Flüchtlinge auf, die ihnen am Straßenrand entgegenkamen. Erst waren es nur einzelne, einen Kilometer weiter passierten sie die Spitze einer Prozession. Diese alten Leute und Frauen mit kleinen Kindern jagten vorüber, Murad musste genau hinschauen, um ihre Gesichter im Bruchteil von Sekunden erkennen zu können.

»Die kommen alle aus Rakka«, brummte Aziz, »haben sich hinausgeschlichen. Das hier ist alles schon in der Hand der Kurden. Bald sind sie in Sicherheit.«

Schlagartig verwandelte sich die gelblich rote Wüstenlandschaft um sie herum in ein Militärgebiet. Immer mehr gepanzerte Fahrzeuge und Gruppen und Kolonnen von Männern in sandfarbenen Uniformen schienen aus dem Erdboden zu wachsen, und fern am Horizont erhoben sich nun abwechselnd trichter- und pilzförmige Rauchsäulen. An einer Abzweigung erreichten sie ein halb zerstörtes, durchlöchertes Schild, das den Weg in Richtung Aleppo wies. Der Konvoi verlangsamte und bog in die Straße ein. Murad nutzte die Gelegenheit.

»Wohin fahren wir, Aziz, sag es mir?«

»Nach Ain Issa, eine kleine Ortschaft mit einem großen Flüchtlingslager.«

»Wie ist Naima dort hingekommen?«

»Sie ist geflohen.«

»Wie ist sie geflohen, allein, ist ihr Mann bei ihr?«

Aziz schwieg und schaute auf seiner Seite zum Fenster hinaus. In der Ferne war plötzlich das Donnern von Haubitzen zu hören, die unablässig zu feuern schienen.

»Es hat einen Deal gegeben, vor ein paar Tagen.«

»Was für einen Deal, mit wem?«

»Die Brüder haben einen Deal gemacht mit den Kurden, eigentlich aber mit den Amerikanern. Sie haben den Brüdern angeboten, die Stadt mit ihren Familien zu verlassen.«

»Ist das dein Ernst?«

Aziz blickte ihn offenherzig an.

»So etwas passiert im Krieg. Glaubst du, die Jungs da draußen sind scharf drauf, in jedem Haus Zimmer für Zimmer zu durchkämmen und dabei auf Selbstmordattentäter, Sprengfallen und Zivilisten zu stoßen? Weißt du, was ihre Spezialwaffe für den Nahkampf ist?«

»Will ich gar nicht wissen.«

»Ein Tomahawk. Das ist kein Scheißvideospiel hier. Das ist ein Albtraum.«

»Also haben sie es vorher beendet. Und deshalb hast du mich so schnell hierhergelotst.«

»Genauso ist das. Es war die günstigste Gelegenheit.«

»Aber woher wusstest du, dass sie unter den Fliehenden ist?«

Aziz schwieg wieder. Der Wagen geriet kurz ins Schlingern, Murad prallte gegen die Seitentür, Aziz wiederum gegen ihn.

»Sag es mir, wie konntest du das wissen?«

Murad packte Aziz am Ärmel.

Vor den Fenstern glitten zerstörte Tanklaster, aufgebäumte Reste von Stacheldraht, Ruinen und große, im Wind flatternde Stofffetzen an Holzpfählen vorüber. Unvermittelt hatte es zu regnen begonnen, die Tropfen zerplatzen auf der Windschutzscheibe und trommelten auf das Dach.

»Lass mich los«, sagte Aziz und riss seinen Arm zurück. »Ich habe dir doch gesagt, ich würde irgendwann mit dir reden. Ich habe sie in den Bus gesetzt.«

Kurz verschlug es Murad die Sprache.

»Du hast sie in Rakka in den Bus gesetzt, der sie hinausfuhr? Du warst in Rakka?«

»Ja, das ist es, was ich dir sagen wollte. Ich habe sie in einen weißen Reisebus gesetzt und zugeschaut, wie sie mit all den anderen Transportern aus der Stadt fuhr.«

»Was hast du dort gemacht? Hast du gefilmt, du Wahnsinniger?«

»Was kümmert es dich? Vielleicht war es eine Schnapsidee, aber ich war da, als sie mich brauchte. Und ich habe ihr geholfen. Das habe ich auch für dich getan.«

Mit einem Zischen machte sich der Fahrer bemerkbar, der sich offenbar bedroht fühlte vom Disput seiner Fahrgäste.

»Wir müssen leiser sein. Hör damit auf, wir sind gleich da.«

Aziz' Stimme klang eindringlich und beruhigend. Da Murad durch das Frontfenster in der Ferne die Ansammlung von Menschen, großen Zelten und Lieferwagen erkennen konnte, über der ein Dunst aus Regen, Rauch und Abgasen stand, gab er nach.

Die Zeltstadt zog sich etwas außerhalb der Ortschaft einen Hügelrücken hinauf. Auf den weiten Flächen zwischen unverputzten Ziegelbauten, Sträuchern und notdürftig ausgehobenen Gräben waren die vielen, schmutzig weißen Planen weithin zu sehen. Aus der rotbraunen Erde ragten Strommasten und aus Holz gezimmerte Wachtürme. Der Konvoi hielt in einem Geviert aus Blechbaracken.

»Das ist die Lagerzentrale«, sagte Aziz.

Er sprach hastig und legte Murad, bevor er ausstieg, noch einmal die Hand auf den Arm.

»Ich weiß, das ist ein großartiger und zugleich schrecklicher Moment für dich. Aber wir haben nicht viel Zeit. Du musst dich mit allem beeilen, hörst du?«

Murad nickte nur, machte seinen Arm los und stieg aus.

Zielstrebig schritt er auf den Eingang zu, überholte dabei den kurdischen Fahrer, der ihm offenbar wie einer Amtsperson die Tür öffnen wollte.

Die Hand an der schmutzigen Klinke, verharrte Murad kurz und blickte sich um. Es mussten Tausende von Menschen sein, die sich hier versammelt hatten. Viele, vor allem Kinder, blickten erwartungsvoll zu ihm, als hätte seine Ankunft eine Bedeutung für sie. Plötzlich setzte sich eine kleinere Menschengruppe in Bewegung und näherte sich ihm. Aziz stand hinter Murad und blickte ihnen entgegen. Bald waren die Ersten bei ihnen, umringten sie, es waren alte und junge Frauen und einige Kinder mit schmutzigen Gesichtern.

»Wenn du noch länger wartest, wird es sein wie damals an der Grenze zum Irak, erinnerst du dich?«, sagte Aziz.

Der Fahrer drängte sich an Murad vorbei und riss die Tür auf. Sie betraten einen engen Gang und wurden bereits von bewaffneten kurdischen Milizionären erwartet. Zusammen gingen sie weiter bis in einen Warteraum mit kleinen Seitenfenstern. Er war von Neonlicht beleuchtet. Hier wiesen sie die Milizionäre an zu warten. Zwei von ihnen verschwanden in einem weiteren Gang, der aus dem Wartezimmer hinausführte.

»Sie holen sie«, sagte Aziz zu Murad, dessen Herz so heftig zu schlagen begonnen hatte, dass er fürchtete, nicht mehr atmen zu können.

Hinter ihm öffnete sich die Eingangstür und die Schmuggler kamen herein. Bald war der Wartesaal voll, und Murads Atemnot verstärkte sich. Die beiden Milizionäre sprachen leise mit den Schmugglern. Sie schienen sich über etwas einigen zu müssen, doch Murad konnte ihr Gerede nicht verstehen. Er vernahm nur ein Brausen in den Ohren und glaubte, vor Aufregung taub zu werden.

Einer der Milizionäre kam aus dem hinteren Gang zurück.

»Sie will nicht herauskommen«, sagte er und wies dabei hinter sich.

»Ich bin ihr Vater«, würgte Murad hervor, seine Stimme klang lächerlich dünn.

Er drängte sich an allen um ihn Stehenden vorbei in den Gang, zu dessen Seiten sich kleine Zimmer öffneten, die ihn an Gefängniszellen erinnerten. Er blickte in jedes, bis er am hintersten Ende vor dem Eingang der letzten Zelle stehen blieb und niederblickte auf eine schwarz verschleierte Frau mit dem Umriss einer Madonna, die auf einer aus der Blechwand geklappten Sitzbank saß. Er sah nur ihre dunklen Augen, ihren furchtsamen Blick, der auf ihn gerichtet war. Murads Herz schlug noch immer stark, aber er spürte auch, wie er sich allmählich beruhigte. Er hatte das Ziel seiner Reise erreicht.

»Naima, du bist es, oder?«

Er trat an sie heran und hockte sich vor sie. Die weite schwarze Abaya verhüllte alles an ihr, selbst die Hände und das Gesicht bis kurz unter die Augen. Murad sah die Nadel, mit der der schwarze Stoff seitlich in Augenhöhe festgesteckt war. Kurz war er ratlos, als sie so vor ihm saß und schwieg. Gleich darauf aber, sein Atem hatte sich weiter beruhigt, stieg Zorn in ihm auf, darüber, dass sie ohne ein Wort fortgegangen war, und mehr noch darüber, dass sie jetzt, nach alldem, keinerlei Gefühl zeigte.

»Sag endlich etwas und nimm dieses Ding ab«, herrschte er sie an, griff nach der Nadel und zog sie heraus.

Das Tuch gab ihr Gesicht frei und Murad erkannte Naima. Sie war abgemagert und sah mit ihren Augenringen erschöpft aus. Noch immer blickte sie ihn an wie einen unerwarteten Besucher. Er schob seine Hände an den Seiten unter das Tuch, hielt ihr Gesicht, zog es an sich und küsste die muffig riechende Abaya, die ihr Haar bedeckte.

»Ich habe dich gesucht, mein Kleines, weißt du das? Deine Mutter ist fast verrückt geworden. Was hast du dir dabei gedacht?«

Die Worte sprudelten aus ihm heraus. Für einen kurzen Moment ergab sich Naima seiner Umarmung, dann versteifte sich ihre Haltung wieder, und Murad spürte deutlich, wie sie allmählich zurückwich.

»Wir müssen deine Mutter anrufen, Naima. Das ist jetzt sehr wichtig. Sie muss unbedingt deine Stimme hören.«

Er kramte das Handy hervor und entsperrte es. Das Licht des Displays ließ Naima den Kopf abwenden. Hinter Murads Rücken ertönten schwere Schritte, die den Boden der Baracke erzittern ließen. Er wandte sich um und sah zwei der Milizionäre, die sie zu sich winkten.

»Es ist Zeit«, sagte einer von ihnen, »ihr müsst zurückfahren.«

Naima erhob sich sofort und drängte sich an Murad vorbei, stieß ihn ein wenig von sich. Er fiel rückwärts, saß am Boden und blickte ihr nach, wie sie aus dem Raum huschte und mit den beiden Männern verschwand. Schwerfällig erhob er sich und ging ihr nach. Bereits vom Gang aus sah er Naima mit wehender Abaya auf Aziz zulaufen und ihm um den Hals fallen. Da blieb Murad stehen. Kurz zweifelte er an dem, was er sah, dann sickerte die Erkenntnis in ihn ein. Aziz hielt seine Tochter fest in den Armen, anfangs hielt er den Kopf dabei gesenkt. Schließlich hob sich sein Blick und traf den Murads.

»Ich bringe sie nach Istanbul. Sie muss vorerst in der Türkei bleiben«, sagte er ernst und gelassen, als würde er Murad eine alltägliche Information zurufen. »Komm nach, wir verabreden uns dort.«

Murad setzte sich in Bewegung, ohne es zu bemerken. Er wollte Naima, von der er wieder nur noch die Abaya erkennen konnte, festhalten und zurückreißen. Aber ein Bewaffneter und der Fahrer ihres Wagens stellten sich ihm in den Weg. Zum ersten Mal nahm Murad das Gesicht des Fahrers bewusst wahr, ein Jungengesicht, übersät mit Pockennarben. Der Mann hielt ihn an beiden Schultern und drängte ihn zurück.

»Das ist meine Tochter«, sagte Murad leise, beinahe tonlos.

»Er bringt sie in Sicherheit«, entgegnete der Fahrer.

»Ich will mit ihr gehen«, flüsterte Murad.

»Wir müssen warten«, sagte der zweite Kurde laut.

Er trug sein Gewehr über die Schulter gehängt, den Kolben aber hielt er in die Hand gestützt.

»Dein Freund hat bezahlt«, fuhr er fort. »Wir fahren in zwei Gruppen zurück, das ist sicherer.«

Murad fügte sich aus reiner Schwäche. Kurz wurde ihm übel, er taumelte in den Gang zurück und in das Zimmer, in dem er Naima vorgefunden hatte. Er tastete sich voran und setzte sich mit Mühe auf die Sitzbank. Noch immer hielt er das Handy in der Hand. Es vibrierte, und ohne darüber nachzudenken, hob er es sich vor das Gesicht und öffnete die Datei des Boten.

»… ging es nicht mehr. Auch wenn mir Faruk und andere erklärt haben, wie sehr die Hisba zum Kern des Islam gehört und wie wichtig es ist, auf die Sitten zu achten, weil sich die Stärke des Glaubens eben im Verhalten der Menschen zeigt und nicht in dem, was sie so von sich geben. Es ging nicht mehr. Die Streifzüge mit den Schwestern waren nicht mein Problem. Ich hätte ewig mit ihnen durch die Straßen ziehen können. Wir waren wie eine Mädchengang, haben zwischendurch auch mal leise unsere Witzchen gemacht. Obwohl mich Faruk gewarnt hatte, habe ich nicht sehr auf meine Worte geachtet, wenn ich mit den Schwestern zusammen war. Und es hat mich nie eine angezeigt. Ich habe mehr Angst vor den Brüdern, die uns beobachten. Aber das habe ich Faruk nicht gesagt. Er sollte nicht denken, ich misstraue seinen Brüdern. Ich hatte nur Angst vor ihnen, weil wir Frauen nichts durften. Am Anfang war es in Ordnung, nichts zu dürfen, ich wollte nichts dürfen, ich wollte bei Faruk sein. Das war meine Freiheit, bei ihm sein und ihm folgen. Alles andere hat mich nicht interessiert. Und es tut mir leid, dass ich ihn am Ende enttäuscht habe, weil ich nicht weitermachen konnte. Als er mir von seinem Einsatz erzählte, und dass er wahrscheinlich nicht zurückkommen wird, war er, glaube ich, schon enttäuscht von mir. Als hätte ich ihn verlassen. Jedenfalls hat er gesagt, ich soll aus der Stadt verschwinden, wenn er tot ist. Und das war unser

Abschied. Alles ganz kühl, als wäre zwischen uns nie etwas gewesen. Das Kind sollte ich einfach in der Wohnung liegen lassen. Es war doch ohnehin nur gekauft, ein Sklavenkind von Ungläubigen, hat er gesagt, das kann man nicht retten. Und damit war alles vorbei, alles, was wir hatten. Und am nächsten Tag war ich allein. Abu Hamza hat gesagt, Faruk ist in einem Dorf in der Wüste in einen Hinterhalt geraten und hat sich selbst in die Luft gesprengt. Ich will darüber nicht nachdenken. Auch nicht darüber, was er über mich wohl noch gedacht hat kurz vor dem Ende. Ich musste mit der Hisba aufhören, weil ich dabei war, als die Religionspolizistinnen die schwangere Frau geschlagen haben. Ich habe sie auch geschlagen, weil es mir gesagt wurde. Dann hat die Witwe, so wurde die Chefin genannt, die Peitsche geholt. Und die Schwangere hat auf dem Steinboden vor uns unter den Peitschenhieben ihr Kind bekommen. Und das war zu viel für mich, überall Blut, die Schmerzensschreie und das Neugeborene mit seinem winzigen, verklebten Kopf vor uns auf den Steinfliesen ... Es war ein Junge. Die Witwe hat ihn mit dem Fuß zu der Frau geschoben, damit sie ihn aufheben konnte, bevor sie sie weiterschlug. Ich werde tun, was Faruk gesagt hat, ich muss es tun, denn hier geht es nicht weiter.«

Murad starrte auf das Display und rührte sich nicht. Er zwang sich, Naima, wie er sie gerade erlebt hatte, in seiner Vorstellung zu behalten. Ich muss es sie fragen, dachte er, ich muss sie fragen, ob das hier ihre Stimme ist. Das Display erlosch sehr langsam, fast wie das Licht einer Kerze.

FSC www.fsc.org MIX Papier | Fördert gute Waldnutzung FSC® C014496

Verlagsgruppe Random House FSC® N001967

1. Auflage

Umschlaggestaltung: buxdesign | Daniela Hofner
unter Verwendung eines Motivs von © plainpicture / Mona Alikhah
Satz: Uhl + Massopust, Aalen
Druck und Einband: GGP Media GmbH, Pößneck
Printed in Germany
ISBN 978-3-630-87737-2

www.luchterhand-literaturverlag.de
facebook.com/luchterhandverlag